Sarah-Kate Lynch

Das süße Leben der Sugar Wallace

Buch

Seit Jahren versucht Sugar Wallace, ihre Vergangenheit hinter sich zu lassen, und das tut sie auf dem denkbar hübschesten Weg: Jedes Jahr im Frühling macht sie sich nur mit ihrem Bienenstock im Gepäck auf den Weg zu dem Ort, den ihre Bienenkönigin auf der großen Landkarte bestimmt hat. Wohin auch immer es Sugar verschlägt, bringt sie ihre besten Eigenschaften zum Einsatz – gute Manieren und köstlichen Honig –, um Licht und Freude in das Leben der Menschen zu bringen, denen sie an ihrem neuen Wohnort begegnet.
Doch als Sugar in diesem Jahr in ihrem neuen Zuhause mitten in Manhattan ankommt, ist plötzlich alles anders: Ihr Bienenvolk tritt in Streik und produziert plötzlich keinen Honig mehr. Sugar ist verzweifelt, und ihr ist nicht klar, was doch jeder ihrer neuen Freunde in der Flores Street sehen kann: Erst wenn Sugar ihr Herz für die Liebe öffnet, die direkt vor ihrer Haustür auf sie wartet, kann sie selbst das Glück finden, das sie anderen Menschen schenkt …

Autorin

Sarah-Kate Lynch lebt mit ihrem Ehemann die meiste Zeit des Jahres an der Westküste Neuseelands, reist aber, wann immer sie Zeit findet, in die Champagne, nach New York oder in die Toskana. Mehr Informationen über die Autorin und ihre Bücher finden Sie auf ihrer Website www.sarah-katelynch.com.

Von Sarah-Kate Lynch außerdem bei Blanvalet

Cantucci-Herzen brechen nicht (37961)

SARAH-KATE LYNCH

Das süße Leben der Sugar Wallace

ROMAN

Deutsch von Christoph Göhler

blanvalet

Die Originalausgabe erschien 2013 unter dem Titel
»The Wedding Bees« bei HarperCollins Publishers Australia, Sydney.

MIX
Papier aus verantwortungsvollen Quellen
FSC® C014496
www.fsc.org

Verlagsgruppe Random House FSC® N001967
Das FSC®-zertifizierte Papier *Holmen Book Cream* für dieses Buch
liefert Holmen Paper, Hallstavik, Schweden.

1. Auflage
Deutsche Erstausgabe Mai 2014
Blanvalet Verlag, München,
in der Verlagsgruppe Random House GmbH, München

Redaktion: Miriam Vollrath
Umschlag: www.buerosued.de
wr · Herstellung: sam
Satz: Uhl + Massopust, Aalen
Druck und Einband: GGP Media GmbH, Pößneck
Printed in Germany
ISBN: 978-3-442-38331-3

www.blanvalet.de

In Würdigung von Hilfsbereitschaft und gutem Benehmen
sowie sämtlicher Schutzengel

Sugar Wallace glaubte nicht an Liebe auf den ersten Blick, aber ihre Bienen sehr wohl, und ihre Bienen konnten nicht einmal Rot von Grün unterscheiden.

Allerdings erkannten sie vierzig unterschiedliche Lilaschattierungen.

Anders gesagt: Diese Bienen waren bestimmt nicht allwissend, aber in mancher Hinsicht wussten sie mehr als Sugar Wallace.

1

Sugar hörte die Bienen auf ihrem Schoß summen, während sie das Fenster nach unten fuhr und den Kopf nach draußen streckte, um an dem Wohnhaus in der Flores Street nach oben zu blicken. Das optimistische Orange der fünfstöckigen Ziegelmauern lag unter einer massiven Staubschicht verborgen. Eine Feuertreppe zog sich im Zickzack über die Front wie eine exotische Narbe, und unter der roten Haustür lag eine rosa Treppe, so als würde das Haus jemandem die Zunge herausstrecken, vielleicht dem ausgebleichten Strauß wild zusammengestellter Luftballons, der an dem von Efeu überwucherten Geländer vor dem Souterrain festgeknotet war.

»Also, jedenfalls hat es Charakter«, erklärte Sugar ihrem Freund Jay, der ungeduldig mit den Fingern auf das Lenkrad trommelte. »Außerdem habe ich noch nie so nah an einem Knisches-Imbiss gewohnt. Und falls ich mir irgendwann ein Akkordeon besorge und es kaputtgeht, weiß ich endlich, wo ich es reparieren lassen kann.«

Sugar tätschelte den Styroporquader auf ihren Knien, in dem ihre kostbare Königin und ein frisch geschlüpftes, noch verschlafenes Volk von Arbeitsbienen steckte. Obwohl nur einen Steinwurf von den berühmten, hektischen Häusercanyons von Manhattan entfernt, war die Flores Street überraschend charmant: Die belaubte, gepflasterte Sackgasse lag versteckt in der Alphabet City südlich des Tompkins Square Parks. Die Bienen würden bestimmt begeistert sein, wenn sie sich erst einmal eingelebt hatten. Hier waren sie weit genug von den Wolkenkratzerschluchten im Norden entfernt und konnten sich an einem reich gedeckten Büfett aus Gärten, Parks, Alleebäumen und Blumenkästen bedienen. Es gab reichlich Platz und Sonnenschein; gerade jetzt strömte er auf sie herab und tanzte durch das junge Laub an den Lindenbäumen bis auf das Straßenpflaster.

Während Sugar die Nase in die Stadtluft reckte, erspähte Jay weiter vorn einen freien Parkplatz: Es war ein makelloser Frühlingstag, der Himmel strahlte blau, die Luft war kühl, hatte aber schon einen Beigeschmack von Frühsommer, der auf wärmere Tage hoffen ließ. Sie war mit Sicherheit nicht die Erste, die in diesem Teil der Stadt landete und kaum erwarten konnte, was die Zukunft für sie bereithielt. Vor hundert Jahren hätte man hier kaum die Pflastersteine unter den Horden von spielenden Kindern und vorbeieilenden Erwachsenen gesehen, die von jenseits des Ozeans nach Amerika gekommen waren und sich jetzt fieberhaft daranmachten, sich in ihrer neu gewählten Heimatstadt ein Leben aufzubauen.

»Kannst du auch vor dir sehen, wie hier alles voller Gassenkinder und überladener Gemüsekarren war?«, fragte sie Jay.

»Oh doch, das kann ich«, antwortete er. »Und ich kann es auch riechen, schließlich gab es damals keine Toiletten und so.«

Sugar verzieh ihm die schlechte Laune. Er hatte sich noch nicht von dem Verkehrschaos auf dem Franklin

Roosevelt Drive erholt, wo ihm vor Nervosität der Angstschweiß ausgebrochen war, und hatte jetzt alle Mühe, seinen Lieferwagen in die Parklücke zu bugsieren. Unter seinen Armen wuchsen die Schweißflecken, und Jay war eindeutig nicht der Typ für Achselschweiß.

»Ich glaube, heute gibt es fast in jeder Wohnung eine Toilette«, sagte sie. »Hey, glaubst du, Akkordeon ist schwer zu lernen? Ich bin nicht besonders musikalisch, wie du vielleicht noch weißt.«

»Niemand an der ganzen Ostküste könnte je vergessen, wie absolut unmusikalisch du bist. Ehrlich, Sugar, manchmal wüsste ich gern, was du dir denkst.«

»Ich denke, du passt hier nicht rein.«

»Ich will hier auch gar nicht reinpassen«, sagte Jay. »Ich habe schon vor Jahren herausgefunden, wo ich hingehöre, und ich wünschte, du würdest das auch tun, statt ständig durch die Welt zu schwirren und dabei einen Tross von verunsicherten Verrückten hinter dir herzuziehen, die sich fragen, wie sie ohne dich je überleben sollen. Jedes Jahr sehe ich diese Leute, wenn ich dir beim Umzug helfe, und jedes Jahr macht mir das eine Heidenangst.«

»Immer langsam mit den jungen Pferden, Jay. Zum einen sind das keine Verrückten. Sondern meine Freunde. Und außerdem habe ich von der Parklücke gesprochen. Du passt nicht in die Parklücke. Lass uns noch mal um den Block fahren und eine andere suchen.«

Außerdem wollte sie noch einen Blick auf den indischen Gewürzbasar und den Gurkenladen werfen. »Ein ganzer Laden nur für eingelegtes Gemüse? So was gibt es nicht überall.«

»Es gibt auch nicht überall Mörder und Vergewaltiger und Taschendiebe und Obdachlose«, brummelte Jay, während er mit dem Wagen durch die Flores Street ruckelte und dann vorsichtig in die Avenue B abbog, wo, wie um seine Worte zu bestätigen, ein Obdachloser vom Bürgersteig strauchelte und direkt vor ihnen über die Straße schwankte.

Jay stieg auf die Bremse und konnte ihm im letzten Moment ausweichen, doch der Obdachlose torkelte weiter über die Straße, verfehlte dabei um Haaresbreite ein vorbeifahrendes Taxi und stolperte über den Bordstein gegenüber, wobei er einen großen Mann im Hawaiihemd zu Boden riss, der zufällig dort auf dem Bürgersteig stand und in sein Handy sprach.

»Ach, du meine Güte!« Sugar packte den Styroporbehälter mit den Bienen auf Jays Schoß, sprang, bevor er sie aufhalten konnte, aus dem Wagen, und rannte direkt vor einem hupenden Kleinlaster über die Straße.

Der Mann im Hawaiihemd sammelte schnaufend sein Handy vom Bürgersteig auf und redete weiter hinein.

»Ist alles okay?«, fragte ihn Sugar, aber er deutete nur auf den Obdachlosen, der immer noch zusammengesackt am Boden lag und offensichtlich dringender Hilfe brauchte.

»Können Sie mich hören, Sir?«, fragte Sugar den Liegenden und zupfte ein McDonald's-Papier vom Ärmel seines schweren Mantels. »Ist Ihnen was passiert? Tut Ihnen was weh? Mein lieber Schwan, da sind Sie aber ordentlich hingepurzelt!«

Der Obdachlose drehte hölzern den Kopf, blickte mit klaren dunklen Augen zu ihr auf und sah sie an, als hätte er niemand anders als sie zu sehen erwartet.

»Nein, Madam, mir tut nichts weh.« Seine Stimme klang keineswegs schwächlich. »Jedenfalls nicht so, wie Sie wahrscheinlich meinen.«

»Also, da bin ich aber froh«, sagte Sugar.

Der Mann im Hawaiihemd klappte sein Handy zu und rappelte sich auf.

»Tut mir sehr leid.« Sein leicht singender Akzent erinnerte Sugar an einen Bach, der an einem sonnigen Tag über heiße Kiesel plätschert.

Ein Schauer lief ihr über den Rücken.

Er hatte braunes welliges Haar und eine nette Nase in einem gleichmäßigen Gesicht, obwohl er in seinem schreiend bunten Hawaiihemd grauenvoll mit dem mexikanischen Mauerbild hinter ihm kontrastierte. Seine Augen hingegen leuchteten in einem intensiven Blau, das genau zu dem lebendigen Hintergrund des Straßengemäldes passte. »Kann ich helfen?«, fragte er.

Sie konnte seinen Akzent nicht einordnen. Und ihre Zunge nicht mehr bewegen.

»Vielleicht dabei, diesen Herrn wieder auf die Beine zu bringen?«, schlug er vor.

Vielleicht ist er Ire, dachte sie, obwohl sie beim besten Willen nicht wusste, warum sie sich den Kopf über seine Herkunft zerbrach.

»Genau.« Schließlich hatte sie ihre Sinne wieder beisammen. »Auf die Beine. Genau. Guter Plan. Wir können ihn wirklich nicht länger im Dreck sitzen lassen. Das ist kein würdiger Platz.«

»Sie wissen gar nicht, wie recht ich Ihnen darin gebe«, sagte der Alte. »Und ich bevorzuge es eindeutig würdig.«

Sugar und der Mann im Hawaiihemd traten zu ihm und zogen ihn auf die Beine.

Als sie wieder zurücktraten, strichen ihre Handrücken übereinander – es war nur eine hauchzarte Berührung, für einen winzigen Moment, so als hätte nur ein Haar das andere gestreift, doch für Sugar war es wie die Flamme eines Bunsenbrenners über einer Crème brulée.

Sie zuckte zurück, und beide sahen sich für einen Sekundenbruchteil in die Augen, dann fing sein Handy wieder an zu läuten, und sie drehte sich schnell zu dem alten Mann um, der inzwischen zu schwanken aufgehört hatte und recht stabil zu stehen schien.

»Ich kann Ihnen gar nicht sagen, wie dankbar ich Ihnen bin«, erklärte er. »Ich habe weiß Gott nichts für große Höhen übrig, aber manches ist mir doch zu weit unten, und das Trottoir gehört eindeutig dazu. George Wainwright. Es ist mir ein Vergnügen, Ihre Bekanntschaft zu machen.«

»Sugar Wallace.« Sugar schüttelte seine Hand und bemerkte dabei seine sauberen, kurz geschnittenen Nägel. »Es ist mir ebenfalls ein Vergnügen. Sind Sie sicher, dass es Ihnen wieder besser geht?«

»Es geht mir gut, Miss Sugar, es ist mir nur peinlich, dass ich mich derart zum Spektakel gemacht habe, und außerdem höchst unangenehm, dass ich diesen jungen Mann derart unvorbereitet zu Boden geworfen habe.«

»Ich glaube, dem ist nichts weiter passiert«, versicherte ihm Sugar. »Zumindest haben Sie ihn nicht dauerhaft von seinem Handy getrennt.«

»Handys! Wer versteht die Welt von heute?«, meinte George kopfschüttelnd. »Ich tue es jedenfalls nicht.«

»Damit sind Sie nicht allein, jeder von uns kommt hin und wieder ins Straucheln«, versicherte ihm Sugar und klopfte seinen Mantel ab, der keineswegs so fadenscheinig war, wie sie anfangs geglaubt hatte. Er war an den Schultern mit Epauletten verstärkt, und die Knöpfe sahen aus, als wären sie kürzlich poliert worden. »Ich versuche immer noch, mich mit meiner Mikrowelle anzufreunden.«

George sah sie mit diesen klaren dunklen Augen an. »Bitte verzeihen Sie mir die Bemerkung«, sagte er. »Aber heutzutage trifft man nicht mehr viele Menschen wie Sie. Sind Sie neu in der Stadt?«

»Ich bin vor einer Minute angekommen.«

»Was soll denn das, Sugar?« Ganz plötzlich stand Jay neben ihrem Ellbogen, mit Schweißflecken bis zur Taille. »Ich musste um den ganzen Platz fahren und stehe jetzt eine halbe Meile weit weg. Und ich bin in gottverfluchte Hundekacke gestiegen!«

»Zügeln Sie Ihre Ausdrucksweise, junger Mann«, sagte George. »Miss Sugar zeigte nur etwas altmodisches Mitgefühl für ihre Mitmenschen.«

»Siehst du, Jay«, sagte Sugar, »ich bin nicht die Einzige auf dieser Welt, die es nicht leiden kann, wenn du fluchst.«

»Augen weg von der Kühlbox«, fuhr Jay den Alten an, als hätte er sie nicht gehört, und wechselte die Bienenkiste in den anderen Arm. »Was ich da drin habe, bringt dir vielleicht den Kopf zum Schwirren, aber nicht so, wie du es dir wünschst, das kannst du mir glauben.«

»Schon gut, Jay«, beruhigte ihn Sugar. »Du liegst völlig falsch. Das hier ist George, und er interessiert sich nicht für unsere Kühlbox, ganz gleich, was darin ist. Außerdem kannst du sie mir wiedergeben.«

Gerade als sie nach der Kiste mit den Bienen greifen wollte, klappte der Hawaiihemdträger sein Handy zu.

»Und wer bist du?«, fragte Jay.

»Ich stand hier nur ganz zufällig und stellte damit sicher, dass dieser Herr beim Stürzen weich fiel«, antwortete er mit einem Lächeln, bei dem Sugar ein kleines Grübchen in seiner linken Wange und außerdem einen leicht überstehenden Schneidezahn bemerkte.

Das Lächeln galt vor allem Sugar. »Ich bin Theo Fitzgerald. Oder einfach Theo.«, sagte er.

Einen Moment meinte sie zu spüren, wie die Bienen an ihrer Brust ganz aufgeregt zu summen begannen, so als würden sie doppelt so schnell mit den kleinen Flügeln schlagen und wie wild die Luft durch die Kühlbox fächeln, aber kaum hatte sie dieses Sirren bemerkt, da summten die Bienen schon wieder wie sonst auch.

»Ich bin Sugar, Sugar Wallace, und das ist mein Freund Jay«, sagte sie. »Und auch wenn es im Moment nicht danach aussieht – er ist einer der nettesten Menschen der Welt. Er ist extra von Virginia nach Rhode Island gefahren, um mir beim Umzug in meine neue Wohnung zu helfen, gleich hier …«

»Du kannst doch nicht jedem auf die Nase binden, wo du wohnst, Sugar«, fiel Jay ihr ins Wort. »So wirst du hier keine zehn Minuten überleben.«

»Sie haben recht, es sieht wahrhaftig nicht danach aus«, sagte George zu Sugar.

»Ich bin keine Amish, Jay«, antwortete Sugar. »Ich habe

Sex and the City fast so eifrig verfolgt wie du. Du kannst dir dein Jammern sparen.«

»Lustig, dass du das mit den Amish sagst, Sugar, denn ich bin auch keiner«, sagte Theo. »Amish, meine ich. Ich bin Schotte, das ist was ganz anderes. Hat überhaupt nichts miteinander zu tun.«

Diesmal spürte Sugar ganz deutlich, wie die Bienen kurz ihr Summen steigerten, um es ihrem beschleunigten Puls anzupassen. Schuld waren die Mexiko-Mauerbild-blauen Augen: Sie schienen bis in ihr Innerstes zu blicken, so als wüsste Theo genau, was sie dachte, obwohl sie das selbst nicht so richtig wusste.

»Komm«, sagte Jay und fasste Sugar am Arm. »Wir haben zu tun. Du kannst nicht den ganzen Tag hier stehen und palavern.«

Sugar merkte, wie unter Theos unbeirrtem Blick die Röte an ihrem Hals emporkroch und auf ihren Wangen erblühte. »Wenn Sie sicher sind, dass Sie wieder sicher auf den Beinen stehen«, sagte sie zu George. »Jay hat recht, wir sollten wirklich los.«

»Ich stehe sicher«, erklärte George. »Sicherer als seit Langem. Ich sollte ebenfalls los. Aber es ist schön, Sie in unserer Nachbarschaft zu wissen, Miss Sugar. Ich werde ganz bestimmt nach Ihnen Ausschau halten.«

Er drehte sich um und schlurfte davon, leicht auf dem rechten Bein hinkend, aber trotzdem relativ flink.

»Noch keine Minute hier, und schon rückt dir der Pöbel auf die Pelle«, grummelte Jay.

»Genau genommen bin ich auch kein Pöbel«, korrigierte ihn Theo. »Du weißt schon, genauso wenig wie ein Amish.«

»Ja, danke, und noch einen schönen Tag.« Jay zog Sugar am Arm weiter.

»War mir ein Vergnügen, Theo«, rief sie ihm über die Schulter zu. »Und das mit dem schönen Tag meint er ernst.«

Theo sah ihr nach, während sie über die Straße ging und in Richtung Park abbog.

Sie war groß und schlank, hatte lange dunkle Haare, die in einem glänzenden Pferdeschwanz von einer Schulter zur anderen hüpften, und unter ihrer schmalen Taille flatterte ihr weites Kleid.

Plötzlich hatte er Lust auf eine Wassermelone. In Schottland hatte es sie nur selten gegeben, aber sie hatten ihn schon immer, noch bevor er je eine gekostet hatte, an den Sommer erinnert (den es in Schottland genauso selten gegeben hatte).

Inzwischen wusste er, wie Wassermelonen schmeckten; sie gehörten zu seinen Leibspeisen. Er meinte sie im Mund zu spüren, während er am Straßenrand stand; wie dieses wässrige Nichts in einer kalten, süßen Explosion den Mund erfüllte.

Er brauchte unbedingt ein Stück Wassermelone.

Sein Handy läutete und riss ihn ins Leben zurück, das ihm plötzlich nicht mehr wie sein altes Leben vorkam.

»Du warst zu lang von zu Hause weg, Jay«, sagte Sugar, während sie zu seinem Lieferwagen zurückgingen. »Du weißt doch, es gibt nie einen Grund, unhöflich zu werden. Außerdem ist George bestimmt kein Pöbel. Er hat so gute Manieren – man könnte sogar meinen, sie sind besser als deine –, und er riecht nach Old Spice. Sollte Pöbel nach Old Spice riechen?«

»Nichts sollte nach Old Spice riechen. Jetzt sieh dir das an, Sugar. Ich bin noch mal in denselben Hundehaufen getreten!«

Warum hatte Sugar nicht in Weetamoo Woods bleiben können, redete Jay auf sie ein, während sie den Lieferwagen erneut in die Flores Street bugsierten. »Oder wieder in eine Kleinstadt wie Mendocino oder dieses niedliche gottverlassene Kaff in Colorado ziehen? Oder nach Virginia, damit du näher bei mir wohnst. New York ist zu groß. Und es wird ständig überflutet. Außerdem ist es schmutzig. Du wirst hier nie was Weißes anziehen können. Hoffentlich kannst du damit leben.«

»Jay, Schätzchen, ich trage grundsätzlich nichts Weißes.«

»Ach Scheiße, ich meinte Scheibenkleister. Entschuldige, Sugar. Ich mache mir nur Sorgen um dich. Jedes Jahr umzuziehen und wieder ganz von vorn anzufangen.«

»Ich habe meine Bienen, Jay. Also fange ich nie ganz von vorn an. Das ist mehr, als die meisten Menschen von sich sagen können. Schau nur, da ist eine Lücke direkt vor meinem Haus. Eine große. Da würden drei von diesen Klapperkisten reinpassen. Komm schon, diesmal schaffst du es.«

Sugars Ansicht nach war es immer besser, an einen neuen Ort zu ziehen als an einen alten zurückzukehren. »New York!«, sagte sie zu den Bienen auf ihren Knien. »New York!«

2

Ruby Portman knabberte an ihrer Achtel Reiswaffel und beobachtete, wie der Typ den weißen Floristen-Lieferwagen ungeschickt in die Parklücke vor ihrer Wohnung rangierte. Sie hatte mitbekommen, wie ihm vorhin die Nerven durchgegangen waren, als der Wagen nicht in die Lücke auf der anderen Straßenseite gepasst hatte, und den Wagen dann zum Ende der Flores Street hoppeln sehen. Jetzt war er wieder da, und die Frau auf dem Beifahrersitz sah schon wieder lächelnd an ihrem Haus hoch.

Sie sieht ein bisschen aus wie eine Krankenschwester, dachte Ruby. Oder wie eine Nonne, aber eine Filmnonne, keine echte, und zwar eine altmodische, Rettet-die-Waisenkinder-Filmnonne, keine von diesen Comedy-Nonnen. Das lag am Gesicht der Frau. Es strahlte offen und frisch und glücklich unter den glänzenden, zu einem Pferdeschwanz gebündelten dunklen Haaren.

Ruby sah die Frau aus dem Lieferwagen steigen. Sie trug ein rosa Sommerkleid und flache rote Schnürschuhe und hatte eine rote Schleife um ihren Pferdeschwanz gebunden. Nonnen trugen wohl eher selten rote Schleifen und rote Schuhe und zeigten auch selten so viel langes, schlankes nacktes Bein.

Ruby trat vom Fenster zurück und sah an sich herab.

Sie trug teure Jeans und einen Pullover, den ihre Mutter ihr gekauft hatte, aber beides passte ihr nicht besonders gut. Selbst die Ballerinas sahen komisch an ihren Füßen aus.

Ruby biss sich auf die Lippe, fasste ihr dünnes blondes Haar zu einem Schopf zusammen und steckte es mit einer Klammer auf dem Scheitel fest. Eigentlich war ihr Körper von Kopf bis Fuß ein einziger Witz. Ein schlechter.

Sie legte das Waffel-Achtel akkurat zu den anderen Achteln auf dem Teller, sodass die Stücke zusammen eine fast vollständige Waffel bildeten. Sie wollte das Achtel nicht mehr. Und wenn sie es jetzt nicht aß, konnte sie sich darauf freuen, es später zu essen. Oder noch später.

Sie zog den Stuhl ans Fenster und setzte sich hinter die burgunderroten Samtvorhänge mit dem goldenen Saum. Ruby fand die Vorhänge schrecklich. Sie fand all die sündteuren Möbel in ihrer Wohnung schrecklich, die ihre Mom ausgesucht hatte: das Sofa mit den aufgedrehten Seitenlehnen und die dazu passenden Sessel, den Sekretär, den Esstisch mit den sechs Stühlen. Sechs Stühle! Noch nie hatte jemand auf einem davon gesessen.

Die Bilder an der Wand waren auch nicht nach ihrem Geschmack. Eigentlich hätte sie lieber gar keine Bilder an den Wänden. Wenn es nach ihr gegangen wäre, wären die Wände weiß und schmucklos geblieben und nicht in düsteren Rot- und Grüntönen gestrichen worden wie eine vornehme Bibliothek.

Das hier war das gleiche Gerümpel, mit dem ihre Mutter ihre Wohnung an der Upper East Side vollgestopft hatte, und es war Ruby ein Rätsel, warum sie diese Wohnung hier ein zweites Mal erschaffen hatte. Bestimmt hatte sie Ruby damit nicht das Gefühl geben wollen, sie würde noch zu Hause wohnen. Dass Ruby weit weg von der Upper East Side wohnte, war ihrer Mutter genauso recht wie ihr selbst.

Ruby hatte die Wohnung vor einem Jahr gefunden, als sie beim Gemüsehändler um die Ecke den Aushang gelesen hatte. Damals hatte sie sich nach einem Streit mit ihrer Mutter ihren Ärger ablaufen wollen und war von der 82. Straße bis zum Tompkins Square Park marschiert, bevor sie überhaupt gemerkt hatte, wo sie gelandet war.

Sie hatte sofort die Nummer auf dem Zettel angerufen, und eine halbe Stunde später hatte Lola, die Spinnerin, die jetzt über ihr wohnte, ihr die Zimmer gezeigt.

Danach war Ruby den ganzen Weg zurückgegangen und hatte ihre Mutter angebettelt, sie hier einziehen zu lassen. Natürlich konnte sie die Miete nicht selbst aufbringen, sie hatte noch nie länger als ein, zwei Monate in einem Job durchgehalten, aber ihre Mutter hatte Ruby satt, das wusste sie nur zu gut. Wer konnte es ihr verdenken? Ruby hatte sich selbst satt. Und wenn es auch nicht von wahrer Unabhängigkeit zeugte, sich von jemand anders die Miete zahlen zu lassen, so konnten sie sich auf diese Weise dennoch eine Weile aus dem Weg gehen.

Selbstredend war ihre Mutter entsetzt gewesen, dass sie in Alphabet City leben wollte, wo die Avenues anders als im restlichen Manhattan mit Buchstaben bezeichnet wurden. Als Rubys Mutter in ihrem Alter gewesen war, hatten hier Süchtige und Zuhälter, Diebe und Mörder gehaust. Aber schließlich hatte sie sich von der absurd niedrigen Miete und der soliden, geräumigen Wohnung überzeugen lassen. Und von der Tatsache, dass die Wohnung frei war.

Ruby hatte eine Weile gebraucht, um sich daran zu gewöhnen, dass sie nur noch sich selbst zur Gesellschaft hatte, aber inzwischen hatte sie das Gefühl, dass sie beinahe bereit und selbstsicher genug war, um sich nach einem Job umzuschauen und auf eigenen Beinen zu stehen. Beinahe.

Draußen luden der Fahrer und die Frau immer mehr Sachen vom Laster. Die Frau hielt eine Art Kühlbox in der Hand, und der Fahrer trug einen Stapel knallbunter, quadratischer Kisten. Er sah nicht so aus, als würde er oft Kisten tragen. Schließlich hatte er Bügelfalten in seinen Jeans.

Als das Pärchen direkt auf ihr Haus zukam, trat Ruby vom Fenster zurück und zog die langen Ärmel über die Hände. Obwohl es draußen schön war, war ihr kalt. Ihr war immer kalt.

Eines der winzigen »Penthouse«-Apartments stand schon eine Weile leer, soviel wusste sie, und deshalb hätte sie es eigentlich nicht überraschen dürfen, dass jemand einzog. Aber irgendwie hatte sie, auch wenn der Gedanke abwegig war, angenommen, dass sie das rechtzeitig erfahren würde und dann Einfluss nehmen könnte. Allerdings wusste sie nicht einmal, wer der Hausbesitzer war, schließlich zahlte ihre Mutter die Miete. Ruby konnte absolut nirgendwo Einfluss nehmen.

Trotzdem wusste sie nicht, ob es ihr gefiel, wenn eine Nonne und ein Typ mit gebügelten Jeans in ihrem Haus wohnten. Schließlich hatte sie sich gerade erst an den muskelbepackten Rotschopf in der zweiten winzigen Dachwohnung gewöhnt, und der lebte inzwischen seit über sechs Monaten hier. Nicht dass sie je ein Wort mit ihm gewechselt hätte, aber sie sah ihn ab und zu, und das störte sie zwar nicht mehr so sehr wie anfangs, aber es störte sie immer noch.

Gerade als sie wieder ans Fenster trat, schoss ein schlaksiger Junge auf einem Skateboard so schnell und so dicht an der Frau im rosa Kleid vorbei, dass sie sich im Kreis drehen musste. Die Frau drückte nur lachend die Kühlbox an ihren Bauch. Aus der Nähe konnte Ruby erkennen, wie hübsch sie war, wie fein die Züge in diesem offenen Gesicht wirkten, wie groß und hell ihre Augen strahlten. Sie sieht nett aus, hörte sich Ruby überrascht denken. Das hatte sie noch von fast niemandem gedacht.

Jetzt lachte die Frau schon wieder und betrachtete richtig rührselig Lolas lächerliche Luftballons, so als wäre die Flores Street nicht der abwegigste Fleck der ganzen Welt für eine derartige Kollektion und als wäre Lola, die Spinnerin, nicht die absolute Fehlbesetzung als Ballonladenbesitzerin.

Na, wenn die Frau tatsächlich hier einzog, würde sie bald merken, wie sehr diese Ballons um eine Attacke mit der Stricknadel bettelten, dachte Ruby.

Sie fragte sich, ob der tollpatschige Kistenträger wohl ihr Lover war. Eigentlich passten die beiden nicht zusammen, obwohl sie etwa gleich alt aussahen: älter als sie selbst, aber jünger als ihre Mom. Vielleicht wie Mitte dreißig? Jedenfalls sollten sie besser kein Baby in diesem Wagen liegen haben, so viel stand fest. Mit ihrem ewig blökenden Balg hatte Lola in ganz Alphabet City jeden

Kinderwunsch abgetötet, und zwar auf lange Zeit. Falls noch so ein Ding in ihr Haus zog, würde Ruby jemanden erschießen müssen. Oder sich selbst.

Sie nahm den Teller mit der geachtelten Reiswaffel, wickelte ihn in drei Schichten Folie und stellte ihn, auf den Zehenspitzen balancierend, ganz oben in den Küchenschrank, wo sie ihn mit den Fingerspitzen so weit nach hinten schob wie nur möglich. Der Reiswaffel konnte sie sich später immer noch widmen. Erst musste sie ein paar Bauchaufzüge machen. Vielleicht würde sie danach mit den Hanteln arbeiten, nachdem sie gestern nur einmal dazu gekommen war. Und möglicherweise würde sie heute noch zu dem Biomarkt an der East Houston gehen, um Quinoa zu besorgen, weil sie im Internet gelesen hatte, dass das die neue Supernahrung war, wobei der Chelsea Whole Foods Market netter angelegt war, weshalb sie vielleicht doch eher dorthin gehen würde, je nachdem, wie lange sie für ihre Übungen brauchte.

Vielleicht hatten sich der Lieferwagenheini und die glückliche Frau kennengelernt, als er ihr einen Blumenstrauß geliefert hatte. Vielleicht war der erste Mann der Frau gestorben, und der Fahrer hatte ihr ein Gebinde überbracht und sich dabei in sie verliebt. Oder vielleicht hatte die Frau in dem Geschäft gearbeitet, für das er Blumen auslieferte, und nachdem sie jahrelang ihre Gefühle voreinander verheimlicht hatten, hatten sie eines Nachts gemeinsam im Kühlraum festgesteckt und sich daraufhin gegenseitig ihr Herz ausgeschüttet, und nun waren sie hier.

Es waren schon dümmere Sachen passiert.

3

Sugar blieb an dem Eisengeländer zum Souterrain stehen, wo die lieblos zusammengestellten Ballons traurig in der Frühlingsbrise schaukelten. Ein Globus mit tiefer Delle in der nördlichen Hemisphäre schwebte neben einem reichlich laschen Superhelden, und die restlichen bildeten eine triste, mehr oder weniger erschlaffte Kollektion verschiedener Grundformen in ausgewaschenen Farben.

Der ungestüme Efeu an der Vortreppe wand sich wie eine Federboa die Treppe zum Souterrain hinab und rahmte dort ein staubiges Fenster ein, auf dem, wenn auch nur noch verschwommen, »Lolas Ballons« zu lesen war.

Hinter der schmutzigen Scheibe sah Sugar den Rumpf eines Luftballon-Zebras, eine halbe Giraffe und das Gesicht eines aufgeblasenen Affen in der Luft schweben, und an der imposanten schwarzen Tür hing windschief ein handgeschriebenes Schild mit dem Wort GESCHLOSSEN.

»Also, wer hätte das gedacht«, sagte sie. »Ich glaube, das ist ein Laden.«

»Und er sieht richtig einladend aus.« Jay rückte die leeren Holzzargen für den Bienenstock in seinem Arm zurecht.

»Ich weiß, was du meinst«, stimmte Sugar ihm zu. »Ein

Ballonladen sollte immer geöffnet sein, so wie in einem Garten immer Blumen blühen und in einem Bienenstock immer Bienen leben sollten. *Geschlossen* ist ein Wort, das man nicht mit etwas so Fröhlichem und Schönem wie Ballons in Verbindung bringen möchte.«

»Diese Ballons sind weder schön noch fröhlich«, sagte Jay und lehnte sich an das Eisengeländer. »Sie sind eher blass und bedauernswert. Ganz ehrlich, falls ›Lola‹ sich die Dinger nicht an die Arme und Beine bindet und damit auf Junggesellenpartys aus einer Torte hüpft, sollte sie ihr Geschäftsmodell unbedingt überdenken.«

»Was bist du nur für ein Mensch, dass du beim Anblick von unschuldigen Kinderballons an Mädchen denkst, die aus Torten springen?«, sagte Sugar. »Bist du sicher, dass so was überhaupt noch auf Junggesellenpartys gemacht wird?«

»Nicht auf den Junggesellenpartys, auf denen ich eingeladen war«, gab Jay zu. »Jetzt komm schon, können wir hochgehen?«

Sie erklommen die Stufen vor der schweren, verwitterten Haustür, die nur mit Mühe zu öffnen war und hinter der sich ein winziger, stickiger Windfang mit mehreren Briefkästen auftat, aus dem man durch eine zweite, missmutig quietschende Tür ins eigentliche Treppenhaus kam. Das war zwar dunkel und hatte bessere Tage gesehen, aber immerhin war der abgetretene, rot-grün geflieste Boden sauber, und es roch besser als in vielen der Häuser, in denen Sugar während der letzten Jahre gewohnt hatte.

Dafür war die abweisende graue Tür zur einzigen Erdgeschosswohnung mit fünf Schlössern gesichert, Anlass genug für Jay, den Blick gen Himmel zu richten. »Bitte sag mir, dass das nicht deine Wohnung ist.«

»Natürlich nicht, Herzchen. Im Erdgeschoss kann man doch keine Bienen halten!«

Jays Blick ging die schmale Stiege hinauf. »Und im ersten Stock?«

»Da auch nicht. Genauso wenig wie im zweiten oder dritten. Zugegeben, wir müssen ganz schön klettern, aber ich bin sicher, dass oben eine nette Überraschung auf meine Mädchen wartet.« Sie hob den Bienenbehälter an. »Sie werden sich hier so wohlfühlen, dass sie einen Honig zum Niederknien machen werden.«

»Willst du mir damit schonend beibringen, dass es hier keinen Aufzug gibt?«

»Damit will ich dir schonend beibringen, dass neun von zehn Medizinern sagen, Treppensteigen sei das beste Herz- und Kreislauftraining.«

Jay besaß einen Blumenladen in Middleburg, Virginia, und absolvierte sein Herz- und Kreislauftraining gewöhnlich in einem klimatisierten Fitnessstudio unter Anleitung einer Personal Trainerin mit perfektem Körper und einem unwiderstehlichen Hang zu kleinen Gemeinheiten. Es zeugte von seiner Liebe zu Sugar, dass er bereit war, schwere Kisten über zahllose Stufen zu wuchten und den klapprigen Lieferwagen seines Assistenten statt seinen eigenen makellosen Mazda MX-5 zu fahren. »Du gehst vor, siehst dich oben um und hältst schon mal das Riechsalz für mich bereit«, erklärte er. »Ich lade währenddessen weiter aus.«

»Bist du nicht froh, dass ich die übrigen Sachen morgen von einer Umzugsfirma bringen lasse?«

»Ich bin froh, dass du mir deine kostbarsten Besitztümer anvertraust, Süße, aber noch froher wäre ich, wenn wir uns irgendwann mal treffen könnten, ohne dass ich mir dabei einen Hodenbruch hole.«

Oben im vierten Stock schloss Sugar die Tür zu ihrem neuen Heim auf und trat ein.

Es war die fünfzehnte Schwelle, die sie in ebenso vielen Jahren überschritt, und jedes Mal hatte sie dabei den Kitzel des Neuen gespürt, selbst wenn sie manchmal parallel dazu den eisigen Windzug eines schlecht schließenden Fensters oder den heißen Atem eines notgeilen Vermieters im Nacken gespürt hatte.

In Apartment 5b, 33 Flores Street, war weder das eine noch das andere zu spüren.

Sie stand in einem fünfundfünfzig Quadratmeter großen Studio mit einem Bett an der am weitesten entfernten Wand, obwohl in einer Wohnung dieser Größe nichts wirklich »weit« voneinander entfernt war.

Dafür hatte die Vermieterin, als Sugar ihre Anzeige auf einer Imker-Website entdeckt und sie unverzüglich angerufen hatte, etwas versprochen, von dem Sugar nicht gedacht hätte, dass es so etwas überhaupt gab, ganz zu schweigen davon, dass es so etwas tatsächlich in New York gab, und erst recht zu schweigen davon, dass sie es ab sofort nutzen durfte – eine Dachterrasse, die sich vor den Balkontüren über die volle Breite des Apartments erstreckte.

Von jedem Fleck in der kleinen Wohnung aus konnte sie über die Dächer der Nachbarhäuser blicken; nach Norden auf die Wipfel der Bäume im Tompkins Square Park, nach Süden zu den hohen Wohnblocks der Lower

East Side und nach Osten auf die düster glamouröse Alphabet City und weit darüber hinaus.

Es war nicht der bekannte Ausblick auf das Empire State oder das Chrysler Building, die in unzähligen Fernsehsendungen und Filmaufblenden über den anderen Wolkenkratzern aufragten. Vor ihr lag ein unbestreitbar urbanes Panorama, von Wasserbehältern gekrönt, mit Satellitenschüsseln gesprenkelt, von staksigen Feuertreppen und fetten kleinen Klimaanlagenkästen durchsetzt, in dem hier und da grüne Dachgärten funkelten wie von einem Riesen verstreute Smaragde.

Es war ein geheimes Reich in den Lüften, an dem sie fortan Anteil haben durfte.

Mit anderen Worten, es war perfekt.

So begeistert war sie nicht mehr von einem Raum gewesen, seit ihre großen Brüder ihr Mädchenzimmer umgestaltet hatten. Damals war sie elf gewesen und hatte das Wochenende bei ihrem Großvater verbracht. Sie hatten es taubenblau gestrichen, und obwohl sie taubenblau nicht leiden konnte (was sie ihrer Mutter erklärt hatte, die das aber mit Sicherheit nie weitergegeben hatte), hatte sie das Zimmer geliebt, weil ihre Brüder sich ihretwegen so viel Mühe gemacht hatten.

Nicht dass sie jetzt darüber nachdenken würde.

Gott sei Dank gab es nichts Taubenblaues in ihrem neuen Heim in Manhattan, was aber nicht hieß, dass es farblos gewesen wäre. Die Wand hinter dem Bett war in einem ganz besonderen Orange gestrichen und erinnerte an beinahe verbrannte Orangenmarmelade, und die Fliesen in der adretten kleinen Küche an der Wand rechts von ihr leuchteten in strahlendem Türkis.

Ein müdes, aber noch nicht ganz dahingeschiedenes Sofa in verblichenem Aubergine bot die einzige Sitzgelegenheit im Raum, und an seinem Arm lehnte ein fröhlich gemusterter Couchtisch.

Und draußen vor den Balkontüren lag unter einem Frühlingshimmel aus dicken blauen Pinselstrichen die Stadt, diese riesige silbrige Stadt mit den dicht gedrängten Dächern, die sich dem Himmel entgegenreckten wie Sonnenblumen auf fetten, rechteckigen Stängeln.

Sugar stellte ihre Bienen behutsam auf der Küchentheke ab, legte beide Hände auf den Deckel des Behälters und spürte unter den Handflächen das sanfte Summen ihres noch kleinen Volkes.

»Das wird ein gutes Jahr«, versprach sie ihnen. »Wartet nur ab.«

»Quatschst du schon wieder mit den verfluchten Dingern?« Jay war hinter ihr ins Apartment getreten und setzte eben eine Ladung von Kartons mit Honiggläsern ab. »Eines Tages werde ich irgendwo aufkreuzen, um dir beim Umzug zu helfen, und du wirst schwarz und golden und flauschig auf dem Boden herumkrabbeln.«

»Mich würde das nicht stören«, sagte Sugar. »Es gibt Schlimmeres, als eine Biene zu sein.«

»Klar, du könntest dich auch in einen alten Penner verwandeln oder den Schlumpf mit den irren Haaren – eine Nachbarin mit kreischendem Kind, die mir eben auf der Treppe begegnet ist. Oder du könntest bei jemand anders Honigbiene sein, eine ganz gewöhnliche Biene, die niemanden interessiert, die von einem Vogel gefressen oder die zertreten wird und die keiner wie ein Familienmitglied behandelt.«

Es war nicht abzustreiten. Sugar behandelte ihre Bienen tatsächlich wie ihre Familienangehörigen, aber andererseits waren sie das auch.

Abgesehen von ihrem guten Benehmen, dem Akzent, den sie hartnäckig abzustreifen versuchte, einer einsamen Porzellantasse mit blauen Tausendschönchen und einer verwitterten Kiste mit ätherischen Ölen waren sie alles, was sie noch mit ihrer Vergangenheit verband. Ihre Bienen brauchten sie, aber sie brauchte ihre Bienen genauso. Sugar verdiente ihren Lebensunterhalt mit ihrem Honig, und zwar nicht nur mit der gesunden Flüssigkeit selbst, sondern vor allem mit den Salben, Gelees, Tinkturen und Heilmitteln, die sie daraus gewann und die sie überall, wo sie gerade lebte, auf Bauernmärkten oder in Biogeschäften verkaufte.

Es war eine äußerst symbiotische Beziehung.

»Ich behandle jeden wie ein Familienmitglied«, erklärte sie Jay. »Auch Penner und Verrückte und sogar meinen ältesten besten Freund.«

Jay sah sie in ihrem altmodischen Kleid im Raum stehen, ein bisschen wie Holly Golightly, vor den Zacken und Spitzen der Stadt.

»Sieh mich nicht so an«, sagte sie mit einem Lächeln, das sich kaum verändert hatte, seit sie sich in der Grundschule angefreundet hatten. »Weetamoo Woods hast du damals für eine Ödnis gehalten, weißt du noch? Ich kann auf mich aufpassen, Jay. Ich hatte genug Übung darin.«

»Ich weiß, Sugar, und genau das macht mir Sorgen. Hast du dieses Leben nicht allmählich satt? Willst du nicht endlich irgendwo Wurzeln schlagen?«

»Ich schlage überall Wurzeln, wohin es mich verschlägt,

Jay. Ich ziehe sie nur jedes Frühjahr aus dem Boden und verpflanze mich woandershin.«

»Also, deine Bienen sind bestimmt ganz schön durch den Wind, nachdem du sie kreuz und quer durch das ganze Land schleifst. Sehnst du dich gar nicht nach etwas Festem in deinem Leben?«, bohrte Jay nach. »Nach einer Familie? Einer richtigen, meine ich, nicht nach einer Bienenfamilie oder der eines Nachbarn oder deines Friseurs oder wen du diesmal gerade retten musst. Ich will ja nicht mit ›tick-tack‹ anfangen, aber trotzdem …«

»Ich rette die Leute doch nicht, Jay, das klingt wahnsinnig kitschig. Ich helfe meinen Freunden, wenn sie Hilfe brauchen, und schenke ihnen ab und zu ein, zwei Gläser Honig.«

»Sugar, du bist eine Ein-Frau-Entzugsklinik Schrägstrich Lebensberatung Schrägstrich Bank Schrägstrich Kindertagesstätte Schrägstrich was weiß ich. Ich kenne diese Leute, vergiss das nicht.«

»So ein Quatsch. Ich tue nur das, was jeder Nachbar tun würde, und dann ziehe ich weiter.«

»Genau darum geht es mir. Danach ziehst du weiter. Willst du nicht endlich irgendwo ankommen? Wenn ich an die Zeit denke, bevor ich Paul kennengelernt habe und wir uns das Haus, die Hunde und die zwei Chenille-Bademäntel zugelegt haben, wird mir jedes Mal klar, wie viel schöner seither alles ist. Ich möchte, dass du das auch erlebst.«

Ihr Lächeln hatte sich vielleicht nicht verändert, aber Jay war überzeugt, dass ihre Augen nicht mehr ganz so leuchteten wie früher und dass das Licht in dieser Sekunde wieder ein wenig matter wurde.

»Ich freue mich für dich, Schätzchen, ehrlich«, sagte sie. »Und ich bin unendlich froh, dass ich dich habe, selbst wenn ich dich nur einmal im Jahr sehe, eigentlich ganz besonders, wenn ich dich nur einmal im Jahr sehe, denn wenn ich jemanden bräuchte, der mich regelmäßig runterzieht, dann hätte ich zu Hause bleiben können bei meiner …«

»Mutter? Autsch! Das war ein Tiefschlag, Cherie-Lynn Wallace!«

»Und du schwänzt wohl schon wieder das Fußballtraining, Jason Llewellyn Winthrop der Dritte?«

Sie sahen sich kurz an, dann mussten beide lachen, und Jay trat in Sugars weit geöffnete Arme, um sie zu umarmen, so wie es alte Freunde tun, die eine Menge miteinander durchgemacht haben.

»Ist dir klar, dass viele Gefängniszellen größer sind als dieses Apartment?«, fragte er sie über ihre Schulter hinweg.

Sugar nahm ihn an der Hand, öffnete die Balkontüren und zog ihn ins Freie. »Aber sieh dir dafür das hier an!«

Sein Blick glitt über das weite Feld flacher Dächer und landete auf einem freudlosen, leeren Freiraum mit einer einsamen, großen Skulptur darauf, die eine lagernde Nackte darzustellen schien.

»Wer in aller Welt stellt sich eine fette nackte Frau aufs Dach?«, fragte er und deutete darauf.

»Du musst natürlich den einzigen Farbklecks in diesem meisterhaften Gemälde bemerken. Schau doch, von hier aus kann man sogar die Williamsburg Bridge sehen, und dahinter breitet sich ganz Brooklyn aus.«

»Kaum zu glauben, dass man in einer so großen Stadt so viel Himmel sehen kann«, gab er zu.

»Von hier oben sieht die Welt ganz anders aus, oder? So als würden wir schweben oder säßen auf einem fantastischen Hut.«

Für anstößige Kunstwerke auf fremden Dächern oder den täglichen Müll unten in den Straßen hatte Sugar tatsächlich keinen Blick, dachte Jay. Sie sah die Welt mit anderen Augen. Er wusste, dass ihr das in der Vergangenheit geholfen hatte, alle Komplikationen hinter sich zu lassen, trotzdem machte er sich Gedanken über ihre Zukunft. »Bist du denn glücklich?«, fragte er. »Wirklich glücklich? Mehr will ich gar nicht wissen.«

Sugar spürte, wie hier oben die Großstadt in ihren Knochen summte. Ihre Gedanken kreisten nur noch darum, wie ihre Bienenkönigin aufwachen, sich wachrütteln und auf diesem perfekten Dach in der verrückten, elektrisierenden Luft Manhattans den Grundstein für eine schöne große neue Familie legen würde.

»Natürlich!«, erklärte sie Jay. »Ich bin in New York! Und jetzt suchen wir erst einen Platz für den Bienenstock, dann bekommst du von mir einen Eistee und ein Stück Honigkuchen, und danach kannst du dich wieder auf den Heimweg machen.«

Für die meisten Bienen war das Leben kurz und süß und relativ unkompliziert. Jedenfalls brauchten sie sich nicht den Kopf über irgendwelche mysteriösen Wendungen und Verwicklungen zu zerbrechen, sie brauchten keine

Entscheidungen zu fällen und sich nicht zu sorgen, wie irgendwann alles enden würde. Es würde in einer Pfütze enden oder an einer Windschutzscheibe oder flügellos in einem kalten Nordwind, und zwar nach einem emsigen, etwa sechs Wochen langen Leben, das sie größtenteils auf Nektarsuche verbracht hatten.

Aber Königinnen waren anders, und Sugars Königin, Elizabeth die Sechste, war anders als andere Königinnen.

Sobald sie ihre Geburtswochendiät von leckerstem Gelee Royale abgeschlossen hatte, hatte sie begriffen, dass sich ihr Leben nicht nur darauf beschränken würde, ihr hoheitliches Hinterteil in Millionen leere Bienenwaben zu stecken und Bienenbabys zu produzieren.

Denn ihr oblag eine ganz besondere Aufgabe, die ihr durch ihre DNA von Elizabeth der Fünften und davor der Vierten vererbt worden war. Tatsächlich hatte jede von Sugars Königinnen diese Aufgabe in sich getragen, bis hin zu jener, die Sugars Großvater vor fünfzehn Jahren unter den ausladenden Pfirsichbäumen in seinem schattigen Obstgarten in Summerville, South Carolina, großgezogen hatte.

Was für eine Aufgabe das genau war? Keine von Sugars Königinnen war sich dessen ganz sicher gewesen, aber jede hatte instinktiv gespürt, dass sie es wissen würde, wenn der Zeitpunkt eines Tages kam.

Und dass der Zeitpunkt näher rückte, war unübersehbar wie die antennenförmigen Duftrezeptoren im Gesicht von Elizabeth der Sechsten, denn selbst in ihrem Styroporbehälter hatte sie die mächtigen Schwingungen gespürt, als sich Sugar und Theo auf der Avenue B begegnet waren.

4

Sugar ging Theo nicht aus dem Kopf.

Jedes Mal, wenn seine Gedanken Pause machen wollten, schummelte sie sich hinein, schwebte ihm vor Augen und fragte ihn, ob ihm etwas passiert sei, wobei sie ihn mit diesen riesigen braunen Augen ansah.

Die Ereignisse hatten sich überschlagen: Wie der alte Mann ihn umgestoßen hatte, das so wichtige Telefongespräch um ein Haar getrennt worden wäre und ihnen diese unglaubliche Frau zu Hilfe geeilt war.

»Sugar.« Während einer Konferenz hatte er ihren Namen laut ausgesprochen, woraufhin ihm seine Sekretärin ein Päckchen Süßstoff gereicht hatte.

Welche Frau ließ sich heute noch Sugar rufen? Welche Frau half heute noch einem zerzausten alten Unbekannten auf, nachdem er gestürzt war? Verwahrte sich gegen das Fluchen? Nannte es auch nur »Fluchen«? Und tauchte genau in dem Moment in seinem Leben auf, in dem ihm der Gedanke kam, dass etwas wie sie darin fehlte?

Und dann war da noch dieses elektrische Knistern, das seinen Körper durchlaufen hatte, sobald sich ihre Hände berührt hatten. So etwas hatte Theo noch nie erlebt.

Als ihn diese dunklen Augen in diesem ganz erstaunlichen Gesicht angesehen hatten, war auf einen Schlag alles andere verblasst, und er hätte um ein Haar seinen eigenen Namen vergessen.

Theodore Lewis Fitzgerald aus Barlanark, Glasgow, Schottland.

Sugar.

Sie setzte ihm schon den ganzen Vormittag zu. Ständig zermarterte er sich den Kopf, wie sie mit Nachnamen hieß, damit er sie googeln konnte. An ihr Kinn konnte er sich ganz genau erinnern, auch an den Schwung des winzigen Grübchens in ihrer Oberlippe – all das stand ihm noch vor Augen.

»Sugar, Sugar, Sugar.« Als seine Sekretärin Marlena ein paar Stunden später mit einem Stapel von Dokumenten in sein Büro kam, ertappte sie ihn dabei, wie er den Namen vor sich hin sang.

»Was machst du da? Bist du Diabetiker geworden? Das hier musst du unterschreiben.«

Immer wieder wehte das Wort »ätherisch« durch seine Gedanken, bis er es nachschlug und feststellte, dass es »vergeistigt« und »zart« bedeutete, was es nicht traf.

Sie war schlank, aber bestimmt nicht vergeistigt. Sie trug ein rosa Kleid. Ihre Schuhe waren rot. Und in ihrem Haar hatte sie ein Band getragen. Ein Band? Hatte er das richtig im Kopf? Seine Nichte war seit Jahren zu alt für Haarbänder, dabei war sie erst zehn. Sugar hingegen war bestimmt schon in den Dreißigern, wenn er richtig schätzte, und trug immer noch eines – und es stand ihr noch dazu. Rot. War es rot gewesen? Oder rosa?

Er sah immer noch ihr bezauberndes Schlüsselbein vor sich, die verlockende Vertiefung unten an ihrem Hals, den sanften Schwung ihrer vollen Brüste, die sich unter dem Kleid hoben und senkten. Vor allem dieses Bild ging ihm nicht aus dem Kopf.

»Du benimmst dich heute echt merkwürdig«, erklärte ihm Marlena, als sie am Spätnachmittag von ihrem täglichen Cupcake-Einkauf zurückkam. »Geht es dir gut?«

»Es ging mir nie besser«, antwortete er.

»Genau das meine ich. Du wirkst irgendwie beschwingt. Und gleichzeitig verträumt. Und dann wieder beschwingt. Hast du im Lotto gewonnen?«

»Würde ich hier sitzen, wenn ich im Lotto gewonnen hätte?«

»So wie ich dich kenne«, sagte sie, »auf jeden Fall.«

»Dass Schotten geizig sind, ist ein Vorurteil«, belehrte er sie. »Und außerdem bin ich immer beschwingt, und habe ich dir schon gesagt, dass du heute ganz allerliebst aussiehst, Marlena?«

»Du kriegst trotzdem nichts von meinem Cupcake ab«, sagte sie. »Ich musste zehn Minuten dafür anstehen. Und es stimmt, dass Schotten geizig sind, und normalerweise bist du kein bisschen beschwingt.«

Marlena erinnerte Theo an seine Mutter Shona, die vor zehn Jahren jenseits des Atlantiks aus dem Leben geschieden war, ohne dass Theo auch nur von ihrer Krankheit erfahren hatte.

Es verging kein Tag, an dem er sie nicht vermisste, an dem er sich nicht wünschte, sie wäre wieder am Telefon und würde ihm in ihrem rauchigen Glasgow-Timbre, das sie über viele Jahre mit vierzig Zigaretten pro Tag aufgeraut hatte, Ratschläge erteilen. Sie hatte ihn unerschütterlich geliebt, aber sie war auch streng gewesen, so wie alle Mütter in Barlanark, und gnadenlos direkt.

Marlena war da ähnlich. Darum hatte er sie eingestellt, aber trotzdem überraschte es ihn, dass sie ihn nicht für beschwingt hielt.

»Nicht mal ein winziges bisschen beschwingt?«

»Nein«, beschied sie ihm. »Normalerweise nicht. Nicht bis heute. Ist irgendwas passiert?«

»Ja«, sagte er. »Es ist tatsächlich was passiert. Ich habe jemanden kennengelernt.«

Marlena setzte ihren Cupcake mitten im Biss ab. »Also, das wurde auch Zeit«, sagte sie. »Glaubst du, sie ist die Eine?«

Theos Mutter hatte auch an »die Eine« geglaubt. »Du wirst sie erkennen, wenn du sie findest«, hatte Shona ihm immer wieder erklärt. »Ohne den Hauch eines Zweifels.«

»Sie hat eindeutig was«, erklärte Theo Marlena. »Aber woher soll ich wissen, ob sie die Eine ist?«

»Ich schätze, du wirst es einfach wissen.« Sie zuckte mit den Achseln. »Fangen wir mit ihrem Namen an.«

»Sugar.«

»Klingt super«, sagte Marlena. »Du solltest sie heiraten.«

Er wusste nie so recht, wann Marlena ihn auf den Arm nehmen wollte, eine weitere Eigenheit, die sie mit seiner Mutter teilte.

»Ich weiß nicht einmal, ob ich sie überhaupt je wiedersehe«, sagte er. »Ich bin ihr nur kurz auf der Straße begegnet, und jetzt kann ich mich nicht an ihren Nachnamen erinnern, sodass ich sie nicht auf Facebook oder LinkedIn finden kann, und mir ihre Nummer geben zu lassen ist mir auf die Schnelle nicht eingefallen.«

»Du erklärst mir doch immer, was für ein kluger Kopf

du bist, Theo. Dir wird schon was einfallen. Wo bist du ihr überhaupt begegnet?«

»Auf der Avenue B.«

»Das ist doch ein Anfang, oder?«, meinte Marlena. »Und du brauchst dafür nur um die Ecke zu gehen.«

5

Am ersten Morgen in ihrem neuen Apartment ließ Sugar gleich nach dem Aufwachen den Blick über die Dächer Manhattans wandern, die sich hinter den flatternden Gardinen an den Balkontüren abzeichneten wie zerklüftete, leise schwankende Gipfel, und fragte sich, warum sie wohl von Theo Fitzgerald geträumt hatte.

Gut, der elektrische Schlag bei ihrer Berührung und die Reaktion ihres Körpers auf seine Nähe hatten sie kurz aus der Fassung gebracht, aber das hatte sie hastig unter jenen Teppich der Vergangenheit gekehrt, unter dem alle ihre romantischen Ideale lagerten.

Auf keinen Fall hatte sie damit gerechnet, dass sie so bald wieder an ihn denken würde, und schon gar nicht damit, dass ihr dabei eine Gänsehaut über den Rücken laufen würde.

Ganz gleich, was Jay oder irgendwer sonst glaubte, Sugar wollte keinen Freund. Nicht jede Romanze endete wie im Märchen; das wusste sie nur zu gut. Sie hatte vor langer Zeit begriffen, dass gutaussehende Prinzen nicht immer ein glückliches Ende garantierten, und sie *war* glücklich – das hatte sie sich zu ihrer Aufgabe gemacht.

Sie hatte auf ihrem Weg vieles verloren – unter anderem ihre Familie –, aber sie wollte sich auf keinen Fall beklagen. Vielleicht war sie inzwischen sechsunddreißig, aber ihre innere Uhr tickte nicht. Und falls sie doch tickte, dann so leise, dass Sugar sie nicht hören konnte.

Außerdem hatte sie ihre Bienen. Die ganz bestimmt nicht durch den Wind waren. Jay konnte nicht wissen, dass Sugars Lust und Launen nichts damit zu tun hatten, wo sie jedes Jahr landete: Darüber entschied ihre Königin.

Am Ende jedes Winters, wenn die ersten Säfte in die Bäume stiegen und die Blumen ans Austreiben dachten, holte Sugar eine verschlafene Elizabeth aus dem Stock, in dem sie in einer dichten Bienentraube überwintert hatte. Dann setzte sie die Königin behutsam auf eine alte Landkarte, die sie von ihrem Großvater geerbt hatte, ließ sie darauf herumkrabbeln, und wählte den Fleck, an dem sie zur Ruhe kam, als nächsten Wohnort.

Ehrlich gesagt ließ sie die Königin dabei nicht nach Belieben herumkrabbeln. Zuvor errichtete Sugar Barrikaden, gewöhnlich aus Trinkhalmen, um die Königin von jenen Gegenden fernzuhalten, in denen sie auf keinen Fall landen wollte, dem Ozean zum Beispiel oder all jenen Orten, an denen sie schon gewesen war.

Als sie dieses Ritual vor vielen Jahren zum ersten Mal vollzogen hatte, kurz nach ihrer Flucht aus South Carolina, hatte sie die Trinkhalme so platziert, dass sie wie ein Trichter aus dem Süden wegführten und Elizabeth die Erste dann mit sanftem Druck nach Norden über die Mason-Dixon-Linie und vom Atlantik weggeschoben.

In jenem ersten Jahr hatte die Königin sie quer durch die USA bis nach Half Moon Bay in Kalifornien geführt. Im folgenden Jahr war sie landeinwärts ins Napa Valley gezogen und danach wieder an die Küste, diesmal nach Mendocino (einer ihrer liebsten Zwischenstopps).

Mit der nächsten Königin, Elizabeth der Zweiten, hatte es Sugar nach Truckee nicht weit vom Lake Tahoe verschlagen und von dort aus nach Jacksonville; mit deren Nachfolgerin, der dritten Elizabeth, einer ebenso sanften, aber leicht verschlafenen Seele, war sie an den Puget Sound im Nordwesten von Washington, nach North Idaho und wieder hinab nach Santa Fe gezogen, während die Vierte sich für Colorado und Pennsylvania entschieden hatte. Die zänkische, aber geografisch konservative Elizabeth die Fünfte war nach Vermont, Maine, New Hampshire und schließlich Rhode Island gekrabbelt, bevor sie in den Bienenköniginnenhimmel entsummt war: Fünf Jahre waren eine stramme Leistung für eine Königin.

Insgeheim hatte Sugar gehofft, dass Nummer sechs sie wieder nach Kalifornien bringen würde, wo ihr das Klima eher zusagte. Aber wenn es eines Beweises bedurft hätte, dass ihre Königinnen einen eigenen Willen besaßen und sich nicht beliebig herumschubsen ließen wie ein Zeiger auf einem Hexenbrett, dann hatte ihn diese eigensinnige neue Königin erbracht, indem sie zielsicher auf die winzige, übervölkerte Insel von Manhattan zugesteuert war.

Und so waren sie hier gelandet.

Sugar stand auf, zog die Vorhänge zurück und trat auf ihre Dachterrasse. Die Bienen befanden sich noch in ihrem Styroporbehälter, aber schon vor dem Bienenkorb, den sie vorübergehend ein paar Meter vor der Wand zur Nachbarwohnung 5a aufgestellt hatte: einem Apartment, das von außen kaum größer als ein Kleiderschrank schien. Es hatte anders als ihr Apartment keinen direkten Zugang aufs Dach, sondern nur zwei ziemlich tiefe Fenster mit Blick auf die Terrasse, die mit liebevoll gepflegten Blumenkästen geschmückt waren. Der eine war dicht mit Petersilie, Salbei, Schnittlauch und Koriander bepflanzt, der andere mit Minze, Zitronenmelisse, Kerbel und einer Zwergpaprika.

Im Hinblick auf Sonneneinstrahlung und Windschutz war genau zwischen diesen beiden Balkonkästen der perfekte Standort für ihren Bienenkasten, aber es wäre unhöflich gewesen, den Kasten dort aufzustellen, ohne den unbekannten Bewohner in 5a zu fragen. Und wer in 5a auch leben mochte, hatte zwar gestern Abend die Blumenkästen gemulcht, aber noch nicht die Vorhänge zurückgezogen. Allerdings stand eines der Fenster einen Spalt weit offen, und ein köstlich würziger, butteriger Duft wehte Sugar daraus entgegen.

Sie konnte es kaum erwarten, das unbekannte Backgenie kennenzulernen, aber sie hatte die Erfahrung gemacht, dass manche Menschen eigen waren, wenn Bienen in ihre Nachbarschaft zogen. Und jemand, der nachts gärtnerte und tagsüber die Welt ausschloss, war wahrscheinlich noch eigener als die meisten anderen Menschen.

Sie würde das ganz spontan angehen.

Einstweilen stand der Bienenstock, den die sechsjährigen Zwillinge einer Nachbarin vor vielen, vielen Jahren mit Regenbogenstreifen bemalt hatten, mitten auf ihrer Terrasse, bewacht von je einer duftenden Gardenie links und rechts.

Sugar schleppte die Gardenien bei jedem Umzug mit, damit sie die Bienen in ihr neues Heim zurücklotsten, bis sie sich an ihre neue Umgebung gewöhnt hatten.

Genauso schleppte sie stets ein mit knallblauen Mosaiksteinen gefliestes Vogelbad mit, damit die Bienen immer wussten, wo sie etwas zu trinken fanden.

Der Bienenkasten und seine Accessoires verliehen ihrer Dachterrasse immerhin etwas Farbe, denn ansonsten standen nur ein grauer verwitterter Teakholztisch, eine dazu passende Gartenbank und ein paar farblose Latten-Klappstühle vor dem atemberaubenden Hintergrund von Manhattans Stadtgebirge.

»Was wir hier alles erleben können«, sagte Sugar und ging vor den vereinzelten Bienen, die um den Behälter summten, in die Hocke. »Gleich um die Ecke ist der Park und drei Blocks weiter der East River, und dann haben wir noch den Washington Square Park im Westen und gar nicht viel weiter weg den Union Square. Ehrlich, Elizabeth, ist das zu glauben? Der Union Square!«

Sie redete immer mit ihren Bienen, aber am dringendsten brauchten sie ihren Zuspruch, wenn sie frisch umgezogen waren. Wenn die Luft anders schmeckte, mussten sie die Gewissheit haben, dass Sugar bei ihnen war, genau wie die Gardenien, genau wie die Vogeltränke, genau wie immer.

Sie hob die zwei leeren Zargen mit den Honigrahmen von dem Bienenstock, sodass nur der unten liegende Brutraum zurückblieb, in dem wie in einer Hängeregistratur zehn leere Wabenrahmen hingen.

Hier würde Elizabeth den Grundstock für ihr neues Königreich legen.

»Tut mir leid, Mädels, ich weiß, dass ihr das hier nicht besonders mögt«, sagte sie, während sie die kleinen Rähmchen, an denen sich die Bienen festklammerten, aus der Styroporbox hob und die Tiere vorsichtig auf die größeren Rahmen mit den Brutwaben schüttelte.

»Du gehst vor, Betty. Erklär ihnen, dass hier alles wie immer ist. Wir sind diesmal nur ein bisschen weiter oben als sonst.«

Sie setzte die oberen Zargen wieder ein, in denen weitere leere Rahmen für die Honigvorräte dieser Tragesaison hingen, und setzte dann den Deckel wieder auf. Anschließend knipste sie ein Blatt von der Gardenie und klemmte es behutsam vor das Einflugloch unten im Bienenstock, sodass die Bienen zwar immer noch aus dem Stock konnten, aber sich einen Ausflug zweimal überlegten, bis sie sich halbwegs in ihrer neuen Heimat zurechtgefunden hatten.

»Theo Fitzgerald«, sagte sie in dem Versuch, den ungebetenen nächtlichen Eindringling abzuschütteln. »Also ehrlich!« Doch das Schütteln ging sofort in ein Schaudern über, wie es einem besonders großen Bissen sahniger, samtiger, sündhaft süßer Eiscreme folgt.

6

Am nächsten Tag hatte sich Sugars Nachbar aus 5a immer noch nicht gezeigt, doch die Balkonkästen waren über Nacht neu bepflanzt worden; die Minze war abgeerntet, und an ihrer Stelle wuchs jetzt Thaibasilikum. Wieder war das Fenster geöffnet, und ein himmlischer Duft wie von einem köstlichen Kuchen schwebte über dem ganzen Dachgeschoss.

»Hier draußen riecht es heute Morgen aber gut«, sagte Sugar lauter als unbedingt nötig.

Der Duft machte sie hungrig. Genau wie ihre Bienen, so wie es aussah. Sie hatten den ganzen Zuckersirup aufgeleckt, den Sugar tags zuvor in ihren Deckel-Futtertrog gegeben hatte, um ihnen ein bisschen Starthilfe zu geben, während sie sich vermehrten.

Und jetzt war ihr der Zucker ausgegangen.

Nur ein paar Straßen weiter gab es einen riesigen, blank gewienerten Supermarkt und noch näher ein kleines Lebensmittelgeschäft, aber Sugar hatte schon viele Freunde gefunden, indem sie *nicht* in blank gewienerte Supermärkte oder nahe Lebensmittelgeschäfte gepilgert war. Bis heute bekam sie täglich Post von diesen Freunden.

Und vielleicht war sie jetzt in New York, aber das war kein Grund, nicht das Gleiche zu tun wie in Pittston oder

Truckee: Bei ihren Nachbarn anzuklopfen und um eine Tasse Zucker zu bitten.

Dass 5a Zucker haben musste, schloss sie aus den peinigend leckeren Düften, die aus dem Apartment strömten, und sie meinte ein Schlurfen hinter der Tür zu hören, als sie anklopfte, aber niemand öffnete ihr.

Eigen, dachte sie wieder. Eindeutig eigen.

Die Tür zu Apartment 4 war knallgrün lackiert und wurde von einem untersetzten kleinen Mann von etwa siebzig Jahren geöffnet, auf dessen Kopf ein grell orange gefärbter Schopf leuchtete.

»Mir egal, was Sie verkaufen, ich kaufe nichts«, sagte er. »Und jetzt verpissen Sie sich.«

»Ihnen auch einen guten Morgen, Sir. Ich will gar nichts verkaufen«, erwiderte Sugar unbeirrt. »Ich heiße Sugar Wallace und bin eben oben eingezogen. Ich weiß, es ist aufdringlich, aber könnten Sie mir vielleicht eine Tasse Zucker borgen?«

Der kleine untersetzte Mann sah sie scharf an, und ein böser Verdacht grub sich in sein faltiges Gesicht. »Hat sie Sie dazu angestiftet, diese verflixte hinterhältige Teufelin? Hat sie?«

»Nein, Sir, niemand hat mich zu irgendwas angestiftet. Ich bräuchte nur eine Tasse Zucker, mehr nicht. Ganz einfach.«

»Sugar will Zucker? Sie halten mich wohl für beschränkt? Zum Teufel mit Ihnen beiden!« Er trat zurück in die Wohnung und knallte so wütend die Tür zu, dass der Rahmen klapperte.

Wäre er Sugars einziger Nachbar gewesen, hätte sie sich vielleicht über ihn geärgert, aber ihr blieben noch drei Stockwerke, darum versuchte sie ihr Glück ein Stockwerk tiefer, wo die verblichene, grün-rot-weiß gestreifte Tür zu Apartment 3 aufging, bevor Sugar auch nur Zeit zum Anklopfen hatte, und eine ähnlich zornige Frau erschien.

»Macht er etwa Ärger? Der alte McNally?« Sie sah älter aus als der Mann in dem Stockwerk über ihr, und ihr blumenbedrucktes Kleid sah noch älter aus, aber die grazilen Rubin-Ohrringe kündeten von längst verblasstem Glamour. »Wenn er Ihnen Ärger macht«, sagte sie, »bringe ich ihn um.«

»Ich will keinen Ärger«, sagte Sugar. »Nur eine Tasse Zucker, falls Sie welchen übrig haben.«

»Und McNally hat Ihnen keinen Zucker gegeben?«, wollte die alte Frau wissen.

»Vielleicht hatte er keinen«, sagte Sugar kopfschüttelnd. »Jedenfalls bin ich gerade erst eingezogen, oben im vierten Stock, und habe gerade gemerkt, dass ich keinen Zucker mehr habe – Verzeihung, hier stehe ich und plappere Sie voll, dabei habe ich noch nicht mal richtig verstanden, wie Sie heißen.«

»Weil ich es nicht gesagt habe«, beschied ihr die Alte. »Aber ich heiße Mrs. Keschl. McNally hat Ihnen keinen Zucker gegeben, haben Sie gesagt? Ich würde Ihnen auf jeden Fall Zucker geben, wenn ich welchen hätte, aber dummerweise habe ich keinen.« Sie zuckte mit den Achseln und schloss die Tür, vielleicht nicht ganz so heftig wie ihr Nachbar ein Stockwerk höher, aber dennoch energisch genug.

Sugar probierte es noch ein Stockwerk tiefer.

Die Tür von Apartment 2 war wunderschön: Sie war

in strahlenden Farben mit einer polynesischen Tänzerin bemalt, die von winzigen, wie Sprechblasen aussehenden Landschaftsvignetten umgeben war.

Die Tür wurde von einer hübschen Frau mit müden Augen, langen blauen Dreadlocks und einem schreienden Baby auf der Hüfte geöffnet. »Was willst du?«

»Das ist aber ein schöner Rock«, sagte Sugar. Er war aus leuchtend orangefarbenem Leder und atemberaubend kurz.

Das Kompliment brachte die Trägerin des Rockes kurz aus dem Konzept. »Was ist?«

»Der Rock. Ich liebe ihn. Du hast die perfekten Beine dafür.« Tatsächlich waren die Beine lang und schlank und steckten in löchrigen Fischnetz-Strümpfen, die in ausgetretenen Motorradstiefeln verschwanden. Es war kein Look, den Sugar für sich selbst gewählt hätte, aber sie musste der Frau zugutehalten, dass er ihr stand.

»Na klar. Und?«

»Hey, kleiner Mann«, sagte Sugar zu dem Kleinkind, das aufgehört hatte zu weinen und jetzt hicksend am Daumen lutschte. »Wie heißt du denn?«

»Das ist Ethan«, sagte seine Mutter. »Und ich bin Lola. Zufrieden? Also, was willst du?«

»Schön, euch kennenzulernen, Ethan und Lola. Bist du die Lola aus dem Ballonladen unten?«

»Hör mir auf mit den Scheißballons!« Lolas finsteres Gesicht verfinsterte sich weiter, bis nichts mehr darauf hindeutete, wie hübsch es eigentlich war.

»Ach, entschuldige, ich habe bloß den Laden bewundert und …«

»Na klar, ich will aber nicht, dass die Leute ihn bewundern oder vor meiner Wohnungstür rumstehen und mich vollquatschen, ich will, dass sie in den Laden kommen und die Drecksballons kaufen.«

Plötzlich ahnte Sugar, wie sich die halb erschlafften Ballons fühlen mussten. Aber sie wusste auch, dass jeder Ballon, vor die Wahl gestellt, lieber prall aufgeblasen wäre.

»Also, ich würde zu gern ein paar Ballons kaufen!«, sagte sie. »Sag mir einfach, wann der Laden offen ist. Und könntest du mir bis dahin vielleicht eine Tasse Zucker borgen?«

Lola sah sie an, als hätte sie den Verstand verloren. »Bist du eine von den Waltons?«

»Eine von den Wallaces«, antwortete Sugar. »Wo ich herkomme, verteilen wir mit beiden Händen Tassen voller Zucker, aber ich schätze, hier kommt so was nicht so oft vor.«

»Hier im einundzwanzigsten Jahrhundert? Nein«, sagte Lola. Ethan zog den Daumen aus dem Mund und begann wieder zu heulen. »Hör mal, ich habe Agavensirup, aber nur für ihn. Keinen Zucker. Und ich bin spät dran. Ich muss los.« Und die nächste Tür wurde vor Sugars Nase zugeschlagen.

Immer noch unverdrossen ging sie noch ein Stockwerk tiefer und klopfte höflich, aber auch ausdauernd an der letzten Wohnungstür, der dunkelgrauen mit den fünf Schlössern, deren Riegel schließlich nach langem Zögern nacheinander zurückgedreht wurden.

Hinter der Tür stand so ziemlich das dünnste Mädchen, das Sugar je gesehen hatte. Es trug Jeans, die an den spitzen Mädchenhüften hingen, und zwei Pullis, unter deren Ausschnitt sich so scharf die Knochen abzeichneten, dass es Sugar nicht gewundert hätte, wenn sie die Haut durchstoßen hätten. Das Mädchen hatte die blonden Haare zu einem Knoten hochgesteckt, und seine schönen hellgrünen Augen waren von dunklen Wimpern umrahmt.

»Was schaust du so?«, wollte es wissen.

»Ich schau dich an«, erwiderte Sugar.

»Hör auf«, sagte das Mädchen, aber die Tür knallte es nicht zu.

»Ich wollte nicht unhöflich sein«, sagte Sugar und streckte die Hand vor. »Ich bin Sugar Wallace.«

»Sugar? Das ist mal ein alberner Name«, sagte das Mädchen und blickte kurz angestrengt auf Sugars Hand, bevor es die Augen verdrehte und ohnmächtig niedersank wie ein zu Boden flatterndes Seidentuch.

7

Mr. McNally humpelte zu seinem Lieblingssessel zurück und ließ sich hineinfallen. Seine Hüfte brachte ihn noch um, wenn auch viel zu langsam für seinen Geschmack. Er sank in die abgewetzten Polster und griff nach der Fernbedienung.

Inzwischen lebte er nur noch fürs Fernsehen, dabei gab es abgesehen von den Klassik-Filmkanälen nichts Anständiges mehr anzuschauen. Wahrscheinlich hatte er inzwischen jeden alten Film mindestens zehnmal gesehen, und keiner davon war mit den Jahren besser geworden, aber immerhin waren sie kein völliger Bockmist wie die Filme, die heute gedreht wurden.

Sein Fernseher war der einzig neue Gegenstand in der Wohnung, die ansonsten unverändert seit den Achtzigern überdauert hatte. Es war ein Riesengerät, ein Flachbildschirm, sein ganzer Stolz und seine ganze Freude – nein, eigentlich nur sein ganzer Stolz.

Freude? Wie man die empfand, hatte er längst vergessen. Er hatte überhaupt vergessen, wie man etwas empfand, nur der Zorn war ihm geblieben: Zorn über die vielen Fehler, die er in seinem Leben gemacht hatte, und Zorn über seine Unfähigkeit, auch nur einen davon wiedergutzumachen. Seine sechsundsiebzig Jahre waren vergeudet bis auf ein paar Jahre, deutlich näher am Anfang als am Ende, in denen er erst sein Glück gefunden und es dann weggeworfen hatte. Und das machte ihn noch zorniger: dass er sein Leben selbst verpfuscht hatte. Tatsächlich machte ihn das so zornig, dass er keinen klaren Gedanken mehr fassen konnte – er hatte seit Jahrzehnten keinen klaren Gedanken mehr gefasst. Stattdessen hatte er sich in einen jener grantigen alten Miesepeter verwandelt, vor denen er als Kind eine Heidenangst gehabt hatte.

Natürlich hatte er Zucker im Haus. In der verblichenen gestreiften Dose in seiner leeren Küche hatte er mehr als genug von dem Zeug. Essen interessierte ihn kaum noch, aber er trank immer noch gern so starken Tee, dass der Löffel darin stehen blieb, und zwar mit einem halben Pfund Zucker in jeder Tasse, vielen Dank.

Die neue Mieterin war eine richtige Augenweide, und er verstand selbst nicht, warum er so reagiert hatte, als er die Tür geöffnet und sie vor ihm gestanden hatte; warum er zuerst zornig geworden war. Bestimmt war dieses krakeelende Nutten-Balg von unten daran schuld. Ganz bestimmt.

Unter ihm war Mrs. Keschl in ihre Küche zurückgeschlurft, wo sie sich angestrengt zu erinnern versuchte, womit sie vorhin beschäftigt gewesen war. Auf der Küchentheke lagen eine Zwiebel, ein Lorbeerblatt, ein Stück Butter und ein Wollknäuel.

Sie hatte seit vierundzwanzig Jahren nicht mehr gestrickt und auch keine kleine Katze, darum wusste sie beim besten Willen nicht, wozu das Wollknäuel gut sein sollte. Die dunkle Küche verdüsterte ihre Laune noch mehr, wobei es da nicht mehr viel zu verdüstern gab. Dieser alte Griesgram McNally! Der neuen Mieterin nicht einmal eine Tasse Zucker abzugeben, wo sie doch genau wusste, dass sich der elende alte Knacker von dem Zeug ernährte.

Sie wackelte zurück ins Wohnzimmer und an ihren Lieblingsfleck vor der Kommode mit dem aufgestapelten Porzellanservice, das sie vor Jahrzehnten aus Ungarn mitgebracht hatte und das nie jemand benutzt oder auch nur bewundert hatte, das aber dennoch jederzeit einsatzbereit war. Ihre Knöchel waren geschwollen, und der Rücken tat ihr weh, und sie hätte gern ein gutes Buch gelesen, nur dass sie keins hatte und ihre Brille während Clintons Präsidentschaft kaputtgegangen war und sie sich nie die Mühe gemacht hatte, sie reparieren zu lassen.

»Das ist das Alter«, sagte sie und setzte sich. »Da fragt man sich doch – was soll das überhaupt?« Sie fragte sich inzwischen so vieles und konnte sich nicht immer an die Antworten erinnern.

Ihr war bewusst, dass sie immer launischer wurde. Manchmal war sie nicht besonders umgänglich, aber auf diese Weise hielt sie sich die Trauer vom Leib, die sie andernfalls durchtränkte wie Regenwasser ein ausgetrocknetes Bachbett.

Noch hatte sie ihre Güte nicht völlig verloren, auch wenn ihre Mitmenschen sie vielleicht kaum noch ahnten. Trotzdem war sie fest davon überzeugt und klammerte sich an diesem Wissen fest. Dann hörte sie das Kind in der Wohnung unten losbrüllen und fragte sich, wann sie den letzten Halt verlieren würde.

Unten klebte Lola Schmetterlinge an den grellrosa Lampenschirm, der sich zu drehen begann und »Hänschen klein« spielte, wenn sie ihn einschaltete. Er gehörte zu den wenigen Dingen, die Ethan beruhigen konnten. Ihr Sohn war ihr Ein und Alles, aber sein Schreien zerrte so an ihren Nerven, dass sich ihr Leben inzwischen nur noch um die wenigen Dinge drehte, die ihn zum Schweigen brachten. Eigentlich wollte sie ihm nur eine gute Mutter sein, aber das war die schwerste Aufgabe in ihrem bisherigen Leben.

Wenn sie nicht gerade die Wände strich, damit er es bunter hatte, hier ein saphirblaues Sofa und dort eine purpurrote Spielzeugkiste aufstellte oder eine kobaltblaue Decke über die Polster breitete, versuchte sie ihren Lebensunterhalt zu verdienen, aber manchmal konnte sie sich beim besten Willen nicht vorstellen, dass sie ihr Leben je wieder genießen würde.

Nie hatte sie genug Geld oder genug Zeit, genug Kunden, genug Wodka oder genug gutaussehende Männer, die wenigstens eine vage Vorstellung davon hatten, was sie mit einer zugänglichen Frau anstellen sollten – falls sie jemals einen Babysitter fand.

Es gab einen letzten Weg aus diesem Elend, das zeichnete sich immer deutlicher ab, aber sie wollte das Leben ihres perfekten, reinen, süß duftenden Sohnes nicht so beflecken, wie sie ihr eigenes befleckt hatte.

Sie sah ihren Jungen auf dem Teppich liegen, sah sein trauriges, zerknittertes Gesichtchen und auch die Tränen, die sich wie Tautropfen in seinen Augenwinkeln sammelten. Dann hob er die pummeligen Ärmchen und öffnete und schloss die Hände, bis sie ihn hochhob und an ihre Brust drückte.

Er weinte immer noch, aber daran, wie er sich an sie schmiegte, erkannte sie, dass es ihm schon wieder besser ging.

8

Sobald Sugars weiche Hand auf ihrer kalten Braue zu liegen kam, schlug Ruby flatternd die Augen auf, starrte sie vom Boden aus an und versuchte angestrengt zu begreifen, was gerade passiert war.

Sugar ließ sie eine Weile starren und half ihr dann behutsam auf die Beine.

Sugar war sich immer unschlüssig, ob mehr Menschen Hilfe dabei brauchten, wieder auf die Beine zu kommen, wenn sie gerade in der Nähe war, oder ob sie nur einen schärferen Blick als andere dafür hatte, wann jemand am Boden lag. So oder so schien sie oft anderen auf die Beine zu helfen. Das waren die Menschen, die ihr immer noch schrieben.

Allerdings war es bei wenigen so leicht gewesen wie bei Ruby. Sie wog praktisch nichts; es war, als würde man eine Wolke anheben.

»Meine Mutter hat mich Cherie-Lynn getauft«, erzählte Sugar, während das zerbrechliche Mädchen sich auf den staksigen Beinen zu halten versuchte. »Aber ich weiß nicht, ob das nicht genauso albern ist.«

»Ist es nicht«, sagte Ruby. »Ich bin Ruby.« Sie sah Sterne. Sie sah gerne Sterne, auch wenn das bedeutete, dass sie wahrscheinlich bald wieder ins Krankenhaus musste, und das Krankenhaus hatte sie weit weniger gern.

»Weißt du, ich könnte wirklich ein Glas Wasser vertragen«, sagte Sugar. »Könnte ich kurz hereinkommen?«

Ohne eine Antwort abzuwarten, trat sie in die Wohnung, schloss die Tür hinter sich, nahm Ruby dann an ihrem knochigen Ellbogen und geleitete sie zu einem riesigen, rotledernen Armsessel am Fenster.

Das Apartment war etwa doppelt so groß wie Sugars und die Einrichtung luxuriös, aber in Sugars Augen nicht das, was eine junge Frau wie Ruby selbst ausgesucht hätte. Alles war in düsteren Farben gehalten, und das große Wandregal mit den vielen schweren Schmökern verlieh dem Ambiente etwas Aristokratisches. Die Vorhänge waren fast zugezogen, und in der Luft lag ein muffiger, säuerlicher Geruch, so als würden nie die Fenster geöffnet.

»Ich setze dich einfach hierher, und dann hole ich uns beiden etwas zu trinken, wenn es dir recht ist.«

Rubys Blick folgte ihr in die Küche. Diese neue Nachbarin war ja freundlich, aber Ruby wusste genau, was diese Art von Freundlichkeit regelmäßig nach sich zog: Essen.

Ruby kam inzwischen mit sechzehn Reiswaffel-Achteln, drei Orangenschnitzen, einer Selleriestange, die ihr nicht einmal schmeckte, einem kleinen Glas Babybrei wegen der Vitamine und Mineralien und einer halben Cola light am Tag aus, und mit dieser Ration fühlte sie sich wohl, auch wenn sie mit dem Gedanken spielte, die Orangenschnitze vielleicht auf zwei zu reduzieren. Natürlich lag der Gedanke nahe, ihre Ration um einen Orangenschnitz und vielleicht sogar eine Karotte aufzustocken, wenn ihr schon wieder das Krankenhaus drohte, aber zurzeit fühlte sie sich mit den drei Schnitzen und der Selleriestange einfach wohl.

»Soll ich vielleicht jemanden anrufen?«, rief Sugar aus der Küche mit den exquisiten Gourmet-Küchengeräten, die Ruby mit Sicherheit nie benutzte. »Das würde ich machen, wenn du es möchtest, aber ich bleibe genauso gern einfach bei dir sitzen, bis du dein inneres Gleichgewicht wiedergefunden hast.« Sugars Blick ging über die korrekt aufgereihten Frühstücksflocken-Schachteln, das Sortiment handgemachter Nudeln, die ausgewählten Öle, die Konserven, die dicken Kochbücher, unter denen sich die Regale bogen. »Das innere Gleichgewicht ist ungemein wichtig«, fuhr sie fort und beugte sich dabei in den Kühlschrank, wo sich ungeöffnete Käsepackungen, diverse Fleischstücke, ein gebratenes Hühnchen und ein Karton Cupcakes drängten – alles unberührt. »Solange du jung bist, sagt einem das niemand. Da hört man immer nur von den Bienen und Vögeln und von der Bedeutung der Berufswahl, aber lass dir gesagt sein, das innere Gleichgewicht ist so wichtig wie die Luft zum Atmen.«

Sie kehrte mit zwei Gläsern Wasser ins Wohnzimmer zurück und reichte Ruby eines davon. »Ich habe das auch erst vor ein paar Jahren begriffen, und ich musste es auf die harte Tour lernen. Manche Menschen besitzen es von Natur aus, aber zu denen gehöre ich leider nicht.«

»Es geht mir gut«, sagte Ruby.

»Ich bleibe nur kurz sitzen, bis ich mein Wasser ausgetrunken habe, dann bin ich gleich wieder fort. Ich habe heute eine Menge zu erledigen. Wie sieht es bei dir aus?«

Ruby hatte sich überlegt, ob sie vielleicht einen Ausflug zum Naturkostladen am Columbus Circle machen sollte, der höchstwahrscheinlich die größte Auswahl an Quinoa hatte, aber inzwischen war sie nicht mehr so sicher. Sie versuchte zu überschlagen, wie lange es beim letzten Mal von den Sternen bis zum Krankenhaus gedauert hatte. Sie hatte das grässliche Gefühl, dass es nicht besonders lang gewesen war. Vielleicht sollte sie lieber nur zu dem kleinen Naturkostladen in Tribeca gehen. Oder dem in Chelsea.

Aber bei längerer Überlegung war sie ziemlich sicher, dass zwischen den Sternen und dem Krankenhaus noch mehrere Wochen verstrichen waren. Vielleicht sogar ein ganzer Monat. Und das Krankenhaus war anfangs gar nicht so übel gewesen, bevor die Schwestern ihre Mutter angerufen hatten. Die Szene danach wollte sie allerdings kein zweites Mal erleben. Vielleicht sollte sie doch lieber um einen vierten Orangenschnitz und eine Karotte aufstocken. Und ein bisschen Quinoa.

Sie wusste selbst nicht mehr, wie es dazu gekommen war, dass ihre tägliche Kalorienaufnahme so geschrumpft war. Sie war sicher, dass sie sich richtig Mühe gegeben hatte, dass sie schon mal besser gewesen war. Wann war sie vom Weg abgekommen?

»Du brauchst niemanden anzurufen«, sagte sie. »Du kannst ruhig wieder gehen. Ich hab mich schon wieder gefangen.«

»Dann ist es ja gut.« Sugar rührte sich nicht vom Fleck. »Weißt du, ich habe mir immer gewünscht, ich würde wie ein Edelstein heißen. Am liebsten wäre mir einfach Jewel gewesen, aber dann habe ich es nur bis zu Sugar gebracht, denn so hat mich mein Großvater immer genannt, oder genauer gesagt Sugar Honey, was ganz okay klang, wenn er es sagte, aber ansonsten ein bisschen zu viel des Guten ist, finde ich.«

»Dein Glas ist leer«, stellte Ruby fest.

»Stimmt«, pflichtete Sugar ihr bei. »Aber ich habe immer noch schrecklichen Durst. Würde es dich stören, wenn ich mir noch ein Glas Wasser hole, bevor ich gehe? Oben unter dem Dach ist es so heiß – habe ich schon erwähnt, dass ich oben eingezogen bin? Und man dehydriert leicht, wenn man so viele Treppen steigen muss. Allerdings auch, wenn man nur durch die Wohnung spaziert. Ich bringe dir auch noch ein Glas mit, wenn ich schon dabei bin.«

Ruby war zu erschöpft, um ihr zu widersprechen. Sie würde warten, bis es ihr wieder besser ging, und vielleicht noch ein paar Bauchaufzüge machen. Danach würde sie nach Tribeca spazieren und sich dort vielleicht eine Cola light kaufen und damit in den Battery Park gehen, falls der Tag wirklich so sonnig war, dass überall die Menschen dehydrierten. Dort gab es eine dieser Fontänen, die direkt aus der Erde spritzen, und wenn man sich auf die richtige Bank setzte, konnte man den Kindern beim Planschen zuschauen und hinter ihnen in der Ferne die Freiheitsstatue stehen sehen. Das gefiel ihr. Nirgendwo sonst war sie so weit von der Upper East Side entfernt wie am äußersten Südzipfel von Manhattan.

»Du hast ja ein Sammelalbum«, sagte Sugar, die gerade mit zwei vollen Wassergläsern zurückkam und dabei das ledergebundene Buch auf dem Couchtisch neben Rubys Sessel bemerkt hatte.

Ruby griff nach dem Buch und drückte es an ihre Brust. »Das ist privat«, erklärte sie und wurde rot.

»Als ich jünger war, hatte ich auch ein Sammelalbum«, erklärte Sugar ihr. »Jahrelang habe ich alle möglichen Sachen darin gesammelt. Eigentlich hätte ich lieber ein Tagebuch geführt, aber ich wusste, dass meine Mama es lesen würde, darum habe ich nichts auf die Seiten geschrieben, sondern nur kleine Erinnerungsstücke eingeklebt.«

»Das ist nicht so ein Sammelalbum«, sagte Ruby. »Es geht darin nicht um mich.«

»Um wen dann?«

»Andere Menschen.«

»Andere Menschen, die du kennst, oder andere Menschen, die du nicht kennst?«

Ruby merkte, dass sie schon lange mit niemandem mehr geredet hatte. Es war ein merkwürdiges Gefühl, fast als würde sie Holländisch sprechen. Inzwischen wusste sie nicht mehr, wie Sugar eigentlich in ihr Apartment gekommen war und wann sie angefangen hatte, sich mit ihr zu unterhalten. Hatte sie Sugar eingeladen? Hatte sie sich selbst eingeladen? Alles schien in einem Nebel zu verschwinden, aber gleichzeitig erschien es Ruby auch auf angenehme Weise vertraut, so als würde sie ständig mit anderen Menschen reden, was sie nicht tat, außer es waren Menschen, die von ihrer Mutter dafür bezahlt wurden, ihr zu erklären, dass sie etwas essen sollte, und das tat sie inzwischen nicht mehr. Mit diesen Menschen reden.

Sugar hatte bisher nichts vom Essen gesagt. Kein einziges Wort.

»Ich weiß noch, dass ich in meinem Sammelalbum eine Geburtstagskarte von meinem ältesten Bruder Troy hatte«, erzählte sie gerade, »auf der er mir versicherte, ich sei die süßeste Sechzehnjährige, die unsere Stadt je gesehen hätte, und dann hatte ich noch die getrocknete Rose von Charlie Harrison eingeklebt, der mein Date für den Abschlussball war und der dreiunddreißig Warzen auf der einen Hand und elf auf der anderen hatte, wie sich dabei herausstellte. Und dann war noch das Hochzeitsfoto meines Großvaters – mütterlicherseits, der mich immer Sugar Honey nannte – mit meiner Großmutter darin, und ich hatte sogar ein winziges Stück von ihrem Brautschleier eingeklebt.«

Ruby sah auf den ledergebundenen Band. »Ach«, sagte sie. »Meines ist ähnlich.«

Sugar lächelte und deutete auf das Album. »Wenn das so ist, Honey, darf ich dann mal sehen?«

Zu ihrer eigenen Überraschung klappte Ruby gehorsam das Buch auf und strich mit ihren kleinen, knochigen Fingern die Seiten glatt, bevor sie langsam umblätterte.

»Oh«, sagte Sugar. »Das hatte ich nicht erwartet.«

Das Album enthielt weder die Chronik der vergeudeten Jugend eines reichen Einzelkindes noch eine anspornende Ansammlung abgemagerter Skelette, wie Sugar insgeheim vermutet hatte, stattdessen war auf jeder Seite säuberlich ein Ausschnitt aus der *New York Times* mit dem Bild eines frisch vermählten Pärchens eingeklebt, das sich glücklich an- oder in die Kamera strahlte oder gemeinsam über die Tanzfläche wirbelte.

»Hochzeiten«, erklärte Ruby. »Jedes Wochenende bringen sie diese lahmen Geschichten über alle möglichen Leute, die geheiratet haben. Was für ein Bockmist. Echt, ständig kommen sie mit diesen lächerlichen Geschichten von wegen Verlieben und so. Und dann beschreiben sie, wie sich die beiden kennengelernt haben und was sie sich gedacht haben und wie erst alles schieflief, aber dann haben sie sich irgendwann wiedergesehen und begriffen, dass sie füreinander bestimmt sind, und darum haben sie geheiratet.«

»Im Ernst?«

»Na klar, niemand gesteht: ›Er hat mich in einer Bar angequatscht, und wir fanden uns halbwegs erträglich, und meine Eierstöcke schrumpelten allmählich ein und wären bald abgestorben, darum haben wir uns zusammengetan.‹ Immer machen sie eine Riesengeschichte daraus.«

»Wirklich?«

»Ich habe angefangen, die schrägsten zu sammeln, und irgendwann wurde ein Sammelalbum daraus. Das idiotischste Sammelalbum der Welt.«

»Gehst du eigentlich ins College?«, fragte Sugar.

»Schau mal hier«, fuhr Ruby fort. »Katie Sheehan und Adam O'Neill lernten sich in einer Online-Supportgruppe für *Wer-wird-Millionär*-Fans kennen. Wie spießig ist das denn?«

»Die Menschen lernen sich heute jedenfalls an den seltsamsten Orten kennen«, sagte Sugar. »Man muss dazu nicht mal mehr aus dem Haus gehen.«

Ruby blätterte weiter. »Und Trey Tenforde und Genevieve Ford? Bei ihrem ersten Date hat ein Vogel auf seinen Eisbecher gekackt, und daraufhin hat sie sich in ihn verliebt. Vogelkacke! Ist das zu glauben? Und die beiden hier – da, die zwei Männer – haben zwanzig Jahre zusammengelebt, aber dann bekam der eine Krebs, also sind sie nach Iowa gefahren, um dort zu heiraten. Das war, bevor sie in New York das Gesetz geändert haben und gleichgeschlechtliche Ehen erlaubt wurden.«

»Sieht so aus, als wärst du eine verkappte Romantikerin, Ruby.«

»Bin ich nicht«, wehrte sich Ruby. »Ich bin nur jemand, der auf Vogelkacke-Geschichten steht.« Sie knallte das Buch zu. »Darum ist es privat. Darum zeige ich es nie jemandem. Es handelt nicht von mir. Sondern von all den Versagern da draußen und ihren blöden, lahmen Geschichten.«

»Solche Geschichten sind jedenfalls netter zu sammeln als Geschichten über Morde und Katastrophen«, meinte Sugar.

»Oder Briefmarken«, ergänzte Ruby. »Ich hasse Briefmarken.«

Ein heller rosa Schatten hatte sich in ihre Wangen geschlichen. Sugar wusste nicht, ob ihn der Anblick dieses geballten Eheglücks heraufbeschworen hatte oder die Tatsache, dass sie mit jemandem darüber reden konnte. Aber eins wusste sie sicher – dieses Mädchen hungerte nicht nur im körperlichen Sinn. Ruby war einsam.

Und auf die Einsamen verstand sich Sugar besonders gut.

9

Theo saß im Gramercy Park Hotel bei seinem zweiten Date mit Anita, einer welterfahrenen blonden Werbeagentur-Managerin, mit der ihn sein ehemaliger Schwager verkuppelt hatte.

Sie war mitten in einer ausschweifenden Anekdote über ein jüngst absolviertes Foto-Shooting mit einem prominenten Model, dessen Gatte, ein berühmter Rockstar, ein echtes Problem mit seinem Körpergeruch hatte, als Theo zu sehen meinte, wie Sugar draußen vorbeiging.

»Tut mir leid, kannst du mich einen Moment entschuldigen?«, fiel er ihr ins Wort und sprang auf, ohne ihre Antwort abzuwarten, um auf die Straße und dem glänzenden schwingenden Pferdeschwanz hinterherzulaufen. Aber dann bog der Pferdeschwanz um die Ecke, und er erkannte, dass die Trägerin Asiatin war – und schwanger.

Jedenfalls war sie nicht Sugar.

Er atmete lang und tief aus und spürte den schmerzhaften Druck der Enttäuschung, der auf seiner Brust lastete wie Glasgower Smog, während er in die Bar zurückkehrte, um sich bei Anita zu entschuldigen. Sie war wirklich hübsch. Und klug und außerdem humorvoll.

»Hast du Lust, das neue spanische Restaurant gleich um die Ecke auszuprobieren?«, fragte sie, als er sich wieder gesetzt hatte. »Es hat drei Sterne.«

Normalerweise hätte Theo zugestimmt, obwohl er genau wusste, dass er bei weitem nicht genug für Anita empfand, um die Sache viel weiter zu treiben (und er Tapas für rausgeworfenes Geld hielt). Normalerweise hätte er sich ein drittes Mal mit ihr getroffen, bevor er sich behutsam aus der Affäre gezogen hätte, wahrscheinlich mit der Erklärung, dass er einfach noch nicht bereit für etwas Ernstes sei und ihr nichts vorspielen wolle. Normalerweise wäre das nicht mal gelogen gewesen. Aber plötzlich hatte er das Gefühl, dass er durchaus bereit für etwas Ernstes war. Nur nicht mit Anita.

Und wenn ihn seine gescheiterte Ehe, die darauffolgende Scheidung und die vielen Jahre in Therapie eines gelehrt hatten, dann die Erkenntnis, dass Ehrlichkeit immer die beste Lösung war. Seine Mutter hatte ihn das auch schon gelehrt, aber dann hatte er es irgendwo unterwegs vergessen. Was ihm nie wieder passieren würde.

»Ich weiß, das klingt jetzt schrecklich«, sagte er. »Aber ich dachte eben, ich hätte draußen eine Bekannte vorbeigehen sehen, und dabei wurde mir klar, dass ich hier fehl am Platz bin, Anita, und darum möchte ich lieber nicht mit dir zum Spanier gehen. Es tut mir ehrlich leid.«

»Weil du findest, dass die Tapas zu klein sind?«, fragte sie. »Sam hat mich schon gewarnt, dass du geizig bist.«

Was sollte Sugar auch in Gramercy wollen, dachte Theo, nachdem er die Rechnung bezahlt hatte. Marlena hatte recht. Er sollte seine Zeit lieber auf der Avenue B verbringen.

10

Der Tompkins Square Park war längst nicht so herausgeputzt wie seine Vettern weiter nördlich, der Madison Square oder der Washington Square, aber dafür strahlte er einen eklektischen Charme aus, der Sugar zusagte. In den Straßenfronten rund um den Park hatte sich eine Mischung aus Cafés, Bars und Lebensmittelläden in verschiedenen Stadien der Gentrifizierung angesammelt, und diese Beschreibung schien auch auf die Besucher des Parks zu passen.

Die Hundebesitzer sammelten sich in einer Ecke, die Mütter mit den spielenden Kindern in einer anderen, die stimmgewaltigen, aber ansonsten harmlosen Obdachlosen hatten eine Bankreihe an der Avenue A okkupiert, und am Fuß eines Baumes auf der Südseite fand sich oft eine Gruppe von Hare Krishnas zum Beten ein.

An einem strahlenden Morgen nicht lange nach ihrem Umzug in die Flores Street saß Sugar auf einer sonnenbeschienenen Bank und lauschte einem blinden Saxofonisten, der an dem Temperenzler-Brunnen in der Mitte des Parks eine leise Hommage an Louis Armstrong darbot. Gedankenverloren schaute sie einem Bienentrio zu, das glücklich von Blatt zu Blüte flog und dann in der Ferne verschwand, und dachte, dass die Welt wirklich so wundervoll war wie in Armstrongs Song.

»Na los, macht euch die Stiefel voll«, erklärte sie den Bienen, als sie noch einmal über ihren Kopf hinwegsummten, und fragte sich gleichzeitig, ob es wohl ihre waren. Sie liebte ihre Tiere von ganzem Herzen, aber trotzdem konnte sie ihr Volk nicht von anderen unterscheiden.

»Sprechen Sie mit mir oder mit den Insekten?« Das war George Wainwright, und er trug denselben Mantel wie bei ihrer ersten Begegnung, wenngleich er – der Mantel – frisch gereinigt aussah. Die Knöpfe glänzten, die Schuhe glänzten, und er hatte eine fast neue schwarze Hose angezogen. Heute, vom Treibgut des Rinnsteins befreit, hatte er nichts mehr gemein mit den ramponierten Seelen, die am anderen Ende des Parks miteinander oder mit niemand Bestimmtem stritten.

Er war genauso wenig obdachlos wie Sugar.

»Ach, hallo, George. Was für eine Freude, Sie wiederzusehen.«

»Die Freude ist ganz meinerseits, Miss Sugar. Stört es Sie, wenn ich mich zu Ihnen setze?«

»Im Gegenteil, damit würden Sie verhindern, dass mich alle Welt für verrückt hält, weil ich hier ganz allein auf meiner Bank sitze und mich mit ein paar Bienen unterhalte.«

»Ach, ich glaube nicht, dass sich viele Leute daran stören würden«, meinte George. »Dieser Park ist berühmt für seine vielen Verrückten.«

»Jedenfalls ist das Publikum hier bunt gemischt«, sagte Sugar.

»Seit jeher. Man sagt, dies seien früher die am dichtesten besiedelten Quadratmeilen des Planeten gewesen.

Der erste Anlaufpunkt in der Neuen Welt für die meisten Einwanderer. Obwohl sie es im Allgemeinen kaum erwarten konnten, von hier zu verschwinden.« Er verzog das Gesicht und setzte sich auf der Bank zurecht.

»Macht Ihnen Ihr Bein immer noch zu schaffen?«, fragte Sugar.

George wedelte mit der Hand. »Das ist nicht der Rede wert«, behauptete er. »Nur ein weiterer Fingerzeig, wie alt und marode ich bin, und von denen habe ich in meinen zweiundachtzig Jahren wahrlich genug bekommen. Und wer will schon von den Wehwehchen eines alten Mannes hören? Erzählen Sie mir lieber von sich, Miss Sugar. Wo kommen Sie her?«

»Ich wohne gleich um die Ecke in der Flores Street«, antwortete sie. »Kennen Sie das Haus mit dem Ballonladen im Untergeschoss?«

»Nein, Miss Sugar, dort *wohnen* Sie«, widersprach George tadelnd. »Ich wollte wissen, wo Sie herkommen. Sie wissen schon, *eigentlich*.«

Sugar seufzte; es war ein leises, flattriges Ausatmen, das ihr kaum auffiel und George dennoch mehr verriet, als sie für möglich gehalten hätte. »Eigentlich kann ich kaum noch sagen, woher ich komme«, sagte sie und schaute einer weiteren Biene zu, die über Georges Kopf kreiste, als würde gleich eine Blüte aus seinem Ohr sprießen. »So lange war ich schon nicht mehr dort.«

Georges Blick folgte der Biene zu einem Strauch hellgelber Rosen in einem Garten gegenüber.

»Bienen lieben Gelb«, sagte Sugar. »Und Blau. Aber kein Rot. Ist das nicht merkwürdig?«

»Ich finde Rot auch ein bisschen protzig«, sagte George.

»Obwohl Gelb meinem Teint ebenfalls nicht schmeichelt, wenn ich es recht bedenke.«

»Nichts ist so schlimm wie zu protzen«, sagte Sugar, und sie lächelten sich an. »Und Sie, George? Woher kommen Sie?«

»An dem Ort, an dem Sie schon so lange nicht mehr waren, war ich schon viel länger nicht mehr.«

Erst als er das sagte, erkannte Sugar den Singsang seiner Stimme wieder und begriff, dass sie von Anfang an gewusst haben musste, woher er kam, obwohl sie sonst automatisch auf Distanz ging, sobald sie diesen weichen Südstaatentonfall hörte, um nicht über ihre eigenen Wurzeln zu stolpern.

»Waren Sie schon mal auf dem Sonntagsmarkt hier am Platz?«, fragte sie. »Ich hoffe, ich bekomme dort einen Stand.«

»Gelegentlich schon«, nickte George. »Es ist nur ein kleiner Markt, aber es gibt dort einen exzellenten Bäcker, wunderbaren Käse aus dem Norden und auch einen Eisstand, wenn ich mich recht entsinne. Und Lavendel. Jedenfalls riecht es dort immer nach Lavendel. Und was würden Sie auf diesem Markt feilbieten wollen, Miss Sugar?«

»Hauptsächlich Honig. Deshalb habe ich eben mit den Bienen gesprochen. Ich muss mich mit ihnen gut stellen.«

»Sie kommen mir wie jemand vor, der sich mit den meisten Lebewesen gutstellt, wenn Sie mir die Bemerkung gestatten.«

Sugar gestattete ihm die Bemerkung durchaus. Vor allem, weil George sie an ihren Großvater erinnerte und darum so ziemlich alles sagen durfte.

Sie merkte, wie sich in einem versteckten Winkel ihrer Erinnerung Tränen sammelten, dem einzigen Ort, an dem Sugar sie duldete. »Vermissen Sie ihn?«, fragte sie, obwohl sie sich diese Frage kaum selbst zu stellen wagte. »Den Ort, aus dem sie früher kamen?«

»Oh, es gibt da kein ›früher‹, Miss Sugar. Wo man herkommt, kommt man immer her, und diesen Ort wird man zeitlebens vermissen. Daran gibt es nichts zu rütteln. Aber das bedeutet nicht das Ende der Welt. Auch ans Vermissen gewöhnt man sich irgendwann.«

Natürlich hatte er recht, obwohl es aus seinem Mund ganz einfach klang und sie nur zu gut wusste, dass es das nicht war. »Waren Sie je wieder dort?«, fragte sie.

»Nein, Madam.«

»Wollten Sie je wieder hin?«

Diesmal kam das Seufzen von George, aber bei ihm klang es resignierter als bei Sugar; weil er den Grund für dieses Seufzen schon viel länger mit sich herumschleppte. »Ich muss gestehen, ich habe damals etwas Schreckliches getan«, sagte er. »Ich habe vielen Menschen sehr wehgetan und bin seither da unten nicht mehr gern gesehen. Mit Wollen hat das nichts zu tun.«

»Das tut mir leid, George.«

»Mir auch. Kaum jemand kann ermessen, wie leid es mir tut, aber das ändert nichts.«

»Das tut mir auch leid.«

»Und was ist mit Ihnen, Miss Sugar? Werden Sie irgendwann heimkehren?«

»Ich habe auch etwas Schreckliches getan«, sagte sie. »Genau wie Sie.«

»Was Sie auch getan haben, ich wette, es war nicht so schlimm wie das, was ich getan habe«, sagte George.

»Genau wie Sie habe ich anderen Menschen wehgetan, und genau wie Sie bin ich dort nicht mehr gern gesehen.«

George lehnte sich zurück und sah sie übertrieben strafend an. »Dabei sehen Sie aus, als könnten Sie keiner Fliege etwas zuleide tun.«

»Und Sie sehen aus wie der Kerl, der Miss Daisy chauffierte.«

Er lachte. »Das ist aber nett von Ihnen«, sagte er. »Vielen Dank für das Kompliment. Und was das andere betrifft, das ist schon lange her, und ehrlich gesagt hätte ich es nicht anders gewollt.«

»Sie brauchen mir nicht mehr zu erzählen«, sagte Sugar. »Ich verstehe es, wenn jemand Geheimnisse hat.«

»Eigentlich ist es kein Geheimnis, es klingt nur nicht besonders gut, wenn man es erzählt. Aber ich schätze, wenn man es auf den Punkt bringt, dann habe ich meinem Bruder die Ehefrau weggeschnappt. Und obwohl das schrecklich gemein von mir war und mehr Liebeskummer verursacht hat, als Sie sich vorstellen können, war sie einfach mit dem falschen Mann zusammen und wäre an seiner Seite niemals so glücklich geworden, wie sie verdient hatte. Und ich wusste, dass sie ihr Glück mit mir finden konnte, und der Herr weiß, dass sie mit mir glücklich war. Ich habe diese süße Frau jeden Tag und jede Sekunde von ganzem Herzen geliebt, bis sie vor drei Jahren im Juli von mir ging.«

»Oh, das tut mir aber leid, George.«

»Danke, Miss Sugar.«

Sie saßen gemeinsam in der Sonne, ließen ihre Gedanken treiben und schauten den Bienen zu, die zwischen den Ulmen schwirrten.

»Und wo wohnen Sie, George?«, fragte Sugar schließlich.

»Inzwischen wohne ich bei meinem Großneffen und seiner Familie oben in Harlem«, sagte er. »Es sind wunderbare Menschen, und sie haben mich gern aufgenommen, aber ich möchte seiner Frau nicht den ganzen Tag im Weg herumstehen, darum komme ich oft hierher, wo Eliza, so hieß meine Frau, und ich unsere glücklichsten Zeiten erlebten. Wir wohnten fast unser ganzes Leben drüben in der Avenue C, und dort blieb ich auch, nachdem sie mich verlassen hatte, aber dann verlor ich meinen Job – eine Kamera hatte mich ersetzt. Wir leben in einer seltsamen Welt. Man kommt darin leicht ins Straucheln, wie Sie bei unserer ersten Begegnung so richtig bemerkt haben.«

»Was war das für ein Job?«

»Ich war Portier«, sagte er. »Jawohl, Madam, ich habe einige der Besten empfangen und verabschiedet, die diese Stadt in meiner Zeit gesehen hat. Aber letzten Endes hat mich die Moderne entbehrlich gemacht, und nun sitze ich am liebsten hier unten im Park und erinnere mich an bessere Zeiten.«

»Sie waren mit Sicherheit der perfekte Portier«, sagte Sugar. »So gute Manieren findet man selten.«

»Komisch, aber ich fühlte mich tatsächlich immer wie der perfekte Portier. Einmal wurde ich sogar für eine Zeitschrift interviewt, und der junge Bursche, der den Artikel verfasste, fragte mich, ob ich es nicht erniedrigend fände, anderen die Tür aufhalten zu müssen, aber so habe ich das nie empfunden. Ich empfand es als Ehre, dass die Menschen mir vertrauten und dass sie auf mich angewiesen waren, auch wenn es nur um Kleinigkeiten ging. Ich habe es genossen, wenn ich morgens jemanden etwas froher stimmen und ihm damit den Start in den Tag erleichtern konnte, oder wenn jemand am Ende eines langen Tages gern zurückkam. Wo ich herkomme, findet man so etwas nicht erniedrigend. Das ist das Brot des Lebens. Und das vermisse ich. Ehrlich gesagt verbringe ich mittlerweile zu viel Zeit damit, Dinge zu vermissen. Auf lange Sicht tut das dem Geist nicht gut.«

Er schüttelte den Kopf. »Mein Gott, ich klinge schon, als wäre mir die Welt etwas schuldig. Schließlich ist heute ein wunderschöner Tag, und ich kann ihn unbeschwert genießen. Das Schicksal war mir gnädiger als den meisten Menschen. Und das Vergnügen Ihrer Gesellschaft ist dabei eine ganz eigene Gnade. Nichtsdestoweniger werde ich nun weiterziehen zum Fluss, wo ich von einer Bank aus eine Weile auf die Williamsburg Bridge blicken werde, bis der Wind auffrischt.«

Als er aufstand, wäre er beinahe unter seinem eigenen Gewicht eingeknickt.

»Wenn Sie mich fragen, sieht es nicht so aus, als wäre das mit ihrem Bein nicht der Rede wert«, sagte Sugar.

»Es macht Ärger«, gab George zu.

»Dürfte ich vielleicht einen Blick darauf werfen?«

»Sind Sie Ärztin?«

»Nein, aber manches kann ich trotzdem heilen.«

»Schaden kann es wohl nicht.« George setzte sich

wieder hin, raffte das Hosenbein und legte eine offene Wunde an seinem Schienbein frei.

»Haben Sie sich das Bein neulich am Rinnstein aufgeschlagen?«

»Im Gegenteil, deswegen bin ich wahrscheinlich neulich in den Rinnstein gefallen. So sieht das schon seit Monaten aus. Das verflixte Ding will einfach nicht zuheilen.«

»Und waren Sie schon mal im Krankenhaus deswegen?«

George zog eine vornehme Braue nach oben. »Man könnte vielleicht meinen, ich hätte nichts Besseres zu tun, als den ganzen Tag im Krankenhaus herumzusitzen, aber dann kommt mir doch immer etwas dazwischen.«

Sugar stand auf. »In meiner Wohnung habe ich ein Heilmittel, das helfen könnte«, sagte sie. »Möchten Sie vielleicht mitkommen und es ausprobieren?«

Er reichte ihr lächelnd seinen Arm. »Miss Sugar Wallace, es wäre ausgesprochen unhöflich, Ihr bezauberndes Angebot auszuschlagen.«

11

Lola knotete einen neuen Ballon ans Geländer – einen Dinosaurier, in der Größe passend, aber mit leicht dämlichem Gesichtsausdruck und nicht ganz so leuchtend grün, wie sie bei der Bestellung angenommen hatte.

Sie drehte sich der Straße zu und sah, wie Mrs. Keschl krabbengleich auf dem einen Bürgersteig die Flores Street entlanghumpelte und Mr. McNally sie mit seinem in der Sonne strahlenden, orange gefärbten Schopf auf dem anderen Bürgersteig bemüht übersah.

Oben an der Avenue B überquerte gerade der Verrückte, der immer mit einem lila Glitzercape herumlief, die Straße, und die Schauspielerin, die am anderen Ende der Straße ein ganzes Haus umbauen ließ, wurde in ihrer Limousine vorbeigefahren.

Keiner von ihnen würde einen Ballon kaufen.

Lola schnippte mit den bunt lackierten Nägeln gegen den Dinosaurier und spürte im selben Moment, wie das Handy in ihrer Tasche zu vibrieren begann. Es war die nächste SMS von Rollo, einem Freund, wenigstens irgendwie, aus den schlechten alten Zeiten vor Ethan. Sie war ihm neulich im Park über den Weg gelaufen, aber er bewegte sich immer noch in denselben Kreisen wie damals, und sie hatte keine Lust, dorthin zurückzukehren.

hast voll gut ausgesehn neulich, stand in der SMS. *sicher, das du nicht 1 paar $$ machen willst? ruf an.*

Sie wollte ihn nicht anrufen. Wirklich nicht. Aber sie brauchte dringend 1 paar $$.

Noch einmal ging ihr Blick über die Flores Street. Ansonsten war kein Mensch zu sehen. Sie versetzte dem Dinosaurier einen Kinnhaken, stampfte die Stufen hinab und knallte die Tür hinter sich zu, ohne das Schild von GESCHLOSSEN auf OFFEN zu drehen.

Sekunden später bogen Sugar und George um die Ecke. Der Dinosaurier tanzte nach Lolas Kinnhaken immer noch mit verdutzter Miene an seiner Schnur, aber er wirkte dennoch deutlich fröhlicher als die anderen Ballons. Die Weltkugel war inzwischen zu einem bunten Pfirsichkern geschrumpelt und der Superheld um weitere zehn Jahre gealtert.

»Wenn sie jemals geöffnet hätte, würde ich ja ein paar Ballons kaufen, um ihr unter die Arme zu greifen«, sagte Sugar. »Oder ihr wenigstens beim Aufblasen helfen. Aber der Laden ist immer geschlossen.«

»Manche Menschen wollen nicht, dass man ihnen hilft«, sagte George.

»Wo wir schon davon sprechen, ich wohne im vierten Obergeschoss. Werden Sie dem gewachsen sein?«

»Mein Bein macht das mit, nur der Kopf wird leiden«, sagte er und nahm den Eingang des Hauses in Augenschein. »Ich bin kein Freund von großen Höhen. Die Tür ist noch original, wussten Sie das? Ich wette, sie klemmt und ist schwer zu öffnen, aber trotzdem ist das eine sehr schöne Tür.«

Sugar ließ sich das durch den Kopf gehen, während

George die zweite Tür öffnete und dann langsam hinter ihr die Treppe erstieg.

Doch sobald sie ihr Apartment betreten hatten, klebte er an der Wand wie ein Gecko, bis Sugar ihn mit sanfter Gewalt davon ablöste und er ihr mit geschlossenen Augen an der Hand zum Sofa folgte.

»Halb im Himmel und obendrein im Schlafzimmer einer Dame«, sagte er. »Ich habe kein gutes Gefühl hierbei.«

»Es ist nicht nur mein Schlafzimmer, sondern auch meine Küche und mein Wohnzimmer«, beruhigte ihn Sugar. »Und wenn Sie die Augen öffnen und nach draußen sehen, werden Sie feststellen, dass es auch meine Dachterrasse ist.«

George öffnete ein Auge gerade weit genug, um festzustellen, dass er sich viel zu hoch über dem Boden befand.

»Lassen Sie mich nur einen Blick auf Ihr Bein werfen, dann haben wir Sie im Nu wieder ins Erdgeschoss geschafft«, versicherte ihm Sugar.

Er ließ die Augen geschlossen, während sie die Wunde auswusch, doch dann schlug er sie wieder auf, um zu beobachten, wie sie reinen Honig mit einem Tropfen Teebaumöl darauf verstrich.

»Glauben Sie wirklich, dass man das mit Honig heilen kann?«, fragte er.

»Ich glaube, dass man mit Honig fast alles heilen kann«, sagte sie. »Ich weiß, die meisten Menschen essen ihn nur, dabei kann man mit Honig viel mehr anstellen. Honig ist fast ein Zaubermittel.«

»Wirklich?«

»Er wirkt antiseptisch«, sagte sie. »Und zwar bis zum letzten Tropfen. Aber in Neuseeland gibt es einen Baum namens Manuka. Er ist nicht besonders schön anzusehen, irgendwie düster und struppig mit winzigen weißen Blüten. Jedenfalls fliegen die Bienen darauf und machen daraus den besten Heilhonig der Welt. Ich habe ihn einmal probiert; er schmeckt kräftig und holzig mit einem Hauch von Zitrone.« Sie zeigte ihm das Etikett auf dem Honigglas, das sie für sein Bein gewählt hatte. »Diese bernsteingelbe New-Hampshire-Tracht ist auch ziemlich gut, trotzdem werden Sie sich etwa eine Woche gedulden müssen. Aber ehe Sie sich versehen, werden Sie wieder Türen öffnen und schließen.«

»Wenn ich nur Türen zum Öffnen und Schließen hätte.«

»Was das angeht«, setzte Sugar an, »habe ich mich gefragt… Wissen Sie, mir kommt es so vor, als seien Sie ein Portier ohne Tür, was eigentlich kein Zustand ist, während wir an unserem Haus eine Tür haben – und zwar eine sehr störrische, wie Sie selbst festgestellt haben –, der eindeutig ein Portier fehlt.«

»Das haben Sie, und der fehlt eindeutig«, bestätigte George.

»Ich würde mich sogar zu der Behauptung versteigen, dass es mich und die anderen Mieter im Gebäude ungemein anstrengt, diese Tür zu öffnen und zu schließen. Größtenteils sind meine Nachbarn ohnehin nicht in Bestform, muss ich gestehen. Also habe ich mir überlegt, ob Sie vielleicht vorübergehend als Portier ehrenhalber für uns tätig sein könnten? Damit würden Sie uns allen sehr helfen, und ich hätte Sie immer in der Nähe und könnte Sie im Auge behalten, bis Ihr Bein verheilt ist.«

»Glauben Sie, dass die anderen damit einverstanden wären?«

»Man müsste doch verrückt sein, um sich an einem Gratisportier zu stören, oder?«

»Ich wusste es schon bei unserer ersten Begegnung«, sagte George. »Sie sind ein Engel.«

»Der bin ich mit Sicherheit nicht«, widersprach Sugar, »und ich glaube, Sie werden feststellen, dass keiner der Bewohner einer ist. Ich habe alle bis auf einen kennengelernt und bin überzeugt, dass sie tief im Herzen gute Menschen sind. Aber an der Oberfläche ...«

»Lässt das Benehmen ein wenig zu wünschen übrig?«

»Genau«, stimmte Sugar ihm zu. »Das Benehmen lässt ein wenig zu wünschen übrig. Aber ich bin sicher, dass sich das ändern lässt. Lassen Sie mir nur etwas Zeit, damit ich sozusagen das Pflaster für Sie vorbereiten kann. Kommen Sie am Montag wieder, und vielleicht können wir Ihnen dann Arbeit geben.«

12

Marlena kaufte Theo einen Cupcake, was sie bis dahin noch nie getan hatte. Eigentlich war Theo eher für schottisches Shortbread zu haben, aber er würde sich lieber zehn Zentimetern an eklig bleichem rosa Zuckerguss stellen, als Marlenas Gefühle zu verletzen. Er hätte sich auch fünfzig Zentimetern gestellt.

Außerdem fiel es ihm als Schotten von Natur aus schwer, einem geschenkten Gaul ins Maul zu schauen. Das tat er so gut wie nie.

»Ich schließe aus den unmöglichen Uhrzeiten, zu denen du in dieser Woche E-Mails verschickst, dass deine Dating-Bemühungen zum Stillstand gekommen sind«, sagte Marlena. »Was ist passiert?«

»Ich dachte, ich hätte sie gesehen«, antwortete Theo. »Sugar, meine ich. Die Eine, von der ich dir erzählt habe. Und auch wenn sie es gar nicht war, hat mich das zum Nachdenken gebracht.«

»Oha, zum Nachdenken«, sagte Marlena. »Natürlich, als hättest du *das* seit deiner Scheidung nicht ausgiebig genug getan.«

»Nachdem du so Anteil an meinem Leben nimmst, wird es dich vielleicht auch interessieren, dass ich mich zurzeit als Stalker versuche.«

»Okay«, sagte Marlena. »Jetzt wird es spannend.«

Seit Theo nach New York gekommen war, hatte Marlena in der gleichen Firma wie er gearbeitet und wusste darum alles über seinen meteorhaften beruflichen Aufstieg, seine katastrophale Ehe mit einer Blondine aus der gehobenen Gesellschaft und den darauffolgenden Absturz ins Elend. Außerdem hatte sie bei seiner Rettung eine wichtigere Rolle gespielt, als ihr bewusst war.

Theo war nur zu bewusst gewesen, wie sehr seine Mutter den Menschen verabscheut hätte, in den er sich nach seiner Hochzeit mit Carolyn verwandelt hatte. Und erst recht den Menschen, in den er sich verwandelt hatte, nachdem Carolyn ihn für Joe, ihren Gärtner aus Amagansett, sitzen lassen hatte. Und jedes Mal, wenn Marlena ihm nach einer wilden Nacht eine Aspirin gebracht oder ihn aus einem unappetitlichen Telefonat gerissen oder ihm, wenn er sich nach einer mitfühlenden Berührung verzehrt hatte, aufmunternd die Hand auf seine Schulter gelegt hatte, hatte ihm das ins Gedächtnis gerufen, wie wichtig es ihm früher gewesen war, ein Mann zu werden, auf den seine Mutter stolz gewesen wäre.

Dank Marlenas stoischer Unterstützung hatte er sich schließlich in diesen Menschen zurückverwandelt.

Seither hatte er sich grundlegend verändert. Er hatte inzwischen einen anderen Job, eine andere Frisur, andere Anziehsachen. Er war einfach anders. Und er war viel besser darin, anders zu sein, als darin, sich anderen anzupassen, was er in den ersten Jahren nach seiner Ankunft in New York versucht hatte.

»Sie müssen einfach akzeptieren, dass Sie altmodischen Wertvorstellungen anhängen«, hatte ihm sein Therapeut erklärt, als sie beide zu der Auffassung gelangt waren, dass er höchstwahrscheinlich keine unschuldigen Blumen mehr köpfen und keine Fremden namens Joe mehr verprügeln würde, was damit gleichzusetzen war, dass er nicht mehr zu kommen brauchte. »Ich nehme an, das ist typisch schottisch. Aber es kann Sie manchmal auf Kollisionskurs mit der Welt von heute bringen, darum sollten Sie stets Ihrem Instinkt vertrauen, Theo. Auf Ihren Instinkt ist fast immer Verlass.«

Jetzt sagte ihm sein Instinkt, dass seine Mutter zwar nicht mehr da war, um ihn zu warnen, wenn er an einem Whisky nippte oder an einer Zigarette zog, aber dass er immer noch ihre mahnende Stimme hören konnte. Er würde es wissen, wenn er die Eine fand, hatte sie gesagt. Ohne den Hauch eines Zweifels. Das Problem war, dass er jetzt zwar glaubte, die Eine gefunden zu haben, sie aber wahrscheinlich schon wieder verloren hatte, bevor ihn der Hauch eines Zweifels anwehen oder er andernfalls sicher sein konnte, dass er diesen Hauch niemals spüren würde. *So* gut war sein Instinkt auch wieder nicht – sonst hätte er sich schon bei ihrer ersten Begegnung gemeldet und ihn gedrängt, Sugar nach ihrer Nummer zu fragen. Immerhin flüsterte er ihm jetzt ein, weiter nach ihr Ausschau zu halten, weil er sie irgendwann bestimmt finden würde.

Inzwischen hatte er sich öffentlich zum Trottel gemacht, indem er seit dem abgebrochenen Abend mit Anita in Alphabet City herumgelungert und überall nach Sugar gefragt hatte: im Tibetanischen Handwerksladen, im Indischen Gewürzgeschäft und sogar in der düsteren Bar an der Ecke zur Sixth Street, in der sie ihn ziemlich sicher für einen Bullen gehalten hatten.

Damals hatte ihm sein Instinkt geraten, von dort zu verschwinden, bevor er sich eine Tracht Prügel einfing. Er sagte ihm auch, dass der Kaffee im Ninth Street Espresso zwar besser war als der im Life Café, dass man aber von dort keinen so guten Blick auf die Avenue B hatte.

13

Wenn sich Sugar irgendwo besonders wohlfühlte, dann in einer Gruppe, die noch nicht entdeckt hatte, wie angenehm gutes Benehmen sein kann.

Als sie damals aus dem Süden geflohen war, tief beschämt und bestürzt über ihr unverzeihlich schlechtes Benehmen, hatte sie es wie ein Schlag getroffen, wie unhöflich es in der Welt jenseits ihres Horizonts zuging. Auf der grünen Halbinsel von Charleston, South Carolina, wo sie geboren und aufgewachsen war, sagten die Menschen grundsätzlich »Bitte« und »Danke« und »Verzeihung«, selbst wenn sie bis unter die Augenbrauen mit Drogen vollgepumpt waren, mit einer Schrotflinte auf dich zielten und den Inhalt deines Portemonnaies einkassieren wollten. Weiter nördlich hatte sie rüde erfahren müssen – wobei rüde das passende Wort war –, dass man wesentlich weniger Wert auf einen höflichen Umgang legte.

Bis Sugar ihre Familie, ihre Zukunft, ihr Heim und ihre Freunde zurückgelassen hatte, hatte sie nicht geahnt, wie wichtig ihr gutes Benehmen war. Tatsächlich hatte sie nicht geahnt, was ihr überhaupt wichtig war. Doch in jenen ersten dunklen Monaten hatte sie sich oft genug den Spiegel vorhalten können, und in diesen Momenten hatte sie gesehen, was ihr Innerstes ausmachte, was noch von ihr blieb, nachdem sie ihrer Geschichte entkleidet war. Es war nicht viel. Darum zählte der Rest umso mehr.

Sie hatte ihr gutes Benehmen. Und ihre Bienen.

Beides hatte sie von ihrem Großvater geerbt: Er war die wichtigste Konstante in ihrer Vergangenheit und zugleich ein hingebungsvoller Imker gewesen, der mehr Wert auf gutes Benehmen gelegt hatte als die meisten Menschen. »Es ist egal, ob niemand sonst sich benimmt«, hatte er ihr erklärt. »Solange du es tust. So funktioniert das mit dem guten Benehmen. Behandle andere stets so, wie du gern behandelt werden möchtest. Sich anständig zu benehmen heißt nichts anderes, als höflich und nett zu bleiben, ganz gleich, was die Welt um dich herum tut. Und eines kannst du mir glauben, Sugar Honey, nämlich dass gutes Benehmen die Welt zu einem angenehmeren Ort macht. Also versprich mir, niemals deine Manieren zu vergessen.«

Sie hatte es ihm versprochen, aber dieses Versprechen wenig später gebrochen, wenn auch nur ein einziges Mal; und diesen einen Fehltritt versuchte sie wiedergutzumachen, seit sie Jahr um Jahr durchs Land reiste, Bienen hielt und ihren Honig erntete, indem sie überall nach Kräften gutes Benehmen aussäte.

So hätte es ihr Großvater gewollt, glaubte sie. Und am einfachsten ließ sich etwas verbessern, wenn man ganz von vorn anfing.

Wo sie auch hinkam – nach Kalifornien, Colorado, Washington, Pennsylvania, Vermont oder sonst wohin –, kaum jemand verstand so viel von gutem Benehmen wie sie.

Und 33 Flores Street bildete darin keine Ausnahme.

»Ich glaube wirklich, dass George einen Beitrag leisten kann, die Welt schöner zu machen«, meinte Sugar zu Elizabeth der Sechsten, nachdem sie George nach unten gebracht und verabschiedet hatte. »Und ich habe auch schon eine Idee, wie ich die anderen überzeugen kann.«

Diese Idee nannte sich Brunch.

Früh am nächsten Morgen hörte Sugar ihren Nachbarn aus 5a mit seinen Blumenkästen rascheln. Sie schlüpfte in ihren Morgenmantel, trat an die Balkontüren und zog sie weit genug auf, um den Duft von Butter, Mehl, Zucker und Eiern zu schnuppern, an denen ein heißer Ofen seinen Zauber tat.

Die Sonne ging gerade auf und überzog den Horizont mit Zuckerwattewölkchen; die frühmorgendlichen Schatten lagen schräg über den Hausdächern wie lange Spinnenfinger auf schiefen Klaviertasten.

Sie blieb kurz stehen, atmete den Geruch der Stadt und den Duft des Gebäcks von nebenan ein und badete in dem Glück, einen so köstlichen Moment genießen zu dürfen.

Hinter den Vorhängen vor 5a sah sie jemanden durch das winzige Apartment gehen.

Sie huschte auf die Terrasse, flüsterte ihren Bienen einen guten Morgen zu und stellte sich vor die Fenster der Nachbarwohnung.

»Ich bin Sugar Wallace aus 5b von nebenan«, begann sie. »Ich habe alle Nachbarn zum Brunch eingeladen und wollte nur nachfragen, ob Sie die Nachricht bekommen habe, die ich unter Ihrer Tür durchgeschoben habe.«

Die Gestalt erstarrte und schniefte hörbar.

»Ich verstehe es selbstverständlich, wenn Sie lieber für sich bleiben, aber es gibt eine Kleinigkeit, die ich bitte mit Ihnen persönlich besprechen müsste.«

Die Gestalt kam näher und schniefte wieder.

»Ich möchte Sie nämlich mit meinen Bienen bekanntmachen; das gebietet die Höflichkeit, schließlich wohnen sie näher an Ihrer Wohnung als ich.«

Schniefen.

»Das ist meine Königin, Elizabeth die Sechste, mit ihren Untertanen. Es sind noch nicht viele, weil sie gerade erst zu legen begonnen hat, aber wenn Sie nichts dagegen haben, würde ich den Bienenstock gern etwas näher an Ihre Blumenkästen rücken.«

Schniefen.

»Möchten Sie ein Taschentuch? Ich habe eine ganze Schublade voll.«

Die Gestalt bewegte sich wieder, und diesmal wurde der Vorhang gerade so weit zurückgezogen, dass ein Arm mit einem Korb voller Gebäck durch den Spalt passte.

»Für mich?«, fragte Sugar erfreut. »Ach, das wäre doch nicht nötig gewesen!« Sie nahm den Korb und schüttelte die Hand, die ihn gehalten hatte, ehe sie wieder zurückgezogen werden konnte.

Es war eine feste Jungmännerhand. Die Hand eines Handwerkers, dachte sie, möglicherweise mit rotem Haar.

»Es ist mir ein Vergnügen, Mr. …«

»Nate«, antwortete er schniefend. »Einfach nur Nate, ich mag es nicht so förmlich.«

Er zog den Arm zurück und den Vorhang wieder zu.

»Das mit den Bienen geht klar«, sagte er dahinter hervor. »Ich mag Bienen.«

»Und Brunch?«

»Nein.«

»Gilt das Nein dem Brunch allgemein oder meiner Einladung?«

»Ich mag es, aber nein.«

Weniger eigen als eindeutig schüchtern, dachte Sugar. Zum Glück hatte sie ein Händchen für die Schüchternen. »Also, dann bleibe einfach in deiner Wohnung, Nate. Von dort aus müsstest du sowieso alles hören können.«

Sie wusste nicht, wer und ob überhaupt einer ihrer anderen Nachbarn auftauchen würde, obwohl sie am Vorabend unter allen Türen Einladungen durchgeschoben hatte, in denen sie etwas zu essen und eine kleine Überraschung zum Mitnehmen versprochen hatte. »Überraschungen mag jeder«, erklärte sie ihren Bienen.

Vor allem Mrs. Keschl mochte Überraschungen. Sie kam eine volle Stunde zu früh.

»Ich will nicht, dass der alte Miesepeter McNally mehr als seinen Anteil einsteckt.« Mit diesen Worten schob sie sich an Sugar vorbei und sah sich im Apartment um. »Außerdem überzeuge ich mich gern, dass die Wohnungen sauber gehalten werden. Eingeschlagene Bettlaken. Ein angenehmer Anblick.«

»Möchten Sie Kaffee oder Tee?«, fragte Sugar.

»Gern, ja. Und Ihnen gefällt dieses Orange?«

»Tatsächlich gefällt mir dieses Orange sehr gut, obwohl ich es selbst vielleicht nicht gewählt hätte. Wahrscheinlich würde ich sagen, dass ich es jeden Tag als angenehm überraschend empfinde.«

»Ach, Sie gehören zu denen.« Mrs. Keschl fixierte sie mit einem Knopfauge.

»Ich gehöre zu wem?«

»Zu diesen Halb-volles-Glas-Leuten. Ich habe schon öfter Menschen wie Sie getroffen. Lassen Sie sich eines gesagt sein: Überraschend ist nur ein anderes Wort für erschreckend. Glauben Sie, ich löse keine Kreuzworträtsel? Und erschreckend ist nie angenehm. Ist der Junge, der Ihnen beim Einzug geholfen hat, Ihr Liebhaber?«

»Ich habe keinen Liebhaber.«

»Eine Liebhaberin vielleicht?«

»Die habe ich auch nicht. Was ist mit Ihnen?«

»Was soll mit mir sein?«

»Haben Sie einen Liebhaber? Oder eine Liebhaberin?«

»Wollen Sie mich veräppeln? Als ich auf dem Markt war, hatten Frauen keine Liebhaberinnen, und Liebhaber sind meiner Erfahrung nach nichts weiter als ein dicker Haufen Fleisch und Knochen, der bloß darauf wartet, sich in einen Blutegel von Ehemann zu verwandeln und dann im Handumdrehen das letzte bisschen Lebensfreude aus dir herauszupressen. So einen hatte ich dreiundzwanzig Jahre lang, und ein zweiter kommt mir bestimmt nicht ins Haus.«

»Es tut mir leid, dass Sie es so schwer hatten«, sagte Sugar und machte sich insgeheim einen Vermerk, Mrs. Keschl nicht neben Ruby sitzen zu lassen.

»Wir sind inzwischen seit siebenundzwanzig Jahren geschieden.« Mrs. Keschl wedelte wegwerfend mit der Hand und folgte Sugar auf die Dachterrasse. »Obwohl kaum ein Tag vergeht, an dem ich nicht wünsche, er wäre tot oder grässlich entstellt oder was weiß ich. Bienen!«, entfuhr es ihr, als ihr Blick auf den Stock fiel.

Sie schien zu lächeln.

»Mögen Sie Bienen?«, fragte Sugar.

»Meine Großmutter in Ungarn hatte damals welche. Sie redete von ihnen wie von ihren Kindern.«

»Und hielt sie hier auch welche?«

»Sie wohnte doch nicht in einem schicken Schnösel-Penthouse wie dem hier! Obwohl ihre Wohnung größer war, wenn ich mich recht erinnere. Nein, damals hielt kein Mensch in der Stadt Bienen. Aber einmal fuhr ich mit ihr den botanischen Garten drüben in Brooklyn – waren Sie schon dort? –, und glauben Sie, sie hätte auch nur einen Blick für die Tulpen oder Rosen oder blühenden Rhododendren übriggehabt? Nein. Sie interessierte sich ausschließlich für die Bienen. Die machten meine Großmutter glücklich, dabei war deren Glas bei Gott immer fast leer.«

Die eintretende Stille wurde von Lolas und Ethans Ankunft durchschnitten.

»Ach, du großer Gott«, sagte Mrs. Keschl. »Mussten Sie das Ballonmädchen auch einladen?«

»Ich habe alle Nachbarn eingeladen«, sagte Sugar.

»Na, dann verzichte ich auf den Kaffee«, schnaubte Mrs. Keschl. »In diesem Fall möchte ich lieber nicht allzu wach sein.«

Lola blieb müde und misstrauisch in der Wohnung stehen, schien sich aber zu entspannen, als Sugar ihr Ethan abnahm und sie dann auf die Terrasse führte, damit sie sich neben Mrs. Keschl an den Tisch setzte, der mit Sugars Honigkuchen, Nates Gebäckstücken, frischen Beeren, Sahne und Krügen mit Eistee gedeckt war.

Anschließend ging Sugar mit dem Kleinen in die Wohnung zurück und sah kurz in seine Ohren und seine

Kehle. Sie überlegte, ob er womöglich an einer Allergie litt, die seine Nebenhöhlen vereiterte, und holte ihm ein Stück Honigwabe aus dem Kühlschrank.

»Na, offenbar hat sie das Balg endlich mal zum Schweigen gebracht«, meinte Mrs. Keschl beinahe freundlich.

Lola klappte den Mund auf, um zurückzukeifen, griff stattdessen aber nach einem Gebäck und ließ sich in ihren Stuhl zurückfallen. Trotz der wärmenden Morgensonne trug sie eine flauschige grellgrüne Jacke und hatte die Haare zu zwei Zöpfchen geflochten. Sie zog sich an wie ein wesentlich glücklicherer Mensch.

»Ich habe ihm ein Stück Honigwabe gegeben«, erklärte Sugar, als sie Ethan wieder an den Tisch brachte. »Hoffentlich macht dir das nichts aus. Sie ist zwar ein bisschen klebrig, aber wirklich köstlich, und ich habe sie selbst geerntet, darum weiß ich genau, was darin ist, nämlich nur guter altmodischer Bienenhonig.«

Ethan nahm die Wabe aus dem Mund und lächelte sie alle an.

Lola sah ihren Sohn mit großen Augen an. »Wenn du ihn so zum Lächeln bringst, kannst du ihm geben, was du willst.«

»Der Kleine ist eigentlich ganz niedlich, wenn er mal zu krakeelen aufhört«, meinte Mrs. Keschl.

Ruby kündigte sich mit einem schüchternen Klopfen an der Tür an, aber als Sugar ihr öffnete, wurden sie beide um ein Haar von Mr. McNally überrannt, der ohne ein Wort der Begrüßung schnurstracks auf die Terrasse zusteuerte.

»Ich hätte es wissen müssen«, sagte er zu Mrs. Keschl, schnappte sich ein Gebäckstück und biss hinein, um sich dann unter einem Krümelregen auf einen Stuhl sinken zu lassen. »Sobald es was umsonst gibt, ist die alte Krähe da.«

»Besser als mit der Hand in der Hose zu Hause zu hocken wie manch anderer«, gab Mrs. Keschl zurück.

»Das klingt eklig«, sagte Lola.

»Und wer sind Sie?«, fragte Mr. McNally Lola.

»Ich bin Lola aus dem ersten Stock.«

»Und das ist Ruby aus dem Erdgeschoss«, ergänzte Sugar. »Verzeihung, ich dachte, Sie kennen sich alle.«

»Ich kenne ihn, und das genügt mir vollauf«, erwiderte Mrs. Keschl.

»Und ich kenne sie und will auf keinen Fall noch mehr Leute wie sie kennenlernen.«

»Also schön.« Sugar mischte sich ein, bevor es zu Tätlichkeiten kommen konnte. »Bevor ich erkläre, warum ich Sie heute eingeladen habe, möchte ich noch erwähnen, dass diese leckeren süßen Stücke von Nate gebacken wurden, der in 5a wohnt und heute Morgen leider nicht bei uns sein kann.«

»Ist das der Dicke mit den roten Haaren?«, fragte Lola.

»Ich weiß nur, dass er ein exzellenter Bäcker ist und eine sehr angenehme Stimme hat. Sind die Teilchen nicht köstlich?«

Alle außer Ruby, die den Blick angestrengt von dem Gebäck abgewandt hielt, stimmten ihr zu.

»Außerdem muss ich wissen, ob Sie alle damit einverstanden sind, dass ich hier oben Bienen halte.«

Mr. McNallys Blick flog kurz über die Dachterrasse und landete zuletzt auf dem Bienenkasten. Seine Miene wurde weich, und Sugar ahnte, wie er ausgesehen hatte, bevor er so alt und zornig geworden war. »Honig auf Porridge. Das nenne ich ein Essen.«

»Darfst du hier oben Bienen halten?«, fragte Ruby.

»Aber natürlich, Herzchen! Sehe ich so aus, als würde ich etwas Unerlaubtes tun?«

»Sie sehen aus wie Julie Andrews in *Meine Lieder – meine Träume*«, mischte sich Mrs. Keschl ein. »Nur dass Ihre Frisur netter ist. Ich könnte jetzt übrigens einen Kaffee vertragen.«

»Es sind also alle mit dem Bienenstock einverstanden?«, fragte Sugar, und alle nickten. »Kaffee kommt sofort.« In diesem Moment war ein festes Klopfen an der Tür zu hören, und sie lächelte. »Ach nein, erst möchte ich Ihnen noch jemanden vorstellen.«

Während Sugar zur Tür ging, sahen sich ihre Nachbarn neugierig an. Soweit sie wussten, waren sie vollzählig bis auf Nate, der aber nicht kommen würde.

»Das ist George Wainwright«, rief Sugar von der Tür aus. Alle drehten sich um und sahen George neben ihr im Türrahmen stehen, wo er sich mit beiden Händen festhielt.

»Er kann uns leider nicht Gesellschaft leisten, da er unter Höhenangst leidet und lieber im Erdgeschoss bleibt, wo Sie ihn von nun an öfter sehen werden.« Sie reichte George ein Gebäckstück und stellte ihm die übrigen Gäste vor.

»Sehr erfreut«, sagte George. »Und vielen Dank für die Einladung. Aber wenn das alles wäre …?«

»Das ist alles, George. Nur ganz kurz, wie geht es dem Bein?«

»Es ist ein Wunder, genau wie Sie sagten.«

»Ein Wunder können wir alle brauchen«, sagte Sugar. »Wir sehen uns dann unten?«

»Auf jeden Fall. Ich wünsche allen Anwesenden noch einen schönen Tag.«

Sie schloss die Tür und wandte sich wieder ihren Nachbarn zu.

»Und wer in Dreikuckucksnamen war das?«, wollte Mrs. Keschl wissen.

»Das war unser neuer Portier«, erklärte Sugar, während sie mit der Kaffeekanne nach draußen kam und rundum Kaffee einschenkte.

»Unser neuer Portier?«, wiederholte Mr. McNally.

»Genau«, sagte Sugar und bot ihm ein weiteres Gebäckstück an, das er kommentarlos entgegennahm. »Der arme Mann ist ein Naturtalent an der Tür, aber zurzeit bedauerlicherweise ohne Beschäftigung, weil er durch eine Kamera ersetzt wurde, darum habe ich ihm erklärt, er könne sich an unserer Tür nützlich machen. Ich hoffe, das stört Sie nicht. Ich weiß, das war anmaßend von mir, und das tut mir leid, aber uns entstehen dadurch keine Kosten. Und wir haben unten zwei Türen, die beide ziemlich schwer zu öffnen sind – ist Ihnen das auch aufgefallen? Vor allem, wenn man etwas in der Hand hat.«

»Sie sind doch nicht bei Trost«, urteilte Mrs. Keschl. »Wir wohnen hier in Alphabet City – nicht in den Trump Towers. Hier unten hat man keinen Portier.«

»Aber warum sollen wir keinen haben dürfen?«, widersprach Mr. McNally. »Wir sind nicht schlechter als die Leute an der Upper East Side.«

»Besser, wenn man mich fragt«, sagte Ruby.

»Und die Türen sind wirklich schwer«, ergänzte Lola.

Mrs. Keschl blinzelte.

»Er kann Ihnen helfen, die Einkäufe nach oben zu tragen«, sagte Sugar. »Vor allem, da Sie im zweiten Stock wohnen, was nicht so weit oben ist.«

»Ich stimme mit Ja«, sagte Ruby.

»Das hier ist ein Mietshaus, kein Parlament«, fuhr Mrs. Keschl sie an.

»Wir sollen also lieber einen alten Mann auf die Straße setzen?«, fragte Mr. McNally verbittert.

»Das habe ich nicht gesagt. Ich habe nur gesagt, dass ein Mietshaus kein Parlament ist.«

»Der Portier kann also bleiben?«, fragte Ruby.

»Nun, wenn die Mehrheit den Ausschlag gibt«, gab Mrs. Keschl klein bei, »dann wird der Portier wohl bleiben können, jawohl.«

»Sehr schön, dann sind wir uns einig.« Sugar lächelte alle der Reihe nach an. »Die Bienen können bleiben und George auch. Jetzt habe ich noch eine kleine Überraschung für Sie alle. Ich habe jedem von Ihnen eigene Bienenwachskerzen gezogen. Hier, Mrs. Keschl, Ihre duften nach Rosen, Mr. McNally, Sie bekommen welche mit Rosmarinduft, Lola, deine riechen nach Kamille …«

Die beiden Alten sahen sie an, als hätte sie den Verstand verloren.

»Ruby und Lola, für euch habe ich auch noch Lipgloss«, fuhr Sugar fort, »und für Sie noch etwas Handcreme, Mrs. Keschl, weil mir aufgefallen ist, was für schöne Nägel Sie haben.«

Mrs. Keschl sah sie immer noch völlig verdattert an.

»Und dann habe ich noch ein paar meiner Lieblings-

Zitronenkekse mit Honig gebacken«, ergänzte Sugar schnell, »falls jemand davon welche möchte.«

»Die Handcreme können Sie gern behalten«, sagte Mrs. Keschl und griff nach der Tüte mit den Kerzen. »Aber ich will was von den Keksen haben, und McNallys Kerzen nehme ich auch mit. Der fackelt sonst nur das ganze Haus ab, und wo sollen wir dann wohnen?«

»Ich habe noch welche in Reserve«, erklärte ihm Sugar, nachdem Mrs. Keschl abgerauscht war.

»Und für dich habe ich auch noch ein paar Kekse, Lola«, ergänzte sie dann.

»Irre, jetzt haben wir einen Portier«, sagte Ruby. »Das ist voll cool.«

Nachdem alle gegangen waren, klopfte Sugar an Nates halb geöffnetes Fenster. »Hast du alles mitbekommen?«

»Ja«, sagte er. »Wir haben jetzt einen Portier.«

Er zog den Vorhang zurück und schniefte.

Er war fest gebaut, hatte ein rundes, freundliches Gesicht und dichte kupferrote Locken. Auch wenn er ihr nicht in die Augen sehen konnte, brachte er doch ein schüchternes Lächeln zustande.

»Und mein Gebäck hat ihnen wirklich geschmeckt.«

»Oh ja, Nate, Schätzchen. Und wie. Und du möchtest ganz bestimmt kein Taschentuch?«

14

Zwei Wochen nach ihrer ersten Begegnung sah Theo sie wieder, und diesmal war es so unverkennbar Sugar, dass ihm völlig unverständlich war, wie er einer schwangeren Asiatin hatte folgen können.

Sie kam ihm auf der East 7th Street entgegen: eine schlanke Göttin im hellgrünen Blumenkleid auf einem Bürgersteig, auf dem schlagartig alle anderen Farben verblassten. Das offene Haar fiel ihr in einem dichten, glänzenden Vorhang über die Schultern und schwang bei jedem Schritt mit. Augenblicklich wollte er einfach alles über sie wissen: wie sie wohl roch, was sie zum Frühstück aß, ob sie unter der Dusche sang, wie damals ihr erstes Haustier hieß, wer sie in der Schule gehänselt hatte.

Er wollte ihr erzählen, wie er seinen ersten Zahn verloren hatte, wie ihm seine Mutter ihren Lungenkrebs verschwiegen hatte, damit er sich keine Sorgen um sie machte, welchen Song er zurzeit am liebsten hörte und dass er seit Neuestem bereit war, ein neues Kapitel in seinem Leben aufzuschlagen.

Selbst auf zwanzig Schritt Entfernung spürte er sie in seinen Knochen. Seine Mutter hatte recht. Seine Tanten hatten recht. Marlena hatte recht. Sie war die Eine, das war sonnenklar. Es war lächerlich. Aber sonnenklar. Aber lächerlich.

Aber sonnenklar.

Und während er angesichts dieser so merkwürdigen, unerklärlichen Gewissheit wie gelähmt verharrte und sie beobachtete, sah Sugar auf und bemerkte ihn.

Sie blieb auf der Stelle stehen und legte unwillkürlich eine Hand auf die dünne Goldkette und den Anhänger, der auf ihrer weichen, bleichen Haut ruhte.

Zwar besuchte Theo sie immer noch in ihren Träumen, aber Sugar hatte die Erinnerungen daran verscheucht wie lästige Fliegen, bis sie beinahe vergessen hatte, dass es ihn wirklich gab. Trotzdem stand er jetzt unübersehbar vor ihr, mitten auf dem Bürgersteig, in einem schreiend bunten Hawaiihemd. Seine Miene wirkte fast komisch; erfreut und gleichzeitig gequält. Und er tänzelte nervös auf der Stelle – wie eine Biene bei ihrem Tanz.

Sugar lächelte. Eigentlich wollte sie nicht lächeln, aber sie konnte nicht anders. Ihr Körper schien von selbst auf ihn zu reagieren, ohne dass ihr Wille ihn beeinflussen konnte. Sie konnte sich nie wirklich an ihre Träume erinnern, aber immer wenn sie danach aufwachte, waren sie ihr beinahe peinlich – nein, sie waren ihr *tatsächlich* peinlich.

»Na, so was, hallo, Theo«, begrüßte sie ihn und zog sich damit auf das sichere Terrain höflichen Geplauders zurück. Das war jedenfalls besser als verlegenes Schweigen. »Wie schön, dass wir uns wiedersehen. Ich bin Sugar Wallace. Ich war bei deinem kleinen Zusammenstoß mit George auf der Avenue B dabei, weißt du noch, dem Gentleman mit dem Hamburgerpapier am Mantel?«

So erinnerte sie sich also an George, dachte Theo. Wegen des Hamburgerpapiers? »Wallace«, sagte er. »Natürlich. Als könnte ich dich vergessen, obwohl mir der Wallace wahrhaftig entfallen war. Wie dämlich. Dabei hätte ich doch nur an William Wallace denken müssen. *Braveheart!*«

»Entschuldige?«

»Ein berühmter Schotte«, erklärte er. »Obwohl da wahrscheinlich keine Verwandtschaft besteht. Genau wie bei den Amish.« Theo ging auf, dass er keine Sekunde überlegt hatte, was er zu Sugar sagen sollte, wenn er ihr erst begegnete.

»Nein, mit William Wallace bin ich nicht verwandt«, sagte sie. »Allerdings bin ich einmal Mel Gibson begegnet, drüben in Kalifornien. Ich glaube wenigstens, dass er es war.«

»War er klein?«

»Er saß.«

»Wo wir gerade davon sprechen …« Theo fand seine Überleitung ziemlich geschickt. »Hättest du Lust, dich kurz hinzusetzen und etwas zu trinken? Gleich auf der anderen Straßenseite ist das McSorley's, New Yorks älteste Bar.«

Es war kurz nach elf Uhr, und wo Sugar herkam, trank ein anständiges Mädchen nicht am Vormittag, und wenn doch, dann ziemlich sicher nicht mit einem Mann, dem sie nur einmal begegnet war, während sie einen vermeintlichen Obdachlosen vom Straßenpflaster gekratzt hatte.

»Oh«, sagte sie.

Theo sollte eigentlich in zehn Minuten an einer Konferenz teilnehmen und rätselte selbst, wie er auf die Idee kam, Sugar um diese Uhrzeit in eine Bar schleifen zu wollen, aber das McSorley's war genau auf der anderen Straßenseite. Und es gab keine zweite Bar wie diese außerhalb der düsteren Gassen Edinburghs und möglicherweise Dublins und, mit gewissen Einschränkungen, Londons.

Vor allem aber hätte er den Gedanken nicht ertragen, dass ihm Sugar noch einmal entschlüpfen könnte.

»Würde es was nützen, wenn ich dich darum bitte?«, fragte Theo.

Das half immer. »Na gut, also schön«, gab sie sich geschlagen.

Aber als er die Hand auf ihren Ellbogen legte, um sie über die Straße zu geleiten, war ihr die von seinen Fingern ausstrahlende Hitze doch zu viel. Sie verkniff sich mit knapper Not ein hörbares Luftschnappen und eilte von ganz allein ins McSorley's.

Es war, als hätten sie eine Zeitreise gemacht. Der Boden war mit Sägemehl bedeckt, und an den Wänden hingen ausgebleichte, gerahmte Sepia-Fotos. Hinter der verschrammten Bar stapelten sich in einem zwei Meter hohen, uralten Eiskasten alte Nachttöpfe und Krüge und Urnen. Antikes Pferdegeschirr hing von der Decke; und jeder Winkel war mit verstaubtem Nippes vollgestellt.

Zwischen den schiefen Tischen und Stühlen stand ein schwarzer Holzofen, und das getüpfelte Licht verlieh der Bar etwas Surreales – so als befände man sich selbst auf einem verblichenen Sepia-Foto.

Sie waren die einzigen Gäste, aber es hätte Sugar nicht überrascht, wenn im nächsten Moment ein Saloon-Girl aus dem Hinterzimmer getippelt oder ein verwundeter Cowboy durch die Tür gestürzt wäre. Stattdessen schlurfte ein mürrischer grauhaariger Barkeeper mit einem Müllsack als Schürze aus dem Halbdunkel im Hintergrund und schob sich hinter die Theke.

»Haben Sie geöffnet?«, fragte Theo.

»Haben Sie die Tür aufgebrochen?«

»Nein.«

»Dann haben wir geöffnet.«

»Das gehört zum Service«, versicherte Theo, während er Sugar an einen kleinen runden Tisch am Fenster führte. Das Licht tanzte durch das Laub einer Ulme in den Raum.

Sie hatte das Gefühl, schon wieder träumend im Bett zu liegen.

»Warte hier«, sagte Theo. »Ich hol' dir was zu trinken.«

Sie klappte den Mund auf, um ihm zu erklären, dass sie eigentlich grundsätzlich Bourbon nahm, und zwar zu jeder Uhrzeit, aber Theo war schon an die Bar zurückgekehrt und bestellte.

Obwohl er ein so schreiend buntes Hemd und dazu grauenvoll unpassende karierte Bermudashorts trug, war nicht abzustreiten, dass er von hinten ein sehr angenehmer Anblick war. Er war groß, hatte breite Schultern und nicht allzu schmale Hüften und dazu hübsche Beine, stellte sie fest. Der Theo in ihren Träumen sah haargenau so aus, allerdings ohne Hemd und Bermudas.

In einem lang vergessenen Fleck tief in ihrem Herzen loderte eine ungewohnte Hitze auf und weckte die Schmetterlinge, die seit Jahren fest verpuppt in ihrem Bauch geschlafen hatten.

»Ich habe dir ein Doppelpack besorgt.« Theo war zurückgekehrt und stellte zwei kleine Biere vor ihr ab. »Helles Ale und dunkles Ale. Ich hoffe, das ist okay. Es ist die Spezialität des Hauses.«

Er hatte die eleganten, langen Finger eines Klavierspielers.

»Die sind beide für mich?«

»Was anderes gibt's hier nicht. Das ist Tradition.«

»Ach so, wunderbar, dann vielen Dank. Und was trinkst du?«

»Das Gleiche«, sagte Theo, ging noch mal an die Bar und kam mit zwei weiteren Biergläsern zurück. »Prost.«

Sugar nahm einen Schluck von dem hellen Ale, das auf ihrer Zunge prickelte und den Schmetterlingen frische Lebensgeister einhauchte. Sie meinte fast zu sehen, wie sie ihre Flügel entfalteten und sie nach der langen Ruhezeit auszubreiten versuchten. »Eigentlich trinke ich sonst kaum Bier«, sagte sie. »Du solltest mal einen Mint Julep mit einem guten Kentucky Bourbon probieren. Irgendwann am Nachmittag. Oder Abend. Abends ist wahrscheinlich besser. Wenn ich ganz ehrlich sein soll, trinke ich um diese Uhrzeit eigentlich eher Eistee.« Sie nahm einen zweiten Schluck, diesmal vom dunklen Ale, während Theos Lächeln in Richtung Sägemehl rutschte.

»Wahrscheinlich wäre Eistee wirklich besser gewesen.« Natürlich. »Eigentlich trinke ich morgens auch kein Bier. Oder überhaupt Alkohol. Es tut mir wirklich leid. Ich bin so ein Idiot.«

»Halb so wild«, beruhigte ihn Sugar. »Schließlich hast du mich nicht in eine Höhle geschleift und mir rohes Büffelfleisch vorgesetzt.«

»Ist dir das schon mal passiert?«

»Nein«, sagte sie und wurde rot, weil sie sich unwillkürlich fragte, ob es in einem ihrer Träume vielleicht um eine Höhle gegangen war, in die sie nicht ganz unfreiwillig geschleift worden war. »Ich sage das nur, damit du dich besser fühlst.«

»Ich fühle mich schon besser«, bestätigte er »Nicht deswegen, aber überhaupt.«

»Überhaupt?«

»Eigentlich deinetwegen. Seit wir uns neulich begegnet sind, habe ich immer wieder an dich denken müssen. Ich habe nach dir gesucht. Ernsthaft. Dass ich dich endlich gefunden habe, ist so … ich weiß nicht. Ich würde gern ›ein Wunder‹ sagen, aber das trifft es nicht genau, aber mir will auch kein besserer Begriff einfallen.«

Seine Augenfarbe zog sie so in Bann, dass sie den Blick abwenden musste. Eilig nahm sie einen tiefen Schluck Bier. »Äh, also … ich bin … wie schön«, sagte sie »Das ist gut. Arbeitest du hier in der Nähe?«

»Ja«, sagte er. »Nicht weit von hier. Genauso wie ich wohne.« Warum brachte er keinen vernünftigen Satz zustande? »Und du?«

»Ich bin gerade erst hergezogen«, antwortete sie absichtlich ausweichend. »Aber eigentlich stammst du aus Schottland, stimmt's?«

»Aus Glasgow«, bestätigte er. »Sohn von Shona Fitzgerald, verstorben, und eines unbekannten Vaters. Jedenfalls mir unbekannt. Sie kannte ihn natürlich, wenn auch nur kurz. Nicht dass sie ein leichtes Mädchen gewesen wäre oder so. Und sie liebte ihn wirklich, aber über ihrer Liebe lag immer ein Schatten, so hat sie es mir jedenfalls erzählt.«

Überschattet wurde ihre Liebe von der Tatsache, dass sein Vater sein Geld als Einbrecher verdient hatte. Diese Tatsache machte den Unterschied zwischen einem Leben in Glück und zwei bis vier Jahren in Barlinnie aus, hatte ihm seine Mutter erklärt. »Er verschwand, kurz nachdem sie ihn, du weißt schon … und das war's dann.«

Sugar fand, dass seine Augen heute eher türkis leuchteten; und dass die Wimpern dicht und dunkel wie die eines kleinen Jungen in seinem Männergesicht standen.

»Das mit deiner Mutter tut mir leid«, sagte sie. »Und das mit deinem Vater wahrscheinlich auch.«

»Ich weiß gar nicht, warum ich dir das erzählt habe«, sagte Theo. »Das klingt alles so tragisch, dabei habe ich mir als Kind nichts Schöneres vorstellen können, als mit meiner Mum bei meiner Gran und vier Tanten zu leben, selbst wenn unsere Wohnung viel zu klein war. Bis ich achtzehn wurde, fehlte mir mein Vater überhaupt nicht.«

Sugars Schmetterlinge hatten ihre Flügel entfaltet und flatterten, flatterten, flatterten.

»Jedenfalls kommst du mir ziemlich fröhlich vor.«

»Oh, du hättest meiner Mutter bestimmt gefallen«, sagte Theo.

Sugar verschluckte sich um ein Haar an ihrem Bier. »Verzeihung?«

»Wirklich. Ich habe einen ausgezeichneten Instinkt. Das sagt jeder.«

Sie lachte, und ihr Lachen klang so süß, dass er sich entspannte. Obwohl es ihm peinlich war, dass er seine ganze Familiengeschichte vor ihr ausgebreitet hatte. »Und gefällt es dir hier?«, fragte er. »In New York?«

Ihr Gesicht leuchtete auf. »New York ist der faszinierendste Ort, an dem ich je war. Unten in meinem Haus gibt es einen Ballonladen. Ein paar Häuser weiter kann man in Dmitris Akkordeongeschäft Akkordeonstunden nehmen. Und ich kann jederzeit Knisches essen, wenn ich Lust darauf bekomme, obwohl das ehrlich gesagt nicht so oft geschieht. Ach ja, und chinesische Pfannkuchen auch. Warst du schon bei Vanessa's in der Eldridge Street? All die Farben unten in Chinatown; mal ehrlich, abgestimmt ist das nicht gerade, aber alles wirkt so unglaublich lebendig …«

Wie sie aussah, klang, roch (wie Limetten, mit etwas Süßerem vermischt): Alles traf ihn wie ein Blitzschlag. Es gab kein besseres Wort dafür. Sie traf ihn wie ein Blitzschlag. Ausgerechnet hier, im gesprenkelten Licht einer verstaubten Bar, ergab Theos ganzes Leben schlagartig einen Sinn. Alles, was ihm bis zu diesem Punkt widerfahren war, alles, was er angepackt hatte, einfach alles hatte auf diesen Augenblick hingeführt, an dem er hier mit Sugar zusammensaß, der Einen und Einzigen für ihn, ohne den Hauch eines Zweifels, wie er erkannte. Sie war die Eine. Das war sonnenklar.

Sie lächelte ihn an. »Eigentlich ist es ganz nett hier, nicht wahr? Ich meine, für eine düstere, alte Bar, wo die Leute auf den Boden spucken.«

»Magst du Kinder?«, fragte Theo.

»Ich bin zweiundzwanzigfache Patin.«

»Und magst du Austern?«

»Ich bin aus dem Süden«, sagte sie. »Das versteht sich von selbst.«

»Per se oder Babbo?«

»Die Restaurants? Die sind bestimmt beide gut, aber wie gesagt sind mir die Pfannkuchen bei Vanessa's lieber. Und ich koche gern. Ich esse gern zu Hause. Was willst du genau damit erreichen?«

»Sugar Wallace«, setzte er an, »das klingt jetzt absolut schräg, aber schon bei unserer ersten Begegnung hatte ich so ein Gefühl… und ich weiß wirklich nicht, wie ich es ausdrücken soll, ohne dass du mich für einen Psychopathen hältst, aber andererseits weiß ich genau, dass so was nicht jeden Tag geschieht. Es war Schicksal, dass George auf mich fiel und dass du ihm von mir heruntergeholfen hast, und genauso war es Schicksal, dass wir uns heute da draußen auf dem Bürgersteig begegnet sind, denn wir, du und ich, Sugar, gehören zusammen. Ich habe keine Ahnung, was in den nächsten Minuten passiert, aber ich schwöre dir, dass ich genau vor mir sehe, wie wir in vierzig Jahren als altes Ehepaar händchenhaltend im Sonnenschein die East 7th Street in Richtung Tompkins Square entlangwackeln. Ich sehe es genau vor mir.«

Die Worte waren aus seinem Mund gesprudelt, ohne vorher sein Hirn durchlaufen zu haben. Kaum hatte er die Lippen geöffnet, da waren sie ungefiltert aus ihm herausgeströmt und lagen nun in einer peinlichen Pfütze zwischen ihnen auf dem Tisch.

Sugars Miene sagte ihm, dass es eindeutig besser gewesen wäre, sie vorab zu filtern. Vielleicht war Ehrlichkeit im Allgemeinen die beste Strategie, aber nicht immer und überall.

»Ist dir das zu heftig? Zugegeben, es klingt heftig. Aber ich bin mir ganz sicher. Ich kann es nicht richtig erklären, aber ich bin mir sicher. Meine Mum sagte immer, ich würde ›die Eine‹ erkennen, sobald ich ihr begegne, und sie hatte recht, Gott sei Ihrer Seele gnädig. Ich habe dich gefunden, und ich kann es spüren. Spürst du es nicht auch?«

»Dass wir als altes Paar in vierzig Jahren händchenhaltend die East 7th Street entlangwackeln, nur weil wir beide gern Austern essen?« Sugar lächelte nicht mehr. »Wo ich herkomme«, sagte sie dann, »macht man über so etwas keine Witze.«

Wo sie herkam, waren Hochzeiten nichts zum Lachen.

»Wo ich herkomme, genauso wenig«, versicherte ihr Theo aufgeregt. »Ich weiß, es klingt komisch, und glaub mir, sonst bin ich wirklich nicht so, aber ich bin einfach absolut sicher, dass wir beide bis an unser Lebensende zusammenbleiben werden.«

Sugar stellte ihr fast leeres Bierglas auf dem Tisch neben dem anderen fast leeren Bierglas ab. »Du weißt rein gar nichts über mich«, sagte sie.

»Aber ja! Du hast George von der Straße aufgeholfen! Das tut sonst niemand hier. In Barlanark schon. In Barlanark landet fast jeder irgendwann auf der Straße, darum sind es die Menschen dort gewohnt, einander aufzuhelfen. Aber hier nicht. Du bist ein guter Mensch, Sugar. Und du bist klug und schön. Du bist so schön! Außerdem bist du mit mir Bier trinken gegangen. Zählt das denn gar nicht?«

»Ich bin aus reiner Höflichkeit mitgekommen. Und ich weiß genau, was als Nächstes passieren wird«, sagte sie und griff nach ihrer Tasche. »Darum kann ich dir bei diesem Teil deiner kleinen Geschichte aushelfen.«

»Das entwickelt sich ganz und gar nicht so, wie ich mir das vorgestellt habe«, bekannte Theo. »Ich habe dir Angst eingejagt.«

»Ich habe keine Angst. Ich bin – schön, ich weiß nicht genau, was ich empfinde, aber ich bin einmal auf einem Parkplatz vor einem Supermarkt einem Mann begegnet, der mich nach Norwegen mitnehmen wollte. Allerdings hatte der damals Einkaufstüten an den Füßen und eine Krone auf dem Kopf, darum war leichter zu erkennen, dass er spinnt.«

»Ich weiß nicht, ob dich das beruhigt, aber ich habe nicht einmal einen Hut.«

Sugar stand auf. »Nein, das beruhigt mich nicht. Und du solltest dir keinen Spaß daraus machen, wildfremden Leuten zu erzählen, dass du bis an dein Lebensende mit ihnen zusammenbleiben wirst.«

»Natürlich hast du recht, ich sehe es ja ein. Es tut mir so schrecklich leid, Sugar.«

»Mir auch, Theo, aber ich glaube, ich trinke morgens wirklich lieber Eistee, darum entschuldige mich bitte. Danke für das Bier, für die Biere, und pass auf dich auf. Ach ja, und ich weiß nicht, ob du mir eventuell nachlaufen wolltest, aber ich hoffe dringend, dass du das sein lässt, weil ich dich dann ganz offiziell für einen Psychopathen halten würde.«

Sie drehte ihm den Rücken zu, schlängelte sich zwischen den Tischen durch und verschwand durch die Tür nach draußen, während Theo ihr, vom Sonnenlicht geblendet, nachsah, bis sie sich auf der Straße in Nichts aufgelöst hatte und sein Herz im Sägemehl unter seinen Füßen zerflossen war. Mit aller Macht kämpfte er gegen den Drang an, genau das zu tun, wovor sie ihn gewarnt hatte. Wie hatte er das so komplett vermasseln können?

Draußen hatte Sugar das Gefühl, dass ihr Herz das Blut von Tausenden durch ihren Körper zu pumpen versuchte.

Tief in ihr versuchte sich etwas Untergründiges, Düsteres, Kompliziertes ans Tageslicht zu kämpfen. Es hatte etwas mit der blauen Flamme über einer Crème brulée zu tun, mit den Schmetterlingen, mit der Hitze und dem unerklärlichen Sog, den sie jedes Mal spürte, wenn sie in Theos Augen sah – und sie konnte es überhaupt nicht brauchen.

Was für eine Unverfrorenheit, ihr – ausgerechnet ihr – mit Heiraten und Händchenhalten und einem Leben an seiner Seite zu kommen, wo sie diesen Typen gerade mal zwanzig Minuten kannte!

Sie würde auf keinen Fall weinen, schwor sie sich, auf gar keinen Fall. Sie würde einfach nach Hause gehen und dort den Sirup verfeinern, den sie für Ethan angesetzt hatte, oder vielleicht die Salbe gegen Mr. McNallys Schuppenflechte anrühren.

Jedenfalls würde sie nicht weinen.

Aber falls sie doch weinen würde, was sie guten Gewissens nicht ausschließen konnte, während sie in Richtung Flores Street flüchtete, dann nicht, weil ein irrer Fremder ihr erklärt hatte, dass er in vierzig Jahren mit ihr Händchen halten wollte.

Falls sie doch weinen würde, dann nur, weil sie in jenem Sekundenbruchteil, bevor sie beschlossen hatte, dass Theo Fitzgerald den Verstand verloren hatte, trotz allem anderen – und von diesem anderen gab es viel zu viel – genau wie er vor sich gesehen hatte, wie sie alt und glücklich händchenhaltend über die East 7th Street gewackelt waren. Gemeinsam.

Elizabeth die Sechste nahm gerade huldvoll die Berichte ihrer Kundschafter über eine besonders intensiv duftende Glyzinie entgegen, die sich keinen halben Block entfernt an einer Gartenmauer emporrankte, als sie spürte, dass Sugar nach Hause gekommen war.

Sie hielt mitten in der Bewegung inne – den Hintern immer noch in der Wabe, um ihr 1327. Ei an diesem Tag zu legen – und schärfte ihre Sinne. Hören konnte sie nichts, schließlich hatte sie keine Ohren, aber sie setzte ihren Gesichts-, Geruchs- und Tastsinn sowie 150 Millionen Jahre an Evolution ein, um ihre Antennen auf den Puls ihrer Umwelt und ganz besonders auf den Puls von Sugars Welt einzustimmen.

So wie Elizabeth die Sechste es (mit ihren insgesamt fünf Augen) sah, hatte Sugar täglich an Farbe gewonnen, seit sie Theos Namen erstmals laut ausgesprochen hatte, und wenn sie nachts von ihm geträumt hatte, wirkte sie besonders lebendig, beinahe so, wie wenn sie tagsüber an ihn dachte.

Beflügelt von der Energie, die ihre Imkerin ausstrahlte, hatte die Königin unermüdlich ihr Volk vermehrt und sich zu einer beliebten Herrscherin entwickelt, deren Hausbienen sie emsig umsorgten und deren Arbeiterinnen eifrig Futter sammelten und Honigwabe um Honigwabe auffüllten.

Doch als Sugar aus dem McSorley's heimkehrte, strahlte von ihr eine stürmische Energie aus, die Elizabeth die Sechste nicht aus ihrer genetischen Erinnerung kannte.

Diese neuen Schwingungen waren nicht nur auf das Bier zurückzuführen. Sie waren stark und kündigten Unglück an.

Von diesen komplexen Pheromon-Ausschüttungen aus dem Takt gebracht, begann die Königin unwillkürlich, bei jedem frisch gelegten Ei einmal zusätzlich mit ihrem Allerwertesten zu schwänzeln, was das Legen deutlich verlangsamte.

Anfangs irritierte sie damit ihre Kammerzofen, aber nachdem die Königin keine weiteren Beschwerden zeigte und auch nicht krank zu sein schien, folgten sie bald ihrem Beispiel und passten sich dem neuen, langsameren Rhythmus an.

15

Nate schlug die *New York Times* auf – keine kleine Leistung, nachdem er im engsten Apartment in ganz Manhattan wohnte. Um die *Times* zu öffnen, musste er erst etwas anderes schließen oder wegräumen.

Aus Apartment 5a hatte man über die Blumenkästen hinweg vielleicht einen spektakulären Ausblick auf die Skyline von Südmanhattan und weit darüber hinaus, aber im Apartment selbst war kaum genug Platz für ein schmales Bett, einen winzigen Tisch – den Nate gleichzeitig als Arbeitsplatz nutzte –, einen Herd, eine Spüle und einen winzigen Kühlschrank.

Weil er keine Speisekammer hatte, bewahrte er seine Kräuter und Gewürze in seinem viel zu engen Kleiderschrank auf, während das Olivenöl im Medizinschrank stand und das Gemüse in einer Kiste auf dem Bett lagerte.

Er setzte sich daneben und las niedergeschlagen die neueste Restaurantkritik. Der Kritiker der *Times* hatte Roland Morants Restaurant Citroen in der Upper West Side drei Sterne verliehen, was für Nate einer Katastrophe gleichkam.

Sein Boss, ein stimmgewaltiger Tyrann, der darauf bestand, »Chefkoch« genannt zu werden, obwohl er seinen Lebensunterhalt keineswegs so verdiente, wie der Titel vermuten ließ, hasste Morant aus tiefstem Herzen. Die beiden hatten vor Urzeiten als Kollegen begonnen, aber dann hatte sich Morant unter Küchengöttern wie Danny Meyer, Alfred Portale oder Jean-Georges Vongerichten an die Spitze gearbeitet, während Nates Chef das vergangene Jahrzehnt damit zugebracht hatte, im Süden Manhattans im Diner seines Schwiegervaters Hamburger auf den Grill zu klatschen.

»Dieses talentlose, schmierige Kollegenschwein hatte noch nie eine einzige originelle Idee«, zog der Chefkoch gern lautstark über seinen Erzfeind her. »Dieses Arschloch kann nicht mal eine Karotte kleinschneiden, ohne dass ihm jemand die Schneidestelle mit Bleistift markiert und ihm außerdem das Messer schleift.«

Als vor einem Jahr das Citroen aufgemacht hatte, hatte der Chefkoch tagelang getobt und immer wieder gezetert, dass Morant seiner Meinung nach unter den Abfallhaufen mit den verdorbenen Hühnerlebern von letzter Woche gehörte, nicht an die West 84th Street, wo nur taube Nüsse verkehrten, die blöd genug waren, ihr Geld für eine satte Lebensmittelvergiftung zum Fenster hinauszuwerfen.

Und jetzt hatte das Citroen drei Sterne bekommen.

Der Chefkoch hasste alles und jeden, aber nichts hasste er so sehr wie Nate, selbst an seinen friedfertigsten Tagen.

Heute würde er sich aus Nates Gedärmen Hosenträger drehen.

Nate sah auf die Uhr. Er hatte gerade noch Zeit, um einen Zwischenstopp in der Poseidon Bakery an der 9th Avenue einzulegen und ein paar Finikias zu holen – weiche, wie Madeleines geformte Küchlein aus gemahlenen Mandeln und Walnüssen, die mit klebrigem, süßem Sirup getränkt waren. Er hatte versucht, sie nachzubacken, aber irgendwas hatte gefehlt, und er musste unbedingt herausfinden, was das war.

Es würde ein anstrengender Tag werden, der zumindest einen zuckersüßen Anfang verdient hatte.

Draußen bemerkte er einen Schatten. Sugar sah wieder einmal nach ihrem Bienenstock und wanderte lautlos auf ihrer Terrasse herum, um ihren erblühenden Garten zu inspizieren. Seit ihrem Einzug hatte sie wahre Wunder auf ihrer Dachterrasse bewirkt, und wenn ihm nicht so elend gewesen wäre, hätte Nate tatsächlich die Vorhänge zurückgezogen und ihr das gesagt.

16

Aufgewachsen war Sugar in Charleston, South Carolina: womöglich der prachtvollsten Gartenstadt der Welt. In der pittoresk zwischen dem Ashley River und Cooper River lagernden Stadt blühten hinter jedem schmiedeeisernen Tor, hinter jeder Backsteinmauer süß duftende Schatzkammern voller Kamelien, Rosen, Gardenien, Magnolien, Süßer Duftblüten, Azaleen und Jasmin, Jasmin, Jasmin.

Kein Wunder, dass die Söhne und Töchter der Stadt diese grüne überwucherte Oase mit ihren blühenden Zierhecken und leuchtenden Blumenkästen für den schönsten Fleck der Erde hielten.

Während der ersten Jahre im Exil hatte Sugar immer wieder ein Abbild jener schwelgerischen Luxusgärten aus ihrer Heimat zu erschaffen versucht und unter widrigen Umständen mühsam widerstrebende Geißblattranken oder mürrische Süßkartoffeltriebe zum Wachstum gezwungen oder löchrige Teppiche aus Münzkraut oder Mauerpfeffer gewoben.

Im Napa Valley hatte der Jasmin dann endlich zu wuchern begonnen, zur großen Freude ihrer Bienen und, wie sie glaubte, auch ihrer eigenen. Aber sobald die Blüten sich öffneten, hatte Sugar gespürt, wie sich ein leichter, ihr völlig fremder Anflug von Trauer über sie senkte wie eine Schleierwolke, und daraufhin begriffen, dass der betörende, süße Duft ihrer Kindheit Heimweh auslöste, weshalb sie die Ranken mitsamt den Wurzeln ausgerissen und nie wieder Jasmin gepflanzt hatte.

Von diesem Zeitpunkt an hatte sie sich auf Pflanzen beschränkt, die sie fröhlich stimmten und die das Beste aus ihrer natürlichen Umgebung machten.

In Santa Fe hatte sie den ganzen Garten mit Terrakottatöpfen in verschiedenen Größen vollgestellt, in denen die verschiedensten Pflanzen wuchsen, von Rosmarin und Lavendel bis zu Zierbirnen und Pflaumen und sogar Paprikaschoten, obwohl die Bienen nicht besonders darauf flogen.

In Colorado hatte sie alte Benzinkanister und aufgeschnittene Ölfässer zu einer fruchtbaren Oase arrangiert. Anfangs hatten ihre Nachbarn sie skeptisch beobachtet, aber nachdem sich die Bodengewächse ausgebreitet und sich die Blütenvorhänge gesenkt und die Büsche ausgetrieben hatten, hatte sich das hässliche Schrottplatz-Entlein in den sprichwörtlichen Hinterhof-Schwan verwandelt.

Für die Flores Street hatte George auf einer Baustelle am East River ein paar gusseiserne Regenrinnen aufgespürt und dann dafür gesorgt, dass Ralph, ein junger Freund seines Großneffen, sie mit zwei seiner Freunde auf Sugars Dachterrasse wuchtete.

Sugar hatte Ralph ein paar Scheine zustecken wollen, aber davon wollte er nichts hören.

»Alle Freunde von Mr. Wainwright sind auch unsere Freunde«, sagte er. »Meine Mom sagt immer, er hätte ihr damals den Hintern gerettet, als wir noch klein waren.

Ich weiß nicht wieso, aber ich glaube, es hatte was damit zu tun, dass mein Dad wieder bei uns einzog. Auch egal, jedenfalls ist er ein echt cooler Typ. Und er mag Ihre Tür.«

»Und sie mag ihn.« sagte Sugar und gab ihm stattdessen zwei Eimer Kleehonig aus North Idaho mit.

Auf losen Backsteinen gelagert, gaben die Rinnen perfekte postindustrielle Pflanztröge ab, auf denen Sugars zierliche Lieblingsblumen kurioserweise besonders gut zur Geltung kamen: Stiefmütterchen, Wandelröschen, Eisenkraut und Vanilleblumen.

Sie baute zwei davon vor der langen Mauer des höheren Gebäudes nebenan auf und pflanzte am einen Ende eine Clematis und am anderen eine weiße Mondwinde: die Clematis, weil die von ihr ausgesuchte Sorte am schönsten blühte, die Mondwinde, weil sie sich am frühen Abend öffnete und genau dann, wenn den Menschen besonders der Sinn danach stand, einen geradezu himmlischen Duft verströmte.

Für ihre eklektische Sammlung von Gartenmöbeln fertigte sie Baumwollhussen in verschiedenen Farben an und erstand erst auf dem Flohmarkt in der Hester Street chinesische Lampions und eine Lichterkette sowie später auf einem Schlussverkauf in der Essex Street zwei überdimensionale Kerzenständer mit passenden Kerzen. Sie entdeckte sogar an einer Ecke in Chinatown einen Blumenkübel im Sonderangebot, den sie für zwanzig Dollar plus zwei Gläser Propolis erstand. Sie bepflanzte ihn mit einer Mini-Magnolie, die so klein und zierlich wie nur möglich war und sie darum nicht an die Bäume im Garten ihres Elternhauses erinnerte, da ihre Mama so stolz darauf gewesen war, dass ihre Magnolien die größten in der ganzen Straße waren.

Nach ein paar Wochen harter Arbeit begann ihr Dachgarten vor dem atemberaubenden Hintergrund der City endlich Gestalt anzunehmen.

In den Tagen nach den so ernüchternden Gläsern Bier im McSorley's hatte sie noch härter gearbeitet als sonst. Zehn Kilo schwere Säcke mit Torf vier Stockwerke hochzuschleppen war eine ideale Methode, um den Kopf frei zu bekommen, zum Beispiel von peinigenden Bildern wie denen von einem wunderbaren Fremden, der … ehrlich gesagt wusste sie nicht genau, was Theo eigentlich getan hatte, aber es war auf jeden Fall falsch gewesen.

Trotzdem träumte sie weiter von ihm. Manchmal konnte sie ihn morgens beinahe schmecken, eine Empfindung, die im Halbschlaf betörend und im Wachzustand eine einzige Qual war. Es war ein leicht salziger Geschmack mit deutlichen Karamellnoten, der bis nach dem Frühstück auf ihren Geschmacksknospen widerhallte.

»Ich muss mir Theo Fitzgerald aus dem Kopf schlagen«, erklärte sie Elizabeth der Sechsten, während sie eines Morgens Mulch um den Stamm der Mini-Magnolie festdrückte, um die Feuchtigkeit im Boden zu halten. »Er hat da drin nichts zu suchen. Genauso wenig wie in meinem Leben.«

Ihre Gärtnerarbeit wurde durch ein Klopfen unterbrochen: Vor ihrer Tür stand Ruby, die bleich und müde ihr Sammelalbum umklammert hielt.

Sugar hatte ihre zerbrechliche Nachbarin aus dem Erdgeschoss unauffällig im Auge behalten und ihr seit dem Brunch alle paar Tage einen Kurzbesuch abgestattet. Ruby knallte ihr zwar nie die Tür vor der Nase zu, wie es Mr. McNally immer noch gern tat, und traktierte sie nicht mit abfälligen Blicken wie Mrs. Keschl, und sie schob sich auch nicht wortlos auf der Treppe an ihr vorbei wie Lola, aber trotzdem war der Empfang in Rubys Wohnung meist eher unterkühlt. Gewöhnlich taute sie schnell auf, doch Sugar hatte jedes Mal das Gefühl, ihre Freundschaft von Neuem aufwärmen zu müssen, darum freute es sie, dass Ruby erstmals von sich aus in den vierten Stock gekommen war.

»Ich habe ein paar neue«, sagte Ruby und streckte das Sammelalbum in ihren dürren Armen vor. »Und die sind voll schräg.«

Hochzeiten waren das Letzte, womit Sugar sich zurzeit beschäftigen wollte. »Ich wollte gerade nach meiner Königin sehen«, versuchte sie das Thema zu wechseln. »Möchtest du auch mal einen Blick auf sie werfen?«

Ruby verzog das Gesicht. »Was?«

»Verzeihung?«

»Ich sagte: ›Was?‹«

Sugar beschloss, ein andermal an Rubys Manieren zu feilen. »Ich wollte gerade nach Elizabeth der Sechsten schauen«, wiederholte sie. »Wenn du dich hier zu mir stellst, mache ich euch bekannt.«

Ruby trat zu ihr und beobachtete argwöhnisch, wie Sugar den Deckel vom Bienenstock abhob. »Sollten wir nicht einen Schutzanzug tragen und sie vorher ausräuchern oder so?«

»Ich habe drinnen einen Schutzanzug, wenn du einen anziehen möchtest, aber eigentlich sind meine Bienen zahm«, erklärte Sugar. »Und der Rauch soll die Bienen beruhigen, aber mein Volk ist sowieso ziemlich entspannt, darum spare ich mir das. Ich stelle es mir nicht besonders angenehm vor, wenn einem das ganze Haus vollgequalmt wird. Wir würden in so einem Fall die Feuerwehr rufen. Aber wenn es dir lieber ist, kannst du auch reingehen und von dort aus zuschauen.«

»Ich habe keine Angst vor Bienen«, erklärte Ruby, während Sugar einen Rahmen voller Insekten herauszog.

»Siehst du, wie sie die Waben überall mit Wachs verschlossen haben?« Sugar deutete darauf. »In jeder davon liegt ein Bienenbaby.«

»Und wo ist der Honig?«

»Noch haben sie kaum welchen produziert. Sie fangen gerade erst damit an. Erst wenn Elizabeth die Sechste oder Betty, wie ich sie gern nenne, noch mehr Eier gelegt hat und alle geschlüpft und ausgewachsen sind, werden sie die Waben ein Stockwerk höher mit Nektar füllen. Danach trocknen sie ihn, indem sie mit ihren Flügeln schlagen, und ehe du dich versiehst, hast du deinen Honig!«

Aber Ruby interessierte sich weniger für Sugars Honig als für Nates Blumenkästen. »Hast du ihn eigentlich schon kennengelernt: den Dicken mit den Kupferhaaren, der immer gleich rot anläuft?«

»Er wird nur rot, weil er so schüchtern ist, sonst nichts.«

Ruby zuckte mit den Achseln. »Und was hat er da in seinen Kisten stehen?«

»Er pflanzt so gut wie alles an«, erklärte Sugar. »Und sobald es ausgewachsen ist, pflückt er es und bereitet etwas Köstliches daraus. Erst neulich hat er abends einen marokkanischen Lammeintopf gekocht – ehrlich, der Duft hat mich so verrückt gemacht, dass ich schließlich an sein Fenster geklopft und ihn gefragt habe, was er da zubereitet. Er hat ihn in einem süßen kleinen Tontopf mit einem Schlot in der Mitte gebacken und mit Couscous serviert. Hinterher musste ich Marokko auf der Landkarte suchen, weil ich um jeden Preis wissen wollte, woher ein so köstliches Gericht kommt.«

»Gehst du mit ihm oder so?«, fragte Ruby.

»Um Himmels willen, nein! Er ist zu jung für mich. Und ich kenne ihn kaum.«

»Man muss sich nicht lange kennen, um mit jemandem zu gehen. Manchmal ist es Liebe auf den ersten Blick. Mein Sammelalbum ist voll von solchen Geschichten.«

Sugar räusperte sich. »Also, ich bin auf dem Feld wirklich keine Expertin, denn das mit mir und den Männern ist keine große Erfolgsgeschichte.«

Ruby sah sie an. »Bei mir ist das mit den Jungs auch keine Erfolgsgeschichte«, sagte sie. Tatsächlich hatte sie noch nie einen Freund gehabt. Nicht mal in Aussicht.

»Ich finde Bienen weit weniger kompliziert«, ergänzte Sugar. »Also, wo steckt meine Königin?« Sie zog den nächsten Rahmen heraus, der mit noch mehr Bienen beladen war, drehte ihn vorsichtig in den Händen und hielt dabei nach Elizabeth der Sechsten Ausschau.

»Wie kannst du sie von den anderen unterscheiden?«

»Sie ist größer, und sie hat Klasse, genau wie eine echte Königin. Normalerweise finde ich sie sofort, aber – ach, schau mal, da ist sie ja.« Sie deutete auf Elizabeth die Sechste, die mit ihrer hinteren Hälfte in einer Brutzelle steckte. »Siehst du, sie ist länger als die anderen, obwohl man das nur schwer sehen kann, solange sie halb in einer Wabe sitzt.« Sie wartete darauf, dass Betty ihr Ei fertig legte und zur nächsten Wabe krabbelte, aber Betty rührte sich nicht vom Fleck.

»Hm, merkwürdig«, meinte Sugar. »Sie lässt sich ganz schön Zeit. Wahrscheinlich sollte ich sie nicht länger stören.«

Sie schob den Rahmen in den Stock zurück und schloss den Deckel wieder.

Ruby hielt das Sammelalbum fest umklammert und ließ sich auf einem der Leinenkissen nieder. Sie sah traurig und erwartungsvoll zugleich aus, so als wünschte sie sich, sie würde sich nicht wünschen, was sie sich wünschte. Bienen wirkten auf Ruby offenbar weit weniger aufmunternd als auf Sugar, und wenn Ruby etwas brauchte, dann Aufmunterung. Sugar würde durch weiteres Eheglück waten müssen, um sie wenigstens ein bisschen aufzuheitern.

»Was hältst du davon, wenn ich uns einen Eistee mache«, schlug sie vor, »und du uns dann ein paar von deinen Geschichten vorliest?«

»Was ist in dem Eistee?«

»Nur Tee und Zitrone, wahrscheinlich hat er nicht mal eine halbe Kalorie pro Glas.«

»Okay«, sagte Ruby.

»Das ist alles?«

»Was sollte sonst noch sein?«

»Manchmal ist es schön, noch etwas Süße zuzugeben.«

»Es gibt nichts zu versüßen«, verkündete Ruby.

Sugar widersprach ihr nicht, gab aber heimlich einen halben Teelöffel ockerfarbenen Jacksonville-Honig in den Tee, weil Ruby unbedingt mehr Süße in ihrem Leben brauchte. Der Honig hatte einen sehr dezenten Geschmack und war gleichzeitig ein bisschen herb, und Sugar wusste, dass das Tannin des Tees und die Säure der Zitrone den Geschmack überdecken würden.

Sie war sicher, dass Rubys Wangen nach dem ersten halben Glas etwas Farbe annahmen. Es war, als würde man einer halb verwelkten Blume dabei zusehen, wie sie sich nach einem warmen Sommerregen aufrichtet und wieder erblüht.

17

Als Theo Sugar das nächste Mal sah, war sie gerade damit beschäftigt, auf dem Wochenmarkt am Tompkins Square am Stand der Ronnybrook Farm Eis zu verkaufen. Nachdem sie drei Wochen hintereinander freiwillig am Informationsstand des Marktes ausgeholfen hatte, hatte der Marktmanager ihr empfohlen, noch ein paar Mal an einem fremden Stand zu arbeiten, bevor sie ihren eigenen eröffnete.

Marcus Morretti von der Ronnybrook Farm hatte sie eher widerwillig unter seine Fittiche genommen, weil er schon öfter Freiwillige beschäftigt hatte, die gewöhnlich um neun Uhr morgens Kaffee holen gegangen und nie wieder aufgetaucht waren. Der Tompkins Square hatte nicht den Glamour und Glanz des Marktes am Union Square nahe dem Bügeleisen-Hochhaus, wo Horden gut betuchter Manhattaner mit spitzen Fingern frische Zucchiniblüten aussuchten, während die Touristen Schnappschüsse von goldenen Himbeeren machten, die wie Juwelen sorgsam aufgestapelt neben fülligen Erdbeeren und glänzenden Brombeeren präsentiert wurden. Am Tompkins Square drängten sich keine Menschenmassen, um pralle Auberginen oder vegane Kekse zu bestaunen oder um für Haferbrezeln oder vegetarische Wraps Schlange zu stehen.

Über diesen Markt verloren die Hochglanzmagazine oder Reiseführer kaum ein Wort.

Stattdessen schlenderte eine bunte Mischung von East-Village-Bewohnern an den knapp zehn Ständen vorbei, hinter denen ein Metzger, ein Bäcker, zwei Gemüsehändler, ein Apfelanbauer, ein Lavendelzüchter sowie Marcus mit seiner biologischen Eiscreme ihre Produkte anboten.

Die Atmosphäre war entspannt, die meisten Verkäufer kannten die meisten Kunden, und für das typische Alphabet-City-Flair sorgte eine farbenfrohe Mischung von Obdachlosen und Süchtigen, die größtenteils ihren eigenen Geschäften nachgingen, sich aber bisweilen auch stundenlang in lautstarken Schimpftiraden ergingen oder – was noch schlimmer war – die Standbetreiber und Passanten ansangen, wie man Sugar gewarnt hatte.

An diesem speziellen Morgen allerdings wurde weder geschrien noch gesungen. Unter den berühmten Ulmen des Parks stand der Löwenzahn in voller Blüte und sprenkelte den Rasen wie mit Goldstaub. Eine Gruppe greiser Musikanten spielte an den Bänken beim Spielplatz Gypsy-Jazz, während die Mütter plaudernd ihren Kindern zuschauten und dabei gedankenverloren mit den Füßen wippten.

Es war ein Tag, der einen perfekten Sommer versprach und ideale Bedingungen bot, sodass Marcus nicht einmal eine Stunde brauchte, um zu begreifen, dass Sugar ein Naturtalent im Verkaufen war. Als er nach zwei Stunden seine Einnahmen überschlug, erkannte er, dass sie doppelt so hoch waren wie sonst. Er beschloss, dass sie genau die Art von Eisverkäuferin war, der man an einem sonnigen Vormittag ein Eis abkaufen wollte: ganz ohne Tattoos und Piercings und stattdessen mit einem Lächeln, das andeutete, dass sie ihre bodenständige Freundlichkeit durchaus mit einem Schuss Boshaftigkeit würzen konnte.

Als ihm aufging, dass die Kunden tatsächlich lieber warteten, bis sie von ihr bedient wurden, obwohl er direkt neben ihr stand, überließ er Sugar den Stand und machte sich auf, um sich mit seiner Freundin zu einem frühen Mittagessen zu treffen. Seine Freundin hatte absolut nichts Bodenständiges an sich, und eigentlich liebte er sie genau deshalb.

Nachdem Marcus verschwunden war, war Sugar so damit beschäftigt, den Kundenandrang zu bewältigen, dass sie praktisch ununterbrochen mit beiden Armen in den Eisbehältern steckte. Die Kunden drängten sich vor der Theke und riefen ihr die Geschmacksrichtungen zu, doch dann verlangte eine Stimme in einem unverkennbaren Singsang nach Ingwer Crème Supreme, und die Härchen auf Sugars Armen stellten sich auf. Sie richtete sich auf und sah Theo vor der Theke stehen.

»Ach, du bist es.« Die Hand am Eisportionierer begann plötzlich zu schwitzen. »Hallo.« Unhöflich zu sein war keine Lösung. Das war nie eine Lösung. Außerdem konnte sie schlecht weglaufen.

Theo waren fast die Augen aus dem Kopf gefallen, als er um die Ecke geschlendert war und Sugar in ihrem zauberhaften blauen Kleid hinter der Eistheke entdeckt hatte.

Seit sie vor ihm aus dem McSorley's geflüchtet war, hatte er Wochen damit zugebracht, bei jeder Gelegenheit über die East 7th Street zu patrouillieren und um jede Ecke zu spähen, immer in der Hoffnung, ihr irgendwann über den Weg zu laufen, damit er sich erklären und den angerichteten Schaden wiedergutmachen konnte. Er hatte sogar eine kleine Rede einstudiert, aber dummerweise nicht aufgeschrieben, denn plötzlich war in seinem Kopf nur noch Platz für das Bild ihrer Finger, die sich um ein Bierglas schmiegten, und der Zähne, die an ihrer vollen Unterlippe nagten, beides unterlegt von einem leichten, süßlichen Zitronenduft.

»Ja, ich bin's«, war darum alles, was er hervorbrachte.

»Willst du dein Ingwer Crème Supreme in der Waffel?«, fragte sie. »Oder im Becher zum Mitnehmen? Oder soll ich es beiseitestellen und es dir zum vierzigsten Hochzeitstag schenken?«

»Hey, wir stehen alle an, Vordrängler«, fuhr ihn eine junge Mutter an, die direkt vor ihm stand und ihr Kind auf der Hüfte balancierte. »Ich nehme einen großen Becher Vanille.«

»Kommt sofort, Madam«, versicherte ihr Sugar und reichte ihr das Eis. Die Mutter stolzierte davon, und Theo schob sich an die Theke.

»Ich weiß, dass so ziemlich alles, was aus meinem Mund kommt«, setzte er an, »sich anhören muss wie das Geschwätz eines Irren …«

»Allerdings.« Sugar nahm die nächste Bestellung aus der Schlange hinter ihm entgegen und ärgerte sich gleichzeitig, dass sie nur seinetwegen überlegen musste, ob es manchmal, unter bestimmten Umständen, nicht doch sinnvoll war, unhöflich zu werden, was ihren Überzeugungen zutiefst widersprach. »Tut mir leid, aber genauso hört es sich an.«

»Nein, mir tut das leid«, sagte Theo. »Glaub mir, es tut mir unendlich leid, dass ich dich ins McSorley's geschleift und dich zum Biertrinken überredet habe, obwohl ich dich eigentlich gar nicht kenne, und dass ich dich dann so überfallen habe. Mit diesen Heirats- und Händchenhalte-Fantasien. Vor allem das tut mir leid. Das war kompletter Unfug.«

Sugar hielt in der Bewegung inne, den Eisportionierer halb erhoben. »Du hältst es also für Unfug, dass wir bis an unser Lebensende zusammenbleiben und in vierzig Jahren gemeinsam über die East 7th Street spazieren werden?«

»Nein!«, ereiferte sich Theo. »Das doch nicht. Davon bin ich fest überzeugt!«

»Sind wir damit nicht wieder bei dem irren Geschwätz, von dem du vorhin gesprochen hast? Bitte sehr, Madam. Zwei Waffeln mit Brombeere und weißer Schokolade. Guten Appetit.«

»Nein, es war Unfug, dich damit in einer Bar zu überfallen, in der die Gäste immer noch auf den Boden spucken«, sagte Theo. »Das war absolut unpassend, aber deswegen darfst du keine Sekunde lang glauben, dass ich mich damit über langjährige Beziehungen oder über die Ehe lustig machen wollte. Ich war schon einmal verheiratet, und obwohl wir damals gescheitert sind, glaube ich immer noch an die Ehe. Ehrlich. Ich habe mich nur um Kopf und Kragen geredet, weil du diese unglaubliche Wirkung auf mich hast und mich tatsächlich im wahrsten Sinn des Wortes um den Verstand bringst, aber wenn du mir nur noch eine Chance geben würdest, könnte ich dir bestimmt zeigen, wie ich wirklich bin. Ehrlich, bitte, vertrau mir. Ich flehe dich an.«

»Wollen Sie jetzt ein Eis kaufen, oder sprechen Sie hier für ein Shakespeare-Drama vor?«, warf ein älterer Herr ein und schob sich an Theos Ellbogen vorbei. »Können Sie mir was von dem Pfefferminzeis geben, Schätzchen?«

»Sind Sie verrückt?«, mischte sich die nächste Kundin ein, eine dicke Frau im Jogginganzug, die ungefähr so alt war wie Sugar. »Chocolate Chip, zwei Becher voll.« Sie drehte sich dem älteren Mann zu. »Der Typ hat sie gerade erst kennengelernt und fragt sie schon, ob sie ihn heiraten will? Mein Mann hat vierzehn Jahre für seinen Antrag gebraucht, und dann hat er ihn vor dem Fernseher in einer Werbepause rausgerülpst.« Sie winkte Sugar mit einer Hand zu. »Sag ja, Süße. Sieh dir den Kerl doch an. Ich würde ihn ja selbst heiraten, aber meine Schwiegerleute kommen heute zum Essen. Und noch dazu hat er diesen niedlichen Akzent. Wie Gerard Butler. Nur das Hemd geht gar nicht.«

»Er sieht aus wie einer dieser Penner von der Westküste, die immer nur Gras rauchen und Gedichte schreiben«, stimmte ihr der ältere Mann zu.

»Ich rauche kein Gras. Und ich schreibe auch keine Gedichte, obwohl dagegen wirklich nichts einzuwenden wäre«, erklärte Theo ihnen. »Und ich habe sie nicht gefragt, ob sie mich heiraten will. Ich habe ihr nur gesagt, dass ich uns als verheiratetes Paar sehe.«

»Jetzt klingen Sie wie ein Anwalt«, meinte der ältere Mann.

»Bist du Anwalt?«, fragte Sugar. »Denn wenn du Anwalt wärst, würde das wirklich den Vogel abschießen.«

»Vergiss das einfach, und vergiss das mit dem Heiraten und – würdest du einfach mit mir essen gehen, Sugar? Bitte?«

»Wieso sollte Sie mit Ihnen essen gehen wollen?«, mischte sich der alte Mann ein. »Sie haben ihr gerade selbst erklärt, dass Sie nicht bei Verstand sind.«

»Besteht die entfernte Möglichkeit, dass man hier hinten auch mal ein Eis bekommt?«, rief ein Mann mit Kinderwagen am Ende der Schlange. »Schoko. Einen Becher bitte.«

»Jetzt mal langsam, hier vorn wird's gerade romantisch«, rief ihm die Frau im Jogginganzug zu. »Bist du schon verheiratet?«, fragte sie Sugar.

»Wenn es Ihnen recht ist, würde ich mich ehrlich gesagt lieber aufs Eisverkaufen konzentrieren, Madam.«

»Hast du jetzt einen Freund oder nicht?«

»Normale Schokolade oder Chocolate Chip?«, rief Sugar dem Mann mit dem Kinderwagen zu.

»Natürlich hat sie einen Freund«, meldete sich der alte Mann zu Wort. »Wenn ich zwanzig Jahre jünger wäre, würde ich sie auch fragen, ob sie mich heiraten will.«

»Wohl eher vierzig«, ließ sich der Kinderwagen-Mann vernehmen.

»Du musst auf jeden Fall mit Gerard Butler essen gehen!«, ermahnte die Frau sie.

»Solange er Sie irgendwohin ausführt, wo es nett ist«, schränkte der alte Mann ein, »und es auf der Heimfahrt im Taxi nicht zum Techtelmechtel kommt.«

»Und lass ihn das Essen bezahlen, Schätzchen«, meinte

die Frau im Jogginganzug. »Wir wollen ganz und gar nicht immer die Hälfte der Rechnung übernehmen. Das ist Mist.« Dann schlurften sie und der alte Mann gemeinsam davon, in ein freundschaftliches Streitgespräch über die Vorzüge von Pfefferminz- oder Schokoladeneis verwickelt.

»Wenn es für dich okay ist, dann warte ich einfach da drüben, bis du ein paar Minuten Zeit hast«, sagte Theo und zog sich auf eine schattige Bank zurück, während andere verschwitzte und hungrige Kunden seinen Platz einnahmen. Aber mehr als einmal spürte Sugar seinen nachdenklichen Blick.

Irgendwann erspähte sie Mrs. Keschl, die Sonntag für Sonntag auf den Markt gewatschelt kam, hauptsächlich, um mit dem Apfelanbauer zu streiten, dass seine Äpfel nicht sauer genug seien. »Möchten Sie vielleicht ein Eis, Mrs. Keschl?«, rief sie ihr zu.

Die alte Dame schlurfte heran. »Was ist das für ein schwarzes Zeug dahinten?«

»Das ist Lakritze, anscheinend nicht die beliebteste Geschmacksrichtung.«

»Dann nehme ich eine Kugel davon«, sagte die alte Dame. »Und zwar zum halben Preis, schließlich helfe ich Ihnen, das Zeug loszuwerden.«

Nicht einmal eine halbe Stunde später entdeckte Mr. McNally Sugar hinter der behelfsmäßigen Theke und drängelte sich an die Spitze der Schlange, ohne sich um die Beschwerden der Beiseitegeschobenen zu scheren.

»Natürlich Sie«, sagte er.

»Ich bitte Sie alle um Verzeihung«, versuchte Sugar

die Wartenden zu beschwichtigen. »Das ist mein Nachbar Mr. McNally, und er hat Probleme mit seinem Blutzucker.« Manchmal ließ sich ein drohender Volksaufstand nur mit einer kleinen Notlüge ersticken. »Was möchten Sie, Mr. McNally?«

»Was ist das für ein schwarzes Zeug ganz hinten?«

»Das ist Lakritze. Möchten Sie etwas davon?«

»Glauben Sie, ich stehe zum Spaß hier?«

»Das ist auch Mrs. Keschls Lieblingssorte«, erklärte sie ihm und reichte ihm die Waffel. Im ersten Moment fürchtete sie, dass er ihr das Eis ins Gesicht schleudern könnte. »Probieren Sie, bevor Sie vorschnell urteilen.«

Er probierte, fand Geschmack an dem Aroma und grunzte etwas, das man mit gutem Willen als Dank interpretieren konnte, bevor er sich erneut rücksichtslos durch die Wartenden schob.

Als der Andrang endlich etwas nachließ, nutzte Theo die Gelegenheit für ein paar ungestörte Worte mit Sugar und tauchte wieder vor ihrer Theke auf.

»Jetzt überleg doch mal«, begann er. »Wenn ich dich nicht gleich mit dieser Heiratssache überfallen hätte, fändest du es bestimmt nicht so merkwürdig, mit mir auszugehen. Es geht nur um ein Essen, Sugar. Sieh es einfach so. Und wenn du nach diesem Essen immer noch glaubst, dass ich nicht alle Tassen im Schrank habe, dann werde ich dich nie wieder um etwas bitten. Das verspreche ich dir. Ich verspreche dir sogar, dass du mich dann nie wiedersehen wirst.«

Sugar hatte schon viele Essenseinladungen angenommen, seit sie aus Charleston weggegangen war – sie war gern mit Männern zusammen, sie war mit ihnen aufgewachsen –, aber sie hatte immer darauf geachtet, nur mit Männern auszugehen, an denen sie nicht besonders interessiert war, weil es auf diese Weise weniger Komplikationen gab. Gelegentlich hatte sie zugelassen, dass sich ein harmloser Flirt zu so etwas wie einer Affäre entwickelte: In Idaho hatte sie einen wunderbaren Winter mit einem Skilehrer verbracht; und im Napa Valley einen heißen Sommer mit einem Winzer.

Aber für eine richtige Liebesaffäre mit Herzklopfen, rasendem Puls, puddingweichen Knien, schlotternden Knochen und panischer Sprachlosigkeit war sie nicht mehr zu haben. Einmal war eindeutig genug. Damals hatte sie damit ihr ganzes Leben ruiniert und das Leben einiger Mitmenschen dazu, und darum würde sie so etwas kein zweites Mal durchmachen.

Und doch stand sie in diesem Moment mitten in einem wunderschönen New Yorker Frühlingspark, einen Eisportionierer in der Hand, und merkte, wie ihr Herz vor Aufregung ratterte, ihr Puls zu rasen begann, ihre Knie sich in Pudding verwandelten, ihr sämtliche Knochen im Leib schlotterten und sie vor Panik kein Wort über die Lippen brachte.

Sie ließ den Portionierer in den Bottich mit Pfefferminzeis fallen.

All die Jahre hatte sie sich für unverwundbar gehalten, war sie geschickt Amors Giftpfeilen ausgewichen, aber jetzt, wo sie über die regenbogenbunten Eisbehälter hinweg in die so unglaublich blauen Augen von Theo Fitzgerald starrte, war ihre Selbstsicherheit schlagartig verflogen. Während sie sich in Theos Augen verlor, dämmerte ihr, dass Amor all die Jahre möglicherweise überhaupt nicht in ihre Richtung gezielt hatte. Oder aber ein miserabler Schütze war.

In den Skilehrer war sie nie verliebt gewesen – seine Trauer über den Verlust seiner krebskranken Frau hatte sie damals zu ihm hingezogen, und sie hatte von Anfang an gewusst, dass sie ihm helfen konnte. Auch bei dem Winzer hatte sie nicht einmal ein leises Beben gespürt. Er hatte an Heuschnupfen gelitten, den sie mit ihrem kalifornischen Honig geheilt hatte, und außerdem hatte ihr sein Haar gefallen.

Trotzdem war sie während all der Jahre ohne Herzklopfen-Liebesaffäre glücklich gewesen. Mrs. Keschl hatte es ganz richtig erkannt: Sugars Glas war grundsätzlich halb voll, wenn nicht voller. Und sie füllte noch dazu die Gläser der Menschen um sie herum auf. Das war einfach ihre Art. Und trotz allem, was ihr widerfahren war, trotz dieser einen großen Liebe, die vor so vielen Jahren so schrecklich gescheitert war, hatte sie niemals das Gefühl gehabt, dass ihr etwas fehlte – abgesehen von den ersten Tagen nach ihrer Abreise aus Charleston, und damals war das absolut verständlich gewesen.

Sie hatte ihr Leben immer unter Kontrolle gehabt.

Bis jetzt.

Nun blickte sie über die Eisbehälter hinweg in Theos flehende Augen, sah die kleine Denkerfalte dazwischen und begriff plötzlich, was ihr fehlte und was direkt vor ihren Augen in der Luft schwebte. Es tanzte unsichtbar zwischen ihnen wie die Flammen eines Freudenfeuers, nur doppelt so heiß. All die Jahre hatte sie diese Hitze nicht gespürt, hatte sie kaum gemerkt, dass sie verflogen war, doch jetzt loderten die Flammen umso heißer auf, verzehrten den Sauerstoff, den Sugar zum Atmen brauchte, und strahlten dabei ein Verlangen aus, das sie unmöglich ignorieren konnte.

Nur dass sie keine Verwendung dafür hatte.

Bei jenem ersten Mal hatte sie gelernt, dass auf dieses körperliche Verlangen und die damit verbundene Sehnsucht nur in einer Hinsicht Verlass war: Sie zogen quälende Schmerzen nach sich, die Sugar kein zweites Mal ertragen würde. Vielleicht sah Theo gut aus, vielleicht hatte er einen niedlichen Akzent und brachte sie zum Lachen und besaß auch ein Mindestmaß an Grips, aber die Gefühle, die er in ihr auslöste, machten ihr höllische Angst. Und in der Hölle hatte sie lang genug geschmort.

Sie mochte die starke, unabhängige Frau, in die sie sich im Lauf der Jahre verwandelt hatte. Sie hatte diese Frau mehr oder weniger aus dem Nichts erschaffen und es irgendwann für gottgegeben gehalten, dass sie zeitlebens diese Frau bleiben würde. Sie konnte nicht zulassen, dass ein Spinner wie Theo sie wieder in etwas anderes verwandelte.

»Es tut mir leid, Theo«, sagte sie. »Ehrlich, das tut es. Aber ich glaube, es wäre besser, wenn wir direkt zu dem Punkt springen, an dem wir uns nie wiedersehen. Es war nett, dass du vorbeigekommen bist, aber ich wäre dir wirklich sehr dankbar, wenn du in Zukunft nicht mehr auf den Sonntagsmarkt kommen würdest. Ich möchte nicht unhöflich sein und hoffe, dass es nicht so auf dich wirkt, aber ich muss jetzt wieder an die Arbeit.« Ein weiterer Schwung schwitzender und hungriger Kunden drängte an die Theke, und im nächsten Moment war Theo im Park verschwunden.

Er würde sie nicht daran erinnern, dass er seine Kugel Ingwer Crème Supreme nicht bekommen hatte. Aber er würde auch nicht aufgeben. Vielleicht wollte sie ihn sonntags am Tompkins Square nicht mehr sehen, doch selbst wenn er nicht mehr auf den Wochenmarkt gehen durfte, würde er es irgendwie schaffen, ihr Herz zu erobern.

Zufällig war Ingwer Crème Supreme auch Sugars Lieblingssorte, aber je länger sie auf ihrer Dachterrasse neben dem Bienenstock saß und das Eis aus dem Karton in ihren Mund schaufelte, desto mehr verwirrte sie damit Elizabeth die Sechste.

Die Königin wusste genau, dass Theo Fitzgerald derjenige war, auf den sie so lange gewartet hatte: Diese Gewissheit war ebenso unverrückbar in den gedrehten Strängen ihrer DNA verankert wie ihr Überlebensinstinkt. Allerdings wusste sie nicht, was sie jetzt unternehmen sollte. Nicht ein einziger Strang in ihrer DNA verriet ihr das. Sie hatte angenommen – soweit eine Bienenkönigin überhaupt etwas annehmen konnte –, dass Sugar an diesem Punkt die Initiative ergreifen würde. Aber Sugar ergriff gar nichts, höchstens den Löffel mit dem vollfetten Milchprodukt voller Ingwer, mit dem man hervorragend Erkältungen lindern oder Verstopfungen beseitigen konnte, den Bienen aber nicht besonders mochten.

Etwas musste sich ändern, so viel stand fest, und nachdem von Sugar weiterhin nur starke Wellen tief sitzender Angst ausstrahlten, kam Elizabeth die Sechste zu dem Schluss, dass sie selbst die Veränderungen vornehmen musste. Sie schob ihr Hinterteil in die nächste Brutzelle und blieb dort hocken.

Sie machte nicht länger Dienst nach Vorschrift, jetzt war sie im Streik.

Sofort gerieten ihre Zofen in Panik. Wenn eine Königin keine Eier mehr legte, war der Bienenschwarm zum Aussterben verurteilt. Die Zofen kletterten auf ihr herum, bang auf ein Zeichen hoffend, was sie unternehmen sollten, und gleichzeitig verängstigt, dass ihre Königin vielleicht geschwächt war und sie eine neue anfüttern mussten. Aber die Signale, die Elizabeth die Sechste aussandte, wurden nicht schwächer, sondern im Gegenteil immer kräftiger.

Vertraut mir, beschwor die Königin ihre Zofen. Und trotz ihrer tiefen Verunsicherung vertrauten sie ihr.

18

Am nächsten Nachmittag stand Mrs. Keschl vor Sugars Tür und verlangte noch mehr Kerzen. Seit dem gemeinsamen Brunch hatte sie ununterbrochen Kerzen brennen lassen und sich inzwischen an den Rosenölduft gewöhnt. »Normalerweise riecht es bei mir immer nach Zwiebeln«, erklärte sie Sugar. »Normalerweise mag ich den Zwiebelgeruch. Aber inzwischen mag ich den Kerzengeruch lieber.«

»Sie sollen stimmungsaufhellend wirken, Mrs. Keschl. Hat sich Ihre Stimmung aufgehellt?«

»In meinem Alter hellt sich nichts mehr auf«, beschied ihr Mrs. Keschl. »Seit ungefähr zwanzig Jahren wird es immer düsterer.«

Sie sah an Sugar vorbei auf das Kaleidoskop von Blättern, das inzwischen die Terrasse begrünte. »Aha. Ein grüner Daumen«, stellte sie fest, schob Sugar beiseite und trat ins Freie. »Mir gefällt Ihr Garten Eden hier oben. Gute Arbeit. Ich würde einen Kaffee mittrinken. Mit Milch. Und zwei Stück Zucker.«

Gehorsam ging Sugar Kaffee kochen und beobachtete von der Küche aus durch die Balkontüren, wie Mrs. Keschl behutsam die Mondwinde anhob, um daran zu schnuppern, und anschließend akribisch die Magnolie inspizierte.

Ehrlich gesagt freute sie sich über den Besuch. Sie hatte nachts schrecklich schlecht geschlafen und war mit ungewohnten Kopfschmerzen aufgewacht. Normalerweise konnte sie es nach der ersten Tasse Pfefferminztee und ein paar stillen Minuten mit Ausblick auf die Skyline kaum erwarten, den Tag anzupacken, aber an diesem Morgen war das nicht so gewesen. Sie hatte ihre ganze Selbstdisziplin aufbringen müssen, um nicht liegen zu bleiben und die Decke über ihren Kopf zu ziehen.

»Ich habe noch ein paar Zitronentörtchen mit Honig«, sagte sie, als sie den Kaffee nach draußen brachte. »Nate hat die Böden gebacken, den Rest haben die Bienen und ich erledigt. Und wo wir gerade davon sprechen – stört es Sie, wenn ich nach dem Stock sehe, während Sie hier sitzen?«

»Wenn Sie mir weiter Essen bringen, bleibe ich bis Weihnachten hier sitzen«, sagte Mrs. Keschl.

»Wie lange wohnen Sie eigentlich schon in der Flores Street?«, fragte Sugar, während sie den Deckel vom Stock nahm und die oberste Zarge abhob, die sich schon mit verdeckelten Waben zu füllen begann.

»Schon ewig«, antwortete Mrs. Keschl. »Allerdings hat sich die Gegend sehr verändert. Früher gab es hier mehr Zombies.«

»Zombies?« Sugar zog den Rahmen mit den meisten Bienen heraus und hielt nach Elizabeth der Sechsten Ausschau.

»Junkies und Huren eben«, erklärte Mrs. Keschl. »Dann wurde gleich um die Ecke *Der Pate II* gedreht, und plötzlich erwachte das Viertel zum Leben.«

»Seltsam«, sagte Sugar.

»Ich weiß. Nach einem Mafiafilm sollte man eigentlich eher noch mehr Tote erwarten, oder?«

»Nein, ich meine ja, aber eigentlich finde ich es seltsam, dass Elizabeth die Sechste, meine Königin, keine Eier legt.«

Es gab keine frischen Brutwaben, seit Sugars letzter Kontrolle sah der Rahmen rund um Elizabeth die Sechste unverändert aus. Dabei war die Königin noch am Leben, sie wurde gefüttert und wirkte gesund.

Aber sie hatte ihre Arbeit eingestellt.

Sugar schob den Rahmen in den Brutraum zurück und setzte die oberen Zargen mit den Honigräumen darauf, bis der Kasten wieder zusammengesetzt war.

»Sie sehen aus, als hätten Sie ein paar von Ihren Bienen verschluckt«, stellte Mrs. Keschl fest. »Haben Sie noch einen von diesen kleinen Kuchen?«

»So was habe ich noch nie erlebt«, erklärte Sugar George am folgenden Tag unten an der Tür. »Ein Völkerkollaps ist es nicht, denn dafür müssten die erwachsenen Bienen verschwunden sein, und die Varroamilbe ist es auch nicht, weil man die Milben mit bloßem Auge erkennen kann und meine Bienen noch nie welche hatten. Faulbrut ist es genauso wenig, denn die erkennt man an den Waben, und an denen ist nichts auffällig. Es ist irgendwas anderes, George.«

»Es tut mir leid, das zu hören, Miss Sugar«, sagte er.

Er hatte sie noch nie so aufgewühlt gesehen. Ihr rosiges Strahlen war erloschen, stattdessen lagen dunkle Ringe unter ihren Augen, und ihrem Lächeln fehlte die gewohnte Wärme.

Während der Wochen auf der Vortreppe des orangefarbenen Backsteinbaus in der Flores Street hatte er alle Bewohner genau studiert – wie es einem guten Portier anstand –, aber besonders hatte er auf Sugar geachtet, weil er sie von allen am liebsten hatte. Sie war, fand er, eine Ausnahmeerscheinung: eine moderne Stadtbewohnerin, die sich nicht zu schade war, sich um ihre Mitmenschen zu kümmern. Jedem in diesem Haus schenkte sie auf die eine oder andere Weise ihren Honig oder ihre Zeit, und es erfüllte sein Herz mit Freude, ihr dabei zuzusehen.

Außerdem war 33 Flores Street ganz offensichtlich nicht der erste Ort, an dem Sugar ihren speziellen Zauber wirken ließ. George kannte niemanden, der so viel Post aus so vielen Ecken des Landes bekam wie Sugar. Manchmal erhielt sie in einer einzigen Woche zwanzig bis dreißig Briefe und Postkarten – und das war noch nicht alles. Mal zeigte sie ihm eine Zeugniskopie, die ihr eine stolze Mutter aus Kalifornien geschickt hatte; beim nächsten Mal vielleicht ein handgemachtes Stickmustertuch, das ihr eine ehemalige Vermieterin zukommen ließ; und dann wiederum ein unförmiges Nadelschälchen aus Ton, das eine Siebenjährige aus Santa Fe modelliert hatte.

Trotzdem fürchtete George insgeheim, dass Sugars Fürsorge eine Einbahnstraße sein könnte. Sie kümmerte sich mit Herz und Seele um das Wohlergehen ihrer Mitmenschen, aber sie ließ nicht zu, dass jemand das Gleiche für sie tat. Und das hielt kein Mensch ewig durch.

»Ach, jetzt sehen Sie sich nur Lolas Welt an«, sagte sie und deutete auf den müde schwankenden Ballon. »Sie ist so klein geworden. Das ist bestimmt keine gute Reklame.«

»Man muss sich ernstlich fragen, ob sich die Frau mit diesem Geschäft einen Gefallen tut«, stimmte George ihr zu. »Allerdings scheint es Ethan mittlerweile besser zu gehen – Sie haben nicht zufällig etwas damit zu tun?«

»Ich nenne es Ambrosia.« Sugar erstrahlte. »Eine Mischung aus Honig, Propolis und Gelee Royale. Es wirkt Wunder.«

»Also, ich könnte es nicht beschwören, aber ich glaube, ich habe seine Mutter gestern tatsächlich lächeln sehen«, sagte George. »Und was haben Sie mit Mrs. Keschl angestellt? Gestern Abend hörte ich sie singen, und die Frau hat eine viel süßere Stimme, als man meinen möchte.«

»Ich versorge sie laufend mit Rosenölkerzen«, gab Sugar zu. »Der Duft soll den Geist besänftigen.«

»Zu besänftigen hat sie mit Sicherheit genug.«

»Ich werde mir bald selbst welche anzünden müssen«, gestand Sugar. »Ich verstehe beim besten Willen nicht, warum Elizabeth die Sechste plötzlich zu legen aufgehört hat, George. Ich tue alles in meiner Macht, um sie glücklich zu machen, aber sie will einfach keine Eier legen, dabei sieht ihr das gar nicht ähnlich.«

»Wissen Sie, ich gehe immer an einen ganz besonderen Ort, wenn ich mich mit den Problemen der Welt befassen muss. Vielleicht möchten Sie mir ja Gesellschaft leisten, Miss Sugar, und ein wenig mit mir über alles plaudern?«

»Ist es eine Bar? Weil ich um diese Uhrzeit eigentlich nicht trinke.«

»Ich trinke überhaupt nicht, Miss Sugar. Nein, ich

spreche von der Natur: Darum weiß ich genau, dass es Ihnen dort gefallen wird. Und das Beste an meinem Job als Portier ehrenhalber ist, dass ich keinen Boss habe, den ich fragen muss, ob ich eine Weile verschwinden kann. Außerdem ist es sowieso gleich Mittag, wenn man es recht bedenkt.«

Er hielt Sugar den Arm hin, und sie hakte sich ein.

Nur ein paar Blocks weiter klemmte in einem schmalen Abschnitt der East 6th Street zwischen zwei Wohnhäusern ein abweisend wirkendes, schief in den Angeln hängendes Eisentor in einem rostigen Zaun.

George führte sie hindurch, und Sugar fand sich völlig unerwartet in einem üppigen Garten wieder, der hinten von einer riesigen Eiche überschattet wurde und voller blühender Büsche und junger Bäume stand, zwischen denen sich eine exzentrische Kollektion von Steinfiguren, angeschlagenen Gartenzwergen, hockenden Keramikkröten und bemoosten Engeln ausbreitete.

»Grace's Garden«, erklärte ihr George. »Es gibt ihn seit den Siebzigern, als das Gebäude, das hier stand, bis auf die Grundmauern abbrannte. Damals hatte man es nicht eilig, die Häuser wieder aufzubauen. Wer Grace war, weiß heute niemand mehr, aber die Anwohner haben den Garten all die Jahre gepflegt, damit Menschen wie Sie und ich und jeder andere, der sich die Mühe macht, das Tor zu öffnen, inmitten des ganzen Trubels ein paar Minuten Ruhe finden können.«

»Er ist wunderschön«, bekannte Sugar. Strahlend blaue Hortensienblüten thronten wie Zuckergusskleckse auf dem satten Grün der runden Büsche, die das Fundament der mit Efeu bewachsenen Brandmauer zum nächsten

Gebäude säumten. Überall auf dem kleinen Grundstück standen schrullige, wild zusammengewürfelte Tische und Gartenstühle herum, als würden sie auf eine exzentrische Teegesellschaft warten, doch George führte Sugar daran vorbei zu zwei im Gebüsch versteckten Bänken. Von dort aus blickte man auf eine Reihe kleiner rot-weißer Vogelhäuschen auf den Spitzen eines kurzen Lattenzauns, der ohne jeden Anschluss aus einem Blumenbeet aufragte.

Eine Weile saßen sie still auf ihrer Bank und schauten dem komplizierten expressionistischen Tanz der Sonnenstrahlen zwischen den Blättern der großen Eiche und denen einer benachbarten Weide zu, bis George ein in Butterbrotpapier gewickeltes Päckchen aus seiner Tasche zog. Er wickelte es sorgfältig aus und bot Sugar die Hälfte des Bagels darin an.

»Norwegischer Räucherlachs mit Frischkäse, Kapern und Zwiebeln von Russ & Daughters an der East Houston«, erklärte er ihr. »Seit 1969 kaufe ich dort meine Bagels, und sie werden mit jedem Jahr besser, was nur gerecht ist, weil sie definitiv nicht billiger werden.«

»Das kann ich nicht annehmen, George! Das ist Ihr Mittagessen.«

»Habe ich jemals Ihren Honig oder Ihren Tee oder Ihre Salbe für mein Bein abgelehnt oder gar diesen selbst gebackenen Kuchen, von dem ich vier Stück gegessen habe?«

»Nein, aber …«

»Nein, aber gar nichts, Miss Sugar.«

»Ich kann Ihnen unmöglich Ihr Mittagessen wegessen, George. Das kann ich einfach nicht.«

George begann den Bagel wieder einzuwickeln. »Also, ich werde auf keinen Fall neben Ihnen sitzen und den Bagel allein essen. Entweder nehmen Sie die Hälfte, oder die Vögel bekommen alles. Sie haben die Wahl.«

»Sie verhandeln hart.«

»Sie sind kein einfacher Kunde.«

Widerstrebend nahm sie den halben Bagel. »Danke«, sagte sie und biss hinein. »Oh, der ist aber wirklich gut.«

»Sehen Sie? Sie mussten mir nur erlauben, Ihnen etwas davon abzugeben.«

Sugar hielt im Kauen inne. »Ich habe nur befürchtet, dass Sie nicht genug bekommen könnten«, sagte sie.

»Und ich befürchtete dasselbe bei Ihnen.«

»Ich futtere wie ein Pferd, George. Um mich brauchen Sie sich wirklich keine Sorgen zu machen.«

»Ich rede nicht vom Essen, Miss Sugar.«

»Ach nein?«

»Nein.«

»Ach was.« Sugar legte den Bagel beiseite und tupfte sich vorsichtig die Mundwinkel ab. »Wovon reden Sie dann?«

»Gut, dass Sie fragen«, antwortete George. »Ich bin schon alt und werde täglich älter, Miss Sugar, darum vergeude ich nur ungern Zeit und würde, wenn es Ihnen nichts ausmacht, direkt zum Punkt kommen.«

»Ach!«

»Ich sehe Ihnen an, dass Sie etwas beschäftigt, etwas, das Sie wahrscheinlich lieber für sich behalten würden, weil das so Ihre Art ist, aber zufällig habe ich die Erfahrung gemacht, dass sich Probleme viel schneller bewältigen lassen, wenn man sie mit jemandem teilt, der sich um einen sorgt, und ich sorge mich um Sie.«

»Aber das mit meinen Bienen habe ich Ihnen doch erzählt«, wehrte sich Sugar.

»Ihre Bienen benehmen sich vielleicht sonderbar, Miss Sugar, aber ich glaube nicht, dass sie das eigentliche Problem sind. Ich glaube, in Wahrheit handelt es sich um eine Herzensangelegenheit. Und da Herzensangelegenheiten zufällig meine Spezialität sind, würde ich Ihnen gern helfen, wenn ich kann, in der festen Hoffnung, dass ich Sie mit meiner Offenheit nicht verschreckt habe, aber wie gesagt, ich werde nicht jünger. Und Sie sollten nicht vergessen, wie gut es für Sie geendet hat, als Sie endlich bereit waren, mir bei meinem Bagel zu helfen.«

Damit hatte er recht: Sugar hatte ihre Hälfte bereits aufgegessen. Aber dabei war es nur um einen Bagel gegangen. Plötzlich spürte Sugar einen Druck in der Magengegend, der höchstwahrscheinlich nichts mit diesem Bagel zu tun hatte. »Wie kommen Sie darauf, dass es sich um eine Herzensangelegenheit handeln könnte, George?«

»Weil letzten Endes alles irgendwie mit dem Herzen zusammenhängt«, sagte er. »Und weil Sie so ziemlich die bestaussehende junge Frau in Alphabet City sind und klug und nett und um Ihre Mitmenschen besorgt und anscheinend alles haben, was man sich nur wünschen kann – außer jemanden, mit dem sie all das teilen können.«

»Grundgütiger Himmel, es braucht doch nicht jeder jemanden, mit dem er alles teilen kann. Es ist doch kein Verbrechen, Single zu sein! Manche von uns kommen sehr gut allein zurecht, George. Heutzutage ist das nichts Anstößiges. Es ist immer noch besser, als mit jemandem, der dich nicht liebt, in einer gescheiterten Beziehung festzustecken.«

»Oder genauso schlecht, falls einen lediglich die Angst davon abhält, den ersten Schritt zu tun. So oder so steckt man fest.«

Sugar sah ihn mit großen Augen an. »Sie wagen sich aber weit vor«, sagte sie.

»Ich weiß, und ich möchte Sie deswegen um Verzeihung bitten. Aber könnte es nicht sein, dass Sie Ihrer Seele etwas vorenthalten und ihr damit genauso schaden, wie die arme kleine Miss Ruby ihrem Körper schadet, indem sie ihm die Nahrung vorenthält? Und weil ich weiß, dass Sie alles in Ihrer Macht tun, um Ruby zu helfen, werde ich jetzt alles in meiner Macht tun, um Ihnen zu helfen.«

»Aber warum sollten Sie das tun, George?«

»Weil jeder von uns irgendwann einen Engel braucht, Miss Sugar. Sie waren meiner, und ich wäre gern Ihrer.«

Ein Hüttensänger kam über den Holzzaun aus dem Nachbarhof angeflogen, ließ sich auf der Futterfläche vor einem der Vogelhäuschen nieder und fixierte Sugar mit einem Auge. Sie klappte den Mund auf, um George freundschaftlich auf die Schippe zu nehmen, um seine lächerliche Besorgnis mit einem freundlichen Scherz abzutun, aber kein Laut kam über ihre Lippen. Stattdessen spürte sie, wie sich vom Scheitel ausgehend eine eigenartige Form von Ruhe in ihr ausbreitete, so als würde Ahornsirup durch einen heißen Pfannkuchen sickern, bis sich irgendwann das beklemmende Gefühl in ihrem Magen aufgelöst hatte.

George hatte recht. Natürlich hatte er recht. Vielleicht nicht damit, dass er ihr Engel war, aber mit seiner Bemerkung über ihr Herz.

Es ging nicht nur um Elizabeth die Sechste.

Es ging um Theo.

Er hatte etwas in ihr wachgerüttelt, das sie vor langer Zeit begraben hatte und das sich jetzt um jeden Preis ans Tageslicht wühlen wollte, so viel Erde sie auch daraufhäufte. Sie steckte fest. Sie steckte fest, weil sie immer noch vor den Sünden ihrer Vergangenheit floh, weil sie immer noch fürchtete, ein zweites Mal den gleichen Fehler zu begehen. Dass sie jedes Jahr in eine neue Stadt zog, hatte nichts damit zu tun, dass sie tapfer oder abenteuerlustig war oder dass eine Bienenkönigin es ihr befahl. Sie zog jedes Jahr weiter, weil sie Angst hatte, das für jemanden zu empfinden, was sie im Moment für Theo empfand.

»Er hieß Grady«, sagte sie. »Grady Parkes.«

19

Sie war zwanzig, als sie ihm im Carolina Yacht Club begegnete. Sugar selbst segelte nicht, aber ihre Mutter Etta hatte sie in den Club geschickt, um ihrem Bruder Troy etwas auszurichten. Sie stöberte ihn im Clubhaus an den glitzernden Wassern des Cooper River auf, wo er mit einem Freund aus dem Jurastudium Bier trank: Grady Parkes.

Sie hatte schon von Grady gehört. Jede Frau in Charleston hatte schon von Grady gehört.

Er war ein paar Jahre älter und deutlich attraktiver als die jungen Männer, mit denen sich Sugar damals traf. Mit seinen blonden Haaren und grauen Augen, seinem Sportler-Teint und seinem elektrisierenden Charisma zog er jeden Mann, jede Frau und jedes Kind in seinen Bann, als wäre er ein Magnet, und die Menschen um ihn herum wären nur willenlose Eisenspäne.

Grady sah ihr einmal kurz in die Augen, ließ sein legendäres Lächeln erstrahlen und bestand darauf, dass sie sich zu ihnen setzte und dass sie sitzen blieb, als Troy sich eine halbe Stunde später verabschiedete.

So etwas, so jemand passte eigentlich nicht in ihr Leben. Ehrlich gesagt hatte sie bis dahin angenommen, dass die Grady Parkese dieser Welt für mondänere Menschen als sie gedacht waren. Aber kaum hatte sie wenige Minuten seine ungeteilte Aufmerksamkeit genossen, hatte sie das Gefühl, sie sei die mondänste Frau, die er je kennengelernt hatte. Nicht einmal eine Stunde später war sie überzeugt – sobald sie in diese klugen grauen Augen blickte, hinter denen der Fluss funkelte –, dass sie sterben, schlicht sterben würde, wenn er sich nicht mit ihr verabredete.

Sie hatte solche Behauptungen von anderen Mädchen gehört und insgeheim gefunden, dass sie ziemlich hysterisch klangen. Aber seit sie Grady getroffen hatte, fühlte sie sich genauso: hysterisch.

Er raubte ihr den Atem, ihm wahrsten Sinn des Wortes. Sie spürte ihren Herzschlag bis in die Wangen.

Und als Etta sie später unter einem Sonnenschirm im trauten Gespräch mit Grady entdeckte, sah Sugar ihrer Mutter auf den ersten Blick an, dass sie ihr Interesse guthieß. Damals ahnte sie nicht, dass das ganze Treffen eingefädelt worden war, obwohl sie es sich hätte denken können, nachdem sie an diesem Nachmittag eigentlich mit ihrer Mutter im Garden Club verabredet gewesen war. Etta nahm es äußerst genau mit ihren gesellschaftlichen Verpflichtungen – und mit Sugars Verpflichtungen –, aber als Sugar zu einer Entschuldigung ansetzte, schnitt ihr ihre Mutter unerwartet das Wort ab.

»Ihr seht so süß aus, ihr beiden, wie ihr da so beisammensitzt«, sagte sie. »Du brauchst mich nicht zum Garden Club begleiten, Cherie-Lynn. Das kann ich auch allein erledigen. Genießt den Tag. Nur zu! Wie schön, dich mal wiederzusehen, Grady. Und grüße auf jeden Fall den gutaussehenden Teufel, den du zum Vater hast, ja?« Dann verschwand sie in einem Wirbel aus Pfingstrose und Malve und stolzierte hüftschwenkend von dannen in dem sicheren Wissen, dass Gradys Blick ihr folgte.

Immer wenn Sugar ihre Mama so hüftschwenken und powackeln sah, wurde sie sich ihrer Defizite auf diesem Gebiet bewusst. Sie wusste genau, was für eine Tochter Etta sich gewünscht hätte – eine weitere Hüftschwenkerin und Powacklerin –, aber dieses kokette Gehabe war Sugar einfach fremd. Natürlich war sie kein richtiger Wildfang. Ihre Mutter hätte sie eher erschossen, als so etwas zuzulassen, aber Sugar hatte dennoch nicht viel für Partys oder Shopping oder stundenlange Besuche im Schönheitssalon übrig: die Lieblingsbeschäftigungen ihrer Mutter.

Lieber besuchte sie, wie schon seit frühster Kindheit, ihren Großvater in seinem Obstgarten oben am Ashley River und half ihm mit seinen Bienen. Sie las auch gern oder führte Miss Pickles, den Familienhund, aus. Schlimmer noch, sie schaffte es beim besten Willen nicht, sich auf High Heels zu bewegen, eine Blamage für jede Frau mit Südstaatenwurzeln. Eigentlich hätte es ihr als schöner und einziger Tochter einer bekannten, mit einem wohlhabenden Sohn der Stadt vermählten Schönheit angestanden, in die Fußstapfen ihrer Mutter zu treten: Und zwar in Zehn-Zentimeter-Stilettos, wenn es nach Etta gegangen wäre.

Aber sie und Sugar waren nicht aus dem gleichen Holz geschnitzt.

»Das Mädchen hat einfach nicht deinen Pep, Etta«, hatte Sugar einst ihren Vater Blake sagen hören. »Aber das heißt nicht, dass etwas mit ihr nicht stimmt. Du hast weiß Gott genug Pep für die ganze gottverdammte Familie. Sie kommt einfach nach deinem Vater. Und genau das macht dich so kirre.«

Bis zu diesem Zeitpunkt hatte Sugar nicht geahnt, dass sie ihre Mutter nervös machte, aber das erklärte den unterschwelligen Druck, den sie immer wieder zu spüren meinte und gegen den sie sich unwillkürlich regelmäßig stemmte.

»Du bist ein komisches Kind«, hatte Etta ihr einst erklärt und sie dabei angesehen, als hätte die Katze sie aus der Gosse angeschleift. »Ich werde nie verstehen, warum ich keine Tochter wie Treena Murray oder Melissa Knowles haben konnte. Melissa nimmt zusammen mit ihrer Mutter Golfunterricht, hat sie mir am Sonntag in der Kirche erzählt, und sie fahren gemeinsam in ein Wellness-Wochenende nach Kiawah Island.«

Melissa Knowles war ein fester, stets modisch gekleideter Bestandteil der besseren Gesellschaft und hätte Sugar nicht die Uhrzeit verraten, selbst wenn es sie das Leben gekostet hätte. Und Sugar war miserabel beim Golf. Oder Tennis. Sie war weder sportlich noch musikalisch noch besonders gebildet oder auch nur entfernt interessiert an Wellness-Wochenenden auf Kiawah Island.

Aber weil sie nicht komisch wirken und ihre Mama keinesfalls noch länger nervös machen wollte, versuchte sie sich anzupassen. Sie verwendete mehr Mühe auf ihre Frisur, ihre Nägel, ihre Haut und ihr Aussehen im Allgemeinen, obwohl sie viel lieber den ganzen Tag in einem Imkeranzug gesteckt hätte, was Etta sehr wohl wusste und was sie in den Wahnsinn trieb.

»Hat Mama dir mit den Bienen geholfen, als sie so

alt war wie ich?«, hatte Sugar ihren Grampa Boone gefragt, als sie auf der Highschool war und dort Interesse an Cheerleader-Wettbewerben und Reitunterricht zu heucheln versuchte.

»Deine Mama hatte nie viel für Bienen übrig, Sugar Honey«, antwortete er. »Eigentlich interessiert sie sich ausschließlich für ihren eigenen Stock. Daran ist nichts Schlimmes. Sie hat nur einen ganz anderen Blick auf die Welt. Sie war schon immer so – immer wollte sie woanders sein, jemand anders sein. Du hingegen, mein Zuckerkind, kommst nach mir und deiner Großmutter. Wir haben alle Zeit der Welt, wenn es um unsere Bienen geht.«

»Und um den Honig«, ergänzte Sugar.

»Also, was das angeht, kommst du eher nach deiner Großmutter«, sagte er. »Sie hat mehr Menschen geheilt als jeder Doktor in der ganzen Gegend, das steht fest. Sie konnte nicht über die Straße gehen, ohne dass sie auf halber Strecke angehalten hätte, um jemandem zu helfen.«

Dieses »Gutmenschentum«, wie ihre Mama es nannte, hatte Sugar von ihr geerbt. Schon damals mischte sie aus den kostbaren Ölen, die ihre Großmutter hinterlassen hatte, und dem Honig ihres Großvaters Salben und Tränke und heilte damit Miss Pickles oder ihre Musiklehrerin oder den Mann, der immer vor dem Supermarkt stand und bettelte.

»Es ist durchaus angebracht, anderen hin und wieder zu helfen, Cherie-Lynn«, meinte Etta dazu. »Aber musst du dir das gleich zur Lebensaufgabe machen?«

Sugar hätte sich das tatsächlich gern zur Lebensaufgabe gemacht. In ihrem letzten Jahr auf der Highschool ging sie zur Berufsberatung und beschloss danach, dass sie Krankenschwester werden wollte, aber das ließen ihre Eltern nicht zu.

»Die Wallaces putzen keine fremden Hintern«, sagte ihr Vater. »So etwas tun wir nicht. Du brauchst keine Krankenschwester zu werden, Schätzchen. Du brauchst überhaupt keinen Beruf zu erlernen. Es ist keine Schande, jung zu heiraten und eine Familie zu gründen. So hat es deine Mama gemacht, und sieh dir an, wie glücklich sie ist.«

Sugar zweifelte keine Sekunde daran, dass Etta glücklich war. Sie beneidete ihre Mutter um deren Fähigkeit, Freude an Blumenarrangements, neuen Polsterüberzügen oder einem ausgedehnten Mittagessen mit ihren Freundinnen zu finden, aber Sugar konnte das nicht. Sie schrieb sich am Charleston College für ein Biologiestudium ein, weil das immerhin ganz entfernt etwas mit Krankenpflege zu tun hatte. Sie konnte sich sogar eine Art Zukunft ausmalen, in der die Biologie in Verbindung mit ihrem Honig eine wichtige Rolle spielte.

Natürlich hätte sie gern geheiratet, am liebsten einen Mann wie Großvater, der seine Frau vergötterte, daneben für seine Familie sorgte und Bienen hielt, aber bis zu dem Treffen mit Grady war das eher ein utopischer Traum gewesen. Doch während sie auf dem Deck des Clubhauses an ihrer Limonade nippte und eine Nachmittagsregatta verfolgte, erschien ihr diese Möglichkeit immer realer. An diesem Tag spielte die Biologie definitiv eine wichtige Rolle in ihrem Leben.

Gradys kühle Finger an ihrem Arm, seine festen Lippen an ihrer Wange, sein kräftiger, leicht salziger Geruch, der an diesem ersten Nachmittag noch lange nach ihrem Abschied in der Luft zu liegen schien, entfachten zusammen in ihrem Bauch – und tiefer – ein Feuer, von dessen Existenz sie bis dahin nichts geahnt hatte.

»Bethany Towers behauptet, die Mädchen deines Alters stünden Schlange, nur um sich von Grady Parkes ignorieren zu lassen«, erklärte Etta ihrer Tochter nach dem dritten Date. »Spiel dein Blatt klug aus, Cherie-Lynn, denn glaub mir, etwas Besseres als Grady bekommst du nicht.«

Das brauchte sie Sugar nicht erst zu erklären. Sie war ebenso willenlos wie all die anderen hübschen Südstaatenschönheiten, die nur darauf warteten, von einem gutaussehenden Mann mit akzeptabler Abstammung und blendenden Aussichten erobert zu werden. Nicht dass sie sich besonders für Gradys Abstammung oder seine Aussichten interessiert hätte, sie hatte sich schlicht Hals über Kopf in ihn verliebt: seinen Körper, seine Statur, seine Haut, sein Lächeln, seine Augen und seine magnetische Ausstrahlung. Bis dahin hatte sie nicht geahnt, dass es tatsächlich etwas von einem Sturz hat, wenn man sich Hals über Kopf verliebt: Beides ist unvorhersehbar und unkontrollierbar, und man weiß nie, wie weich oder hart man landet. Sich zu verlieben war weder so romantisch noch so zärtlich, wie sie es sich immer ausgemalt hatte. Es war beängstigend. Es war, als würde sich in ihrem Inneren ein schwarzes Loch ausbreiten, das nur Grady füllen konnte: mit seiner Stimme, seiner Berührung, seiner Aufmerksamkeit. Wenn sie nicht in seiner Nähe war, meinte sie zu ertrinken. Wenn sie bei ihm war,

war es genauso beängstigend, dass sie alles, was ihr unerreichbar erschien, haben konnte – aber auf beseligende Weise.

Je öfter sie ihn sah, desto zwanghafter kreisten ihre Gedanken um seine Lippen an ihrem Hals und seine Hände auf ihrem nackten Leib.

Nicht dass seine Hände je auf ihrem nackten Leib gelegen hätten. In dieser Beziehung war er ein vollkommener Gentleman, was allerdings zur Folge hatte, dass sie sich im Lauf der Wochen immer fiebriger in ihrem Bett herumwälzte und dabei von dem Tag träumte, an dem er sich auf ihr herumwälzen würde.

Vorerst bekam sie schon eine Gänsehaut, wenn sie nur seinen Namen aussprach.

»Grady und ich fahren morgen vielleicht an den Strand«, sagte sie etwa und spürte dabei einen angenehmen Schauer über ihren Rücken laufen. »Grady und ich gehen am Sonntag mit seiner Schwester ins McCrady's zum Essen.« »Grady und ich fahren übers Wochenende nach Savannah.« »Grady und ich, Grady und ich, Grady und ich …«

Etta war so glücklich, dass sie eine Handbreit über dem Boden zu schweben schien. Und Sugars Vater und Brüder hießen die Verbindung ebenfalls gut. Grady Parkes Senior war Eigentümer einer Reederei, die ein wichtiger Kunde der Hafenmeisterei war, und es war in den schwierigen wirtschaftlichen Zeiten, die alle – selbst die Wallaces – durchmachten, bestimmt ein Segen, mit ihm ins Geschäft zu kommen.

Allerdings hätte Sugar Grady auch ohne alles Zureden geliebt. Dafür sorgte die Biologie. Nachdem sie ein Leben lang gegen den Strom geschwommen war, erkannte sie auf einmal die unzähligen Vorzüge, die es hatte, mit der Masse zu treiben.

Sie ging vom College ab (»auf Nimmerwiedersehen«, jubelte Etta), ließ das Lesen sein, ging nicht länger mit dem Hund spazieren und hörte auf, ihren Großvater zu besuchen und ihm mit seinen Bienenstöcken zu helfen. Sie tat ausschließlich das, was Grady gefiel und wann es ihm gefiel. Und sie empfand das keineswegs als Opfer – sie bekam einfach nicht genug von ihm und von den Empfindungen, die er in ihr auslöste. Er war ihre große Liebe, sie liebte ihn bedingungslos und zweifelte keine Sekunde an ihm.

Als Grady nur vier Monate nach jenem ersten Tag im Yacht Club zu ihnen nach Hause kam und um Sugars Hand anhielt, hatte Sugar das Gefühl, dass ihr Daddy noch glücklicher war als sie, und das wollte etwas heißen, denn Sugar war glücklicher, als sie je für möglich gehalten hätte. Und weil sie noch nie jemanden so geliebt hatte wie Grady, ging sie davon aus, dass dieser Zustand ewig anhalten würde.

Was natürlich ein großer Irrtum war.

Erstmals merkte sie das am Abend ihrer Verlobungsfeier, die im großen Ballsaal der Wallace'schen Villa in der Legare Street stattfand, wo sich zweihundertfünfzig enge und liebe Freunde und Verwandte versammelt hatten, um auf die Zukunft des glücklichen Paares anzustoßen.

Sugar hatte sich königlich amüsiert und nicht nur mit Grady getanzt, sondern auch mit seinen Brüdern und ihren Brüdern und jedem anderen, der sie um einen Tanz gebeten hatte; ausnahmsweise genoss sie es, im Scheinwerferlicht zu stehen, und ging ganz in ihrer Rolle als Ballschönheit auf.

Nur dass Grampa Boone trotz ihrer Einladung nicht gekommen war, setzte ihr zu. Er fühle sich nicht wohl, hatte er erklärt, was ihm gar nicht ähnlich sah, doch andererseits kam er nur selten auf die Feiern in der Villa der Wallaces. Er meinte, sie machten ihn kribbelig. Er meinte, früher hätten sie Sugar auch kribbelig gemacht, aber sie antwortete lachend, davon hätte Grady sie geheilt. Trotzdem fand sie es schade, dass ihr Grampa nicht kam, denn er war ihrem Verlobten noch nie begegnet. Grady interessierte sich nicht fürs Landleben, wie er sagte, aber er hatte ihr fest versprochen, mit ihr nach Summerville zu fahren, sobald sie ein freies Wochenende fanden.

Er sah auf der Feier so unglaublich gut aus, er war so elegant und charmant. Er schenkte Sugars kratziger Großtante Emmerline ebenso viel Aufmerksamkeit wie Meredith Burrows, die in New York modelte und umwerfend aussah, obwohl sie Grady, seinen Worten zufolge, ein bisschen zu knochig war.

Sie kannten sich zwar nur kurz, aber sie waren schon auf vielen anderen Bällen und eleganten Partys gewesen. Grady pflegte gern gesellschaftliche Kontakte, und an seinem Arm fand Sugar solche Veranstaltungen längst nicht so anstrengend wie früher. Aber trank er eigentlich immer so viel, fragte sie sich irgendwann am Abend. Sie hatte ihn noch nie wirklich betrunken erlebt, und auch jetzt war es nicht so, dass er gestolpert wäre oder sich blamiert hätte. Die Männer in Charleston waren berühmt für ihre Trinkfestigkeit. Aber obwohl er stets elegant und charmant blieb, erinnerte sie sich später, in seinen Augen ein Glänzen bemerkt zu haben, das ihr nie zuvor aufgefallen war. Sie hatte es für nicht weiter gefährlich gehalten, warum auch? Schließlich feierte sie ihre Verlobung mit dem Mann ihrer Träume.

Doch nachdem die beiden stolzen Väter ihre Ansprachen gehalten und die beiden stolzen Mamas feinfühlige Tränen vergossen hatten (wobei Etta es schaffte, ihr Mascara nicht zu verschmieren), zog Grady seine Verlobte ins Freie, die Treppe hinter dem Haus hinab und in den Raum, den ihre Mutter als ihr »Découpage-Studio« bezeichnete.

»Du bist so schön«, sagte Grady dort und presste sie gegen die Wand. »Du bist so verflucht schön. Oh Mann, ich liebe dich. Du bist fantastisch. Weißt du das? Ich liebe dich so wahnsinnig, verfluchte Scheiße. Du bist perfekt. Scheißperfekt.«

Bis dahin hatte sie angenommen, dass sie bis nach ihrer Hochzeit warten würden. Sie war in dieser Beziehung, wie nicht anders zu erwarten, peinlich altmodisch, auch wenn sie immer wieder von ihrem ersten Mal geträumt hatte, von den sehnsüchtigen Küssen, dem langsamen Entkleiden im Halbdunkel ihres gemeinsamen Schlafzimmers, den zärtlichen Neckereien zweier Liebender, die ihre Körper zum ersten Mal gegenseitig erkundeten, in dem beruhigenden Wissen, dass ihnen ein ganzes Leben blieb, um die beiderseitigen Vorlieben und Abneigungen zu erforschen. Aber als Sugar seine Liebesbeteuerungen hörte, seine Schwüre und Flüche, die ihr normalerweise zuwider gewesen wären und die ihr doch zeigten, wie ihm seine Gefühle zu schaffen machten, da fühlte sie sich plötzlich gar nicht mehr so altmodisch.

Schließlich hatte sie lang genug auf diesen einzigartigen Moment gewartet: Jede Faser ihres Körpers verzehrte sich nach jeder Faser seines Körpers.

Sie hob ihren mehrlagigen Rock an.

»Du bist das Beste, was mir je passiert ist.« Grady küsste sie unsanft in den Nacken, biss ihr ins Ohr und zwängte sein Knie zwischen ihre Beine. »Im Ernst, Cee-Lee.« So nannte er sie gern. »Scheiße, das meine ich echt ernst.«

Aber bevor sie ihm auch nur ihre weichen, wartenden Lippen zum Kuss anbieten konnte, hatte er seine Hose geöffnet und sie mit einem Stöhnen genommen, mit gesenktem Kopf, geschlossenen Augen und schwer keuchend.

Es war, als wäre sie gar nicht anwesend.

Dann spürte sie kurz einen reißenden Schmerz, und im nächsten Moment war alles vorbei. Grady ließ sich neben ihr an die Wand sinken und zog, ohne die Augen zu öffnen, den Reißverschluss wieder zu. »Die Scheißwarterei hat sich echt gelohnt«, sagte er. »Jetzt komm, wir sollten wieder reingehen, bevor man uns vermisst.«

Sugar steckte mit zittrigen Fingern die Nadeln fest, die sich in ihren Haaren gelöst hatten, und fragte sich fassungslos, was gerade passiert war.

Grady bemerkte ihre Miene und glaubte, sie würde bereuen, dass sie ihrer Lust nachgegeben hatte. »Schon okay, Süße«, sagte er. »Ich hätte dich sowieso irgendwann entjungfert. Ist doch egal, wann es passiert.«

Im Haus hatte jemand die Musik aufgedreht, und

sie hörte einen von Gradys Freunden nach ihm rufen. »Scheiße, ich liebe diesen Song«, sagte er. »Komm, Cee-Lee. Jetzt gehen wir feiern.«

Im Ballsaal waren die Gäste zu betrunken oder zu müde oder beides, um zu bemerken, dass die zukünftige Braut etwas von ihrem inneren Leuchten verloren hatte. Ihre Augen funkelten zwar immer noch, aber dieses Funkeln war nicht mehr so unbeschwert wie zuvor.

Am Abend ihrer Verlobungsfeier entdeckte Sugar etwas in Grady, das nicht zu ihrem Traumbild des verliebten zukünftigen Ehemannes, des charmanten Schwiegersohnes und charismatischen Anwalts passte. Stattdessen hatte sie einen verschwitzten Betrunkenen erlebt, der sie kuzerhand im Stehen entjungfert hatte. Am Abend ihrer Verlobung dämmerte Sugar, dass Grady zwar unbestreitbar eine mächtige, berauschende Wirkung auf sie ausübte, ihrer Beziehung aber ebenso unbestreitbar etwas Entscheidendes fehlte.

20

Der Hüttensänger war inzwischen auf das Dach einer alten Uhr gehüpft, die in einer Astgabelung hing, aber er sah Sugar dabei unverwandt mit leicht geneigtem Kopf an, als würde er ihr aufmerksam zuhören.

»Liebe tut weh, Miss Sugar«, sagte George. »Vor allem, wenn man jung ist und nicht weiß, dass sie auch anders sein kann.«

»Das ist schon so lange her«, sagte Sugar und beobachtete, wie der Vogel in der Eiche auf einen höheren Zweig wechselte. »Und es ist nicht so, als würde ich noch oft an ihn denken. Die letzten fünfzehn Jahre habe ich mich bemüht, überhaupt nicht an ihn zu denken, aber dann taucht plötzlich Ruby auf, Gott segne das Wenige, was noch von ihr übrig ist, und überfällt mich mit ihren Romanzen. Sie tut so, als hätte sie nichts für Romantik übrig, dabei ist das arme kleine Ding in Wahrheit hochzeitssüchtig und blüht jedes Mal auf, wenn sie darüber reden kann, aber gleichzeitig wühlen mich diese Gespräche mehr auf, als man glauben möchte. Und …«

»Und was, Miss Sugar?«

»Also, ich weiß nicht, ob es irgendwas mit alldem zu tun hat.«

»Oder ob es mit allem zu tun hat.«

»Jedenfalls hat es etwas mit Ihrer Bemerkung über die

Angst vor dem ersten Schritt zu tun. Oh Gott, ich kann nicht glauben, dass ich so etwas auch nur erwäge.«

»Was erwägen, Miss Sugar?«

»Ich habe jemanden kennengelernt, George.«

»Wirklich?«

»Wirklich.«

»Und wird sich etwas daraus entwickeln?«

»Daraus wird sich auf gar keinen Fall etwas entwickeln, trotzdem wird mir ganz schlecht, sobald ich nur daran denke.«

»Das hört sich so an, als hätte ich mit meiner Bemerkung über die Herzensangelegenheiten den Nagel auf den Kopf getroffen.«

»Ich kenne ihn eigentlich überhaupt nicht, und er kennt mich nicht, und außerdem ist er total daneben.«

»Die besten Menschen sind total daneben, Miss Sugar. Ist Ihnen das noch nie aufgefallen?«

»Die ganze Sache macht mir eine Heidenangst.«

»Dann müssen Sie Ihre Ängste endlich abschütteln.«

»Ich muss meine Vergangenheit abschütteln, sonst gar nichts.«

»Das wird nicht gehen. So viel müsste Ihnen inzwischen klar sein. Aber mit etwas Hilfe könnten Sie erreichen, dass Sie nicht mehr so unter ihrem Bann stehen.«

»Glauben Sie wirklich, dass das geht?«

»Miss Sugar, ich bin der lebende Beweis dafür.«

Nach der Verlobungsfeier verhielt sich Grady ihr gegenüber so liebevoll und aufmerksam, dass Sugar das enttäuschende Erlebnis im Découpage-Studio mitsamt all ihren nagenden Zweifeln verdrängte.

Das erste Mal war immer ein Desaster, das hatte sie schon oft gehört, und sie hatte es später als die meisten ihrer Freundinnen erlebt. Sie kannte ein paar Mädchen in ihrem Alter, die sich noch für ihre zukünftigen Ehemänner aufhoben, aber die meisten beschränkten sich darauf, mehr oder weniger sorgsam ihre sorglosen Fehltritte zu kaschieren.

»Hat Daddy vor eurer Hochzeit mit dir …«, fragte sie Etta eines Morgens und gab sich dabei alle Mühe, nicht so verlegen zu klingen, wie sie sich fühlte.

Etta saß an ihrem Schreibtisch, und Sugar sah die vertrauten roten Flecken an ihrem Hals aufwärtskriechen. »Grady ist ein Gentleman«, sagte sie. »Er würde dich nie um etwas bitten, was du ihm nicht geben kannst.«

»Selbst wenn es …«

»Selbst wenn überhaupt nichts, Cherie-Lynn! Männer haben eben Bedürfnisse. Das ist nicht nur Gerede, es stimmt. Von Grady Parkes geheiratet zu werden ist das Beste, was dir passieren kann, also setz das bitte nicht in den Sand, weil ich dir das nie verzeihen würde, so wahr Jesus mir helfe. Und dein Vater genauso wenig.«

Dann wechselte sie unvermittelt zu der Frage, wo am Tisch sie ihre alte Freundin Louisa platzieren sollten, damit sie ihren Exmann Hank weder zu sehen noch zu hören brauchte, was keine leichte Aufgabe war, da man Hank selbst jetzt hören konnte, und dabei lebte er in Texas.

In der Woche nach der Verlobungsfeier hatte es ein weiteres Zwischenspiel gegeben, diesmal in Gradys Auto hinter einem Imbiss auf Folly Island. Auch da war alles im Nu vorbei gewesen. Auch da hatte Grady sie nicht angesehen und erst recht nicht geküsst. Auch da war er hinterher umso netter zu ihr gewesen.

Sie wollte ihm vorschlagen, mit ihr in ein Hotel zu gehen oder gemeinsam auf ihr Zimmer zu schleichen oder wenigstens nicht ganz so schnell zur Sache zu kommen, aber die ganze Angelegenheit war ihr höchst peinlich, und Grady verübelte ihr jeden noch so dezenten Hinweis, dass sein – hastiges, ungestümes und beinahe öffentliches – Liebesspiel verbesserungsfähig war.

»Bis jetzt hat sich noch keine beschwert«, behauptete er. »Und ich bin auf dem Gebiet ein alter Hase, Baby.«

Natürlich hatte Sugar nie geglaubt, seine Erste zu sein, aber sein Lächeln bei dieser Bemerkung schnitt ihr tief ins Herz. Insgeheim fand sie seine Andeutung unnötig.

Doch dann gewann er ihr Herz von Neuem, indem er nach wochenlanger Verzögerung endlich sein Versprechen einlöste, Grampa Boone zu besuchen. Sie kamen an einem sonnigen Sonntagnachmittag in Summerville an, gerade als Grampa Boone den Deckel von dem Bienenstock am Rand der Veranda abnahm, um die Honigernte zu kontrollieren.

Sugar wollte ihm sofort zur Hand gehen, doch Grady hielt sie am Arm zurück, bevor sie aus dem Auto steigen konnte. »Was tut er da?«

»Er säubert den Bienenstock. Komm mit, Grady, wir helfen ihm dabei.«

»Den Bienenstock zu säubern? Kommt gar nicht in Frage.«

»Grady, Süßer, lass los, du tust mir weh. Seit ich denken kann, habe ich Grampa dabei geholfen, seine Stöcke zu säubern und Bienen zu züchten. Meine allererste Erinnerung dreht sich darum, dass ich ein Wabenstück mit Honig probiere. Ehrlich. Was ist los?«

»Mit mir? Gar nichts. Ich mache mir eher Sorgen um dich. Schließlich bist du diejenige, die in einem verwilderten Kleingarten in einem Haufen Insekten herumwühlen will wie ein billiger Wanderarbeiter.«

»Der Garten ist nicht verwildert, Grady. Und Grampa rechnet fest mit meiner Hilfe. Ich helfe ihm immer. Schon seit jeher.«

»Nicht mehr, mein Schatz«, sagte Grady, doch sie zog ihren Arm aus seinem Griff und marschierte zum Haus. Die roten Male, wo seine Finger sie gepackt hatten, brannten wie Feuer.

Ihr Großvater hatte hinter dem Schleier seines Imkerhuts den Wortwechsel verfolgt. Um seiner Enkelin weitere Peinlichkeiten zu ersparen, setzte er den Deckel wieder auf den Bienenstock, so als hätte er bereits alles erledigt, trat dann an die Verandastufen und stieg aus seinem Anzug.

Sugar umarmte ihn mit aller Kraft und ohne darauf zu achten, ob er sich vielleicht dünner anfühlte als sonst oder irgendwie gebrechlich wirkte.

»Grady, ich möchte dir den anderen Mann in meinem Leben vorstellen.«

»Sehr erfreut, Sir«, sagte Grady und reichte Grampa Boone die Hand. Aber er war nicht so charmant wie sonst. »Wie wär's, wenn wir uns etwas weiter von diesen Bienen weg setzen?«, fragte er und schlenderte dabei ans entgegengesetzte Ende der Veranda. »Ich hab's nicht so mit diesen Biestern.«

Sugar arrangierte geschäftig die Stühle und schwatzte

munter drauflos, während sie Grady und ihrem Großvater einen Bourbon und sich einen Eistee holen ging.

Ihr Großvater plauderte ein wenig mit ihnen, sprach dabei aus Rücksicht auf ihren Verlobten möglichst wenig über seine Bienen und erkundigte sich dann höflich nach der Familie, der Verlobungsfeier und ihren Hochzeitsvorbereitungen.

Aber als sie aufbrechen wollten, hielt er Sugar kurz zurück und ging mit ihr zu den Bienen, während Grady weiter auf das Auto zumarschierte. »Ich glaube, diese Königin wird die beste, die ich je hatte, Sugar«, erklärte er ihr, als sie am Bienenstock standen. »Ich nenne sie Elizabeth, und du solltest sie mal Eier legen sehen; völlig ruhig und gleichmäßig und dabei schneller als jede andere vor ihr. So ein Brutmuster ist mir noch nie untergekommen. So wie ich es sehe, wird die uns mehr Honig einbringen als je zuvor.«

»Jedenfalls sind ihre Arbeiterinnen mit Feuereifer unterwegs.« Sugar beobachtete das emsige Durcheinander der ein und aus fliegenden Bienen am Eingang des Stocks.« »Ich kann nicht glauben, dass ich nicht dabei war, als sie geschlüpft ist.«

»Du warst beschäftigt, Sugar Honey.«

»Aber für dich oder deine Bienen sollte ich nie zu beschäftigt sein. Ihr beide seid doch meine Lieblinge. Hoffentlich kann Elizabeth mir das verzeihen.«

»Das ist nicht nötig, und wenn es nötig wäre, dann würde sie es tun«, sagte ihr Großvater. »Sie ist sehr stark, Sugar. Genau wie du.«

»Ich?« Sugar lachte. »Wie kommst du darauf, dass ich stark sei?«

»Ich kenne dich jetzt seit zwanzig Jahren«, erklärte er ihr. »Du bist keine Drohne, Sugar. Du bist eine Königin. Vergiss das nie.«

»Ach Grampa, das ist aber ein süßes Kompliment.«

»Ich meine das nicht als Kompliment. Das soll dir helfen, wenn du mal Hilfe brauchst.«

Sie sahen einander an.

»Du bist stark, mein Kind«, wiederholte er. »Vergiss das niemals. Und lass dir von niemandem was anderes einreden. Versprichst du mir das?«

»Ich weiß gar nicht, was du damit meinst.« Sugar wurde rot und brachte es nicht über sich, ihn anzusehen.

»Versprich es mir einfach.«

»Okay, okay, Grampa, wenn es dir so wichtig ist, dann verspreche ich es, natürlich, aber ehrlich …«

»Du bist zu gut für ihn«, unterbrach ihr Großvater sie. »Und damit meine ich nicht Charleston-gut, sondern einfach nur gut.«

»Sprichst du von Grady?«

»Sugar Honey, der Mann mag keine Bienen.«

»Viele Menschen mögen keine Bienen!«

»Mag sein, aber du magst sie.«

Im ersten Moment wollte sie protestieren, den Mann verteidigen, den sie liebte und heiraten würde, aber dann sah sie endlich ihre Möglichkeit gekommen, mit dem Menschen zu sprechen, der ihre nagenden Zweifel wahrscheinlich besser verstand als jeder andere. Insgeheim wurde sie sich mit jedem Tag, den ihre Hochzeit näher rückte, ein bisschen fremder. Und nachdem ihr die romantische Zweisamkeit versagt blieb, von der sie immerzu geträumt hatte, seit Grady sie in seinen Bann geschlagen hatte, nutzte sich das berückende Gefühl, keine Außenseiterin mehr zu sein, mit jedem Tag ab.

Er wünschte sich, dass sie sich blonde Strähnen färben ließ, er zog es vor, wenn sie ihr Haar nicht mehr hochsteckte, sondern offen ließ, er sah sie lieber auf hohen Absätzen, obwohl er wusste, dass sie darin nicht gehen konnte, und er nannte sie CeeLee, was sie ehrlich gesagt furchtbar fand. All das waren nur Kleinigkeiten, es wäre albern gewesen, sie auch nur anzusprechen, aber zusammengenommen wogen sie so schwer, dass Sugar manchmal mitten in der Nacht aus dem Schlaf schreckte und sich panisch fragte, ob sie nicht einen riesigen Fehler beging.

Und jetzt wollte er ihr nicht mit den Bienen ihres Großvaters helfen.

Das wog am schwersten.

Aber dann hupte er und ließ den Motor aufheulen, und sie dachte an ihre Eltern und ihre Brüder und die Hochzeitsvorbereitungen und an das Haus an der Church Street, das sie schon halb eingerichtet hatten, und an die Flitterwochen in Frankreich, und die Zweifel entglitten ihr wieder. »Mach dir meinetwegen keine Sorgen, Grampa«, sagte sie, machte einen Schritt auf ihn zu und gab ihm, umgeben von summenden Bienen, einen Abschiedskuss. »Ich fühl mich pudelwohl.«

»Ich liebe dich, Sugar Honey«, sagte er, als sie wegging.

»Das weiß ich doch, Grampa«, antwortete sie und drehte sich noch einmal winkend um. »Ich liebe dich auch.«

Es war das letzte Mal, dass sie ihn sah.

Vier Tage nach ihrem und Gradys Besuch in Summerville starb Sugars Großvater friedlich in seinem Bett und ließ Sugar untröstlich zurück.

»Er war doch schon alt, CeeLee.« Grady hatte ihren Kummer schon bald satt. »Was hast du denn erwartet?«

Als sie eine Woche nach der Beerdigung immer noch spontan in Tränen ausbrach, schalt ihre Mutter sie für ihr »theatralisches Gehabe« und ermahnte sie, sich zusammenzureißen.

»Du hast Augen wie ein Seeungeheuer«, fuhr sie Sugar an. »Hör auf zu heulen, Cherie-Lynn. Wir haben eine Hochzeit zu organisieren.«

Doch als Sugar bei der Testamentseröffnung als Haupterbin benannt wurde, waren es Ettas Augen, die unvermittelt rot wurden und fassungslos hervortraten. Nicht weil Etta ihrer Tochter das Geld nicht gegönnt hätte – dank Blake konnte sie in dieser Hinsicht großzügig sein –, sondern weil sie nicht gedacht hatte, dass es welches zu vererben gab. Thea und Jim Boone hatten stets bescheiden gelebt; viel zu bescheiden für Ettas Geschmack. Seit sie als kleines Mädchen Grace Kelly auf dem Titelblatt einer Zeitschrift gesehen hatte, hatte sie ihre Flucht aus dem provinziellen Sumpf geplant, in dem sie festzusitzen glaubte. Schöne Blondinen hatten einen gutaussehenden Prinzen und einen riesigen Palast verdient, fand Etta, und beides würde sie in Summerville nicht finden.

Doch jetzt war ihr Vater als wohlhabender Mann gestorben. Der Anwalt eröffnete Etta, dass er mit dem Verkauf von Landstücken, von deren Existenz sie nichts geahnt hatte, gutes Geld verdient und den Ertrag geschickt in Aktien und Anleihen angelegt hatte.

»Du bist jetzt eine reiche Frau, Schätzchen«, erklärte Etta ihrer Tochter, als sie aus der Anwaltskanzlei zurückkam. »Du und Grady werdet tun und lassen können, was euch gefällt und wann es euch gefällt. Was ihr natürlich schon vorher konntet, trotzdem kann es nicht schaden, wenn du über etwas eigenes Geld verfügst. Wer weiß, ob du nicht irgendwann die Remise neu einrichten oder zum Shoppen nach London fliegen möchtest?«

»Ich will nicht zum Shoppen nach London fliegen«, antwortete Sugar und brach wieder in Tränen aus. »Ich will kein Geld, ich will Grampa.«

»Hör mir gut zu, Cherie-Lynn, du darfst dich nicht so gehen lassen. Glaubst du, dein Großvater hätte gewollt, dass du dich so skandalös aufführst? Dass du dich so hysterisch und verheult zeigst und mit deinem Amateurdrama jeden in deiner Nähe, deinen zukünftigen Ehemann eingeschlossen, in den Wahnsinn treibst?«

»Aber was wird aus seinem Häuschen? Und wer kümmert sich jetzt um seine Bienen?«

»Zerbrich dir darüber nicht den Kopf. Dafür wurde schon gesorgt. Deine Brüder kümmern sich um das Haus und das Grundstück. Und die Bienen übernimmt ein Freund deines Großvaters«, erklärte ihre Mutter. »Er hatte alles schon organisiert. Bis auf … ach, der Alte konnte wirklich eine Plage sein!«

»Bis auf was?«

»Mach dir deswegen keine Gedanken, Schätzchen. Im Moment hast du genug zu tun.«

»Bis auf was, Mama?«

Ihre Mutter verdrehte die Augen. »Bis auf diesen einen

dämlichen Bienenstock, den dir der verrückte alte Kauz vermacht hat. Ich weiß beim besten Willen nicht, was er sich dabei gedacht hat. Du wirst keine Bienen halten können, wenn ihr erst in der Church Street wohnt…«

»Welcher Stock, Mama?«

»Wen interessiert das? Du kannst ihn sowieso nicht behalten.«

»Mich interessiert es! Er hat sie mir hinterlassen. Es sind meine Bienen.«

»Na, diesen stinkigen alten Lieferwagen hat er dir auch hinterlassen, und den wirst du auch nicht mitnehmen, oder?«

»Ist es der Stock direkt am Haus? Hat er mir seine Hausbienen hinterlassen?«

»Ja, ich glaube, um die ging es. Der Anwalt meinte, dein Großvater hätte diesen Passus erst ein paar Tage vor seinem Tod in sein Testament aufgenommen. Weiß der Himmel warum.«

An diesem Abend stritten Sugar und Grady wegen der Bienen. Sie wollte den Stock sofort abholen und zu dem Haus bringen, in das sie nach der Hochzeit ziehen würden. Er war strikt dagegen.

»Wenn ich sage, dass du keine Drecksbienen züchten wirst, dann wirst du keine Drecksbienen züchten«, tobte er. »Du bist doch keine primitive Maisfarmerin, die ihren eigenen Whisky brennt und mit ihrer Pfeife auf der Veranda sitzt, CeeLee.«

»Ich könnte den Honig auf dem Kirchenflohmarkt verkaufen«, schlug sie vor. »Oder ihn an Weihnachten unseren Freunden schenken. Honig ist kein schwarzgebrannter Whisky, Grady, sondern ein Lebensmittel. Und du wirst die Bienen überhaupt nicht bemerken, dafür werde ich sorgen. Es sind nur Bienen.«

»Du wirst diesen Stock auf keinen Fall in der Nähe unseres Hauses aufstellen«, bekräftigte Grady drohend.

»Sonst?«, fragte sie so freundlich, wie sie noch konnte.

»Mein Gott, ich muss mir diesen Scheiß nicht anhören. So was muss ich mir von niemandem anhören. Lass es gut sein, sonst nehme ich Meredith Burrows beim Wort, wenn sie wieder mal anruft und mich anbettelt, mir das mit der Hochzeit noch mal zu überlegen.«

»Meredith ruft dich an?«

Er sah sie mit hochgezogener Braue an, ein befremdliches Lächeln auf dem Gesicht, und ihr rutschte das Herz bis in die Spitzen der High Heels, die sich anfühlten, als hätten sich zwei Krabben an ihren Zehen festgebissen.

»Ich meine ja nur«, sagte Grady.

Was meinte er?

Sugar dachte an die Bienenkönigin, die verlassen an dem Häuschen ihres Großvaters auf sie wartete, und sie dachte an die Worte ihres Großvaters, dass sie stark sei und ihr niemand etwas anderes einreden dürfe und dass er sie liebte, und sie hatte das Gefühl, sie würde nie wieder jemanden so vermissen, wie sie ihn in diesem Moment vermisste.

Sie sah Grady an, der ihr mit seinem Lächeln den Atem rauben konnte, der immer noch Schmetterlinge in ihrem Bauch auffliegen ließ, sobald er ins Zimmer trat, und der dennoch den Imkeranzug ihres Großvaters nicht einmal zu einem Fünftel ausfüllen konnte. Vielleicht konnte das kein anderer Mann. Trotzdem war es erschütternd, dass sie so über den Mann dachte, in den sie so verliebt war und den sie bald heiraten würde, um ihr ganzes Leben mit ihm zu teilen.

Sie hatte ihm bereitwillig ihr Studium, ihre Frisur, einen Teil ihres Freundeskreises und sogar das Wohlbefinden ihrer Füße geopfert. Aber die Bienen ihres Großvaters? Die sie schon mit ihm zusammen versorgt hatte, als sie noch den Grashüpfern Auge in Auge gegenübergestanden hatte? Das war zu viel verlangt.

In diesem Moment schien Grady etwas zu spüren; er schien zu ahnen, dass sie ihm wehtun könnte, und sein Zorn verflog wie ein Pusteblumenschirmchen im Wind. Er nahm sie in die Arme, drückte sie an seine Brust, erklärte ihr, dass sich alles finden und er immer für sie sorgen würde, dass sie sich keine Gedanken zu machen brauchte, da er sie liebte und nicht ohne sie sein könnte. Außerdem sei das mit Meredith nur ein Witz gewesen, er hatte ihr doch erklärt, dass sie ihm viel zu knochig war.

Er war so zärtlich, dass Sugar ihm liebend gern jedes Wort geglaubt hätte.

Aber in der Nacht lag sie mit ängstlichen Magenkrämpfen wach und spürte, wie ihr das sicher geglaubte Eheglück zwischen den Fingern zerrann.

»Du wirst ja immer dünner, Cherie-Lynn«, tadelte Etta ihre Tochter ein paar Tage später.

Sie waren zur letzten Anprobe bei der Schneiderin, und das üppige Brautkleid, das Charlestons begehrteste Designerin entworfen hatte, hing an Sugars Schultern wie ein Vogelnetz an einem winterlichen Apfelbaum.

»Wo sind denn Ihre ganzen Kurven geblieben?«, fragte

die Schneiderin. »Ich meine, es sieht immer noch fantastisch aus, aber ich muss inzwischen so viel abstecken, dass mir bald die Nadeln ausgehen.«

Sugar schaute in den Spiegel und erkannte das Gesicht darin kaum wieder. »Wahrscheinlich sind das einfach die Nerven«, sagte sie.

»Du hast doch keinen Grund, nervös zu sein«, sagte Etta.

»Und Sie werden eine bezaubernde Braut abgeben.« Die Schneiderin trat seufzend einen Schritt zurück und betrachtete prüfend ihr Werk. »Ich kann es kaum erwarten, Sie zum Altar schreiten zu sehen.«

»Hoffen wir, dass sie dann glücklicher aussieht«, bemerkte Etta. »Wir sprechen hier vom schönsten Tag deines Lebens, Herrgott noch mal, Cherie-Lynn. Du wirst schon ein bisschen fröhlicher werden müssen, wenn du deinen Mann glücklich machen willst.«

Am Wochenende vor der Hochzeit gingen sie mit beiden Elternpaaren essen, und Sugar beobachtete entsetzt, dass Grady mehr als sonst trank, bis wieder jenes Glänzen in seine Augen trat, das ihn in einen Fremden verwandelte.

»Grady, bitte, sollten wir nicht abwarten?«, schlug sie vor, als er den Wagen kurz vor ihrem Elternhaus auf der Straße anhielt, die Rückenlehne nach hinten klappte und an seinem Gürtel zu nesteln begann.

»Und warum sollte ich das wollen?«, fragte er ruppig.

»Ich möchte nur, dass es etwas Besonderes wird«, versuchte Sugar ihn zu beschwichtigen. »Du weißt schon, in unserer Hochzeitsnacht. Im Hotel, mit Champagner und Kerzen und Musik. Damit wir uns immer an diese Nacht erinnern.«

»Wie du meinst.« Grady stellte die Rückenlehne wieder auf. »Aber nur dass das klar ist, CeeLee, ein Mann wie ich sollte nie auf etwas warten müssen«, sagte er. »Oder auf jemanden.«

»Und es wäre mir lieber, wenn du mich nicht mehr so nennen würdest«, sagte sie.

»Ich nenne dich so, wie es mir passt, verflucht noch mal«, fuhr Grady sie an. »Herrgott, was ist nur mit dir los?«

Später in ihrem Zimmer griff sie nach dem Foto ihres Großvaters, das in einem Silberrahmen auf ihrer Kommode stand. Was war aus dem Mädchen geworden, das ihm stundenlang geholfen hatte, seine Bienen in einen neuen Stock umzusetzen, das Honig mit Lavendelöl angerührt hatte und das eigene Tinkturen gegen winterliche Erkältungen ersonnen hatte? Ausnahmsweise war sie froh, dass er nicht mehr lebte, denn sie wusste, dass es ihm das Herz gebrochen hätte, sie so zu sehen.

»Du bist stark«, ermahnte sie sich und spürte, weil sie es laut aussprach, tatsächlich einen kleinen Ansporn. »Du bist stark«, sagte sie noch einmal, diesmal lauter, und dann noch lauter, bis sie die Frau im Spiegel endlich anblicken und sich wenigstens halbwegs darin wiedererkennen konnte.

Am nächsten Morgen fuhr sie zum Häuschen ihres Großvaters, um den Bienenstock zu holen, den er ihr hinterlassen hatte. Schon jetzt war der Garten halb zugewachsen. In den Wochen seit dem Tod ihres Großvaters hatten sich ihre Brüder kein einziges Mal dort blicken lassen. Aber der Pick-up parkte immer noch mit steckendem Zündschlüssel hinter dem Haus, als hätte ihr Großvater ihn eben dort abgestellt.

Die Bienen am Haus hatten kaum noch Wasser und waren dementsprechend nervös, doch ein kurzer Kontrollblick auf die Königin zeigte Sugar, dass sie sich immer noch den Allerwertesten wund arbeitete und weiterhin die gleichmäßigen Muster legte, von denen ihr Großvater gesprochen hatte.

»Hallo, Elizabeth«, sagte Sugar. »Tut mir leid, dass ich erst jetzt komme, aber es war nicht so einfach.«

Sie reinigte den Stock, so gut es ging, legte die Zargen mit den Honigwaben in den Kofferraum ihres Autos und stellte den Brutraum mit der Königin auf den Rücksitz.

Normalerweise reisten die Bienen auf der Ladefläche des alten Pick-ups, und es schien ihnen in Sugars Volvo nicht besonders zu gefallen. Der Wagen, ein Geschenk von Grady, roch immer noch nach Neuwagen und Leder, was die Bienen wahrscheinlich beunruhigte. Sie summten so hektisch durch das Wageninnere, dass sie beschloss, während der Fahrt von Summerville nach Charleston sicherheitshalber den Imkeranzug ihres Großvaters überzuziehen.

Die eingeschränkte Sicht war durchaus problematisch, denn der Schleier verhüllte die Welt wie hinter einem weißen Tuch, und so fuhr sie besonders vorsichtig. In den riesigen Handschuhen ihres Großvaters war das Lenkrad nur schwer zu fassen, aber Sugar gefiel der Gedanke, dass ihre Fingerspitzen am selben Fleck lagen wie früher seine.

Im Imkeranzug ihres Großvaters, umgeben von seinem vertrauten Geruch und dem Honigduft der abertausend summenden Bienen hinter ihr, fühlte sie sich glücklicher als seit Wochen, während die Welt draußen wie im Nebel an ihr vorbeizog.

»Fast als würde ich fliegen«, sagte sie laut, als sie die Ashley River Road entlangfuhr, unter dem Baldachin uralter Eichen hindurch, die am Rand alter Plantagengärten zu beiden Seiten standen und im Fahrtwind das Spanische Moos schwenkten, als würden sie ihr zuwinken.

Fast als wäre sie frei.

Doch je näher sie der Stadt und ihrem neuen Haus in der Church Street kam, desto deutlicher spürte sie die rasselnden Ketten, die sich um sie legten. Grady hatte unmissverständlich erklärt, was er von ihren Bienen hielt, und die Kraft, die sie aufgebracht hatte, um sie abzuholen, hatte sie wieder verlassen, als sie gegenüber ihrem neuen Heim anhielt. Aber noch während sie in ihrem Imkeranzug hinter dem Steuer saß und ihre nächsten Schritte überlegte, kletterten die Landschaftsgärtner, die im Auftrag von Gradys Mutter neben dem Haus einen Ziergarten anlegten, in ihren Lieferwagen und fuhren in ihre Mittagspause, was Sugar als Zeichen nahm, sofort zur Tat zu schreiten.

Wenig später hatte sie den perfekten Flecken für den Bienenstock gefunden: in einer Ecke des Gartens zwischen einem lila Flieder und einer Gruppe von Azaleen. Er war nach Südosten ausgerichtet, bekam also genug, aber nicht zu viel Sonne, und befand sich dicht an dem Zierteich, den Sugars zukünftige Schwiegermutter dem viel größeren Teich auf ihrem riesigen Anwesen drüben an der East Battery nachmodelliert hatte. Bis dahin hatte

Sugar ihn nicht leiden können – selbst die Miniversion wirkte angeberisch –, aber der flache Rand bot den Bienen reichlich Wasser, und am Ufer gegenüber schirmte eine üppige Magnolie den Stock gegen das Haus hin ab.

Bis Grady den Stock überhaupt bemerkte, hätte sie ihm bewiesen, dass die Bienen niemanden störten.

Doch die Bienen hatten anderes vor.

Nur wenige Tage später kam Grady in den Garten, um die Gartenarbeiter zu bezahlen, und wurde prompt in den Hals gestochen, woraufhin der Teufel los war. Als Sugar eintraf, um ihn abzuholen und mit ihm zu ihrer Hochzeitsprobe zu fahren, tobte er vor Zorn, einen Finger auf der Schwellung an seinem Hals, stampfte durch den Garten und kickte das Gras aus dem Boden.

»Irgendwie musst du sie aufgestört haben«, erklärte sie ihm. »Sie stechen nicht grundlos.«

»Leck mich! Ich habe dir gesagt, dass ich mich nicht mit irgendwelchen gottverfluchten Bienen rumschlagen will«, brüllte er. »Ich hab dir das von Anfang an gesagt, und trotzdem hast du die Biester hergeholt.«

»Mein Großvater hat sie mir hinterlassen, Grady. Ich kann sie doch nicht da draußen sterben lassen. Das wäre nicht richtig. Es wäre respektlos ihm gegenüber. Und es wäre vor allem grausam.«

»Ich bestimme hier, was richtig ist und was nicht«, drohte er ihr. »Und ich bestimme hier, was respektlos ist.«

»Aber es macht mich glücklich, die Bienen in meiner Nähe zu haben. Möchtest du nicht, dass ich glücklich bin?«

»Diese Scheißbienen machen dich nicht glücklich,

CeeLee. Ich werde dich glücklich machen. Und ich mache es auf meine Weise, genau hier in meinem Haus, und zwar ohne dieses dreckige Ungeziefer. Hast du das verstanden?«

Ihr lag auf der Zunge, dass es nicht sein Haus war, weil es ihnen beiden gehörte, und Bienen kein Ungeziefer waren, dass er sich unmöglich aufführte und zu viel Aftershave aufgelegt hatte. Die Bienen hassten Aftershave.

Aber ihre Kraft hatte sie verlassen.

»Komm her und lass mich das ansehen«, sagte sie stattdessen und wollte seine Hand von dem Stich lösen, doch er schlug ihren Arm so wütend weg, dass sie umknickte, über einen Spaten stolperte und rückwärts zu Boden fiel.

Sie sah auf in sein Gesicht und glaubte einen Moment – einen Sekundenbruchteil –, er würde sie gleich treten. Unter der Oberfläche brodelte heißer Zorn: Sie konnte fast sehen, wie er Gradys Haut dehnte und jeden Augenblick auszubrechen drohte. Aber dann schien Grady bewusst zu werden, was gerade passiert war, und er half ihr hastig auf.

»Das tut mir so leid, Schatz, ich wollte doch nicht… Ach, du Scheiße. Ist alles in Ordnung? Ich habe das nicht so gemeint. Ich wollte nur nicht, dass du an mir herumfummelst. Du hast dir doch nichts getan, oder?«

»Es geht schon wieder«, sagte sie und klopfte den Dreck von ihren Sachen. »Ich muss nur kurz ins Haus gehen und die Flecken von meinem Kleid waschen.«

»Baby, es tut mir ja so leid. Das weißt du doch, oder? Ich wollte dir nicht wehtun.«

In seinem offenen Blick erkannte sie den Grady wieder, dem sie damals verfallen war. Sie spürte die köstliche Wärme, wo seine Finger sie berührten, und das vertraute Herzklopfen, sobald er sie ansah.

Aber gleichzeitig empfand sie noch etwas, und das war weder warm noch aufregend. Es war Angst.

»Ich verspreche dir, dass ich einen guten Platz für die Bienen finden werde«, sagte er. »Die Gärtner werden sich darum kümmern. Ich bin doch kein Monster, CeeLee, und ich will bestimmt nicht respektlos sein. Ich bin total verrückt nach dir. Das weißt du doch, oder?«

»Natürlich«, sagte sie und setzte ein Lächeln auf. »Schließlich heiraten wir morgen, nicht wahr?«

Es war zu spät, um etwas anderes auch nur zu denken.

21

Der Hüttensänger verschwand flatternd in den Hinterhöfen der East 6th Street. Sugar stand auf und half danach George beim Aufstehen.

»Das reicht für einen Tag«, sagte sie. »So viel habe ich in den letzten fünfzehn Jahren nicht darüber gesprochen.«

»Und fühlen Sie sich jetzt besser?«, fragte George.

»Ich fühle mich, als wäre ich im Nachthemd und ungeschminkt auf der Straße aufgewacht«, antwortete sie.

»Immerhin sind Sie aufgewacht.«

»Danke, George«, sagte sie, denn sie wusste, dass er das Herz am rechten Fleck hatte, auch wenn sie in dieser Sache nicht seiner Meinung war.

»Kein Problem, Miss Sugar. Überhaupt kein Problem.«

Sie kehrten gerade rechtzeitig in die 33 Flores Street zurück, um zu beobachten, wie ein großer, dürrer Mann in Schwarz aus dem Ballonladen trat.

»Du bist echt cool«, verabschiedete sich der Mann über die Schulter hinweg von Lola. »Rollo hat recht. Und du bist billig.«

Lola drückte die Tür wieder zu und übersah darum Sugars hoffnungsvolles Gesicht oben an der Treppe. Wozu sollte sie den Laden offen lassen? Es kam sowieso niemand.

Seufzend sah sie sich in dem winzigen Raum um. An den Wänden stapelten sich, in Blöcken sortiert wie bei einem Zauberwürfel, Kartons mit nicht aufgeblasenen Ballons in verschiedenen Farben. Hinter der Theke drängte sich eine ungewöhnliche Familie aus Donald Duck, einer Riesenerdbeere, dem Empire State Building, einem Elefanten sowie einer menschengroßen Gurke. Der Rüssel des Elefanten war erschlafft. Er war von Anfang an löchrig gewesen, aber weil Ethan mit den Händen an den Rüssel kam und so gern daran zupfte, hatte sie den Ballon hängen lassen.

Ihr Kleiner lag schlafend in dem Buggy, den sie neben der Theke abgestellt hatte. Seine dunklen Wimpern flatterten leise auf den vollen Wangen, in den pummeligen Fäusten hielt er immer noch den Apfel, den sie ihm geschält hatte, und vor seinem Mund bildete sich bei jedem Atemzug eine winzige Speichelblase.

Nach fast zwei Jahren konnte sie immer noch nicht glauben, dass sie, die jugendliche Ausreißerin ohne abgeschlossene Schulausbildung, ein solches Wunder erschaffen hatte, wo sie sonst doch dafür berühmt war, zielsicher den falschen Weg einzuschlagen. Ethan war der größte Fehler, den Lola je gemacht hatte – und sie hatte einige dicke Böcke geschossen –, aber er war auch ihre Rettung gewesen.

Als sie mit ihm schwanger wurde, war sie praktisch ständig breit gewesen; sie hatte in einer Oben-ohne-Bar getanzt und mit weiß Gott wem weiß Gott was gemacht, ohne dass es ihr etwas bedeutet hatte. Aber Ethan war das Ergebnis eines relativ nüchternen Two-Night-Stands mit einem Gitarristen, den sie in einer Bar weiter unten an der Lower East Side kennengelernt hatte. An seinen Namen erinnerte sie sich nicht mehr, dafür erinnerte sie sich noch gut an seine traurigen braunen Augen und seine zärtlichen Hände. Ein Italiener, wenn sie sich recht erinnerte. Oder Spanier. Sie hatten zwei heiße Nächte zusammen verbracht, und sie hatte ihn schon fast vergessen, als eine der anderen Tänzerinnen sie fragte, ob sie heimlich von den fettigen Fritten in ihrem schmierigen Club naschte, weil sie so zugelegt hätte.

Das zusätzliche Gewicht war Ethan.

Sie hätte nie gedacht, dass sie das so glücklich machen würde.

Sie hatte sich vom ersten Augenblick an in ihren Sohn verliebt. Genauer gesagt hatte sie vom ersten Augenblick das Gefühl gehabt, dass dieses Kind schon all die Jahre als entfernte Möglichkeit über ihr geschwebt und nur darauf gewartet hatte, bis der richtige Zeitpunkt gekommen war, um ihr zu zeigen, dass sie nicht nur im Versagen gut war.

Und sie war eine gute Mom, das wusste sie genau. Natürlich war sie oft mit ihren Kräften am Ende, und es war nicht einfach, ganz allein für ein Kind zu sorgen, aber sie bereute keine Sekunde, dass sie Ethan hatte, sie wurde nie wütend, verlor niemals die Geduld. Das Tanzen hatte sie sofort an den Nagel gehängt. Sie wollte, dass ihr Sohn später einmal stolz auf sie war, und darum war sie auch aus ihrer alten Wohnung ausgezogen, die sie mit einer ständig wechselnden Kollektion von Kolleginnen aus dem Club geteilt hatte, und in der Flores Street gelandet.

Als sie oben eingezogen war, hatte in dem Kellerladen eine Hellseherin residiert – eine übergewichtige Blondine, die zwischen ihren Kundenterminen weinte –, aber die war eines Tages still und leise verschwunden, und der Laden stand leer. Ungefähr um diese Zeit hatte Ethan das erste Mal gelächelt, als ihr jemand vor einer frisch eröffneten Bar am Tompkins Square einen Ballon geschenkt hatte, den sie sofort an seinen Kinderwagen gebunden hatte. Ethan litt unter schrecklichen Koliken, sein kleiner Körper wand sich oft unter Schmerzen, und er schrie viel, doch als Lola ihn lächeln sah, war das der schönste Moment in ihrem Leben.

Plötzlich waren all die Irrwege vergessen, die sie eingeschlagen hatte, und sie schwebte vor Glück über dieses Lächeln wie auf Wolken mit einem ebenso glückseligen Lächeln in die Flores Street zurück, wo sie den leeren Laden im Souterrain sah.

Und wenn sie einen Ballonladen eröffnete? Diese Idee kam ihr in den Sinn. Wenn ein einziger Ballon einen kleinen Jungen so glücklich machen konnte, was musste dann ein ganzer Laden voller Ballons bewirken? Die Sache war ein Selbstläufer.

Das war ihr ganzer Geschäftsplan.

Wegen der Rezession konnte sie den Laden zum Spottpreis mieten, und sie war eine gute Tänzerin gewesen: Sie hatte genug Geld auf der Bank, um sich einen Bestand an Ballons zuzulegen und den Laden einzurichten. Die ersten vier Wochen hatte sie hier unten gesessen, mit Ethan gespielt, Pandas und Winnie Poohs und Micky Mäuse aufgeblasen und auf Kundschaft gewartet. Es kam selten jemand, und wer kam, ließ die Börse oft geschlossen und floh hastig wieder nach draußen, denn

Ethan war zwar die Liebe ihres Lebens, aber er konnte auch ohrenbetäubend brüllen.

Bald ging sie nicht mehr jeden Tag nach unten und begann eine tiefe Abneigung gegen Ballons zu entwickeln.

Dann bekam sie einen Job als Kellnerin in einem veganen Café an der Second Avenue. Damit konnte sie, wenn auch nur knapp, die Miete zahlen, und sie durfte ihr Oberteil anbehalten, aber irgendwann gingen ihr die Freunde aus, die von sich aus auf Ethan aufpassen wollten, und sie hatte nicht mehr die Nerven, sie darum zu bitten.

Sie brauchte Geld, und Rollo wusste, wie sie welches verdienen konnte, weshalb er gerade seinen Kumpel vorbeigeschickt hatte. Als sie sich vorbeugte, um Ethan zu küssen, gestand sie sich ein, dass sie Angst hatte. Aber sie verstand sich auf das, was Rollo und sein Kumpel wollten.

»Mama!«, gurrte Ethan, als wäre er überrascht, ihre Lippen so dicht über seinem Köpfchen zu sehen. Er strahlte sie an und grabschte nach dem faltigen Elefantenrüssel. Lola wusste nicht, was Sugar in ihren Sirup tat, aber es wirkte.

Sie klappte das GESCHLOSSEN-Schild an der Tür auf OFFEN um. Aber Sugar war schon im Haus verschwunden.

22

Mr. McNally hörte Sugar im Treppenhaus und öffnete die Wohnungstür, um sie auf dem Weg nach oben abzufangen. »Das Mädchen da unten im Erdgeschoss«, setzte er an. »Ihre Bohnenstange? Als ich vorhin nach der Post sehen wollte, lag sie ohnmächtig im Hauseingang.«

Erst nach mehreren Minuten reagierte Ruby auf Sugars hartnäckiges Klopfen, und als sie die Tür aufzog, war ihr Blick trübe, ihre Haut grau und sie selbst noch dünner als bei ihrer letzten Begegnung, was Sugar nicht für möglich gehalten hätte.

»Ach Schätzchen«, sagte Sugar nur, und Ruby brach in Tränen aus.

»Sag nichts«, heulte sie. »Alles, was du sagen kannst, hab ich schon mal gehört. Und irgendwann mag ich die Menschen nicht mehr, die so was sagen, also sag lieber nichts.«

»Schon gut, ich sage nichts«, sagte Sugar, trat in Rubys Wohnung, schloss ihren hageren Körper in die Arme und spürte unter dem sanften Druck, wie die Schultern unter ihren Händen bebten. Ruby erinnerte Sugar an die Rippen eines vertrockneten Blattes, die nur noch die Form des einstigen Blattes bewahren, nur noch ein leises Flüstern dessen, was das Blatt früher ausgemacht hatte. Wunderschön anzusehen, aber viel zu zerbrechlich, um es zu berühren.

Sie würde Ruby nicht raten, mehr zu essen. Schließlich hatte die junge Frau genug zu essen im Haus, sie hätte also etwas essen können, wenn sie wollte, aber offensichtlich wollte oder konnte sie es nicht. Dieser Rat würde sie beide nicht weiterbringen, also würde Sugar das Thema vorerst beiseiteschieben und überlegen, wie sie Ruby anders helfen konnte.

»Weißt du, dass ich auch kurz vor einem Schwächeanfall stehe?«, sagte sie. »Meine Bienen sind völlig durch den Wind, und ich bin es genauso, darum werde ich uns jetzt eine Tasse Zitronentee aufbrühen, und weißt du, was wir danach machen?«

Sie wischte die Tränen von Rubys eingefallenen Wangen. »Dann legen wir uns auf dein großes breites Bett und blättern ein bisschen in deinem Sammelalbum.«

Falls es eine schnelle und einfache Lösung für ein Problem gab, hatte ihr Grampa immer gesagt, wäre man schön blöd, wenn man sie nicht ausprobieren würde. Sugar wusste nicht, wie sie Ruby dazu überreden sollte, mehr zu essen, aber sie wusste sehr wohl, wie sie ihre Laune aufhellen konnte, darum würde sie damit beginnen.

In der Küche gab sie einen Löffel Bienenpollen aus dem Glas in ihrer Jackentasche in Rubys Tee. Ihrer Meinung nach gehörten Bienenpollen zu den verkannten Supernahrungsmitteln, und auch wenn ein Löffel davon Ruby wohl kaum so schnell auf die Beine bringen würde wie drei ausgewogene Mahlzeiten am Tag, so würden sie dem verhungernden Mädchen doch einen winzigen

Energieschub geben, mit dem es die nächsten Stunden überstehen konnte. Da Sugar selbst eine kleine Stärkung brauchen konnte, kippte sie auch in ihren Tee einen Löffel voll, bevor sie beide Tassen in Rubys Schlafzimmer trug, wo das Mädchen wie ein dürrer Zweig zwischen den zahllosen aufgeplusterten Kissen auf ihrem riesigen, massiven Doppelbett lehnte, das Sammelalbum aufgeschlagen im Schoß.

»Die Woche war richtig gut«, sagte Ruby. »Liest du sie mir vor?«

Inzwischen war sie runter auf eine Achtel Reiswaffel, zwei Orangenschnitze, eine Selleriestange, ein halbes Glas Babybrei und eine Karotte, dafür hatte sie die Diät-Limo gestrichen. Sie würde nicht noch mal ins Krankenhaus gehen, sie würde auch kein Quinoa probieren; sie wollte nur noch schöne Geschichten über glückliche Menschen hören.

Sugar schlüpfte aus den Schuhen, ließ sich ebenfalls in die Kissen sinken und nahm das Sammelalbum auf ihren Schoß.

»Brenda Lord und Victor Hamilton gaben sich gestern in der römisch-katholischen Kirche zur Unbefleckten Empfängnis in Westhampton Beach, New York, das Jawort«, las sie vor.

»›Ich wusste vom ersten Augenblick an, dass wir eines Tages heiraten würden‹, sagte die Braut, die den Namen ihres Mannes annimmt. ›Allerdings dauerte es ein paar Jahre, bis er das genauso sah.‹«

»So was passiert oft«, erklärte Ruby, »dass es eine Weile dauert, bis der andere das genauso sieht.«

»Also, laut Mr. Hamilton weiß Brenda *›immer genau,*

was sie will, und als ich mich erst daran gewöhnt hatte, wurde mir klar, wie praktisch das sein kann‹«, las Sugar weiter.

»›Unser Schicksal war besiegelt, als er mir sagte, ich solle mir keine Sorgen machen, es würde alles gut enden‹, sagte Mrs. Hamilton. ›Selbstverständlich konnte er das nicht wissen, aber ich freute mich trotzdem, dass er es sagte.‹«

»Er klingt echt cool«, sagte Ruby. »Aber sie klingt voll dominant. Lies mir was anderes vor.«

»Wie wär's mit einem Bitte oder Danke dazu?«

»Bitte oder danke«, wiederholte Ruby gehorsam.

»Am Sonntagabend schlossen Benjamin Fielding und Gail Greenberg in der Beth El Gemeinde in New York die Ehe«, las Sugar. *»Die beiden wurden einander von ihren Vätern vorgestellt, die sich aus Mr. Greenbergs Synagoge kannten und zu dem Schluss kamen, dass ihre Kinder wie geschaffen füreinander waren.*

›Natürlich hielt ich das für Unfug‹, sagte Mr. Fielding. ›Darum rief ich Gail gar nicht erst an, als mein Vater mir ihre Nummer gab.‹

›Und wenn er angerufen hätte, wäre ich keinesfalls mit ihm ausgegangen‹, ergänzte Mrs. Greenberg. ›Es führt fast nie zu einem guten Ende, wenn einen die Eltern verkuppeln wollen.‹« Sugar sah auf »Das kann ich aus eigener Erfahrung bestätigen.«

»Lies weiter, *bitte*«, befahl Ruby.

»Doch ein paar Monate später begegneten sich die beiden zufällig auf der Dinnerparty eines gemeinsamen Freundes und verstanden sich auf Anhieb, wie beide amüsiert feststellten.

›Sie war ebenso witzig und klug wie schön‹, bemerkte

Mr. Fielding. ›Ehrlich gesagt war es eine unglaubliche Erfahrung, meine Seelenverwandte zu finden – und festzustellen, dass meine Eltern recht hatten!‹«

»Siehst du?«, fragte Ruby. »Sie brauchten länger, um sich zu finden, aber letzten Endes ging alles gut aus.«

»Ich finde es nett, dass er sie als witzig und klug und schön bezeichnet«, musste Sugar zugeben.

»Hat jemand das schon mal über dich gesagt?«

»Nicht in letzter Zeit«, sagte Sugar. »Aber meine Mama hat mich mal verkuppelt, ohne dass ich das damals geahnt hätte.«

»Und was war dann?«

»Es ging nicht gut aus«, sagte Sugar. »Letzten Endes.«

»Und am Anfang?«

»Am Anfang? Komisch, dass du das fragst. Bis heute hatte ich kaum über den Anfang nachgedacht.«

»Und?«

»Und jetzt, wo ich darüber nachgedacht habe, würde ich sagen, dass am Anfang alles ziemlich gut ging, aber der Anfang ist eben nur der Anfang, und eigentlich kommt es eher auf die Mitte und das Ende an.«

»Wieso war es am Anfang so gut?«

»Wahrscheinlich war ich einfach bis über beide Ohren verliebt und dachte, mehr braucht es nicht, damit alles gut ausgeht.«

»Was war es für ein Gefühl, bis über beide Ohren verliebt zu sein?«

Sugar ließ sich in die Kissen sinken. Was für eine Frage. Was war es für ein Gefühl? »Ganz ehrlich, verliebt zu sein ist nicht so lustig, wie es in den Filmen immer dargestellt wird. Die meiste Zeit fühlst du dich, als hättest du vergammelte Shrimps gegessen. Dein Kopf will in die eine Richtung, aber dein Körper marschiert ungerührt in die andere. Es ist, als hättest du dir den Bauch mit Grillfleisch vollgeschlagen und dich danach in eine Achterbahn ohne Bremsen gesetzt.«

»Das mit der Achterbahn hatte ich mir so vorgestellt«, sagte Ruby. »Aber nicht mit so viel Essen im Bauch. Bei dir klingt das richtig beängstigend.«

»Das ist es auch, Herzchen, weil du nie wissen kannst, was im Kopf eines anderen Menschen vorgeht. Also sitzt dein Herz vielleicht ganz vorn in der Achterbahn, während die anderen Körperteile hinterherschleifen, und der Mensch, in den du verliebt bist, sitzt womöglich gar nicht mit dir im Wagen, sondern auf einem Karussell, und ständig erwarten dich neue Kurven oder Abstürze. Es ist kompliziert.«

»Und wie ist es ausgegangen?«

Sugar schloss die Augen und sah Grady bei ihrer letzten Begegnung vor sich. »Ich weiß nicht, ob ich darüber sprechen möchte.«

»Hat er dir das Herz gebrochen?«

»Das weiß ich nicht.«

»Du musst doch wissen, ob er dir das Herz gebrochen hat, Sugar. Du musst doch spüren, ob es wehtut und ob in dir alles schwarz und verhärtet ist und vielleicht nicht ganz tot, aber doch so gut wie.«

»Also, wenn das so ist, dann hat er mir wohl das Herz gebrochen«, sagte Sugar. »Aber es lief nicht so ab, wie ich es mir immer vorgestellt hatte. Es war nicht so, dass ich aufgehört hätte, ihn zu lieben, und das war irgendwie merkwürdig. Und es passierte nicht auf einen Schlag.

Ich schätze, dass mein Herz langsam zerkrümelte, dass immer wieder ein winziges Stück abbröckelte, bis es irgendwann ganz gebrochen war, und dann – also, dann passierte es doch auf einen Schlag, und es passierte zu keinem guten Zeitpunkt, und zwar für niemanden, was alles nur noch schlimmer machte.«

»Ist dein Herz immer noch gebrochen?«, fragte Ruby.

»Nein, Schätzchen, Herzen bleiben nicht gebrochen. Das ist das Gute daran. Genau wie alles andere können sie heilen. Außerdem ist das schon ewig her.«

Ruby drehte den Kopf weg und streckte eine Hand aus, um die dunkelgrünen Brokatvorhänge zu streicheln, die den Blick auf das Haus nebenan umrahmten.

»Ich glaube nicht, dass mich je jemand so lieben wird, wie Mr. Fielding Miss Greenberg liebt«, sagte sie.

»Oh doch, das wird passieren«, protestierte Sugar. »Ganz bestimmt wird dich jemand so lieben. Vielleicht liebt dich schon in diesem Moment jemand, ohne dass du es weißt.«

»Das würde ich ganz bestimmt wissen«, widersprach Ruby. »Ich weiß, dass ich das wissen würde.«

»Nein, das ist ja das Verrückte an der Liebe, Ruby. Du weißt es *nicht*. Nimm nur Mr. Fielding und Miss Greenberg. Sie wollten sich eigentlich auf keinen Fall lieben – und dann begegneten sie sich und zack!, die Liebe traf sie wie ein Blitzschlag, ohne dass sie etwas dazu oder dagegen tun konnten.«

Sie dachte an Theo und an den Augenblick bei ihrer ersten Begegnung, an dem sich ihre Hände berührt hatten; daran, wie alles in ihr zu flattern begann, sobald er in ihren Gedanken auftauchte; wie etwas in ihr – jener Teil, der die Vergangenheit unbeschadet überstanden hatte – zerschmolz, wenn sie sich daran erinnerte, wie ihr ein gutaussehender Fremder mit blitzblauen Augen und behexender Gewissheit erklärt hatte, wie er sich ihre gemeinsame Zukunft vorstellte.

»Aber ich bin die Letzte, die über die Liebe sprechen sollte«, schloss sie. »Du solltest mit George darüber reden. Er scheint sich wirklich damit auszukennen.«

»Bleibst du noch ein bisschen bei mir?«, fragte Ruby. »Bis ich eingeschlafen bin?«

»Natürlich, Schätzchen. Natürlich.«

Sie sah so jung aus, wie sie da in diesem riesigen, leeren Ozean von einem Bett lag. Viel zu jung, um zu wissen, wie es sich anfühlte, wenn im Herzen alles schwarz und verhärtet und so gut wie tot war. Trotzdem hatte sie es auf den Punkt gebracht. Sugar kannte das Gefühl viel zu gut. Manchmal spürte sie es immer noch. Ehrlich gesagt hätte sie Ruby nicht erklären dürfen, dass gebrochene Herzen heilten. Nicht alle Herzen taten das. Bis sie Theo Fitzgerald begegnet war, hatte sie nur nicht geahnt, dass auch ihres nicht heilen konnte.

23

Die Uhr neben dem Dunstabzug zeigte genau fünfzehn Sekunden nach Schichtbeginn an, als Nate durch die Küchentür des Diners schlich. Jeder wusste, dass die Uhr sieben Minuten vorging, aber das war dem Chefkoch egal.

»Wir sind ja so glücklich, dass Ihr uns mit Eurer Anwesenheit beehrt, Majestät.« Aus seiner rauen Stimme tropfte ätzender Sarkasmus. »Hast du wieder die ganze Nacht deinen Freund gebumst? Wir freuen uns ja so für dich. Ach nein, warte, stimmt gar nicht. Eigentlich interessiere ich mich einen Scheiß dafür, wie dein Tag oder deine Nacht war oder wen oder was du bumst oder wie oft oder wie selten oder was du sonst in deinem elenden kleinen Pisserleben außerhalb dieser Küche treibst. Und jetzt beweg deinen traurigen Fettarsch und mach dich an die Arbeit.«

Nate eilte mit glühend roten Wangen hinter den Grill und war ausnahmsweise froh über das Scheppern und Klirren, das Geschrei und das Zischen in der hektischen Küche. Stille hätte alles nur noch verschlimmert.

»Du solltest dir so was nicht gefallen lassen, Alter«, sagte LeBron, ein netter Kerl, der erst ein paar Monate bei ihnen arbeitete, aber schon die Telefonnummer des Chefkochs hatte. »Der Arsch hat heute Hummeln im Hintern.«

So wie Nate es sah, waren die Hummeln jeden Tag tiefer vorgedrungen, seit das Citroen drei Sterne bekommen hatte.

»Ich lass mir gar nichts gefallen«, sagte er so leise wie möglich, während er die Grillplatte schrubbte.

»Hört auf zu quatschen, Mädels, und wendet endlich ein paar beschissene Burger!«, brüllte der Chefkoch.

»Wir wenden schon wie die Teufel, Chef«, rief LeBron zurück. »Alles unter Kontrolle. Alle Bestellungen abgearbeitet. Lasst sie nur anrollen!«

Nate sah auf die definitiv noch nicht abgearbeiteten Bestellungen, die über LeBrons Kopf hingen. LeBron kam mit so etwas durch. Er strahlte jenes lässige Selbstbewusstsein aus, für das Nate alles gegeben hätte. Und er hatte einen Superbody. Er ging sechsmal pro Woche mit seinem Bruder trainieren, hatte er Nate erzählt, vielleicht ein bisschen demonstrativ, aber nicht um ihn vorzuführen, denn er hatte Nate im Gegenteil gefragt, ob er vielleicht mitkommen wollte, aber das wollte Nate nicht.

Nate war Zeit seines Lebens übergewichtig gewesen und viel zu unsicher, um in ein Fitnessstudio zu gehen.

Die Mädchen im Diner liebten LeBron. Er hätte mit jeder ausgehen können, aber er hatte Nate erklärt, sie seien alle nicht sein Typ, nicht einmal Tracy, die Hübscheste von allen, der die blonden Haare in dichten Ringellöckchen über den Rücken fielen. Wenn Nate ganz tapfer war, gestand er sich ein, dass Tracy durchaus sein Typ gewesen wäre, aber das hätte er niemals ausgesprochen. Sie hatte Nates Schürze aufgehoben, als der Chefkoch sie ihm in einem cholerischen Anfall vom Leib geschnitten und danach auf den Boden geschleudert hatte, und seither schenkte sie ihm in jeder Schicht mindestens ein Lächeln.

Aber das war auch alles.

Heute arbeitete LeBron nur halbtags und schlappte nach einem komplizierten Abklatsch-Ritual, das Nate wie jeden Tag verbockte, davon.

Nate, der mit seinem mitgebrachten Lunchpaket im Eingang des Nachbarhauses saß, beneidete ihn sogar um sein lässiges Schlappen. Während er noch bei seinem ersten Sandwich war, merkte er, dass Tracy und ihre Freundinnen auf der Treppe nebenan eine Zigarettenpause einlegten – und dabei über ihn redeten.

»Nate ist doch schwul, oder?«, fragte Felicia.

»Der Chef glaubt das jedenfalls«, antwortete ihre Freundin Beatty.

»Keine Ahnung, ob er schwul ist, vielleicht ist er auch gar nichts«, schlug Tracy vor. »Mein Cousin Lucas ist genauso. Er sitzt bei meiner Tante zu Hause rum, surft den ganzen Tag im Internet und ernährt sich von Chips und anderem Dreck. Er geht praktisch gar nicht mehr aus dem Haus.«

»Wahrscheinlich schaut er Pornos«, meinte Beatty.

»Nein, meine Tante hat neulich seinen Computer kontrolliert, während er auf dem Klo war. Der Vogel schaut sich Immobilienanzeigen an. Der Typ hat nicht mal einen Job und glaubt, er könnte sich ein Haus in Cape Cod oder so kaufen.«

Die Mädchen lachten und unterhielten sich dann über einen anderen Versager in ihrem Bekanntenkreis, während Nate sich mit glühenden Wangen an die Tür presste und betete, dass sie nicht sahen, wie er sein zweites Roggensandwich mit Artischocken und sonnengetrockneten Tomaten auf gekochtem Bauernschinken und Mozzarella auswickelte. Er war keineswegs schwul, und der Chefkoch würde ihn nicht weniger drangsalieren, wenn er wüsste, dass er hetero war, und noch viel mehr, wenn er wüsste, wie schlecht er darin war. Tracy war ganz und gar nicht sein Typ. Wie konnte sie ihn als »gar nichts« abschreiben? Wie konnte man überhaupt jemanden als »gar nichts« abschreiben? Niemand war gar nichts.

Selbst wenn ihr Cousin Lucas zu Hause blieb und sich von Chips ernährte, so träumte er doch offensichtlich davon, woanders zu sein und etwas anderes zu tun, und daran war nichts verkehrt. Vielleicht steckte Nate am Grill eines miesen Diners fest und wendete Hamburger für Kunden, die ein Kobe-Steak nicht von einer Hühnerbrust unterscheiden konnten, aber das hieß nicht, dass das immer so bleiben musste. Immerhin hatte er die Kochschule mit Auszeichnung abgeschlossen, seine Lehrer waren allesamt überzeugt gewesen, dass er dazu geboren war, für andere zu kochen, dass er ein Naturtalent war und es weit bringen würde. Und obwohl ihn seine Familie im Norden für verrückt erklärte, weil er seinen Lebensunterhalt mit Kochen verdienen wollte – war das nicht Frauenarbeit, und dann noch in New York City? Also bitte! –, hatte Nate auf dem Campus geglaubt, seinen Platz in der Welt gefunden zu haben.

Leider war es nicht die *wahre* Welt gewesen.

In der Hitze einer gewöhnlichen New Yorker Restaurantküche ging es nicht allein darum, für andere zu kochen, einen Baby-Romanasalat, etwas Parmesan, ein perfekt gekochtes Ei und ein paar spanische Anchovis mit italienischem Öl und Sauerteig-Croutons zum besten Caesar Salad der Welt zu vermengen. Na schön, vielleicht schon, aber nur wenn man für Spitzenköche wie Mario Batali oder Daniel Boulud oder auch Roland Morant arbeitete.

Aber in Wahrheit war deutlich mehr als nur das Talent, andere zu bekochen, vonnöten. Viel wichtiger war es, sich unerbittlich in einer Hierarchie durchzusetzen, die darauf ausgelegt war, die Dreisten und Arroganten zu belohnen und die Zurückhaltenden und Ängstlichen zu verschlingen.

Diejenigen, die »gar nichts« waren.

Dennoch ruhte irgendwo tief in Nates Innerstem, begraben unter exquisiten Mandelcroissants, exotisch belegten Bagels, seinem selbstgemachten Apfelkuchen oder seinem legendären dreistöckigen Kokoskuchen, die feste Überzeugung, dass er ein guter Koch war. Der Diner war vielleicht mies, aber die Burger, die Nate briet, waren gut. Das wusste selbst der Chefkoch. (Weshalb er ihn zwar wie einen Fußabstreifer behandelte, aber niemals feuern würde.)

Eines Tages würde Nate ihm zeigen, wie talentiert er tatsächlich war. Eines Tages würde er es allen zeigen.

Das nahm er sich jedenfalls fest vor, als er spätabends seine kleinen Gärtnerwerkzeuge herausholte und seinen kostbaren Blumenkästen all die Liebe zukommen ließ, die er sonst niemandem schenken konnte.

24

Sugar hatte sich daran gewöhnt, Nate tief in der Nacht in seinen Blumenkästen wühlen zu hören. Normalerweise fand sie das Geräusch eigenartig beruhigend und schlief darüber bald wieder ein, aber in dieser Nacht schwirrte ihr der Kopf: Die Sorgen um Ruby, die Gedanken an Theo und Georges Worte ließen ihr keine Ruhe, darum stand sie auf, als sie eine Schaufel in Erde stechen hörte, schlüpfte in ihren Morgenmantel, brühte zwei Becher Tee auf, würzte sie mit einem Schuss Bourbon und trat damit auf die Terrasse.

Der schimmernde Schein des Vollmonds trieb über den benachbarten Dächern und legte gespenstische Spinnennetzschatten unter die Wasserbehälter und hinter die Feuertreppen.

Jenseits der Gebäude im Norden sah sie die Wipfel der Ulmen im Tompkins Square Park schwanken und meinte fast ihr Rauschen zu hören.

»Von hier oben sieht die Welt ganz anders aus, findest du nicht auch?«, fragte sie und reichte Nate einen Becher durch das Fenster. »Hier oben sieht man von allem nur die Spitze. Als würden wir wirklich über den Dingen stehen.«

Nate schniefte laut und schaufelte weiter.

»Schlechten Tag gehabt?«, fragte sie.

»Dieses Jahr versuche ich alte Tomatensorten zu züchten«, sagte er. »Ich bin vor Kurzem auf ein griechisches Rezept mit Fetakäse und Shrimps gestoßen. Ich glaube, das wäre genau dein Ding.«

»Klingt köstlich«, stimmte Sugar ihm zu. »Obwohl ich vor allem von deinen Süßspeisen träume. Und wo wir gerade davon sprechen – hast du gesehen, dass sie im Internet einen Konditor für das Citroen suchen?«

Nate hatte Sugar von Roland Morant erzählt, der angeblich ein Genie in der Küche war, und wie sehr es den Chefkoch ärgerte, dass man dem Citroen drei Sterne verliehen hatte. Natürlich hatte er die Anzeige gesehen – gerade als er geglaubt hatte, es könnte heute nicht schlimmer kommen. Er hatte sie gesehen, und ihm war so übel geworden, dass er ein Tiramisu gemacht, noch mehr Basilikum gepflanzt, ein paar Pistazien-Biscotti gebacken, sich immer wieder Tracys Bemerkung in den Kopf gerufen und sich gewünscht hatte, er wäre tot.

»Wäre das nichts für dich?«, fragte Sugar.

»Nein«, sagte er und drückte schniefend ein paar Zitronengraswurzeln in den Boden.

»Wolltest du nicht weg aus dem Diner?«

»So schlimm ist es dort auch nicht«, sagte er, aber selbst im Mondschein sah sie ihn rot werden.

»Na schön, wenn du meinst, aber ich weiß, wie du backen kannst, Nate, und ich glaube, du solltest dich nicht mit einem Boss abgeben, der dein Können nicht zu schätzen weiß. Du gehörst zu jemandem, der dein Talent ebenso würdigt, wie es die Gäste tun werden. Das ist eine klassische Win-win-Situation, und jeder weiß, dass das der absolute Idealfall ist.«

»Jeder Konditor in New York wird sich im Citroen bewerben.«

»Aber keiner ist so gut wie du! Und wenn du vorkochen musst, dann könntest du deine Mandelcroissants oder die Finikias machen. Du könntest sie mit meinem Honig würzen. Weißt du was? Du könntest sogar einen kleinen Ableger meines Volkes mitnehmen, und Roland Morant könnte auf seinem Hausdach einen Bienenstock aufstellen. Das würde keinem anderen Konditor einfallen! Was hältst du davon?«

»Das Vorkochen würde ich nicht überstehen. Ich kann unter Druck nicht arbeiten.«

»Im Diner sitzt dir jeden Tag dieser Küchenbulle im Nacken, Nate. Du arbeitest ständig unter Druck. Weißt du, es ist in Ordnung, sein Licht unter den Scheffel zu stellen – ehrlich gesagt ist es ein wirklich liebenswerter Zug, einer von vielen an dir, wenn du mir die Bemerkung erlaubst. Aber gleichzeitig enthältst du damit dem Rest der Welt eine Menge gutes Essen vor.«

Nate wusste, dass er einfach nicht den Mumm hatte, so etwas durchzuziehen. Nicht einmal in seinen kühnsten Träumen konnte er sich vorstellen, mit einem halben Bienenvolk in ein Restaurant zu marschieren. Wie sollte er Morant die Hand schütteln? Würde er überhaupt die Tür aufbekommen? Bestimmt würden seine Handflächen schwitzen. Und wenn die Bienen davonflogen?

Nein, das konnte er nicht, und jetzt fühlte er sich noch elender als zuvor.

»Mir gefällt es, wo ich bin«, sagte er und schniefte wieder.

»Möchtest du vielleicht ein Taschentuch?«, fragte Sugar.

»Wieso fragst du das immerzu?«

»Weil du immerzu schniefst, Schätzchen.«

»Nein«, sagte er. »Ich will kein Taschentuch.« Er schloss das Fenster und zog abrupt den Vorhang zu.

Nate mochte Sugar lieber als die meisten anderen Menschen. Aber es reichte ihm, dass er in der Arbeit herumgeschubst wurde. Eines Tages, irgendwann, würde er es aus eigenen Kräften schaffen. Nur nicht heute. Oder morgen.

Er schob die Gemüsekiste beiseite, verstaute seine Gartenwerkzeuge und legte sich wieder auf sein schmales Bett. Trotzdem war es schön, dass sie ihm ausgerechnet heute erklärt hatte, er hätte Talent, und ihre Bemerkung über den Scheffel hatte ihn wirklich gefreut. Vielleicht war Sugar manchmal ein bisschen aufdringlich, aber sie handelte auf jeden Fall in bester Absicht.

25

Amor schreckte aus dem Schlaf hoch, sammelte in Windeseile Pfeil und Bogen ein und versuchte die Zeit gutzumachen, die er damit vergeudet hatte, auf Bäume und Stoppschilder zu schießen. Nur zwei Tage, nachdem Sugar den Schorf von ihrer romantischen Vergangenheit gerissen und das immer noch empfindliche Herz darunter freigelegt hatte, prallte sie vor der letzten gebratenen Ente in der Auslage eines Eckladens in Chinatown mit Theo zusammen.

»Hallo«, sagte sie, und ihre Haut erglühte vor Aufregung, ihn zu sehen, wie in einem Sonnenuntergang. Er trug schon wieder ein Hawaiihemd, diesmal ein fuchsienrotes mit türkisfarbenen Wellen und Surfbrettern, über dem seine Augen noch blauer leuchteten als sonst. »Und ich hatte gedacht, wir hätten vereinbart, dass wir uns nie wiedersehen.«

»Ich will ja nicht wie ein Anwalt klingen«, erwiderte Theo und lächelte vorsichtig, »aber auch wenn du gesagt hast, du willst mich nicht wiedersehen, und ich dir daraufhin nicht widersprochen habe, so stellt das streng genommen keine Vereinbarung dar. Und hiermit hatte ich nichts zu tun. Diesmal ist es Kismet. In dieser Stadt leben acht Millionen Menschen, Sugar, und trotzdem haben uns die Planeten schon viermal zusammengeführt.«

»Hast du beim zweiten und beim dritten Mal nicht ein bisschen nachgeholfen?«

»Doch, aber nicht beim ersten Mal und heute auch nicht. Ist das kein Zeichen?«

»Es ist ein Zeichen, dass du die Ente haben kannst«, sagte sie. »Eigentlich steht mir der Sinn sowieso eher nach Krabbensalat. Zwei Häuser weiter gibt es lebende Krabben. Und Garnelen, die noch mit ihren Tentakeln wedeln, falls man die Dinger Tentakel nennt, wenn sie auf einer Garnele sitzen.«

»Es fiele mir nicht im Traum ein, dir wedelnde Tentakel zum Mittagessen aufzunötigen«, sagte Theo. »Ich könnte die Ente nicht genießen, wenn ich wüsste, dass ich sie jemand anders weggeschnappt habe, und erst recht nicht, wenn derjenige du warst.«

»Was wolltest du denn damit machen?«

»Zufällig sind Pfannkuchen mit Ente der Fixstern in meinem begrenzten gastronomischen Repertoire«, sagte Theo. »Und damit mein wichtigster Orientierungspunkt, wenn ich für meine Nichte koche. Sie ist erst zehn, aber eine gnadenlose Kritikerin meiner kulinarischen Künste. So als hätte man einen kleinen, weiblichen Gordon Ramsay zu Besuch. Wusstest du, dass Gordon Ramsay auch aus Schottland kommt? Obwohl man das bei einem Starkoch kaum glauben möchte und man das in Schottland lieber verschweigt, wenn er in der Küche eines armen Versagers einen seiner hysterischen Anfälle bekommt.«

»Du kochst für deine Nichte?« Sugar wurde es schwer ums Herz, nicht Theos wegen, sondern ihretwegen. Wie gern hätte sie für ihre Nichten – alle vier – gekocht. Aber sie hatte sie noch nie gesehen.

»Einmal alle vierzehn Tage darf meine Exschwägerin einen romantischen Abend mit ihrem Mann verbringen«, erzählte Theo währenddessen, »und ich darf mich solange in Scrabble, Monopoly, Mensch ärgere Dich nicht und, seit letztem Monat, Poker besiegen lassen. Glaub mir, dieses Kind macht keine Gefangenen.«

Die ältere Chinesin hinter der Theke klapperte mit ihrer Zange und sagte etwas zu ihrem Mann.

»Welcher von Ihnen will die Ente jetzt haben?«, fragte der Mann.

»Ehrlich, nimm du sie«, sagte Sugar zu Theo. »Mir ist wirklich eher nach Krabbensalat.«

»Das kann ich nicht.« Theo schüttelte den Kopf.

»Sie da oder sie da oder irgendwer. Mir egal«, sagte der Mann hinter der Theke, während seine Frau die Augen verdrehte und sarkastische Küsse in die Luft schmatzte.

»Wirklich, er kann sie haben«, sagte Sugar und merkte, wie ihr die Panik die Luft abschnürte, weil ihr inneres Gleichgewicht zu kippen drohte.

War es das Gerede von Theos Nichte? Der dezente Duft nach Leder und Minze, den sie in seiner Nähe wahrnahm? Die Annahme der Entenhändlerin, dass hier Küsschen in der Luft lagen? Oder war es das unerwartete wie unersättliche Verlangen nach einer tiefen schottischen Stimme, die ihr ins Ohr raunte, nach festen Armen, die sich um sie legten, weichen Lippen, die über ihre Haut wanderten, und unermüdlich streichelnden Fingern?

»Weißt du was?«, platzte es aus ihr heraus, und ihre Wangen glühten. »Ich muss los! Ich muss noch die Krabben besorgen und ein paar andere Sachen und lasse dich jetzt mit deiner Ente allein, und ihr könnt bis ans Ende eurer Tage miteinander glücklich werden. War wirklich schön, dich wiederzusehen, und viel Glück mit den Pfannkuchen und viel Spaß mit deiner Nichte. Ciao.«

Mit klopfendem Herzen rannte sie auf die Straße, bog an der Grand Street falsch ab und kam erst an der Chrystie Street zum Stehen.

George hatte den Nagel auf den Kopf getroffen: Sie hatte Angst. Grauenvolle Angst. Aber diese Erkenntnis war keineswegs so hilfreich, wie man meinen sollte. Sollte sie umkehren? Oder weitergehen? Aber wenn sie ihn dann nie wiedersah? Wenn das Schicksal sie im Grunde alle vier Male zusammengeführt hatte und ein bisschen Schummeln durchaus erlaubt war? Wenn viermal schon viermal zu viel waren?

»Könntest du einen Augenblick stehenbleiben?«, keuchte Theo hinter ihr. »Bitte, Sugar, ich weiß, dass du nicht bis an dein Lebensende mit mir zusammen sein oder auch nur mit mir essen gehen oder was trinken willst, aber könnten wir uns wenigstens kurz hinsetzen und uns unterhalten?«

Das war keine gute Idee. Das war einhundertprozentig keine gute Idee. Oder doch?

Aber während sie noch zauderte, wandte sich ihr treuloser Körper Theo zu und ließ sich von ihm zu einer Bank im Sara D. Roosevelt Park führen, wo ein paar junge Brasilianer Fußball spielten, und hinter ihnen drei ältere Damen im Tempo wandernder Eisberge Tai Chi übten.

»In diese Stadt muss man sich einfach verlieben, oder?«, fragte Theo, sobald sie sich gesetzt hatten.

»Ich bin tatsächlich verliebt«, bestätigte Sugar. »In New York, meine ich. Ansonsten bin ich's nicht. Verliebt. Definitiv nicht.«

Theo lachte. »Ach, ich freue mich so, dich zu sehen«, sagte er. »Du hast ja keine Ahnung. Weißt du, ich möchte einfach nur die Wogen glätten. Aber zuerst einmal kann ich die Ente auf keinen Fall nehmen. Hier«, er streckte ihr die Tüte hin, »sie gehört dir. Jetzt bekäme ich bestimmt keinen Bissen mehr herunter, und Frankie wüsste sofort, dass etwas nicht stimmt. Dann würde sie mich ins Kreuzverhör nehmen, wie es nur ein altkluges Einzelkind zweier Akademiker kann, und ehe du dich versiehst, hätte ich ihr von dir erzählt, und sie würde alles Nina weitererzählen, und dann würden wir dich zu zweit oder sogar zu dritt stalken.«

Sugar sah auf die Ente.

»Wer ist Nina?«

»Natürlich! Du weißt nichts von mir. Das vergesse ich immer wieder. Okay, Nina ist so was wie eine Schwester für mich, dabei war ich eigentlich drei Jahre mit *ihrer* Schwester verheiratet, bis Carolyn mich für einen Gärtner namens Joe verlassen hat. Die beiden leben inzwischen glücklich in Italien, und ich freue mich für sie. Ehrlich.«

»Ehrlich?«

»Ich war in Therapie. Ich bin ziemlich gut zu therapieren. Wir hätten von Anfang an nicht heiraten sollen, lautet wohl der allgemeine Konsens. Und seither war ich mit niemandem mehr zusammen. Nicht länger. Ich habe einfach abgewartet, und jetzt, also, egal, jedenfalls bin ich Anwalt. Das tut mir leid. Früher war ich ein schlechter Anwalt und habe mich dumm und dämlich verdient, jetzt bin ich ein guter Anwalt und verdiene bedeutend weniger, aber so gefällt es mir besser. Soll ich weitererzählen?«

Sugar nickte.

»Meinen Vater habe ich nie kennengelernt, ich glaube, das habe ich dir schon erzählt, aber dafür hatte ich eine fantastische Mutter, darum macht mir das nicht so viel aus. Sie starb einen Tag nach meinem neunundzwanzigsten Geburtstag, und das ist das Schlimmste, was mir bis jetzt widerfahren ist. Obwohl ich inzwischen vierzig bin, vermisse ich sie immer noch. Ist das zu gefühlsduselig?«

»Das ist überhaupt nicht gefühlsduselig. Ich vermisse meinen Großvater.« Sugar vermisste auch die übrige Familie, aber das hätte sie niemandem, nicht einmal sich selbst, eingestanden.

»Jedenfalls bin ich einer von den armen Versagern, bei denen Gordon Ramsay einen hysterischen Anfall bekommen würde. Abgesehen von den Pfannkuchen mit Ente bin ich ein grauenhafter Koch. Ehrlich gesagt stellen sie mein gesamtes Repertoire dar. Was noch? Ich hasse Radicchio. Der ist so bitter! Ich mag Hawaiihemden, weil sie das Gegenteil von dem sind, was ich früher getragen habe, obwohl Frankie immer meint, ich sähe damit aus, als wäre ich aus dem Zirkus entlaufen, und ich hasse den Zirkus. Genau wie Opern. Bitte zwing mich nicht, in die Oper zu gehen. Katzen finde ich okay, aber eigentlich bin ich ein Hundetyp, ich spiele mit dem Gedanken, mir einen Hund zuzulegen, und ich bin allergisch gegen …«

Sugar hätte nicht sagen können, was plötzlich über sie kam, aber sie hätte kein weiteres Wort mehr ertragen.

Sie beugte sich einfach vor und brachte ihn mit einem langen, zärtlichen Kuss zum Schweigen, so als würden sie sich ständig küssen.

Sie konnte selbst nicht glauben, dass sie das tat, und sie konnte genauso wenig glauben, dass sie es nicht schon früher getan hatte. Sein Duft, sein Geschmack, das leise Kratzen seiner Barthaare auf ihrer glatten Haut. Ich muss damit aufhören, dachte sie. Ich muss damit aufhören, bevor ich mich an seinen Geschmack gewöhne, an dieses Gefühl, an die Möglichkeit seiner Nähe.

Aber dafür war es zu spät. Also hörte sie stattdessen auf zu denken. Sie überließ sich ihrem Körper, und der ließ sich in Theo fallen, als wäre sie ein Schlüssel und er das Tor nach Hause.

Falls Theo überrascht war, spürte sie es nicht. Er zog sie an sich, eine Hand an ihrem Rücken, die andere unter ihrem Haar, an ihrem Hals, ganz sacht hinter ihrem Ohr.

Tatsächlich wollte er gleichzeitig weinen und singen und Gott und seiner Mutter und dem Universum danken, aber vor allem wollte er Sugar nie wieder loslassen. Schließlich richtete sie sich auf, doch Theo hielt ihr Gesicht fest. »Ich wusste es«, sagte er. »Ich wusste es.«

Sie hatte Angst, den Blick abzuwenden, Angst, dass die Magie dieses Augenblicks in einer Rauchwolke verpuffen könnte und mit ihr die fassungslose Seligkeit, die sie plötzlich ergriffen hatte.

»Vertrau deinem Gefühl«, sagte er. »Ich habe das Gleiche gefühlt. Ich fühle das Gleiche. Seit ich dich das erste Mal gesehen habe. Ich bin dir nur ein paar Schritte voraus.«

Er nahm ihre Hände – die immer noch die Ente festhielten, als wäre sie lebendig und könnte im nächsten Moment von ihrem Schoß hüpfen –, und da stand es ihr wieder vor Augen; wie sie gemeinsam in vierzig Jahren die East 7th Street entlangspazieren würden. Sie hätte es nicht für möglich gehalten, dass sie je wieder so empfinden würde. Ihr Herz hatte sie beim ersten Mal so schrecklich getäuscht, dass sie es seither nie wieder verschenken wollte. Aber so ein Kuss, solche Lippen, solche Arme und so ein Lächeln konnten vieles wiedergutmachen.

»Sag etwas«, bat Theo. »Und bitte, bitte sag etwas, das ich hören möchte.«

»Du kannst die Ente haben«, antwortete sie. Ihre Zähne fühlten sich an wie aus Holz, und ihre Lippen schmerzten.

Theo rührte sich nicht, sondern hielt schweigend den Atem an.

»Und ich habe mir überlegt, ob ich am Samstag ein paar Leute zum Essen einladen soll«, fuhr sie fort. »Ich würde mich sehr freuen, wenn du auch kommen könntest.«

»Ja«, sagte er. »Ja, ja und ja. Einfach … ja. Und danke. Ich komme bestimmt. Natürlich komme ich. Ich meine, ich würde gleich jetzt mitkommen, wenn ich Frankie keine Pfannkuchen machen müsste. Aber ja. Könnten wir uns nicht schon morgen treffen? Oder übermorgen?«

»Am Samstag«, wiederholte Sugar.

»Du hast recht. Wir sollten warten. Ich sollte warten. Aber bitte lass währenddessen keine Zweifel aufkommen, Sugar. Die Zeit stellt die merkwürdigsten Dinge mit uns an. Bitte vertrau mir. Ich weiß, das hier kommt wie ein Blitz aus heiterem Himmel und erscheint dir wahrscheinlich sehr befremdlich, und so etwas wie Wohlfühlzonen gibt es längst nicht mehr, aber hier hast du meine Telefonnummer. Wenn ich nicht auftauche, dann bin ich gestorben, und das solltest du dann wissen. Was anderes kann mich nicht davon abhalten, am Samstag vor deiner Tür zu stehen. Nur der Tod.«

»Wenn du mit jedem Mädchen so redest, erklärt das, warum du in letzter Zeit keine ernsthaften Beziehungen hattest.«

»Ich wollte keine Beziehung, Sugar. Das habe ich doch gesagt. Außer mit dir. Du bist die Eine, auf die ich gewartet habe.«

Sie wusste aus Rubys Geschichten aus der *New York Times*, dass man in der Zeitung gern so etwas schrieb, aber dass man so etwas wirklich aussprach? In aller Öffentlichkeit? Während links von ihnen eine Frau in einer alten Wolldecke die Mülltonne durchwühlte und auf der rechten Seite ein Buddhist in safrangelber Robe meditierte?

Sie nahm seine Karte, schrieb ihre Adresse auf eine zweite und erklärte ihm, dass sie kein Handy hatte.

Eigentlich wollte er nicht gehen, er wollte sie nicht mehr aus den Augen lassen, aber er musste Pfannkuchen mit Ente backen. Die ersten Schritte ging er rückwärts, damit er sie bis zum letzten möglichen Augenblick sehen konnte, dann überquerte sie die Straße, und selbst da spürte sie seinen Blick auf ihrem Hals, ihren Schultern, ihrem Rücken, ihrem ganzen Körper.

Wieder durchlief sie ein Schaudern, und das Gefühl war köstlich.

Elizabeth die Sechste spürte die Veränderung in Sugar, so als würde von Süden eine Warmfront aufziehen. Endlich, erklärte sie ihren Bienen, als ihre Imkerin von dem Treffen mit Theo im Sara D. Roosevelt Park zurückkehrte. Endlich.

Sofort begann sie wieder zu legen und arbeitete sich zügig von Zelle zu Zelle vor. Die dreitausend Eier würde sie zwar heute nicht mehr schaffen, aber immerhin arbeitete sie wieder.

Dann kam Ruby zu Besuch, und Elizabeth die Sechste steigerte das Tempo noch einmal. Sie hatte Ruby inzwischen richtig gern. Eine zerbrechliche, kränkliche, traurige Aura umgab sie, aber ihr offenes Herz strahlte eine Kraft aus, die Elizabeth die Sechste jedes Mal aufs Neue beeindruckte.

Heute erzählte Ruby von Patience Vincent und Ryan Ross, die vergangenes Wochenende im Four Seasons Hotel in Boston geheiratet hatten. Patience war schon während der Highschool in Ryan verliebt gewesen, hatte ihm das aber nie verraten und daher nicht ahnen können, dass er ebenfalls in sie verschossen war, bis sie sich fünfundzwanzig Jahre später auf Facebook wiederfanden.

Elizabeth die Sechste wusste nicht, was Facebook war, aber sie spürte, wie Hoffnung und Freude in großen Wogen von Ruby ausstrahlten. Und als Sugar erzählte, dass sie Theo in Chinatown geküsst hatte, wehte ihre ungezügelte Leidenschaft die Bienenkönigin praktisch von einer Wabe zur nächsten.

Ungezügelte Leidenschaft war genau das, was ihr gefehlt hatte.

Vielleicht würde Elizabeth die Sechste doch noch die dreitausend Eier schaffen.

26

»Sie sehen heute aber ausgesprochen zufrieden mit sich aus, Miss Sugar«, bemerkte George, als Sugar am Samstagmorgen loszog, um für ihr Essen einzukaufen. »Darf ich das als Zeichen dafür nehmen, dass es auf dem Dach Verbesserungen gibt?«

»Die gibt es, George«, erwiderte Sugar. »Ich weiß nicht warum, aber Elizabeth die Sechste legt sich wieder das kleine Hinterteil wund. Soweit scheint mit der Welt alles zum Besten bestellt, wenn man davon absieht, dass ich eigentlich ein paar Ballons für meine Party heute Abend kaufen wollte und jetzt feststellen muss, dass Lola nicht geöffnet hat.«

Der Globus hatte inzwischen auch die letzte Puste verloren und baumelte am Geländer wie eine vertrocknete Rosine, während der Superheld an Kopf und Gliedern erschlafft war und nur sein Bauch noch dick und rund war. Der Dinosaurier lehnte erschöpft an den eingesunkenen Resten der mit einem Cape verkleideten Superhelden-Schulter.

»Ich weiß nicht, was sie da unten verkauft, aber kaum ein Kunde kommt mit einem Ballon aus ihrem Laden«, sagte George. »Aber sagen Sie, Miss Sugar, strahlen Sie heute nur Ihrer Bienen wegen?«

»Nein, tue ich nicht. Es gibt Fortschritte, George. Mit,

Sie wissen schon, dem Jemand, der vielleicht überhaupt nichts mit irgendwas zu tun hat.«

»Oder aber sehr viel mit allem zu tun hat.«

»Jedenfalls kommt er heute Abend zu meiner kleinen Party.«

»Tatsächlich? Nun, dann werde ich gegen sieben Uhr nach einem schneidigen Prinzen Ausschau halten.«

»Wahrscheinlich wird sein Hemd Sie blenden, bevor Sie ihn genauer in Augenschein nehmen können, George. Aber vielleicht erkennen Sie ihn sogar wieder. Er hat Ihnen bei unserer ersten Begegnung sozusagen als Landekissen gedient.«

George zog die Brauen hoch. »Was Sie nicht sagen! Unser telefonierender Freund aus der Avenue B? So ein Zufall.«

»Ich wünschte, Sie würden heute Abend auch kommen. Und ich kann Sie wirklich nicht umstimmen?«

»Vielen Dank für die Einladung, Miss Sugar, aber ich nehme meine Mahlzeiten grundsätzlich ebenerdig ein. Dafür werde ich mir morgen genau Bericht erstatten lassen.«

»Das versteht sich von selbst.«

George strahlte sie an, und Sugar ging das Herz auf, weil manche Menschen so leidenschaftlich gern glücklich waren.

Selbst Mrs. Keschl hatte beinahe fröhlich ausgesehen, als sie um halb sieben, also nur eine halbe Stunde zu früh, vor Sugars Tür gestanden hatte.

»Für mich ist das spät«, sagte sie. »Normalerweise liege ich um sieben mit meinem Sudoku im Bett, ich hoffe also, Sie haben was Anständiges gekocht.«

»Möchten Sie einen Eistee, während wir auf die anderen warten?«, fragte Sugar.

»Sind Sie Antialkoholikerin geworden? Wenn ich schon die ganze Nacht auf den Topf laufen muss, dann möchte ich vorher was Interessanteres trinken als Tee.«

Tatsächlich hatte Mrs. Keschl, bis Lola mit Ethan eintraf, zwei Gläser Eistee mit Bourbon im Bauch und lächelte über das ganze Gesicht. »Geben Sie mir den Kleinen«, sagte sie, entriss ihn seiner Mutter und schleppte ihn mit auf die Terrasse, was ihm offenbar gut gefiel.

»Kann ich dir was zu trinken machen?«, fragte Sugar. Lola war blass, hatte tiefe Ringe unter den Augen und sagte nur: »Am besten einen Doppelten«, bevor sie ebenfalls auf die Terrasse verschwand.

Mr. McNally hätte Ruby fast zum zweiten Mal umgeworfen, weil er es kaum erwarten konnte, zu den gerösteten Erdnüssen zu gelangen, die er schon von der Tür aus anvisiert hatte.

»Ich bin nicht unsichtbar«, wehrte sich Ruby. Tatsächlich war sie mit einer großen Kuchenschachtel unterwegs, aber ehrlich gesagt wurde sie mit jeder Mahlzeit unsichtbarer.

»Verzeihung«, sagte Nate leise in ihrem Rücken.

Er hatte nicht zugesagt, trotzdem hatte Sugar für ihn gedeckt, und jetzt brachte er ihr tatsächlich eine Holzschüssel mit gemischtem Salat, den er mit Kräutern aus seinen Balkonkästen gewürzt und mit Kapuzinerkresse überstreut hatte.

Er schaffte es nicht, den Kopf zu heben, aber Sugar führte ihn mit Ruby auf die Terrasse und beobachtete dann verstohlen, wie beide ans Tischende tappten und sich dort nebeneinander niederließen, ohne ein Wort zu sprechen oder sich in die Augen zu sehen.

»Was wächst aus der Regenrinne da drüben?«, fragte Mrs. Keschl, als Sugar wieder herauskam, um die Gläser nachzufüllen.

»Da will ich Kletterrosen pflanzen«, erklärte Sugar. »Am liebsten Teehybriden, darum habe ich schon mal ein Rankgitter aufgestellt.«

»Rosen? Manche Leute haben einfach unverschämtes Glück«, schniefte Mrs. Keschl.

»Was hat Glück damit zu tun?«, fauchte Mr. McNally. »Schließlich zaubert sie die Dinger nicht aus ihrem Hut, sondern pflanzt sie mit ihren Händen.«

»Jetzt spielt er sich noch als Rosenexperte auf!«, schnauzte Mrs. Keschl ihn an. »Autsch, schon spüre ich mein Magengeschwür. Wann gibt's endlich was zu essen?«

»Wir warten noch auf einen Gast«, sagte Sugar.

»Hoffentlich nicht noch ein Hausangestellter«, grollte Mr. McNally. »Ein Portier genügt mir vollauf, vielen Dank.«

»Nein, es ist kein weiterer Hausangestellter, und wie Sie wissen, bekommt George kein Geld und ist deshalb auch kein richtiger Angestellter.«

»Nur um das klarzustellen, wir brauchen auch keine weiteren Freiwilligen«, sagte Mrs. Keschl. »Obwohl ich mich mit einem Zimmermädchen durchaus anfreunden könnte.«

»Ich würde töten für ein Zimmermädchen«, sagte Lola.

»Kommt *er* etwa?«, fragte Ruby, und ihr Gesicht erstrahlte, als Sugar errötend nickte.

»Wer ist ›er‹?«, wollte Mrs. Keschl wissen.

»Nur ein Freund«, beeilte sich Sugar zu sagen. »Keine große Sache. Ehrlich. Möchte jemand noch einen Cocktail?«

Aber natürlich war es eine große Sache, und als es halb acht wurde und Theo immer noch nicht angeklopft hatte, sackte Sugars Herz mit jedem Ticken der herzlosen Küchenuhr ein bisschen weiter nach unten.

Er hatte sie beschworen, keine Zweifel aufkommen zu lassen, ihm zu vertrauen, auch wenn die Zeit merkwürdige Dinge anstellen würde; und sie hatte ihm vertraut, obwohl ihr das nicht leichtgefallen war. Sie war hin und her gesprungen wie ein Pingpongball, dann hatte sie wieder in der Erinnerung an diesen genüsslichen Kuss geschwelgt und im nächsten Augenblick ihre nächtliche Flucht aus New York geplant. Aber bei jedem Rückschlag hatte sie im Geist seine Worte wiederholt, bis sie nach unzähligen Wiederholungen schließlich eine empfindliche Balance erreicht hatte.

Um acht hatte sie das Gefühl, all diese Pingpongbälle verschluckt zu haben. Nie wieder würde sie auf Theo oder George oder irgendeinen anderen Mann hören. Ihr war ein Leben ohne leere Versprechungen und lächerliche Märchen eindeutig lieber.

»Zu dumm, dass du kein Handy hast«, sagte Ruby, die sich zu ihr in die Küche geschlichen hatte. »Dann könnte er dich anrufen und dir erklären, warum er sich verspätet.«

»Er darf sich aber nicht verspäten«, sagte Sugar. »Vom Verspäten bekommt man einen Hirntumor.«

»Nein, vom Mobiltelefonieren bekommt man einen Hirntumor«, korrigierte Ruby.

»Siehst du? Das eine ist so schlimm wie das andere.«

»Ich könnte ihn von meinem Handy aus anrufen.«

»Und dein kostbares Hirn grillen? Nein, Ruby, das kommt gar nicht infrage.«

»Man könnte fast glauben, du willst gar nicht, dass er kommt«, stellte Ruby fest.

Sugar rührte etwas energischer als erforderlich in ihrer Karottensuppe. Im Moment wollte sie das wirklich nicht. Im Moment würde sie sich lieber das Herz aus der Brust reißen und es dem Schneeleoparden im Central Park Zoo zum Fraß vorwerfen, als es diesem verheerenden Auf und Ab auszusetzen. Das war so … würdelos.

»Es sieht so aus, als blieben wir unter uns«, sagte sie und schöpfte die Suppe in die einzelnen Schalen. »Kannst du mir helfen, die auf die Terrasse zu bringen?« Doch noch während sie das sagte, kündigte ein scharfer Knall über ihnen ein Sommergewitter an.

Ein gezackter Blitz zuckte über den Himmel und erhellte dabei die liebevoll gedeckte Tafel, den blühenden Garten, die umliegenden Dächer und die Brücke im Hintergrund. Dann knallte der Donner ein zweites Mal, und Sugar rief Nate und Mr. McNally zu sich, damit sie den Tisch ins Haus trugen.

Nachdem sie den Tisch zwischen das Bett und die Terrassentür geklemmt hatten, wurde es eng in der Wohnung, aber Sugar blieb noch kurz stehen und blickte hinaus in den Regen, der sich auf die Terrasse ergoss, über die Fliesen sprang, auf dem Bienenkasten tanzte, an den Blättern der Clematis rüttelte und auf die kleineren Pflanzen und Blumen trommelte.

Der Natur in ihrer impulsiven Pracht zuzusehen schien ihre Nerven zu beruhigen.

»Es ist irgendwie schön«, sagte sie. »Und gleichzeitig traurig. Wie ein Ballett.«

Lola und Mrs. Keschl verdrehten die Augen.

Dann schob Sugar das Sofa und den Couchtisch an die Wand, und sie nahmen zu siebt Platz, dicht aneinandergedrängt in dem bunten kleinen Studio, das bei jedem Blitz aufleuchtete wie ein Flipperautomat.

»Wieder mit Orange«, sagte Mrs. Keschl und starrte missmutig in ihre Suppenschale.

»Mund halten und essen«, fuhr Mr. McNally sie grimmig an.

»Vielleicht schmeckt Ethan die Suppe auch«, sagte Sugar zu Lola. »Die meisten Kinder mögen sie.«

»Er ist noch nicht so gut mit dem Löffel«, warnte Lola und probierte die Suppe selbst. »Die ist aber lecker. Was ist da drin?«

»Möchtest du raten, Nate?«, fragte Sugar.

Nate errötete sofort, als er seinen Namen aus ihrem Mund hörte, nahm einen Löffel voll und kostete nachdenklich. »Karotten«, sagte er leise. »Ingwer. Und vermutlich Honig.«

Ethan nutzte die Gelegenheit, um mit seinem Löffel einen Schwung dicker, sahniger Suppe über den Tisch zu schleudern, die prompt zielsicher in Mrs. Keschls faltigem Ausschnitt landete. »So viel Aufmerksamkeit hat der schon lange nicht mehr bekommen«, stellte sie knapp fest und beugte sich sofort wieder über ihre Schale.

»Jesus, Ethan, kannst du ihn nicht einfach in den Mund stecken?« Lola ließ ihren Löffel auf den Tisch fallen, als hätte sie plötzlich nicht mehr die Kraft weiterzuessen.

»Lassen Sie doch den kleinen Kerl«, sagte Mr. McNally.

»Geben Sie mal her.« Mrs. Keschl rutschte ihren Stuhl näher an Ethan heran, nahm seinen Löffel und begann ihn zu füttern.

Lola ließ sie gewähren.

»Kann ich dir beim Abräumen helfen?«, fragte Ruby schon im Aufstehen und begann die Schalen einzusammeln.

Sugar war bewusst, dass das Mädchen kaum einen Löffel gegessen hatte und das damit überspielen wollte, aber dafür hatte es den Eistee halb ausgetrunken, in den Sugar etwas Bienenpollen gestreut hatte, um Ruby einen kleinen Energieschub zu verpassen.

Plötzlich war es Sugar leid, sich um Ruby oder Nate oder die Ballons Gedanken zu machen. Plötzlich hätte sie am liebsten alle heimgeschickt, wäre in ihr Bett gekrabbelt und hätte nur noch geschlafen, bis sie nicht mehr so blöd war zu glauben, zu hoffen oder auch nur zu träumen, dass sie und Theo eines Tages miteinander im Bett liegen könnten, nackt und dicht aneinandergeschmiegt, dem einträchtigen Klopfen ihrer Herzen lauschend, nachdem sie sich ihr Verlangen eingestanden und es aufs Zärtlichste befriedigt hatten.

Wieder leuchtete der Raum auf, und gleich darauf brachte ein ohrenbetäubender Knall den Tisch zum Hüpfen. Erst mehrere Sekunden, nachdem der Donner verhallt war, begriff Sugar, dass jemand an ihre Tür klopfte.

»Worauf warten Sie denn?«, fragte Mr. McNally. »Auf den Butler?«

27

Vor der Tür stand George und neben ihm ein tropfnasser Theo. Das limettengrüne Hemd war durchtränkt, und die riesigen aufgedruckten Bananen klebten ihm am Leib.

»Bitte verzeihen Sie die Störung, Miss Sugar«, sagte George. »Aber ich habe etwas gefunden, das Sie eventuell vermissen.«

»Bitte verzeih mir«, sagte Theo. »Aber erst musste ich noch kurz in der Arbeit vorbeischauen, und dann hatte ich solche Angst, ich könnte zu spät kommen, was ich auf keinen Fall wollte, dass ich deine Adresse zu fest in der Hand gehalten habe. Plötzlich war die Tinte verlaufen!« Er hielt den Zettel hoch, den sie ihm geschrieben hatte. Nur ein nasser Fleck war geblieben. »Und ich wusste nicht mehr, wo du wohnst. Und dann fing es auch noch zu regnen an.«

Sugars Herz klopfte so heftig, dass sie es hören konnte. Sie wusste nicht, wie lange sie es noch auf dieser atemberaubenden Achterbahn aushielt. »Du weißt schon, dass dies der Herr ist, dessen Fall du neulich abgefedert hast«, bemerkte sie höflich und deutete dabei auf George.

»Ja, ja, ich habe mich schon dafür entschuldigt, dass ich nicht … elastischer war«, sagte Theo.

»Und ich habe seine Entschuldigung angenommen«,

merkte George an. »Ein Mann, der sich zu entschuldigen versteht, wird es im Leben weit bringen.«

»Das sollte sich manch einer zu Herzen nehmen!«, meinte Mrs. Keschl zu Mr. McNally.

»Sugar, ich weiß, wenn wir uns begegnen, scheine ich mich immer nur zu entschuldigen, aber es tut mir wirklich aufrichtig leid«, sagte Theo noch einmal. »Ich wusste zwar noch, dass du irgendwo in der Flores Street wohnst, aber die Hausnummer hatte ich mir nicht gemerkt. Ich wusste, es war eine zweistellige Zahl mit zwei dicken Ziffern, so was wie Neunen oder Achten oder Sechsen, aber ich hatte vergessen, dass es eine Schnapszahl war. Ich war an praktisch jedem Haus. Warum hast du nicht angerufen? Ich habe dir doch gesagt, dass ich bestimmt gestorben bin, wenn ich nicht auftauche.«

Der ganze Raum hüpfte erneut, als über ihnen der nächste Donnerschlag knallte.

»Verzeihung, aber ich gehe wieder nach unten«, sagte George.

»Sie sollten schon seit Stunden zu Hause sein«, sagte Sugar zu ihm, ohne auf Theos Bemerkung einzugehen. »Ich mache mir Sorgen, dass sie zu lange da draußen stehen könnten.«

»Sie sollten sich lieber Sorgen machen, dass ich zu lange hier oben stehen könnte«, widersprach George. »Mir dreht sich schon der Kopf, darum wünsche ich Ihnen allen noch einen schönen Abend.«

»Bitte, Sugar«, meldete sich Theo wieder zu Wort.

»Lassen Sie den armen Tropf doch endlich herein«, sagte Mr. McNally. »Schließlich haben Sie schon Hinz und Kunz eingeladen.«

»Dann habe ich die Ballons gesehen«, sagte Theo und wischte sich die nassen Strähnen aus den Augen. Er war größer, als Sugar in Erinnerung hatte, und sah, auch wenn das kaum vorstellbar war, nass noch besser aus als trocken. »Und da fiel mir ein, dass du etwas von einem Ballongeschäft erzählt hast, als wir im McSorley's waren. Und dann sah ich George. Ich weiß, dass ich zu spät dran bin, aber sonst bin ich das fast nie. Normalerweise bin ich überpünktlich.«

»Du musst ihn reinlassen«, sagte Ruby, gerade als Lola mit einem Handtuch aus dem Bad trat und es über ihren Kopf hinweg an Theo weiterreichte, der es dankbar entgegennahm und sich damit das Gesicht abwischte. Sein schönes, bekümmertes Gesicht mit dem energischen Kinn und dem unwiderstehlichen Grübchen.

Sugar war so unhöflich gewesen, wie es ihr nur möglich war. Der Pingpongball hüpfte wieder in Theos Feld. »Na schön«, sagte sie, trat zur Seite und ließ ihn in die Wohnung. »Das hier ist Theo, alle miteinander.«

»Sie setzen sich hierher«, sagte Mr. McNally und deutete dabei auf Ethan, der müde und zusammengesunken auf dem Stuhl neben seinem hing. »Ich lege den kleinen Kerl solange auf die Couch. Dem fallen sowieso schon die Augen zu.«

Er hob den Jungen mit einer Zärtlichkeit hoch, die Mrs. Keschl und Lola gleichermaßen überraschte, wohingegen Ruby und Nate sich zu sehr auf Theo konzentrierten, als dass ihnen das aufgefallen wäre.

»Die Suppe hast du leider verpasst«, sagte Sugar. »Aber du kommst gerade rechtzeitig zu meinem Honig-Brathähnchen mit Süßkartoffeln.«

»Das reicht mir völlig«, sagte Theo. »Ehrlich gesagt würde es mir schon reichen, nur hier drinnen im Trockenen zu sein, wo ich hingehöre. Und ich werde keinen Ton davon sagen, dass du meine Telefonnummer hattest und mich nicht angerufen hast, während ich mir da draußen die Füße wund gelaufen habe. So glücklich bin ich.«

»Sie hatte Angst, dass jemand einen Gehirntumor bekommen könnte«, erklärte Ruby. »Außerdem dachte sie, du hättest sie versetzt.«

»Ich bin vielleicht ein bisschen durcheinander, aber mit meinem Hirn ist alles bestens. Ehrlich. Die Adresse war verlaufen!«, protestierte Theo. »Ich habe praktisch an jeder Tür in dieser Straße geklingelt. In Nummer achtundsechzig hat mir ein Mann Löwenzahnwein angeboten, und in Nummer achtunddreißig habe ich lieber nicht nachgefragt, was mir die Frau anbieten wollte.«

»Die ist eigentlich gar nicht blond, die Frau in Nummer achtunddreißig«, wusste Mrs. Keschl zu berichten.

»Sie haben ein sehr hübsches Kleid an«, erklärte ihr Theo. »Meine Großmutter hatte ein ähnliches Kleid, und ich habe meine Großmutter sehr geliebt.«

»Können Sie tanzen?« Mrs. Keschl errötete verlegen. »Ich hätte Lust zu tanzen.«

»Ich bin ein ebenso begeisterter wie untalentierter Tänzer«, antwortete Theo fröhlich, während ein weiterer Blitz über den Himmel zuckte. »Wirklich ein schönes Apartment, Sugar. Und so gemütlich.«

»Sie sind vielleicht ein silberzüngiger Teufel«, schoss Mr. McNally dazwischen. Von der Zärtlichkeit, mit der er Ethan getragen hatte, war nichts mehr zu spüren. »Sie wissen genau, dass ›gemütlich‹ nur ein anderes Wort für ›zu klein‹ ist.«

»Vielleicht ist er nervös«, meinte Ruby zu ihm. »Immerhin hat er Sugar erklärt, dass er den Rest seines Lebens mit ihr verbringen möchte, obwohl sich die beiden gerade erst kennengelernt hatten. Er hat ihr erzählt, sie sei für ihn die Eine. Darum hat sie ihn zum Essen eingeladen, und dann tauchte er nicht auf.«

»Ruby!« Sugar wäre vor Scham fast gestorben.

»Ich bin sehr wohl aufgetaucht«, widersprach Theo. »Ich kam nur zu spät, und zwar aufgrund höherer Gewalt. Und die Sache mit dem Rest meines Lebens war längst nicht so schlimm, wie sie bei dir klingt. Ich habe etwas ganz anderes gesagt.«

»So oder so«, warf Mrs. Keschl ein, »sind Sie kaum zu verstehen. Ich habe erst jetzt gemerkt, dass Sie Englisch sprechen.«

»Er kommt aus Schottland«, erklärte ihr Ruby.

»Dann tanzen Sie bestimmt mit angelegten Armen«, meinte Mrs. Keschl enttäuscht.

»Nein, so tanzen die Iren. Wir halten die Hände über dem Kopf«, antwortete Theo. »Außerdem tragen wir Kilts.«

»Jetzt wird's interessant«, sagte Mrs. Keschl.

»Lassen wir die Highlands mal beiseite«, wechselte Theo das Thema und lächelte Sugar an, »das Hähnchen ist ein Genuss.«

Wieder einmal schmolz sie dahin. Jetzt, wo er da war, fügte er sich nahtlos ein, ganz selbstverständlich und ohne dass es irgendwie anstrengend oder peinlich gewesen wäre.

»Mal unter uns, einen Schritt weiter nach links, und wir würden eine ganz andere Party feiern«, bemerkte Mrs. Keschl kokett und blickte dabei vielsagend auf Sugars Bett.

»Andererseits kann ich auf diese Weise das Dessert servieren, ohne aufstehen zu müssen.« Sugar verdrängte nach besten Kräften alle Gedanken an ihr Bett und daran, was sie bald gern darin tun würde. Sie drehte sich zur Seite und reichte die Kuchenplatte weiter, auf der sie die von Ruby mitgebrachten nuss- und siruphaltigen Gaben drapiert hatte.

»Was ist das?«, wollte Mrs. Keschl wissen.

»Das ist Baklava«, antwortete Nate, und seine Wangen flammten auf. »Eine türkische Delikatesse. Aus Filoteig und Nüssen.«

»Und Honig«, ergänzte Ruby. »Darum habe ich es mitgebracht, wegen des Honigs.«

»Es schmeckt ausgezeichnet.« Nate hatte einen Bissen probiert und leckte sich die Lippen. »Wo hast du das her?«

»Aus der Poseidon Bakery oben an der 9th Avenue«, antwortete Ruby. »Das ist meine Lieblingsbäckerei.«

»Ach«, sagte Nate. »Meine auch.«

Mrs. Keschl sah sie nacheinander an. »Also, einer von Ihnen beiden sollte öfter dort vorbeigehen, und der andere sollte unbedingt daran vorbeigehen.«

Sugar nahm sich im Stillen vor, den Rosenölanteil in Mrs. Keschls Kerzen zu erhöhen.

»Ich habe noch nie Baklava gegessen«, sagte Sugar, »aber du hast recht, Nate, es ist köstlich. Ich frage mich, ob wir selbst welches machen könnten.«

»Natürlich«, antwortete Nate sofort.

»Bei Kalustyan's an der Lexington gibt es wunderbare Pistazien«, merkte Ruby an. »Die besten, finde ich.«

»Oder du bestellst sie bei Nutsonline«, schlug Nate vor.

»Richtig, aber das habe ich schon mal ausprobiert, und da haben sie kalifornische Pistazien unter die importierten gemischt.«

»Die kalifornischen sind leichter zu öffnen, aber sie schmecken nicht ganz so gut«, ergänzte Nate.

»Ganz genau«, sagte Ruby.

Endlich sahen sie sich an, und etwas wie ein Lächeln huschte über ihre Gesichter.

»Du hast wirklich einen exzellenten Geschmack für süßes, nussiges, sirupgetränktes Blätterteiggebäck, Ruby«, merkte Theo an, und Sugar stellte überrascht fest, wie nett er mit dem Mädchen sprach, dem doch deutlich anzusehen war, dass es niemals solche Sachen aß.

Dann hörte der Regen genauso abrupt auf, wie er eingesetzt hatte, die Wolken zogen über den Himmel davon und hinterließen einen klaren, glänzenden Großstadthorizont.

Sugar öffnete die Tür, atmete den süßen, frischen Geruch des Regens auf den duftenden Blüten ein und wandte sich an ihre Gäste. »Wenn wir den Tisch und die Stühle wieder nach draußen tragen könnten, würde ich hier drin sauber machen und uns einen kleinen, speziellen Verdauungstrunk zubereiten.«

Ihre Gäste erhoben sich folgsam, trugen die Möbel wieder auf die Dachterrasse und reichten das schmutzige Geschirr weiter. Kurz darauf stand sie allein mit

Theo in der winzigen Küche. Ihre Arme berührten sich, und schon wieder versetzte ihr das einen elektrischen Schlag.

»Hast du das gespürt?«, fragte Theo lächelnd, und sein Grübchen wurde noch tiefer.

Seine Haare kräuselten sich beim Trocknen, und einen Moment lang fragte sich Sugar, ob das auf die elektrische Spannung zwischen ihnen zurückzuführen war. Er war ihr so nahe, dass sie seinen Atem auf ihren Lippen spürte und fast den Honig aus dem Baklava zu schmecken glaubte.

»Du bist so schön«, sagte er. »Darf ich?« Damit nahm er sie in die Arme und küsste sie noch mal, und ihre Herzen klopften in perfektem Einklang wie zwei Musiknoten, die sich unerwartet zu einem harmonischen Akkord vereinen.

Am meisten überraschte sie das Gefühl, dass sie so selbstverständlich zusammengehörten; ein Gefühl, das in ihrem Leben gefehlt hatte, ohne dass sie es auch nur geahnt hätte. Seine Hände auf ihrem Körper, seine Lippen auf ihren Lippen; es war so einfach. So richtig. Es fühlte sich ganz und gar nicht wie eine Belastung an, die ihr Leben verpfuschen oder die Welt, die sie um sich erbaut hatte, zum Einsturz bringen konnte.

Was hatte sie sich nur gedacht?

Sie konnte nicht genug von der Kraft bekommen, die sie in seinen Armen spürte, aber gleichzeitig spürte sie auch ihre eigene Kraft. Endlich ließ Sugar die Sonne auch an jene wunden Stellen, die sie seit vielen Jahren in ihrem Innersten im Dunkeln unter Verschluss hielt. Unter den wärmenden Strahlen öffnete sich wie von selbst ihr gebrochenes Herz, und sie wagte tatsächlich zu glauben, dass Theo die Wahrheit gesagt haben könnte über Liebe, die wie ein Blitz aus heiterem Himmel einschlagen und verunsichernd wirken konnte und von der man aus seiner sicheren Höhle katapultiert wurde, aber dass genau das nötig war, um sich richtig lebendig zu fühlen.

»Wir haben Zeit, Sugar«, sagte Theo. »Alle Zeit der Welt. Mach dir keine Sorgen.«

Wieder wünschte sie sich, ihre Gäste würden nach Hause gehen. Sie wollte ihn ganz für sich allein haben, hier in ihrem Bett, wo sie sich so lange wie möglich ausschließlich damit beschäftigen würden, sich gegenseitig zu erforschen. Aber weil ihre Gäste keine Anstalten machten zu gehen, nahm sie Theos Hand und zog ihn, so gern sie auch mit ihm in der Küche geblieben und ihn noch weiter geküsst hätte, auf die Terrasse.

Ruby stand auf und schien ihnen applaudieren zu wollen, setzte sich aber auf Sugars strafenden Blick hin wieder auf ihren Stuhl und strahlte sie nur wortlos an.

»Das hier ist mein kleines Paradies.« Sugar schwenkte den Arm über ihre grüne Dachterrasse; während Theo ihrem Blick folgte, dankte er im Stillen dem Therapeuten, der ihn von seinen Aggressionen gegen jede Form des Gartenbaus befreit hatte.

Dieses Biotop war nicht mit den weitläufigen Gartenanlagen in den Hamptons zu vergleichen, nach denen sich seine Frau derart verzehrt hatte, dass sie schließlich mit jemandem durchgebrannt war, der sie anlegte. Die Terrasse war eng, fast schon beengt, und bunt, aber bestimmt nicht auf dem Reißbrett geplant worden. Außerdem roch es hier gut, was wahrscheinlich auf den Regen zurückzuführen war, der mittlerweile auf den blühenden Ranken an der Wand und auf den leuchtenden eingetopften Büschen in der Holzkiste in der Ecke trocknete.

Erst jetzt wurde ihm wirklich bewusst, wo er war. Aber ehe er etwas sagen konnte, bemerkte er einen quadratischen Kasten an der Wand.

»Was ist da drin?«, fragte er.

»Das ist mein Bienenstock«, sagte Sugar. »Das sind meine Bienen.«

Er wurde kreidebleich. »Deine Bienen?«

»Ja, meine Bienen. Ich bin Imkerin.«

»Du bist Imkerin«, wiederholte er. »Du hältst Bienen?«

»Ganz genau, ich halte Bienen. Davon lebe ich. Ich verkaufe Honig und andere Bienenprodukte auf dem Markt.«

»Und davon lebst du?«

»Ja, ich glaube, das kam bis jetzt noch gar nicht zur Sprache«, sagte Sugar.

»Sie hat die Bienen inzwischen seit fünfzehn Jahren«, zwitscherte Ruby dazwischen. »Sie hat sie von ihrem Großvater geerbt.«

»Mit ihrem Honig hat sie es geschafft, dass Ethan nicht mehr so schreit«, ergänzte Lola.

»Er hilft auch gegen Akne«, gestand Nate und wurde rot.

»Und er schmeckt gut im Bourbon«, ergänzte Mrs. Keschl. »Sie ist ganz verrückt nach diesen Bienen.«

»Aber was ist mit dem Eisstand?«, fragte Theo. »Am Tompkins Square? Ich dachte, da arbeitest du. Ich dachte, du wärst verrückt nach Eiscreme.«

»Nein, da habe ich mich nur ein bisschen kundig gemacht, bevor ich meinen Honigstand eröffnet habe. Warum? Was ist denn los? Ist alles in Ordnung, Theo?«

Benommen ließ er Sugars Hand los und begann an seinem Bananenhemd zu zupfen. Auf einmal war er schweißnass und atmete abgehackt und unregelmäßig. Er löste sich von ihr und hielt rückwärts auf die Tür zum Apartment zu, während sein Blick über die Terrasse und die Köpfe der anderen Gäste zuckte, die ihn von ihren Stühlen aus anstarrten und rätselten, was auf einmal mit ihm los war.

»Scheiße«, sagte er nur.

»Verzeihung?« Sugar hatte ihn noch nie fluchen hören. Und das hatte ihr ausgesprochen gut gefallen.

»Sie sehen aus, als hätten Sie sich gerade in die Hose gemacht«, erklärte ihm Mrs. Keschl.

»Scheiße«, sagte Theo noch mal. Er bekam keine Luft mehr. Er konnte nicht mehr klar denken. Wie betäubt vor Panik trat er rückwärts in die Wohnung. »Verzeihung. Ich muss nur, ich glaube … ich kann alles erklären. Ich brauche nur einen Augenblick. Aber nicht … ich … ich werde … ich rufe dich an.«

Bevor Sugar auch nur ein Wort sagen konnte, war er verschwunden. Alle hörten ihn die Treppe hinunterpoltern, zwei oder drei Stufen auf einmal nehmend, so schnell ihn seine Füße trugen. Schließlich quietschte die Tür zum Windfang leise, und kurz darauf schlug die schwere Haustür zu.

»Das war ja ein rechter Trottel«, urteilte Mrs. Keschl. »Ich dachte, er würde mit mir tanzen.«

»Ich rufe dich an?« Lola verdrehte die Augen. »Hoffentlich habt ihr noch kein Hochzeitsservice ausgesucht.«

Sugar holte tief Luft und kämpfte den peinigenden Schmerz zurück in die dunklen Tiefen ihres Herzens. Nur einen kurzen Augenblick hatte sie es geöffnet, trotzdem waren die Qualen fast nicht zu ertragen. »Also gut«, sagte sie. »Wer möchte noch was? Ich kann Kaffee kochen, aber ich habe auch einen Dessertwein im Kühlschrank. Möchte jemand?«

Elizabeth die Sechste wusste nicht, was sie von den Vorgängen außerhalb ihres Stocks halten sollte. Das fing schon damit an, dass Bienen Regen hassten. Ein Regentropfen mochte auf einem Menschenkopf lästig und auf einer Windschutzscheibe ärgerlich sein, aber für eine Biene war er gleichbedeutend mit dem Absturz in ein nasses Grab. Zum Glück war das Nektarsammeln an diesem Tag schon eingestellt worden, und alle Arbeiterinnen waren in den Stock zurückgekehrt, als der Himmel seine Schleusen geöffnet hatte.

Als der Regen sich verzogen hatte, gewann Elizabeth die Sechste für einen kurzen Zeitraum, der gerade lang genug war, um exakt dreiundsechzig Eier zu legen, den Eindruck, dass sich alles zum Besten fügte.

Sobald Sugar auf die Terrasse getreten war, hatte Elizabeth die Sechste sofort gespürt, dass Theo an ihrer Seite und das Glück verlockend nah war. Aber kaum hatte die nach Regen duftende Luft dieses Versprechen zu ihr getragen, da wurde es ihr wieder entrissen. Doch während am Himmel die Sterne erschienen, auf den Stock herabstrahlten und ins Gestern verblassten, erkannte die Königin, dass das abendliche Auf und Ab sie keineswegs entmutigt, sondern ihr im Gegenteil neue Kräfte verliehen hatte. Immerhin hatte sie mit ihren Mutmaßungen über das Objekt von Sugars Sehnsucht recht behalten. Und er war hier gewesen, ganz nah an ihrem Stock und gleichzeitig lang genug in ihrem Wahrnehmungsbereich, um alles zu spüren, was sie erspüren konnte, und alles zu riechen, was sie riechen musste. Nun wusste sie alles, was es zu wissen gab.

Für Sugar konnte es immer noch ein Happy End geben, das war sicher. Also erteilte die Königin ihren Arbeiterinnen die nötigen Anweisungen und machte sich dann wieder unverdrossen ans Werk.

28

Sugars Stand mit seinen verlockend auf herbstbraunen Regalbrettern arrangierten Töpfen mit goldenem, bernsteingelbem und dunklem Honig war inzwischen einer der beliebtesten auf dem Tompkins Square. Auf der einen Seite wurden die Honigtöpfe von Salben, Lotionen, Lipgloss-Stiften und Gesichtscremes eingerahmt, auf der anderen von Tinkturen, Halssprays, winzigen Döschen mit kostbarem Bienenpollen, Sugars selbst gemachtem Ambrosia und den Kerzen.

An beiden Enden des Standes hatte sie zierliche blumengemusterte Schälchen mit in Honig gerösteten Pekannüssen aufgestellt, aus denen ihre Kunden naschen durften, während sie das Angebot studierten.

Die Standbesitzer zu beiden Seiten, die sie nur als Apfelmann und Lavendelfrau kannte, wären vielleicht eingeschnappt gewesen, hätten sie sich nicht vom ersten Tag an ein bisschen in Sugar verliebt. Gerade als Sugar das erste Mal ihren Marktstand aufgebaut hatte, hatte sich der Apfelmann die Hand in der Tür seines Lieferwagens eingeklemmt, und Sugar hatte daraufhin ihren Stand an seinen herangerückt und den Verkauf für ihn übernommen, während er sich verarzten ließ. Dann hatte sie der Lavendelfrau einen Trockenstrauß abgekauft und daraus Lavendelhonig angerührt, den sie in winzige Plastikröhrchen abfüllte und der Lavendelfrau überließ, damit sie ihn bei jedem Verkauf als Beigabe verschenkte. So gute Geschäfte hatte die Lavendelfrau noch nie gemacht.

Am Sonntagmorgen nach der Dinnerparty hätte keiner ihrer Marktfreunde bemerkt, dass Sugar nicht so gut aufgelegt war wie sonst, denn alle hatten alle Hände voll zu tun. Sugar war froh, dass sie nicht zum Nachdenken kam. Sie war sogar froh über den Verrückten, der den ganzen Vormittag vollkommen zusammenhanglos, aber dafür in einem Höllentempo vor sich hin schwadronierte.

Um vier Uhr nachmittags machte sie sich auf den Heimweg, wo sie sich in den beruhigenden Düften der ätherischen Öle, Harze und Cremes verlieren würde, die sie neu mischen musste, um ihren Warenbestand wieder aufzufüllen. Aber als sie ihr Haus in der Flores Street erreichte, stand George wie üblich oben an der Treppe, während Theo zusammengesunken auf der untersten Stufe saß. Sobald er Sugar sah, sprang er auf.

»Er wartet hier schon seit Stunden«, sagte George, »obwohl ich aus Miss Lolas Bemerkungen schließe, dass Sie möglicherweise nicht besonders erfreut über diesen Besuch sind. Nicht dass sie es so höflich ausgedrückt hätte.«

»Ich bin nicht auf den Markt gekommen, weil ich wusste, dass dir das nicht recht gewesen wäre …«, setzte Theo an, aber Sugar schnitt ihm mit erhobener Hand das Wort ab.

»Ich möchte wirklich nicht unhöflich sein – wirklich, das ist kein leeres Gerede –, und das sollte dir eine Vorstellung davon geben, wie ernst es mir ist, wenn ich dir jetzt erkläre, dass es mir leidtut, aber ich möchte nicht hören, was du mir zu sagen hast. Nicht einmal ein winzig kleines Flüsterfitzelchen. Kein Wort. Absolut gar nichts. So, jetzt werde ich in mein Apartment gehen, und ich hoffe sehr, dich nicht mehr zu sehen, wenn ich herauskomme oder überhaupt je wieder.«

»Bitte, Sugar, du musst mir zuhören«, flehte Theo sie an.

»Nein, Theo, ich glaube nicht, dass ich das muss. Ich glaube das ganz und gar nicht. Ich habe mir schon mehr als genug Erklärungen von dir angehört und werde bei deinem Spiel, wohin das auch führen soll, auf keinen Fall noch länger mitspielen.«

»Oh Gott, du weißt gar nicht, wie sehr ich das bedauere. Ich …«

»Ich glaube dir gern, dass du es bedauerst, trotzdem wäre es mir lieber, wenn du es woanders bedauern würdest, weil ich von dir in Ruhe gelassen werden möchte.«

»Du verstehst nicht …«

»Ich bitte dich in aller Höflichkeit, Theo. George, könnten Sie mir bitte die Tür öffnen?«

»Natürlich, Miss Sugar. Machen Sie hin, Theo«, sagte George.

»Ich bin allergisch!«, brach es aus Theo heraus. »Ich bin allergisch gegen Bienenstiche! Nicht nur ein bisschen, sondern so allergisch, wie man es nur sein kann. Als Kind wäre ich beinahe gestorben. Zweimal! Ich trage ein SOS-Armband! Ich habe Todesangst vor Bienen. Als ich deinen Bienenstock sah, geriet ich in Panik. Ich hatte keine Notfallmedizin dabei. Ich weiß, das klingt erbärmlich. Ich bin tatsächlich ein erbärmlicher Feigling, aber nur gegenüber Bienen. Du hast mir nie von den Bienen erzählt. Das hat mich völlig aus der Bahn geworfen. Es heißt nicht, dass ich an dir zweifle oder an uns oder an irgendwas. Es heißt nur, dass ich schreckliche Angst vor Bienen habe. Das ist alles.«

Sugar wurde das Herz endgültig so schwer, dass es bis unter ihre Schuhsohlen rutschte. »Das ist alles?«

Sie eilte durch die Tür, die George ihr aufhielt, stürmte die Treppe hinauf und dachte dabei konzentriert an Elizabeth die Sechste, ihren Wildblumen-Honig aus dem Puget Sound, ihr Rosmarinöl, den Chai-Tee, den sie gerade bei dem Dauerlächler in dem indischen Delikatessengeschäft um die Ecke getrunken hatte, an die Gartenwicke, die sie zwischen der Clematis und der Mondblüte zu ziehen versuchte … an alles außer Theo Fitzgerald.

An den hatte sie eindeutig genug gedacht.

Aber am nächsten Morgen hatte sich der winzige Gang vor ihrer Wohnungstür in ein Meer von roten Rosen verwandelt. Weit über zwanzig Sträuße reihten sich auf dem kurzen Abschnitt zwischen ihrer und Nates Tür. Sie ging in die Hocke und öffnete die Karte am ersten Strauß. *Verzeih mir*, stand darauf, genau wie auf der nächsten und übernächsten und jeder anderen.

Sie holte eine Schere, schnitt alle Karten ab, sammelte dann so viele Sträuße ein, wie sie nur tragen konnte, und lud sie vor Mr. McNallys Tür ab. Danach wiederholte sie diese Prozedur vor Mrs. Keschls, Lolas und Rubys Tür. Zwei Sträuße schenkte sie dem lächelnden Inder, den Rest den Mädchen in dem Laden mit tibetanischem Kunsthandwerk. Kein einziges Blütenblatt gelangte in ihr Apartment.

»Ich wollte den Lieferanten noch überreden, sie wieder mitzunehmen«, erzählte ihr George. »Aber Theo hatte sie offenbar im Voraus bezahlt.«

Seine Blumen konnten Sugars Herz nicht erweichen, denn das hatte sich wieder in seinen schützenden Panzer zurückgezogen.

Trotzdem bewirkte er mit seinen Sträußen Gutes.

Ruby glaubte, Nate hätte ihr die Rosen geschickt, und obwohl sie ihn nicht besonders gut kannte oder gern hatte oder gern haben wollte, ehrlich gesagt, steckte sie die Rosen in die Kristallvase, die ihre Mutter ihr geschenkt hatte (das dämlichste Geschenk zum einundzwanzigsten Geburtstag, das man sich nur vorstellen konnte), und stellte sie dann ans Fenster. Außerdem nahm sie sich vor, bei Kalustyan's vorbeizugehen und ein paar Pistazien zu kaufen, die sie Nate schenken würde, falls sie ihm zufällig über den Weg lief, damit er damit sein eigenes Baklava machen konnte.

Lola konnte sich beim besten Willen nicht vorstellen, von wem die Blumen waren. Sie kannte keine Leute, die Blumen verschenkten. Außer vielleicht den Typen, den sie im Internet kennengelernt und mit dem sie sich einmal zu einem wenig versprechenden Date getroffen hatte, bevor sie kurz darauf alle Hoffnungen aufgegeben hatte, jemals wieder ein halbwegs normales Sozialleben zu führen. Sie wusste nicht einmal mehr, wie er hieß, aber er hatte den Garten von Wildblumen bewundert, den sie auf ihrem Arm tätowiert hatte, und sich auch nicht abschrecken lassen, als sie ihm von Ethan erzählt hatte. Die meisten Männer rannten schreiend davon, sobald sie hörten, dass sie ein Kind hatte, aber er hatte erzählt, er sei mit sechs Geschwistern aufgewachsen, deshalb würden ihn Kinder nicht stören. Wenn sie es recht überlegte, war er auch nicht auf dem Klo verschwunden, um Koks zu schnupfen, oder hatte sie mit der Zeche sitzen lassen oder sich volllaufen lassen oder schmutzige Andeutungen gemacht oder so. Eigentlich war er ganz … höflich gewesen. Damals hatte sie das spießig gefunden, aber inzwischen fragte sie sich, ob sie irgendwo noch seine Nummer hatte und ihm eine SMS schicken sollte, falls er noch einmal mit ihr ausgehen wollte.

Mr. McNally untersuchte seine Rosen akribisch auf Spuren von Pflanzengift oder Hundepipi, stellte fest, dass sie völlig sauber waren, und zog daraufhin seine eigenen Schlüsse, wer sie ihm geschickt hatte.

Tatsächlich freute ihn das, und es war schon ewig her, seit ihn zum letzten Mal etwas gefreut hatte. Er stellte die Rosen in einen Wasserkrug und platzierte ihn neben dem Fernseher. »Mich laust der Affe«, dachte er jedes Mal, wenn er sie ansah. »Mich laust der Affe.«

Auch Mrs. Keschls Herz setzte einen Schlag aus, als sie die roten Rosen entdeckte, und das hatte nichts mit ihrer Herzrhythmusstörung zu tun. Sie hob die Blumen auf und entdeckte dabei ein Kärtchen, das Sugar übersehen hatte. Sie öffnete es mit rheumatischen Fingern. »Verzeih mir«, las sie laut.

Sie hob die üppigen Blüten an ihre Nase. Ehrlich gesagt roch sie auf ihre alten Tage kaum noch etwas, aber sie konnte sich den Duft immer noch vorstellen. Sie sah sich nach einer Vase um und stellte überrascht fest, dass sie keine mehr hatte. Bei der Scheidung hatte sie die Hälfte ihres Mobiliars verloren und nie etwas ersetzt, weshalb sie nur zwei Sessel besaß (die Couch hatte er mitgenommen), zwei Stühle für den Resopaltisch (die beiden anderen hatte er zusammen mit dem Couchtisch mitgenommen) und einen einzelnen Nachttisch, obwohl sie das Bett behalten hatte.

Sie schlief immer noch auf derselben Bettseite. Vor einigen Jahren hatte sie zwar einen neuen Fernseher gekauft, aber der stand auf dem alten Apparat drüben im Wohnzimmer. Sie hatte hart um den alten Fernsehapparat gekämpft und sah ihn gern an, weil er sie jedes Mal an ihren Sieg erinnerte.

Auf der Suche nach einer provisorischen Vase sah Mrs. Keschl sich im Spiegel über dem Flurtischchen (ihres; die Schlafzimmerkommode war bei ihm gelandet).

Mit ihren hohen Wangen, den großen dunkelblauen Augen und dem dichten, glänzend braunen Haar, um das ihre Freundinnen sie beneidet hatten, war sie eine richtige Schönheit gewesen, das hatten damals alle gesagt. Inzwischen waren die Wangen abgesackt und ihre Haare dünn und grau geworden. Kein Wunder, dass sie seit den Achtzigerjahren durchgehend schlechte Laune hatte, schließlich steckten ihr der Verlust ihrer Schönheit und ihre gescheiterte Ehe quer in der Kehle wie ein Hühnerknochen.

Aber etwas an diesen roten Rosen zupfte an einer Erinnerung in den Tiefen ihres Gedächtnisses. Sie war siebzehn gewesen, entsann sie sich, er nicht viel älter, und er hatte ihr eine einzelne rote Rose mitgebracht, als er sie zum Tanzen ausgeführt hatte. Sie hatte das völlig vergessen! Seit Jahren hatte sie nicht mehr an diese Rose oder diesen Abend gedacht. Coney Island, die Musik, das Tanzen, der Kuss. Der Kuss? Damals hatte sie an diesen Kuss geglaubt: an Lebensfreude, Liebe, Familie, Gemeinsamkeit. Auf einmal fühlte sie sich beim Anblick dieser vielen dicken Blüten, rot wie der Lippenstiftstrich eines hübschen Mädchens, wieder wie die schlanke Schönheit ihrer Jugend, die allen Männern den Kopf verdrehte.

Nur einen Monat nach dem Kuss auf Coney Island hatten sie geheiratet und waren dann in genau diese Wohnung gezogen, wo sie mindestens fünf Minuten lang geglaubt hatte, das Leben sei eine einzige Sahnetorte, und sie sei die Kirsche in der Mitte, die dort bis in alle Ewigkeit thronen würde.

Es war anders gekommen. Inzwischen lebte sie seit fast drei Jahrzehnten allein und besaß nicht einmal eine Vase. Blumen waren etwas für sentimentale Heulsusen, hatte sie immer geglaubt, aber jetzt, wo sie welche geschenkt bekommen hatte, erkannte sie, dass sie sich geirrt hatte – in ihrem verschrumpelten alten Körper hockte garantiert keine sentimentale Heulsuse, und doch hatten ihr die Rosen den wunderbaren Geschmack von Jugend wiedergegeben.

Sie sah in den Spiegel und versuchte ihre Wangen anzuheben und die Augen aufzureißen. Ihre Augen waren weiß Gott hinüber, aber selbst wenn sie blinzelte oder ein Auge zukniff, um mehr zu erkennen, sah sie immer noch aus wie eine alberne alte Frau. Nichtsdestoweniger überlegte sie, ob sie sich ein paar Lockenwickler aufstecken oder vielleicht sogar ein anderes Kleid anziehen sollte, bevor sie sich auf den Weg zu dem Piroggen-Laden an der First Avenue machte.

Draußen im Gang stieß sie praktisch mit Mr. McNally zusammen, doch bevor sie sich wieder gefangen hatte und ihn angiften konnte, sagte er: »Mir gefällt diese Zuckerwattefrisur.«

»Was ist?«

»Ich habe nur gesagt, dass mir die Frisur gefällt. Mein Gott, darf man denn keine Komplimente mehr machen?«

»Ich kann mich jedenfalls nicht erinnern, wie sie klingen und wann ich das letzte Mal eines aus dem dritten Stock bekommen hätte. Da spricht doch nicht etwa der Alkohol?«

»Ich habe seit 1987 keinen Tropfen mehr angerührt.«

»Jetzt wird er auch noch witzig.«

»Ist es so schwer, ein Wort von dem zu glauben, was ich sage?«

»Wäre es nicht, wenn ein Wort davon wahr wäre.«

Lola trat aus ihrer Wohnung und zischte die beiden an, leise zu sein, weil sie sonst Ethan aufwecken würden und sie ihn dann zur Strafe babysitten dürften.

»Ich würde sowieso auf das Balg aufpassen«, zischte Mrs. Keschl zurück.

»Nein, ich würde sowieso auf das Balg aufpassen«, grollte Mr. McNally nach.

»Also, ich würde liebend gern ein paar Stunden ausgehen, während er schläft, da könnten Sie doch beide runterkommen und auf ihn aufpassen.«

Mrs. Keschl und Mr. McNally starrten sich an und warteten darauf, dass der andere zuerst zustimmte oder ablehnte.

»Und?«, bohrte Lola nach.

»Na schön, wenn sie einverstanden ist, bin ich es auch«, sagte Mr. McNally.

»Natürlich bin ich einverstanden, immerhin war es mein Vorschlag!«

»Dann kommen Sie endlich runter«, fauchte Lola. »Und zwar gleich, ich habe nicht die ganze Woche Zeit.«

Am nächsten Morgen schickte George den Lieferanten zu Sugar hinauf, damit er ihr persönlich erklärte, dass er bezahlt worden war, ihr eine Woche lang jeden Morgen frische Rosen zu bringen.

»Es tut mir schrecklich leid«, antwortete Sugar höflich, »aber falls ich Sie je wieder vor meiner Wohnungstür erwische, werde ich Anzeige wegen Hausfriedensbruchs erstatten.«

»Wie Sie meinen«, sagte der Blumenlieferant. »Diese Treppen sind sowieso mein Tod.«

»Die Kleine in 5b ist eine echt harte Nuss«, erklärte er George auf dem Weg nach draußen. »Die meisten Weiber würden für so viele Blumen töten.«

Aber Sugar war nicht wie die meisten Weiber, und George glaubte auch nicht, dass sie eine harte Nuss war. Er glaubte, dass sie viel zu weich war.

»Was für eine Frechheit, mich mit unerbetenen extravaganten Blumenarrangements zu bombardieren«, meinte sie später am Vormittag, als sie sich auf den Weg zum Union Square Market machte, vorgeblich, um sich die dortigen Honigstände anzusehen, aber hauptsächlich, weil sie es nicht mehr allein mit ihren Gedanken in ihrem Apartment aushielt.

»Ich glaube nicht, dass Theo das aus Frechheit tut,

Miss Sugar. Ich glaube, er möchte sich entschuldigen – und bevor Sie mir jetzt über den Mund fahren, möchte ich Sie daran erinnern, dass ich nur ein einfacher Portier ehrenhalber bin und Sie mich nicht feuern können, weil ich gar nicht angestellt bin.«

»Ich würde Ihnen niemals über den Mund fahren, George, und ich würde Sie niemals feuern, selbst wenn ich könnte. Aber bitte machen Sie Theo meinetwegen keine Hoffnungen. Es wäre ihm gegenüber am ehrlichsten, wenn Sie ihm klarmachen würden, dass er sein Geld und seine Zeit vergeudet, weil ich nicht interessiert bin. Ich will ihn nicht wiedersehen. Ganz gleich, was Sie über ihn oder mich oder über Herzensangelegenheiten im Allgemeinen denken, Sie dürfen ihn nicht nach oben lassen. Das würde ich nicht ertragen. Sie müssen mir helfen, und ich muss mich darauf verlassen können, dass Sie es tun.«

»Das versteht sich von selbst, Miss Sugar. Ein Portier, auf den man sich nicht verlassen kann, ist schlimmer als gar kein Portier.«

Aber Theo war am Boden zerstört, als George ihm von Sugars Erlass erzählte. »Wenn ich nicht mehr auf den Markt darf und sie auch nicht hier besuchen kann, wie soll ich das dann je wieder in Ordnung bringen?«

»Wo ein Wille ist, ist auch ein Weg«, riet George ihm. »Vielleicht sollten Sie damit anfangen, sich ein wenig in Ihrer Hemdenwahl zu mäßigen. Sind Sie farbenblind? Jedenfalls dürfen Sie mich in dieser Sache nicht um Hilfe bitten. Ich habe Sugar versprochen, Sie nicht ins Haus zu lassen, und ich gedenke dieses Versprechen zu halten. Aber es versteht sich von selbst, dass Sie außerhalb des

Gebäudes tun und lassen können, was Sie wollen. Das geht mich nichts an. Rein gar nichts. Überhaupt nichts.«

»Vielleicht könnte ich außen hochklettern«, überlegte Theo und sah an der Feuertreppe hoch.

»Ich glaube, für Miss Sugar macht es keinen Unterschied, ob sie im Haus oder auf dem Haus sind«, sagte George. »Das macht es höchstens noch schlimmer.«

Als Sugar am nächsten Tag in ihrer Küche Bienenwachskerzen für Mr. McNally zog, dem ihrer Meinung nach ein leichter Ylang-Ylang-Duft im Leben nicht schaden konnte, klopfte jemand an ihre Tür. Draußen standen Lola, Nate und Ruby, und alle hielten Schnüre in der Hand, über denen heliumgefüllte Ballons in verschiedenen Formen und Farben tanzten.

»Was soll das denn werden?«

»Wir müssen reinkommen und uns richtig aufstellen«, erklärte ihr Lola und schob sie zur Seite. »Los, alle raus aufs Dach.«

Nate huschte hastig an Sugar vorbei, aber Ruby – die nur ein einziges riesiges Ballonherz hielt – wirkte ganz beglückt.

»Bin ich die Einzige in ganz New York, die du nie in deinen Laden lässt?«, fragte Sugar Lola.

»Halt die Klappe«, bekam sie zur Antwort. »Und dreh uns den Rücken zu. Ruby, du kommst hier in die Mitte, und Nate, du musst deine entwirren – die sind ja völlig verheddert, Mann –, und wenn ich jetzt die beiden richtig hinbekomme … Okay, wir sind so weit. Du darfst dich jetzt umdrehen.«

Sugar drehte sich um und sah Lola, die eine Eins, ein »C«, ein »A« und ein »N« hielt.

Ruby stand mit ihrem riesigen Luftballonherzen in der Mitte, dann folgte Nate mit mehreren Biene-Maja-Ballons.

»›Eins kann Herz Biene Maja‹?«, versuchte Sugar zu übersetzen.

»Schon gut, die Eins stimmt nicht ganz«, sagte Lola.

»Es gefällt ihr nicht«, meinte Ruby enttäuscht.

»Verzeihung, Entschuldigung, tut mir leid«, grummelte Lola. »Das soll ein ›I‹ sein.«

»Was?«

»Die Eins. Die soll ein ›I‹ sein – also *›Ich‹*.«

»Du bist ein Ei? Hast du getrunken?«

»Ein ›I‹ wie in *›I can‹*«, erläuterte Ruby. »Theo kann.«

»Theo kann was?«

»Theo kann Herz Bienen, Sugar! Die Ballons kommen von Theo. Er will damit sagen, dass er deine Bienen Herz kann!«

Lola zog einen Zettel aus der Hosentasche. »Eigentlich wollte er ›SORRY‹ schreiben, aber ich hatte kein ›S‹ mehr, darum haben wir es mit einer ›5‹ probiert, aber das sah so komisch aus, dass wir uns hierfür entschieden haben.«

»ICH KANN HERZ BIENEN«, wiederholte Sugar kopfschüttelnd.

»Das ist doch süß, findest du nicht auch?«, fragte Lola.

»Ehrlich gesagt weiß ich nicht, wie ich das finden soll. Möchte vielleicht jemand ein Stück Honigkuchen? Ich habe gerade einen gebacken. Mit extra viel Muskat. Er duftet köstlich.«

Alle drei sahen sie an.

»Der Typ gibt mir zweihundert Mäuse, damit ich dir diesen kleinen Liebesbrief aufblase, und du willst Kuchen essen?«, fragte Lola. »Das ist bitter.«

»Das ist kein Liebesbrief«, widersprach Sugar. »Obwohl du die Ballons wirklich sehr schön aufgeblasen hast, Lola. So… prall. Und dass du damit so viel verdient hast, freut mich auch für dich. Aber ich weiß nicht recht, ob ich die Botschaft überhaupt kapiert habe. Vielleicht fehlt ein Ausrufezeichen?«

»Ich weiß nicht mal, wie man ein Ausrufezeichen mit einem Ballon darstellen soll«, sagte Lola.

»Man könnte mit einem unsichtbaren Faden einen länglichen Ballon über einem kleinen runden Ballon befestigen«, schlug Ruby vor.

»Mag sein, aber jedenfalls gibt's keinen solchen Ballon, und er hat auch keinen bestellt, und außerdem muss ich jetzt los.« Lola knotete ihr »1 CAN« an eine Stuhllehne. »Die Trolle passen auf Ethan auf, während ich mit diesem Typen ins Kino gehe, den ich im Chat kennengelernt habe. Und ja, ich weiß, es ist ›unhöflich‹, sie Trolle zu nennen, aber das sind sie wirklich, und ja, ich weiß, wie er heißt, Johnny. Oder Jimmy. Bis später!«

»Also, noch mal zu dem Kuchen«, sagte Sugar.

»Ich muss auch gehen«, sagte Ruby, obwohl sie offensichtlich nicht gehen, sondern nur keinen Kuchen essen wollte.

»Ja bitte, ich nehme ein Stück«, sagte Nate schnell, weil er Mitleid mit Sugar hatte. Sie sollte nicht glauben, dass alle sie im Stich ließen.

»Du kannst deine Ballons loslassen, wenn du möchtest«, sagte Sugar und ging hinein, um den Kuchen zu holen. »Sie hat extra für Theo ihren Laden geöffnet? Das überrascht mich, ganz ehrlich.«

»Ich finde es nett, dass er sich so um sie bemüht«, meinte Ruby gedankenverloren zu Nate, während sie ihre Ballons an die Stühle banden.

»Ich auch«, antwortete er und lief knallrot an. Allmählich bekam er eine Vorstellung davon, auf was für einen Typ er tatsächlich stand, und Ruby kam dem recht nahe. »Und du willst ganz bestimmt nicht bleiben?«

Rubys Gesicht erblühte ebenfalls, wenn auch in einem etwas helleren Rotton. »Okay«, sagte sie.

Sugar hörte diesen kurzen, aber bedeutsamen Wortwechsel von der Küche aus, wo sie sich mit weißen Fingern an der Küchentheke festhielt und sich wünschte, sie wäre Theo Fitzgerald nie begegnet.

Theo würde niemals Herz Bienen. Das würde sie niemals zulassen.

Sobald ihre Nachbarn gegangen waren, holte sie ihr spitzestes Messer aus der Schublade und bohrte jeden einzelnen Ballon an, ganz sacht, um die Bienen nicht zu erschrecken. Aber als die erschlafften, bunten Hüllen an ihren Schnüren zu Boden sanken, rissen sie dabei ein Loch in Sugars Herz, das sie sich selbst nicht erklären konnte.

Sie hatte angenommen, sie würde sich danach besser fühlen, aber sie hatte sich getäuscht. Sie fühlte sich elend.

29

Als Sugar am folgenden Montag ihre Wohnungstür öffnete, lehnte Ruby im Türrahmen, im Arm ihr Sammelalbum, in dem mehrere Seiten mit Post-its markiert waren.

Über den Schultern der jungen Frau hingen schlotternd mehrere Lagen von Pullovern, und Sugar glaubte, jeden noch so kleinen Knochen und selbst das dünnste Äderchen in Rubys Hals sehen zu können und zu erkennen, wie der Puls viel zu schnell unter der gespenstisch weißen Haut pochte.

»Komm rein, Schätzchen, und setz dich mit mir auf die Terrasse. Es ist ein so schöner Morgen.«

Draußen sackte Ruby sofort auf einen Stuhl, und ihre Lider senkten sich langsam. Im ersten Moment glaubte Sugar, sie sei eingeschlafen, und ängstigte sich mehr denn je um ihre Freundin, aber dann schlug Ruby die Augen wieder auf und rang sich ein kleines Lächeln ab.

»Ich dachte, ich hätte einen Dudelsack gehört«, sagte sie. »Hörst du auch einen Dudelsack?«

»Nein, Schätzchen«, sagte Sugar und sah einer Biene nach, die vom Honigsammeln zurückkehrte und über ihre Köpfe hinweg zum Stockeingang summte, wo sich wie üblich die Bienen drängten, um in den Stock zu krabbeln. Sie sahen aus, als würden sie miteinander tratschen, fast wie Wäscherinnen an einem Brunnen, die den Moment hinauszögern, an dem sie ihr Geplauder beenden und sich wieder an die Arbeit machen müssen.

Auch Sugar hatte etwas, das sie nicht länger hinauszögern konnte.

»Ruby, du bist mir inzwischen eine gute Freundin geworden, das weißt du doch?«

Ruby nickte. »Genau wie den Bienen«, ergänzte sie, blickte auf den Stock und zeigte das gleiche, traurig schattenhafte Lächeln wie zuvor. »Den Bienen bin ich auch eine Freundin geworden. Ich Herz sie schon.«

»Ich muss mit dir reden«, sagte Sugar. »Und zwar über das, worüber wir nie reden.«

Ruby hielt den Blick auf die Bienen gerichtet. Eine führte am Eingang des Bienenstocks einen Schwänzeltanz auf. Sie wünschte sich aus tiefstem Herzen, sie wäre eine Biene und könnte einfach davonfliegen, Nektar sammeln und ihn ihrer Königin als Nahrung bringen. Für Bienen war Essen eine Selbstverständlichkeit. Sie aßen, ohne nachzudenken. Ruby konnte sich kaum erinnern, wie es war, etwas ohne nachzudenken zu essen; es einfach in den Mund zu stecken, weil es gerade da war. Für Ruby waren das Genüsse aus einer weit zurückliegenden Vergangenheit, die nichts mehr mit ihr zu tun hatte, obwohl sie durchaus wusste, dass sie in dieser Hinsicht einst wie jeder andere gewesen war.

Jetzt dachte sie wahrscheinlich eine Stunde über jeden Bissen nach, den sie zu sich nahm, und viele Stunden mehr über jene Bissen, die sie dann doch nicht aß. Kein Wunder, dass sie müde war. Und sie war so unendlich müde. »Ich weiß, was du jetzt sagen wirst«, sagte sie.

»Und wahrscheinlich kommt es dir so vor, als wäre das leicht zu ändern, aber das ist es nicht. Ich versuche es ja. Ich nehme es mir immer wieder vor, aber dann schaffe ich es nicht. Kurz und knapp, ich schaffe es nicht.«

»Und was wird deiner Meinung nach passieren?«

»Jemand wird mich ins Krankenhaus bringen«, antwortete sie. »Dann wird meine Mom jeden Psychologen in New York auf mich ansetzen, und sie wird wieder wütend werden. Es wird genauso katastrophal enden wie beim letzten und beim vorletzten Mal, und danach wird sie mich noch intensiver hassen als jetzt.«

»Deine Mom hasst dich nicht, Ruby.«

»Du kennst sie nicht.«

»Ich weiß, dass Mütter ihre Töchter nicht hassen«, sagte Sugar. »Sie verstehen sie nur nicht.«

»Für mich fühlt es sich wie Hass an«, sagte Ruby. »Glaub mir, wenn sie sich einmischt, macht das alles nur noch schlimmer.«

»Ruby, viel schlimmer kann es nicht mehr werden. Ich weiß nicht, was man in so einer Situation sagen sollte, also komme ich gleich zum Punkt, denn ich kann dir nicht länger zusehen. Du trägst so viel Liebe in deinem Körper. Und dich erwartet eine wunderschöne, fantastische Zukunft, aber wir müssen überlegen, wie du sie erleben kannst. Du stehst erst am Anfang deines Lebens. Begreifst du das nicht, Ruby? Willst du dein Leben denn nicht leben?«

Ruby drehte ihr langsam das Gesicht zu. »Nicht immer«, sagte sie leise.

»Ach Schatz.« Sugar kämpfte mit den Tränen. Sie fasste nach Rubys kleiner, kalter Hand. »Die Welt braucht aber liebevolle Seelen wie deine. Weißt du das nicht? Du darfst uns hier nicht allein lassen. Das darfst du einfach nicht. Es gibt schon so viele von uns. Wir brauchen mehr von deiner Sorte.«

»Ich wünschte, ich wäre eine Biene«, sagte Ruby. »Ich wünschte, ich könnte, ohne zu denken, auftauchen und wieder verschwinden.«

»Bienen denken sehr wohl«, widersprach Sugar. »Sie denken dauernd. Eine Biene kann bis fünf zählen – wusstest du das? Und eine Biene muss ständig an ihre Königin denken. Sie muss daran denken, wie sie überleben kann. Jedes Wesen im Universum muss sich aufs Überleben konzentrieren, Schätzchen. Das fällt niemandem in den Schoß.«

»Nicht weinen, Sugar«, bat Ruby leise. »Bitte nicht weinen.«

»Natürlich muss ich weinen. Du brichst mir das Herz.«

»Aber dein Herz ist schon gebrochen«, flüsterte sie.

Sugar ließ Rubys Hand los und tupfte ihre Augen trocken. Ruby kannte niemanden außer ihr, der immer ein sauberes Taschentuch zur Hand hatte.

»Also, selbst wenn das stimmen würde, und es stimmt nicht, bräuchtest du dir um mich keine Sorgen zu machen«, sagte Sugar. »Denn mein Körper ist stark, und ich werde mich erholen. Aber dein Körper ist nicht so stark. Wenn du ihm nicht hilfst, wird er nicht durchhalten. Es ist ernst, Ruby. Und du kannst nicht erwarten, dass die Menschen, die dich lieben, tatenlos beobachten, wie du immer dünner wirst. Darum müssen wir überlegen, was wir unternehmen sollen.«

»Ich beobachte dich auch«, sagte Ruby, und plötzlich

schimmerte etwas wie Stahl in ihren Augen auf. »Dich und Theo.«

»Ach, sei still, Herzchen. Das ist was anderes.«

»Ich will nicht so, wie du willst, und du willst nicht so, wie ich will. Das ist das Gleiche.«

»Aber du könntest sterben, Ruby. Das ist der Unterschied.«

»Tot zu sein ist nicht das Schlimmste.«

»Bitte sag so etwas nicht, Ruby. Du weißt gar nicht, wie mich das trifft.«

Sugar stand auf, aber Ruby hielt sie am Arm zurück. Sie war zwar schwach, aber ihr Griff war stark. »Du wolltest unbedingt über mich sprechen«, sagte sie. »Da ist es nur fair, wenn wir auch über dich sprechen.«

Sugar setzte sich wieder.

»Es ist wie bei Gwen Currie und John Doogan, bevor sie letztes Jahr in Vegas heirateten«, erklärte ihr Ruby und streckte ihr das Sammelalbum hin. »Sie glaubte, dass er sich eher für Baseball als für sie interessiert, und er hielt ihre Freundinnen für Angeberinnen, und so machten sie Schluss. Aber dann begegneten sie sich zufällig in der Oper und erkannten, dass das alles nicht zählt.«

»Aha.«

»Oder wie bei Jason Lee und Wendy Yang«, fuhr Ruby fort. »Sie trennten sich, weil er für seinen Job nach Seattle ziehen musste und sie für ihren nach Orlando und weil keiner von beiden seine Arbeit aufgeben wollte, aber nach einem Jahr vermissten sich beide so sehr, dass sie sich in Denver trafen und beschlossen, dort zu bleiben.«

»Was du nicht sagst.«

»So was ist ganz normal. Es kann alles Mögliche passieren, und bei jedem geht irgendwann was schief, aber oft ist es so wie bei Mary-Jane Stewart und Reuben Johns vor ihrer Hochzeit im letzten Herbst. Mary-Jane sagte, schon bei ihrer ersten Begegnung mit Reuben hätten all ihre Freunde begriffen, dass sie füreinander bestimmt waren, aber sie selbst hätten das als Letzte erkannt.«

»Das ist wirklich süß, aber ich sehe nicht …«

»Genau darum geht es! Du siehst es nicht! Dafür haben wir anderen es gesehen, als wir neulich zum Essen hier waren und Theo im Regen deine Wohnung gesucht hat und er dich in der Küche küsste. Alle haben es gesehen. Und alle haben begriffen, dass ihr füreinander bestimmt seid. Alle außer dir.«

»Ihr habt gesehen, wie wir uns geküsst haben?«

»Mrs. Keschl hat es gesehen und es uns erzählt, aber wir wussten es sowieso. Alle wussten es.«

»Bin ich die Einzige, die nicht vergessen hat, dass er gleich darauf getürmt ist wie ein Kater mit angesengtem Schwanz?«

»Er hatte Angst, Sugar. Weißt du nicht, wie es ist, wenn man Angst hat?«

»Ich glaube, es reicht jetzt, Ruby. Im universellen Maßstab betrachtet ist Theo bedeutungslos.«

»Er ist ganz und gar nicht bedeutungslos«, widersprach Ruby, den Blick in ihr Sammelalbum versenkt. »Niemand ist bedeutungslos. Liebe ist absolut nicht bedeutungslos.«

Sugar verkniff sich die Bemerkung, dass Ruby möglicherweise selbst ihre große Liebe finden würde und aufhören könnte, sie für andere Menschen zu suchen, wenn sie endlich Hilfe im Kampf gegen die Dämonen annahm, die sie langsam, aber unausweichlich in den Hungertod trieben. »Ich mache uns was zu trinken«, sagte sie stattdessen. »Du bleibst solange hier sitzen.«

»Diana ›Di‹ Phillips und Greg Young lernten sich über eine Anzeige kennen und brannten zusammen nach Hawaii durch«, berichtete Ruby unbeirrt weiter.

»Da kann ich nur hoffen, dass sie ihren Nachnamen behält«, rief ihr Sugar von der Küche aus zu. »Nicht dass die Leute sie Di Young nennen.«

»Sie wurden von einer weisen Frau vermählt, die dabei einen Hula-Tanz aufführte und in eine Muschel blies«, fuhr Ruby fort. »Und ihre Mom war stinksauer, weil sie nicht eingeladen war.« Sie ließ das Sammelalbum sinken. »Würdest du deine Mutter zu deiner Hochzeit einladen, Sugar?«

»Ich werde nicht heiraten«, antwortete sie. »Aber selbst wenn, könnte man wohl davon ausgehen, dass meine Mutter nicht zu meiner Hochzeit kommen würde.«

»Aber würdest du sie einladen?«

»Natürlich. Sie ist meine Mutter.«

»Ich werde auch nicht heiraten«, sagte Ruby. »Aber ich würde meine Mom ganz bestimmt nicht einladen.«

»Ruby, Schätzchen, du bist einundzwanzig«, sagte Sugar und trat mit zwei Gläsern auf die Terrasse. »Der Mr. Young deiner Träume sucht irgendwo da draußen nach dir, und wenn du nur stark genug werden würdest, um dich von ihm finden zu lassen, könntest du heiraten, wie und wo es dir gefällt. Du könntest dich von einer Hula-Tänzerin auf Hawaii vermählen lassen oder von einem alten Massai in Tansania oder von einem Rabbi in der New Yorker Stadtbibliothek.«

Ruby sah sie scheel an und nagte an der blassen Unterlippe.

»Was schaust du mich so an?«

»Das habe ich auch gelesen«, sagte Ruby verschmitzt. »Das mit dem alten Massai in Tansania.«

»Dann weiß ich es wohl von dir.«

Aber Ruby hatte es zu Hause gelesen und Sugar nichts davon erzählt, und das bedeutete, dass Sugar inzwischen ebenfalls die Heiratsmeldungen in der *Times* studierte.

Wie jedes Mal freute sich Elizabeth die Sechste über den Besuch von Ruby, dem Liebesschwamm, auf Sugars Dach, aber sie war ohnehin gut gestimmt. Den ganzen Tag über hatte sich im Stock etwas angestaut, das in Kürze die kritische Masse erreichen würde.

So etwas kam gelegentlich vor, wenn große Veränderungen ins Haus standen. Es fing beispielsweise damit an, dass ein Kundschaftertrio mit einer wichtigen Information heimkehrte, die den anderen Bienen am Flugloch mit einem Schwänzeln nach links und einem Schwänzeln nach rechts mitgeteilt wurde. Daraufhin brach ein weiteres Trio oder Duo oder Dutzend Sammlerinnen zu dem Punkt auf, von dem das erste Trio berichtet hatte, und erzählte bei der Rückkehr weiteren Bienen davon. Auf diese Weise erfuhr irgendwann sogar die Königin, was ihre Bienen entdeckt hatten.

Während Ruby auf Sugars Dachterrasse saß und über

die Youngs und deren Flucht nach Hawaii redete, wurde Elizabeth der Sechsten klar, wo der Schlüssel zur Lösung ihres Problems lag. Sugar war dem Glück näher, als die Königin sich hätte vorstellen können.

30

Früh am nächsten Morgen trat Sugar mit ihrer Tasse Pfefferminztee auf die Dachterrasse. Die Sonne kletterte gerade über die benachbarten Dächer, der Vanilleduft der Vanilleblumen hing schwer in der Luft, und die harten, scharfen Umrisse des Häuserdschungels hellten sich allmählich im Morgenlicht auf.

Mrs. Keschl zog sie auf, dass sie ständig die modernen Türme und Türmchen der Stadt »anschmachten« würde, aber Sugar konnte sich einfach nicht sattsehen an diesem Anblick. Alles, was sie sah, erinnerte sie daran, dass sie oben angekommen war, über den Dächern von New York City.

Sie war fest entschlossen, die schönen Dinge im Leben zu genießen, und ihr neues Heim gehörte ganz eindeutig zu den schönen Dingen.

Georges Bein war fast verheilt, auch das war schön, und Nate arbeitete nicht mehr ganz so oft nachts in seinen Blumenkästen, außerdem war Lola spürbar entspannter, seit Ethan ruhiger war. Sugar hatte gesehen, wie Mr. McNally und Mrs. Keschl das Baby spazieren gefahren hatten – gemeinsam und lachend –, und dieses Bild gehörte ganz gewiss zu den schönen Dingen im Leben.

Aber Ruby? Sie machte sich solche Sorgen um Ruby. Und Theo?

»Ich will nicht mal über Theo nachdenken«, sagte sie laut und umklammerte mit beiden Händen ihre Lieblingstasse. Sugar hatte sie aus dem Haus ihres Großvaters mitgenommen, eines der wenigen Erinnerungsstücke aus ihrem früheren Leben, und sie lag genauso glatt und beruhigend in ihren Fingern wie am Morgen zuvor und am Morgen davor und an jedem Morgen, seit sie South Carolina verlassen hatte.

Aber trotz der vielen schönen Dinge in ihrem Leben und des schönen Morgens hatte sie das Gefühl, der Tag würde nichts Schönes bringen. Es lag etwas Störendes in der Luft.

Gedankenverloren wischte sie eine Biene beiseite, die am Rande ihres Blickfelds vorbeisummte, und dann gleich noch eine. Als direkt danach eine dritte und dann eine vierte Biene um sie herumsummten, sah sie zum Stock, wo – unerklärlicherweise – das geschäftige Bienengewirr, das gewöhnlich vor dem Eingang herrschte, viel hektischer wirkte als sonst und von Sekunde zu Sekunde weiter anschwoll.

Immer neue Bienen drängten aus dem winzigen Flugloch und sammelten sich zu einer fetter werdenden schwarzen Kugel, die sich vor Sugars Augen in die Länge zog, um zuletzt in einer langen Säule in die Luft aufzusteigen.

»Was soll das denn?«, fragte Sugar, als die Säule immer dichter wurde und mehr und mehr Bienen aus dem Stock drängten, sich zu den anderen gesellten und mit ihnen immer höher stiegen, bis die Bienensäule schließlich wie ein dicker Gartenschlauch abknickte und direkt auf sie zukam.

»Was ist denn los?«, fragte sie, während sich die Bienen über ihrem Kopf wieder zu einer perfekten Kugelwolke formierten und sich anschließend waagerecht zu einem wackligen Oval ausdehnten, das ein halbes Dutzend mal Sugars Kopf umkreiste … bis sie bemerkte, dass der Haufen von Königin Elizabeth der Sechsten angeführt wurde.

Von der Königin?

Eigentlich verließ eine Königin den Stock nur ein einziges Mal, und zwar kurz nach ihrer Geburt und ausschließlich, um sich zu paaren. Das war weder für sie ein Spaß noch für die Drohnen, die sie besamten und daraufhin sofort starben.

Dennoch war dies eindeutig Elizabeth die Sechste, die sich mit ihrem unverkennbar langgestreckten Leib langsamer bewegte als eine gewöhnliche Biene und die dennoch alle anderen in ehrfürchtigem Abstand hielt, während sie einen eleganten Bogen über die Terrasse und über Nates Balkonkästen zog, dann zum Stock zurückkehrte, daraufhin erneut kurz über Sugars Kopf kreiste und zuletzt über das Geländer davonflog, über die Baulücke hinweg, in der vor vielen Jahren ein Gebäude gestanden hatte, über die Straße und direkt auf die riesige, leere Dachterrasse mit der dicken, nackten Frauenskulptur zu.

Dort ließen sich die Bienen nieder und bedeckten den Ellbogen der Nackten – wenigstens hoffte Sugar, dass es der Ellbogen war – wie ein Lederflicken an einem alten Tweedjackett.

Sugars Lieblingstasse rutschte ihr aus den Händen und zersprang auf den Terrassenfliesen, woraufhin Nate mit schlafverklebten Augen am Fenster erschien, um nachzusehen, was passiert war.

Sie deutete stumm auf die Skulptur, doch selbst als sein Blick ihrem Finger folgte, wusste er mit dem Bild nichts anzufangen.

»Was ist denn los?«

»Elizabeth«, sagte Sugar nur. »Sie ist weg!«

Mit zusammengekniffenen Augen beobachtete Nate, wie der Ellbogenflicken an der Skulptur seine Gestalt änderte und sich neu formierte. Er sah Sugar mit offenem Mund an. »Sind das deine Bienen? Sind sie dir ausgerissen?«

Sugar sah ihn verständnislos an und ging dann zum Stock, wo sie den Deckel anhob. Sie hatte erst am Vortag nach der Königin gesehen und wusste, dass die Bienen genug Honig, genug Platz und genug Brutwaben hatten. Der Stock war in einwandfreiem Zustand.

Aber er war leer.

Keine einzige Biene war zurückgeblieben.

Elizabeth die Sechste hatte keinen Grund zu schwärmen. Absolut keinen. Und schon gar nicht am hellen Morgen, direkt vor ihren Augen. So etwas taten Bienen nicht.

»Ich glaube das nicht«, sagte sie nur. »Ich glaube das einfach nicht.«

»Ich komme rüber«, bot Nate an, und gleich darauf stand er neben Sugar und spähte in die Brutkammer.

»Haben sie das schon mal gemacht?«

»Ich habe andere Bienen schwärmen sehen«, sagte Sugar. »Aber eigentlich machen sie das nur, wenn es im Stock zu eng oder draußen zu heiß oder zu kalt wird oder wenn die Königin geschwächt ist. Aber selbst dann bleibt normalerweise eine neue Königin zurück, und hier ist keine. Eine neue Königin erkennt man auf den ersten Blick. Die Arbeiterinnen legen besondere Brutwaben für sie an. Man erkennt also sofort, was sie vorhaben. Eine Königin verlässt den Stock nicht.«

Gewöhnlich nicht.

»Glaubst du, es war ihnen zu heiß?«, fragte Nate.

»Nein. Außerdem sind Bienen gut darin, die Temperatur zu halten. Eigentlich waren sie richtig glücklich hier. Vor ein paar Wochen hatte die Königin etwas an Farbe verloren, aber seither hat sie sich prächtig erholt. Sie hat sich den Hintern wundgelegt. Siehst du, hier ist alles voller Honig. Sie hat jede einzelne Biene mitgenommen, Nate.«

Sie sah Elizabeth der Sechsten nach, die sie so im Stich gelassen hatte. »Sie sind nicht geschwärmt, sie sind desertiert.«

»Und das ist was anderes?«

»Wenn sie schwärmen, lassen sie genug Bienen zurück, damit der Stock überleben kann. Wenn das komplette Volk ausfliegt, nennt man das desertieren.«

»Und was willst du jetzt machen?«

»Ich werde rübergehen und die Bienen zurückholen«, beschloss Sugar. »Denn genau das hätte ich getan, wenn es irgendwo anders passiert wäre.«

Fahrig ging sie in die Hocke und begann die Tassenscherben aufzusammeln. »Ich hatte diese Tasse genauso lang wie meine Bienen«, erklärte sie ihm. »Das ist schrecklich.«

»Ich mache hier sauber«, bot Nate ihr an. »Du solltest rübergehen und deine Bienen holen.«

Sie stand auf, legte die zersprungenen Reste ihrer Tasse auf den Tisch und strich mit zitternden Fingern ein letztes Mal über die blauen Tausendschönchen. Wieder war ein Bindeglied zu ihrer Vergangenheit zerbrochen. »Besteht die Chance, dass du mitkommen könntest?«, fragte sie. »Normalerweise ist ein Schwarm ziemlich einfach einzufangen, aber man kann immer ein zweites Paar Hände brauchen, und außerdem muss ich mir noch zurechtlegen, wo das Gebäude steht und wie ich hineinkomme.«

»Ich werde doch nicht gestochen, oder?«, wollte Nate wissen.

»Ich glaube nicht, aber du könntest sicherheitshalber meinen Imkeroverall anziehen.«

Nate wurde rot. »Der wird mir nicht passen.«

»Dann könntest du nur den Hut mit Schleier aufsetzen und dazu ein langärmliges Hemd und eine lange Hose anziehen. Du wirst dir vorkommen, als würdest du in einer Schulaufführung das vordere Ende des Pferdes spielen.«

Das sagte Nate nichts, denn er hatte in seiner Schulzeit nicht einmal das hintere Ende eines Pferdes spielen dürfen. Aber nachdem er erst den Hut aufgesetzt und den Schleier vors Gesicht gezogen hatte, stellte er fest, dass es ihm darunter gefiel. Zum einen roch der Hut gut, zum anderen sah die Welt durch den Schleier viel weniger bedrohlich aus.

Sugar verzichtete aufs Kämmen und auf Lippenstift, sondern eilte in Jeans, T-Shirt und Turnschuhen aus der Tür und stürmte, in Gedanken ganz bei ihren Bienen, die Treppe hinunter.

Normalerweise hatten es schwärmende Bienen nicht besonders eilig, einen neuen Standort zu finden; in der Regel legten sie auf ihrem Weg zu ihrem neuen Ziel abends eine Rast ein. Aber die ganze Aktion widersprach dem normalen Verhalten von Elizabeth der Sechsten so sehr, dass Sugar kein Risiko eingehen wollte. Sie wollte ihre Bienen zurück, und zwar *pronto*, bevor sie endgültig durchdrehten und etwas noch Haarsträubenderes anstellten, auch wenn Sugar beim besten Willen nicht einfallen wollte, was das sein könnte.

»Das Gebäude müsste an der East 5th Street stehen«, sagte Nate, als sie im Erdgeschoss angekommen waren. »Ungefähr das fünfte Haus von der Ecke aus, würde ich sagen.«

George wich perplex zurück, als er ihnen die Tür öffnete. »Ich will lieber nicht wissen, was Sie vorhaben«, sagte er. »Allerdings könnten sich andere das durchaus fragen.«

Sugar winkte ihm mit einem Karton zu, dann lief sie die Flores Street hinauf in Richtung Avenue B.

»Wofür brauchen wir die Schachtel?«, wollte Nate wissen.

»Darin bringe ich die Bienen heim. So ein Volk ist nicht schwer einzufangen. Dass ich sie nicht einfangen könnte, macht mir keine Sorgen, ich würde nur gern wissen, warum sie überhaupt desertiert sind.«

Sie bogen rechts ab auf die Avenue B, dann wieder rechts auf die East 5th Street und hatten kurz darauf das Gebäude ausgemacht. Praktischerweise kam gerade jemand aus dem Haus, als sie darauf zugingen.

»Verzeihung, Madam, können Sie mir sagen, wie ich aufs Hausdach komme?«, fragte Sugar.

»Sind Sie die Kammerjäger?«, fragte die Frau. »Sie hätten das Ungeziefer schon vor einem Monat ausrotten sollen.«

»Nein, Madam«, antwortete Sugar. »Wir rotten keine Tiere aus, ganz im Gegenteil.«

»Sie bringen welches ins Haus? Na fantastisch. Vielleicht könnten Sie noch ein paar Bettwanzen dazugeben, wenn Sie schon dabei sind.«

»Nein, es tut mir leid, wir haben mit Ihrem Gebäude nichts weiter zu tun. Wir wohnen ein paar Straßen weiter, und etwas Kostbares – das keinesfalls ausgerottet werden sollte – ist irgendwie auf Ihrem Dach gelandet, und jetzt möchten wir es wieder herunterholen.«

Die Frau sah sie verständnislos an.

»Ihre Bienen sind ausgerissen«, erklärte Nate. »Sie hat sie von ihrem Großvater geerbt.«

»Ach was! Als mein Großvater starb, hat er mir ein Bild vermacht«, erzählte die Frau. »Ich habe es verkauft und von dem Erlös einen ganzen Sommer in Paris verbracht.«

»Ich bringe Ihnen ein Glas Honig vorbei«, sagte Sugar, »wenn Sie uns verraten, wie wir aufs Dach kommen.«

»Das Dach ist privat«, erklärte ihr die Frau. »Es gehört dem Kerl in 4P. Ich kenne ihn nicht besonders gut, aber wenn ich Sie ins Haus lasse, können Sie mit dem Aufzug nach oben fahren und direkt an seine Wohnungstür klopfen. Dann kann er Sie nicht so leicht wegschicken. Sagen Sie ihm, Carol hätte Sie ins Haus gelassen. Und ich wohne in 3A, falls Sie das mit dem Honig ernst meinen.«

»Ja, Madam, ich meine das ernst. Und vielen Dank.«

Nate rückte seinen Imkerhut gerade, Sugar nahm ihren Karton wieder auf, und beide fuhren nach oben.

»Also, manche Menschen werden nervös, wenn man ihnen erzählt, dass gerade ein dicker, fetter Bienenschwarm auf ihrer Dachterrasse gelandet ist«, erklärte ihm Sugar vor der Tür des Penthouse-Apartments. »Darum sollte 4P nach Möglichkeit in der Wohnung bleiben, während wir oder wenigstens ich die Bienen hole. Alles klar?«

»Alles klar«, antwortete Nate hinter seiner stärkenden Rüstung aus Hut und Schleier hervor, und Sugar klopfte energisch an.

Sobald die Tür aufging, erkannte sie allerdings, dass nicht nur der Bewohner von 4P nervös werden würde, denn vor ihr stand niemand anders als Theo.

31

»Oje«, sagte Sugar.

»Oh Sugar!«, sagte Theo.

»Du wohnst hier?«, fragte Nate durch den Schleier.

»Wer ist das?«

»Das ist Nate. Ich glaube, du kennst ihn von dem Essen, bevor du, du weißt schon, weggerannt bist und so. Hör zu, Theo, ich möchte nicht, dass du jetzt glaubst, ich …«

»Warum trägt er diesen Hut?«

Sugar und Nate sahen einander an. Ein Imkerhut mit Schleier war vielleicht nicht die weltbeste Idee, wenn man eine Bienenjagd geheim halten wollte.

»Er verträgt die Sonne nicht«, log Sugar und versuchte die Finger zu kreuzen, ohne dabei den Karton fallen zu lassen. »So wie neulich der Junge im Fernsehen.«

»Und mir ist schon ganz schwindlig von dem Weg über die Straße«, sagte Nate eher hölzern, obwohl Sugar es ihm lassen musste, dass er schlagfertig reagiert hatte. »Dürfen wir hereinkommen?«

»Natürlich.« Theo trat zur Seite und ließ sie vorbei. »Gern. Fühlt euch wie zu Hause. Ich bin überrascht. Aber natürlich angenehm überrascht! Äußerst angenehm sogar. Was kann ich euch anbieten? Ein Glas Limonade, einen Kaffee oder etwas anderes ohne Alkohol?«

Schlagartig senkte sich verlegenes Schweigen über den Raum, denn Sugar hatte es die Sprache verschlagen.

»Wirklich cool, das Apartment«, stellte Nate fest. »Grob geschätzt etwa fünfzig Mal so groß wie meines.«

»Vielleicht möchtest du es uns kurz zeigen«, sagte Sugar. »Dann können wir währenddessen überlegen, was wir trinken möchten.«

Theos Apartment war tatsächlich fünfzig Mal so groß wie Nates und fünfundzwanzig Mal so groß wie Sugars und verfügte über zwei Schlafzimmer, zwei Bäder, eine Gourmetküche, einen riesigen Wohnbereich und ein abgeschlossenes Büro.

Die Räume wirkten kühl und modern, aber die Einrichtung passte zu einem Mann, der seine Karriere als Wirtschaftsanwalt aufgegeben hatte, um Hawaiihemden zu tragen. In einer Ecke stand tatsächlich eine Palme, wenn auch mit einem Basketballkorb ausgestattet, in einer anderen ein kleiner Flipper. Aber es gab auch ein gemütliches, altes, abgewetztes Ledersofa, in den Regalen stapelten sich die Bücher, größtenteils zerlesene Taschenbücher, und an der Wand hingen Zeichnungen, die Theos Nichte gemalt haben könnte. Wenigstens hoffte Sugar, dass seine Nichte sie gemalt hatte.

»Hast du nie Lust rauszugehen?«, fragte sie.

»Ganz selten«, antwortete Theo. »Wir Schotten sind nicht als Sonnenanbeter bekannt. Ehrlich gesagt scheint in Schottland kaum je die Sonne, aber ich habe trotzdem eine Dachterrasse. Neben der Gästetoilette gibt es eine Treppe nach oben.«

»Hast du auch heiße Schokolade?«, fragte Sugar sofort. »Ich meine echte, für die man Milch heiß machen und Schokolade einrühren und dann ein paar Minuten warten muss, bis sie die richtige Trinktemperatur hat?«

»Ähm, vielleicht schon, irgendwo«, antwortete Theo. »Möchtest du eine?«

»Zu gern«, sagte Sugar, »und wenn es dir nichts ausmacht, dann mach die Milch ganz langsam warm, weil sie mir so am besten schmeckt. Dir nicht auch, Nate?«

»Unbedingt«, erklärte er. »Aber nachdem du auch eine Espressomaschine hast, wie ich sehe, hätte ich auch gern einen Cappuccino. Zu der heißen Schokolade. Nur für alle Fälle.«

Sugar schenkte ihm ein Lächeln, während Theo die Küchenschränke nach dem Schokoladenpulver durchsuchte.

»Wenn ihr mich entschuldigen würdet«, sagte sie dann. »Ich muss mal kurz auf deine Gästetoilette.«

»Willst du nicht den Karton hierlassen?«, fragte Theo.

»Nein, den muss ich mitnehmen.« Sugar suchte angestrengt nach einem glaubhaften Vorwand. »Da ist mein neues Kätzchen drin.« Dann verschwand sie um die Ecke, eilte an Theos Gästetoilette vorbei und eine schmale Stiege hinauf, drückte oben die schwere Eisentür auf und stand im nächsten Moment auf Theos Dachterrasse.

»Elizabeth die Sechste!«, schimpfte sie, als sie die Skulptur erreichte, um deren Ellbogen die Bienen immer noch in ihrem beweglichen Flicken ausharrten. »Was soll das denn, verflixt noch mal?«

Sie sah über den Abgrund auf ihr eigenes Dach hinüber, auf die üppige grüne Oase, die sie und Nate im planlosen Morast der Stadt geschaffen hatten. Warum sollte ihre Königin auf Theos langweilige, leere Terrasse fliegen und sich auf einem fetten Bronzearm niederlassen wollen, wenn sie an Sugars Seite doch immer so glücklich gewesen war, umgeben von Nektar und Pollen und guter alter Imker-Gastfreundschaft?

Oft hängten sich schwärmende Bienen an einen Ast, den man schütteln oder abschneiden konnte, aber bei Theos Skulptur musste Sugar die Bienen sanft mit den Händen von dem bronzenen Ellbogen in den Karton streifen. Zum Glück lösten sie sich leicht und in großen Klumpen, in deren letztem Sugar Elizabeth die Sechste sitzen sah.

»Ich verstehe das nicht«, sagte Sugar zu ihr. »Du wehrst dich nicht mal. Was soll das alles?«

Nicht zum ersten Mal wünschte sie sich, dass ihr die Bienen antworten könnten.

»Ich kümmere mich doch um dich, oder? Du weißt genau, wie wichtig du mir bist. Ohne dich wäre ich verloren, Elizabeth, und jetzt ganz besonders. Ehrlich, das wäre ich.«

Sie klebte den Karton zu und kehrte in Theos Apartment zurück, wo sie im Vorbeigehen die Toilettentür öffnete und wieder zuschlug.

»Es tut mir leid«, sagte sie, den Karton fest unter den Arm geklemmt. »Plötzlich ist mir irgendwie übel. Macht es dir viel aus, wenn ich auf die heiße Schokolade verzichte und mich von Nate nach Hause bringen lasse?«

Theos Miene fiel in sich zusammen, doch sie ignorierte fest entschlossen das schmerzhafte Ziehen in ihrem Herzen. Sie hatte schlicht keine Zeit, sich den Kopf darüber zu zerbrechen, was das alles für ihn bedeutete.

»Aber du wolltest doch zu mir.« Theo folgte ihr zur Tür. »Oder nicht? Ich hatte gehofft, dass du mir endlich verzeihen könntest.«

»Nein, deswegen bin ich nicht gekommen. Ich wollte nur kurz was nachsehen, und jetzt habe ich nachgesehen, und wir können wieder gehen.«

»Außerdem fühlst du dich nicht wohl«, rief ihr Nate ins Gedächtnis. »Vergiss das nicht.«

»Du wolltest was auf meiner Gästetoilette nachsehen? Warte, Sugar, bitte sag mir endlich, was los ist, damit ich etwas daran ändern kann. Ich kann meine Gästetoilette umgestalten. Ich kann sie auch verlegen. Ich kann die Gästetoilette für alle Zeiten zumauern. Bitte! Sag mir nur, was ich tun muss. Und Nate, wenn Sugar sich nicht wohlfühlt, solltest lieber du ihr Kätzchen tragen.«

Nate griff gehorsam nach dem Karton, aber Sugar drückte ihn an ihre Brust und wartete darauf, dass Theo ihnen die Tür öffnete.

»Ich war bei einem Allergologen und habe mich beraten lassen«, sagte er und legte dabei die Fingerspitzen auf ihre Schulter. »Das wollte ich mit den Ballons sagen. Ich habe ihm von dir erzählt und von den, du weißt schon, Bienen, und von meiner schweren Allergie, aber er meint, das sei heutzutage nicht mehr so schlimm. Er meint, wenn ich dieses neue Dingsbums aus Schweden tragen würde, würde ich wahrscheinlich nicht mehr an einem Bienenstich sterben. Warte, geh noch nicht – ich hole es schnell! Ich würde es dir gern zeigen.«

Sugar spürte ein Brennen unter ihrem T-Shirt, wo er sie berührt hatte, und merkte, wie ihre festen Überzeugungen bezüglich Theo plötzlich gefährlich ins Wanken kamen. Sie versuchte sich ins Gedächtnis zu rufen, was sie gefühlt hatte, nachdem er von ihrer Party geflüchtet war, denn dieses dumpfe Gefühl in der Magengrube konnte einen gut davor bewahren, zum zweiten Mal einen schrecklichen Fehler zu begehen. Aber in ihrem Gedächtnis war plötzlich nur Platz für die unbekannten, köstlichen Gefühle, in denen sie sich verloren hatte, als er sie in ihrer Küche geküsst hatte. Sie musste diesen Kuss aus ihrem Gedächtnis streichen.

»Komm, hauen wir ab«, sagte sie zu Nate, aber der schüttelte den Kopf, und im selben Moment sah sie sich in Theos Spiegel und konnte kaum glauben, wie sie aussah. Ihre Mutter hätte sie stranguliert, wenn sie gewusst hätte, dass sie so in einem fremden Haus aufgetaucht war. Nur gut, dass Sugar auf gar keinen Fall Theos Interesse wecken wollte, denn andernfalls wäre sie vor Scham im Boden versunken.

Bevor sie allerdings den Karton mit den Bienen zurechtrücken und die Tür selbst öffnen konnte, kam Theo mit einem Stab von der Größe eines Kreidestücks zurück.

»Das hier ist der neue antiallergische EpiPen. Wenn ich den ständig bei mir trage, müsste ich wahrscheinlich nicht mal ins Krankenhaus. Du weißt schon, wenn ich gestochen würde. Und das heißt, dass ich dich besuchen könnte.«

Aufkommende Hoffnung passte viel besser zu seinem schönen Gesicht als tiefe Enttäuschung. Seine Augen hellten sich auf, und sein Lächeln begann zu leuchten. Vergiss den Kuss, ermahnte sich Sugar. Vergiss den Kuss.

»Vielen Dank für deine Gastfreundschaft, Theo, und

die Seife in deiner Gästetoilette ist wirklich bezaubernd, aber ich möchte dich bitten, diesen Besuch nicht zu erwidern. Du wolltest mich betrunken machen, weißt du noch? Außerdem hast du mir nachgestellt und bist dann vor mir geflohen. Also, es tut mir leid, aber es war mir ernst damit, dass ich dich nie wiedersehen wollte.«

Nates Augen wurden unter seinem Netz immer größer, und Theos Lächeln erlosch mit jedem ihrer Worte mehr.

»Aber du bist mich besuchen gekommen«, stellte er fest.

»Schon, aber das ist etwas ganz anderes und hat nichts damit zu tun, dass ich dich nicht wiedersehen will. Denn das gilt genau ab jetzt.« Sie wurde immer nervöser, und die Bienen schienen es auch zu werden. Lange konnte Sugar sie nicht in dem Karton lassen – darin würde es ihnen schon bald zu heiß. Sie musste sie nach Hause bringen.

»Wenn du mir nur sagen könntest …«

»Es tut mir leid, Theo, aber wir müssen los. Nate, sei ein Schatz und mach mir die Tür auf.«

»Du hast eine tolle Küche«, sagte Nate zu Theo und folgte Sugar zum Aufzug.

Theo sah zu, wie die Kabine beide verschluckte und ihm Sugar wieder entführte.

»Für wen hält er sich eigentlich?«, zischte Sugar auf dem Rückweg zur Flores Street. »Man kann doch keinen dazu erpressen, einen zu mögen. So funktioniert das nicht, und selbst wenn, warum hat er nicht einen einzigen müden Gummibaum auf diesem Riesendach? Hat der Mann was gegen Gärten?«

»Ich möchte immer noch nicht wissen, worin Ihr Vorhaben bestand, aber ich hoffe, Sie waren erfolgreich«, sagte George, als er ihnen die Tür öffnete.

»Ganz gewiss«, antwortete Sugar. »Danke der Nachfrage.«

Auf Sugars Dachterrasse half Nate ihr dabei, Elizabeth die Sechste und ihre Untertanen wieder in den Brutraum zu bugsieren und die Zargen mit den Honigräumen wieder daraufzusetzen. Die Rahmen darin waren schon schwer mit trocknendem Nektar beladen, aber Sugar füllte trotzdem den Futtertrog, um die Bienen zusätzlich zu verwöhnen. Sie sollten auf keinen Fall noch einmal desertieren.

»Wann nimmst du endlich den Hut ab und erklärst mir, was dir so die Sprache verschlagen hat?«, fragte sie Nate, als die Bienen wieder untergebracht waren.

Nate mochte den Hut mit dem Netz. Er fand es schade, dass er ihn nicht in der Arbeit tragen konnte. Damit war er viel tapferer.

»Theo will dich nicht erpressen«, sagte er. »Er hat tatsächlich etwas gegen Gärten, weil seine Frau mit einem Gärtner durchgebrannt ist. Er mag dich wirklich. Und er tut alles, um dir das zu zeigen, aber du bist immer nur gemein zu ihm.«

Sugar sah ihn mit offenem Mund an. »Du findest, ich bin gemein zu ihm?«

»Das bist du. Es ist nicht so leicht, einer Frau zu gestehen, was man für sie empfindet. Das ist ganz schön schwer. Manche schaffen das überhaupt nie.«

Er war tatsächlich so ziemlich der netteste Nachbar, den sie je gehabt hatte. Und sie hatte neben einigen wahren Schätzen gewohnt.

»Du hast recht«, sagte sie. »Es tut mir leid. Ich will nicht gemein sein, das ist das Letzte, was ich möchte. Ich entschuldige mich dafür und werde mich ändern, aber jemandem sein Herz zu schenken ist manchmal genauso schwer, wie um dieses Herz zu bitten. Vor allem, wenn man es schon einmal verschenkt hat und das kein gutes Ende genommen hat.«

»Das haben wir alle schon erlebt«, sagte Nate. »Theo auch.«

»Er hat dir von seiner Frau und dem Gärtner erzählt?«

»Er hat es Lola erzählt«, antwortete Nate. »Als er die Ballons gekauft hat. Er sagte, er hätte nicht geglaubt, dass er sich je wieder verlieben würde, aber bei dir hätte es gefunkt, doch dann hätte er verschissen – Verzeihung, Mist gebaut –, weil er sich wegen seiner Allergie zur Jessie gemacht hat. Genau so hat er es gesagt. Zur Jessie.«

»Ist das was Schottisches?«

»Was Schottisches für völlig verängstigt, würde ich tippen.«

»Also, was es auch ist, ich verspreche dir, dass ich nicht mehr gemein zu ihm sein werde. Aber noch was ganz anderes: Hast du dir das mit dem Job im Citroen überlegt?«

Nate sah sie durch den Schleier an. »Der ist bestimmt schon weg«, sagte er. »Außerdem hätte ich ihn sowieso nicht gekriegt.«

»Aber wie willst du das wissen, wenn du es überhaupt nicht probierst? Wo ich herkomme, nennt man so was feige, dabei bist du so ein genialer Konditor, Nate.«

»Es ist mir unangenehm, wenn du mich ständig danach fragst.«

»Ach, bitte entschuldige, Schatz. Ich möchte dir doch nur helfen.«

»Es ist mir aber keine Hilfe«, sagte Nate, »wenn du mich so unter Druck setzt.«

»Ach«, sagte Sugar.

Nate setzte den Hut ab und war schlagartig wieder er selbst.

»Ähm, ich muss los«, sagte er. »Bis dann.«

32

Sugars Plan, Theo nie wiederzusehen, löste sich umgehend in Luft auf, als sie am nächsten Tag aufwachte und noch vor dem Aufstehen sah, wie ihre Bienen in einem dichten Schwarm aus ihrem Stock strömten und schon wieder auf seine Dachterrasse zusteuerten.

Fast als hätten sie nur darauf gewartet, dass Sugar aufwachte und sie es vor ihren Augen tun konnten.

»Ihr wollt mich doch veräppeln«, stöhnte sie, nachdem sie aus dem Bett gesprungen und ans Terrassengeländer gelaufen war, von wo aus sie beobachten konnte, wie sich der Schwarm diesmal am rückwärtigen Ende der Skulptur niederließ.

Ein Blick in den Stock verriet ihr, dass Elizabeth die Sechste wieder praktisch jede lebende Biene mitgenommen hatte, nur ein paar Drohnen waren diesmal zurückgeblieben und mümmelten faul an den Waben.

»Nate? Schatz? Bist du da?«, rief sie in sein Fenster, aber sie hatte ihn gärtnern gehört, als sie nachts kurz aufgewacht war, und war deshalb nicht überrascht, dass er noch schlief. Ihn zu wecken brachte sie nicht übers Herz, schon gar nicht nach ihrem gestrigen Wortwechsel.

»Also, George, heute sehen Sie besonders vornehm aus, wussten Sie das?«, sagte sie auf der Vortreppe und klimperte dabei so heftig mit den Wimpern, dass jede

Südstaaten-Mama vor Stolz rot geworden wäre, wie sie glaubte.

»Haben Sie was im Auge, Miss Sugar? Dann sollten Sie schnell was dagegen unternehmen, bevor noch der Wind dreht und sie den ganzen Tag blinzeln müssen wie eine Eule im Sonnenschein.«

»Na schön, nein, ich habe nichts im Auge«, gestand sie. »In Wahrheit brauche ich Ihre Hilfe.«

»Und ich helfe Ihnen gerne, Sie müssen mir nur verraten, was ich tun soll.«

»Können Sie sich an mein Vorhaben von gestern erinnern?«

»Ja, Madam.«

»Heute habe ich das Gleiche vor.«

»Das erklärt jedenfalls, warum Sie den Karton dabeihaben.«

»Könnten Sie mich vielleicht begleiten?«

»Muss ich dafür einen Schleierhut aufsetzen?«

»Nein, ich glaube, ohne wäre es besser.«

»Dann kann ich mitkommen, aber nur wenn Sie mich den Karton tragen lassen. Und nur wenn Sie mir die Bemerkung gestatten, dass Sie heute noch adretter aussehen als sonst. Wirklich.«

Damit hatte er recht. Sie hatte ihre Haare gebürstet, Lippenstift aufgelegt, ihr Lieblingskleid und ihre schönsten Sommersandalen angezogen. Nicht weil Theo sie in einem besseren Licht als tags zuvor sehen sollte. Was Theo wollte, interessierte sie nicht. Kein bisschen. Sondern weil das ganze Viertel den Braten riechen würde, wenn sie zwei Tage hintereinander im Kammerjägeraufzug auftauchte, ohne einer zu sein.

Das redete sie sich jedenfalls ein, während sie und George um die Ecke vor Theos Gebäude bogen.

»Wären Sie so freundlich und würden für mich bei Apartment 4P läuten?«, bat sie ihn.

»Wer wohnt da?«

»Theo.«

George sah sie mit hochgezogenen Brauen an.

»Es ist nicht das, was Sie glauben«, erklärte ihm Sugar eilig. »Ganz und gar nicht. Ich habe da ein Problem, ein schwieriges Problem, das ich Ihnen nicht erklären und auch nicht allein lösen kann, darum wäre ich Ihnen sehr dankbar, wenn Sie oben das Reden übernehmen würden, damit ich kurz auf die Gästetoilette verschwinden kann.«

Weil ihr klar war, dass George möglichst einen Bogen um alles machte, was gleichzeitig mit Frauen und Toiletten zu tun hatte, klingelte sie selbst und schob ihn dann sacht vor den Lautsprecher.

»George Wainwright und Sugar Wallace«, kündigte er sie an, als Theo antwortete. »Würden Sie uns empfangen?«

Natürlich wollte Theo sie empfangen, woraufhin George die Brauen noch weiter nach oben zog.

»Ich habe es Ihnen doch erklärt«, sagte Sugar, als sie in den Aufzug traten. »Es ist nicht das, was Sie glauben.«

Dennoch grinste Theo von einem Ohr zum anderen, als er ihnen die Tür öffnete. Allerdings wurde Sugars Blick sofort von dem hechelnden schwarzen Retriever zu seinen Füßen abgelenkt.

»Du hast dein Kätzchen mitgebracht«, sagte Theo und

sein Lächeln erlosch. »Ich weiß nicht, ob das eine gute Idee ist.«

»Du hast einen Hund?« Der Hund sah mit großen, schwarzen, kummervollen Augen zu Sugar auf. Wenn Sugar ein weiches Herz für andere Tiere als flügellahme Enten und Bienen hatte, dann für alle Hunde.

»Hunde, Höhe, das ist kein guter Tag für George Wainwright«, sagte George und trat einen Schritt zurück.

»Das ist Princess«, sagte Theo. »Ich habe ihn aus einem Tierheim. Ich habe dir doch erzählt, dass ich mit dem Gedanken spiele, mir einen vierbeinigen Freund zuzulegen.«

»Und Sie taufen einen Rüden ›Princess‹?«, fragte George.

»Die Menschen, die ihn ausgesetzt haben, haben ihn so getauft«, erklärte Theo. »Sie sind einfach abgehauen und haben ihn ohne Futter zurückgelassen, nicht wahr, Princess?« Der Hund blickte bewundernd auf, als Theo ihn hinter den Ohren kraulte. »Ich weiß nur nicht, wie er auf dein Kätzchen reagiert.«

»Kätzchen?«, wiederholte George.

»Zerbrich dir nicht den Kopf über mein Kätzchen.« Sugar sah immer noch auf Princess und wünschte sich, sie hätte die imaginäre Kreatur nie erwähnt. Der Hund hätte ein Doppelgänger ihres treuen alten Jagdhundes Miss Pickles sein können.

»Dürfen wir hereinkommen?«, fragte George. »Ich muss etwas mit Ihnen besprechen.«

»Natürlich«, sagte Theo und trat zur Seite. »Und darf ich dir sagen, dass du viel besser aussiehst als gestern, Sugar?«

Sie wollte ihn schon anfahren, dachte dann aber an ihr

Versprechen, nicht gemein zu werden. »Natürlich darfst du das sagen, aber du solltest wissen, dass die Jeans sauber waren und dass mir das T-Shirt viel bedeutet«, sagte sie.

»Aber nein, aber nein«, sagte Theo. »Ich meinte damit, dass dir nicht wohl war, als du gestern mit deinem Kätzchen hier warst.«

»Ist das Kätzchen das Problem, das wir besprechen müssen?«, fragte George verwirrt.

»Nein, aber jetzt, wo du es ansprichst, Theo, muss ich dir sagen, dass es mir anscheinend doch nicht so gut geht. Dürfte ich also noch mal bei dir auf die Toilette gehen?«

Ohne seine Antwort abzuwarten, unterdrückte sie den Drang, den Hund zu tätscheln, und eilte an der Gästetoilette vorbei zur Hintertreppe. Aber Princess hatte sie schon als mögliche Streicheleinheiten-Spenderin identifiziert und folgte ihr auf dem Fuß. Als Sugar die Tür zur Dachterrasse aufschob, spürte sie, wie lange weiche Haare an ihren Beinen vorbeistrichen.

»Nein, Princess! Zurück!«, zischte sie, aber der Hund war schon draußen und hüpfte über die leere Terrasse wie ein Fohlen durchs Frühlingsgras.

Sugar musste lächeln. Miss Pickles war genauso kapriziös gewesen; tatsächlich hatten sich die wenigsten Südstaatenschönheiten mit ihr messen können, was ihre Ansprüche an die Freundlichkeit von Fremden – und an die Qualität ihrer Steaks – anging.

Kaum hatte Sugar Princess zu sich gerufen, da kam er schon mit manisch wedelndem Schwanz angelaufen und setzte sich vor sie hin, genau wie früher Miss Pickles, um sich eine Runde Qualitätskraulen abzuholen.

»Du musst mir hier draußen helfen, mein Kleiner.« Sie ging in die Hocke, schmiegte sich an seinen Hals und roch das teure Hundeshampoo, das Theo benutzt hatte. »Ich muss meine Bienen abholen und heimbringen, und wenn du ganz still hier sitzen bleibst, dann bin ich gleich wieder weg.«

Princess schien sie genau zu verstehen, blieb mit hängender Zunge sitzen und ließ Sugar nicht aus den Augen, während diese schockiert beobachtete, wie Elizabeth die Sechste über ihre Untertanen krabbelte, die sich zwischen die massigen Hinterbacken der nackten Bronzedame gezwängt hatten.

»Das geht so nicht«, erklärte sie ihrer Königin. »Und dahinten erst recht nicht! Du bringst mich noch in Teufels Küche, Elizabeth. Du weißt ja nicht, mit wem du es hier zu tun hast. Das endet in Tränen, glaub mir, und du weißt, wie ungern ich weine.«

Aber letztendlich war es nicht Elizabeth die Sechste, die sie in Schwierigkeiten brachte, sondern Princess. Wie sich herausstellte, wollte er doch nicht tatenlos zusehen, wie Sugar ihre Bienen einsammelte. Und er wollte sie nicht wieder gehen lassen.

Sobald er begriff, dass sie lebende Insekten in ihren Karton schaufelte, stimmte er ein Gebell an, mit dem man Tote aufwecken konnte.

Zwar ließen sich die Bienen durch diese lautstarke Unterbrechung nicht irritieren, doch traf das nicht auf Theo zu. Theo war höchst irritiert.

»Wie ist Princess aufs Dach gekommen?«, fragte er George, der gerade mitten in einer äußerst verwickelten Geschichte über einen Bewohner der East 67th Street war, welcher nach Georges Berechnungen sechzehn Monate lang das Gebäude kein einziges Mal verlassen hatte und, wenn George sich recht erinnerte, ebenfalls Theo geheißen hatte.

»Und wo steckt eigentlich Sugar? Glauben Sie, ihr ist was passiert?«

»Bei dem Hund bin ich mir nicht so sicher, aber Sugar weiß bestimmt, was sie tut«, sagte George.

»Ich sollte lieber nachsehen gehen.« Theo stand von seinem Stuhl auf. George, dem eben eingefallen war, dass der Eremit aus der East 67th Street in Wahrheit Leo hieß, gab das Spiel verloren und erhob sich ebenfalls, um Theo zu folgen.

Oben auf dem Dach tanzte Princess so stolz um Sugar herum, als hätte er die zur Hälfte eingesammelten Bienen persönlich in den Karton getrieben.

»Was tust du da?«, fragte Theo, als er sich der Skulptur näherte und einen dicken schwarzen Klecks zwischen den Pobacken bemerkte. »Bemalst du etwa meinen Fernando Botero?«

»Bleib stehen, Theo!«, rief Sugar aufgeregt. »Bleib, wo du bist!«

»Ich muss nirgendwo stehenbleiben: Das ist immerhin mein Dach. Was ist hier los?«

»Bleib stehen, Theo. Bitte!«

Aber Theo war nur noch ein paar Schritte entfernt und wollte genau sehen, mit welchen bizarren Zeichen Sugar seine Skulptur verunstaltet hatte.

»Wenn dir die Skulptur nicht gefällt, brauchst du das doch nur zu sagen; ich sollte sie sowieso verkaufen, sie ist zwar ein Vermögen wert, aber eigentlich hat sie …«

In diesem Moment erkannte er, dass das dunkle Mal am Hintern seiner kostbaren Nackten keine Farbe war. Es bewegte sich. Es lebte. Es bestand aus lauter Bienen.

»Bienen«, sagte er nur und bekam im selben Moment keine Luft mehr. »Bienen.«

»Das ist nicht meine Schuld«, beschwor ihn Sugar und versuchte gleichzeitig, die letzten Insekten von der Bronze zu streichen. »Ich kann wirklich nichts dafür. Bis vorgestern haben sie sich auf meiner Dachterrasse pudelwohl gefühlt, aber seit gestern fliegen sie immer wieder hierher, und ich muss jedes Mal herkommen und sie einsammeln und heimbringen, und ich hätte dir das ja erklärt, ich meine, ich lüge wirklich äußerst ungern, mal abgesehen von der Notlüge, was Nate angeht und den Jungen aus den Nachrichten, aber ich dachte, du würdest ausflippen, wenn du von den Bienen wüsstest, und darum …«

»Deine Bienen sind dir ausgerissen?«, fragte George.

»Ich wünschte, die Leute würden das nicht so sagen«, antwortete Sugar. »Sie reißen nicht aus, sie fliegen nur …«

»In die Ferien?« Theo sah sie mit großen Augen an. »Bienen«, wiederholte er unvermittelt und schnappte sechsmal kurz und flach nach Luft. Er verdrehte die Augen und bohrte die Fingernägel in die Handflächen.

»Es tut mir so schrecklich leid«, sagte Sugar. Es war erschreckend, wie sehr sie darunter litt, dass er so leiden musste. Wieso sorgte sie sich überhaupt um ihn? Aber sie sorgte sich um ihn. Sehr sogar. »Das muss grässlich für dich sein.«

»Nein!«, keuchte Theo. »Gut!«

»So sieht es aus, wenn er etwas gut findet?« George hatte sich in der Mitte des Daches postiert, an jenem Punkt, an dem die wenigste Gefahr bestand, über eine der Dachkanten zu fallen. Er hielt sich am Knie der Nackten ein und bemühte sich, nicht umzukippen.

»Bin in Therapie«, zischte Theo, die Zähne fest zusammengebissen. »Bienentherapie.«

»Jetzt habe ich wirklich alles gehört«, sagte George. »Ein Rüde, der Prinzessin heißt, und ein Mann, der in die Bienentherapie geht. Brauchen Sie mich noch, Miss Sugar? Mir zittern hier oben die Knie wie einem Schulmädchen.«

»Alles okay«, sagte Theo. »Alles okay. Alles okay.«

»Wenn bei ihm alles okay ist, dann stecken wir bis zum Hals im Schlamassel«, erklärte George Sugar. »Sie sollten lieber Ihre Bienen heimbringen, bevor der arme Teufel noch einen Herzinfarkt bekommt.«

»Ich bin ja schon dabei«, beteuerte Sugar, wischte behutsam die letzten Bienen in den Karton und klebte ihn zu. »So, das war's. Wir können gehen.«

Endlich hörte auch Princess auf zu bellen und begann, sich seelenruhig das Gemächt zu lecken; Theo stand vor ihm, verschwitzt wie ein galoppierendes Pferd, und bohrte sich mit den Fingernägeln Löcher in die Handflächen.

»Alles okay«, wiederholte er, und sein Atem ging langsam wieder etwas tiefer. »Alles okay. Das Kätzchen?«

»Ach was, mach dir keine Sorgen wegen des Kätzchens.« Sugar konnte ihm nicht in die Augen sehen. »Ich kann dir gar nicht sagen, wie leid mir das tut, Theo. Wir lassen dich jetzt allein, und ich werde alles tun, damit das nie wieder vorkommt.«

»Willkommen. Herzlichen Glückwunsch.« Theo stand immer noch wie angewurzelt da.

Es war, vorsichtig formuliert, erschreckend, wie sehr Sugar sich wünschte, sie würde ihm keine Schmerzen zufügen. Im Gegenteil, eigentlich wünschte sie sich nichts sehnlicher, als ihn in die Arme zu nehmen, seine Angst wegzuküssen, ihn zu trösten und zu beruhigen. Stattdessen riss sie sich zusammen, eilte durch die Dachtür in sein Apartment und winkte George zu sich. »Danke noch mal für deine Gastfreundschaft«, rief sie Theo mit gespielter Fröhlichkeit zu. »Und noch einen schönen Tag!«

»Er stand nur da«, sagte sie, als sie in den Lift stiegen. »Trotz seiner Allergie stand er einfach nur da, und weder Elizabeth die Sechste noch eines ihrer Mädchen hat auch nur mit den Flügeln gezuckt. Ich verstehe das nicht. Das will mir nicht in den Kopf, George. Was läuft da verflixt noch mal ab? Was hat das alles zu bedeuten?«

»Es bedeutet, dass Sie mir das Ende Ihrer Geschichte erzählen sollten«, sagte George, als sie auf die Straße getreten waren und er endlich wieder frei atmen konnte. »Bringen Sie Ihr armes Kätzchen und Ihre Bienen heim, wo sie versorgt sind, während ich ein paar Pfannkuchen mit Shrimps besorge, und in einer Stunde treffen wir uns in Grace's Garden. Wehe, Sie lassen mich warten, Miss Sugar. Ich bin alt. Jeder Augenblick könnte mein letzter sein. Und damit möchten Sie Ihr Gewissen bestimmt nicht belasten.«

Auf Sugars Gewissen lastete weiß Gott schon genug. »Ich komme«, sagte sie.

Elizabeth' Ururgroßmutter Elizabeth die Erste erspürte jede Bedrohung in der Umgebung ihres Stocks, von herumstreunenden Bären über räuberische Wespen bis hin zu Männern mit zu starkem Aftershave.

Jeder potenzielle Räuber strahlte einen bestimmten Geruch und bestimmte Schwingungen aus, und sobald Elizabeth die Erste diese wahrnahm, befahl sie dem Rest ihres Stocks, auf der Hut zu sein. Das war schnell getan: ein paar Pheromone versprüht, und schon steigerten die Wächterinnen ihre Körperspannung, während die Sammlerinnen näher am Stock blieben, falls sie dort gebraucht wurden.

Alle Bienen kannten Sugar: Sie trugen die Gefühle für ihre Imkerin in ihren Genen, sie spürten ihre Anwesenheit noch in mehreren hundert Metern Abstand und wären eher zum Mond geflogen, als sie für gefährlich zu halten. Aber Elizabeth die Erste spürte auch Grady Parkes aus mehreren hundert Metern Abstand, und das Summen, das sie daraufhin von sich gab, zeugte nicht von glückseliger Zufriedenheit. Zum Teil lag das an seinem Geruch: an dem Aftershave mit der Basisnote Tabak und Zeder und der Kopfnote von bitteren Kräutern, vermischt mit seinem natürlichen, für Elizabeth viel zu säuerlichen Körpergeruch. Sie stufte ihn als mögliche Bedrohung ein und gab diese Einschätzung an ihre Untertanen weiter.

Aber erst als Sugar und ihr Großvater neben dem Bienenstock über Grady Parkes sprachen und Elizabeth dabei spürte, wie sich die Luft abkühlte, erfasste die Königin, dass er tatsächlich eine tödliche Gefahr darstellen konnte.

Die Königin und Grampa Boone waren eng verbunden. Er wusste immer genau, wie sie sich fühlte, und das galt auch umgekehrt. Sie merkte, dass er Angst um sein kleines Mädchen hatte. Und sie wusste, dass der Grund für seine Angst nur einen Steinwurf entfernt im Auto saß, von wo sein aufdringlicher Geruch und sein tyrannisches Wesen bis in den Stock ausstrahlten.

Als Grampa Boone wenig später von ihnen gegangen war, wusste Elizabeth die Erste genau, dass sie den Stock intakt halten musste, bis Sugar sie holen kam, was nach langem Warten auch geschah. Tatsächlich liebte Elizabeth die Erste ihre neue Heimat in dem Garten in der Church Street. In der hübschen Ecke hinter der großen Magnolie südlich der Broad Street gab es so viele neue Düfte zu erforschen, so viele Blüten zu besuchen und noch dazu ganz in der Nähe Wasser; sie konnte es kaum erwarten, ihre neue Umgebung kennenzulernen.

Doch dann tauchte Grady auf und trat fluchend gegen ihren Stock, bis eine Arbeiterbiene in dem Wissen, dass man ihm nicht trauen konnte, auf eigene Faust eine Attacke startete. Als Grady kurz darauf in einem Sturm von Pheromonen Sugar zu Boden schleuderte, gingen auch die übrigen Arbeiterinnen in Habtachtstellung.

Sugars Großvater hatte seine Bienen nicht dazu erzogen, in so einem Fall tatenlos zuzusehen.

Es war Zeit, etwas zu unternehmen.

33

George wartete schon auf ihrer Bank unter der großen Eiche, auf der auf einem Ast in seinem Rücken derselbe Hüttensänger wie beim ersten Mal saß, und hatte Sugars Pfannkuchen zusammen mit einer Limonade auf einer Serviette neben sich abgestellt. Als er Sugar sah, lächelte er, und obwohl sie so aufgewühlt war, dass an Essen gar nicht zu denken war, legte sich jene heilsame Ruhe, die sie schon bei ihrem letzten Besuch im Garten empfunden hatte, wie eine spinnwebendünne Stola um ihre Schultern.

»Das habe ich noch nie jemandem erzählt«, eröffnete sie ihm, während sie sich setzte. »Und ich werde mein Bestes geben, aber Sie müssen mir verzeihen, wenn die Geschichte keinen Sinn ergibt oder ich zu weinen anfange oder plötzlich weglaufe.«

»Niemand kann mehr als sein Bestes geben, Miss Sugar«, sagte George. »Und Ihr Bestes ist besser als das der meisten anderen Menschen.«

»Es war am letzten Samstag im August«, begann sie. »Eigentlich ist es zu dieser Zeit in Charleston viel zu heiß zum Heiraten, jedenfalls laut Gradys Mama, aber meine wollte uns so schnell wie möglich vor den Altar bringen.«

Zum Glück war der Vormittag deutlich kühler gewesen als die letzten Tage und Wochen und sogar so kühl, dass Etta weder um die Buketts im Yacht Club, wo der Empfang stattfinden würde, noch um den Rasen in der Legare Street zu fürchten brauchte, wo es am darauffolgenden Tag ein nachträgliches Hochzeitsmahl geben sollte.

Die Friseurin war in aller Frühe gekommen und hatte Sugars langes Haar zu einer eleganten Hochsteckfrisur arrangiert, und die Schneiderin hatte in letzter Minute noch ein paar Änderungen vorgenommen, nach denen sich das Hochzeitskleid um Sugars Rundungen schmiegte wie ein perfekt passender Handschuh.

Ihr Make-up war makellos, ihr Blick sanft und klar, die Lippen pink und perfekt.

Sie hatte sogar geübt, auf Pfennigabsätzen zu gehen, denn sie wollte keinesfalls am Arm ihres Vaters umknicken und zu Boden gehen, sodass alle die Satinunterwäsche von La Perla sehen würden, die sie auf Ettas Anordnung hin unter dem strahlenden Hochzeitskleid trug.

Trotz allem, was dann geschah, waren später alle der Meinung, dass sie noch nie eine so schöne Braut gesehen hatten wie Sugar.

Die Sonne schien gedämpft durch die eleganten Rundbogenfenster von St. Michael's an der Ecke Meeting und Broad Street; jener Kreuzung im Herzen von Charleston, an der das Rathaus auf das Gerichts- und das Postgebäude trifft.

Im makellosen Weiß von St. Michael's hatten vor dreißig Jahren Sugars Eltern geheiratet und davor die Eltern ihres Vaters. Genau gesagt läuteten die Glocken von St. Michael's schon seit 1764 zu den Hochzeiten der Wallaces.

Sugar und ihr Vater verließen die Legare Street in einer Kutsche, die von vier Grauschimmeln mit glänzendem Fell, langen, seidigen Mähnen und funkelnd schwarzem Geschirr gezogen wurde.

Der Organist drückte auf die Tasten, sobald sie vor der Kirche aus der Kutsche stiegen, der Chor stimmte den von Etta ausgewählten Psalm an, und dann trat Sugar in die Kirche und schritt langsam am Arm ihres stolzen Vaters den Mittelgang entlang.

In der ersten Reihe stand ihre Mutter, in ein atemberaubendes Seidenkostüm in extrem hellem Crèmeton gekleidet und sich durchaus der Tatsache bewusst, dass sie ihre Tochter um ein Haar ausgestochen hätte, was ihr ausgesprochen gut gefiel.

Ben und Troy waren Trauzeugen und ihre Freundinnen Brautjungfern, weil Etta der Auffassung war, dass auf diese Weise niemand beleidigt sein konnte, und beide waren außerordentlich blond und hübsch.

Die Kirche war voll. Die Brautmutter hatte sich bei den Hochzeitsvorbereitungen selbst übertroffen und alles – von den Einladungskarten über den echten Champagner beim Empfang bis hin zu den diversen Speisen beim Barbecue am nächsten Tag – perfekt arrangiert.

Jeder, der wusste, dass die einzige Tochter der Wallaces an diesem Wochenende heiratete, wollte um jeden Preis dabei sein und keine Sekunde der Feierlichkeiten versäumen. Es würde eine rauschende Feier werden.

»Grady sieht aus wie ein Kater, der gerade eine dicke Maus erwischt hat«, murmelte sein Cousin Luke leise seinem Bruder Ed zu.

»So sieht er doch immer aus«, erwiderte Ed.

»Er hat ja auch schon eine Menge Mäuse gefangen«, sagte Luke und brachte sie damit beide zum Lachen, woraufhin ihre Mutter ihnen einen Rippenstoß versetzte. Trotzdem beneideten sie Grady. Sugar Wallace war so ziemlich das süßeste Mäuschen, das sie je gesehen hatten, und beiden war der Mund offen stehen geblieben, als sie an ihnen vorbei zum Altar geschwebt war.

Der Schleier aus feinstem französischen Seidentüll verhüllte nur teilweise die zarte Schulter unter dem delikaten Spitzenbesatz ihres Kleides. Alle Blicke waren auf Sugar gerichtet, als sie ihren Daddy auf die Wange küsste und sich dann langsam zu Grady umdrehte, der mit Tränen in den Augen vor ihr stand, genauso in Bann geschlagen von ihrer Schönheit wie alle anderen.

Alle erinnerten sich später daran, was für ein Traumpaar sie abgegeben hatten. Dies war die Vermählung, die sich alle Eltern für ihre Kinder wünschten: zwei Menschen aus den besten Kreisen der Stadt, die vor aller Welt den heiligen Bund der Ehe schlossen.

Jeder erinnerte sich später, das gedacht zu haben, aber niemand erinnerte sich, wann die erste Biene aufgetaucht war.

Jedenfalls war es nach dem: »Willst du, Cherie-Lynn Antoinette Wallace, den hier anwesenden Grady Johnson Howell Parkes zu deinem gesetzlich angetrauten Ehemann nehmen?«, aber vor dem: »Ich erkläre euch hiermit zu Mann und Frau.«

Sugar stand vor dem Priester und legte gerade ihr Ehegelübde ab, als sie das vertraute Summen hörte. Eine Biene war durch das offene Oberlicht an der Tür zur Sakristei ins Hauptschiff vorgedrungen und umkreiste nun die Kanzel.

Die Biene kam näher, und Sugar hielt inne. Wo eine Biene war, waren gewöhnlich noch mehr.

Tatsächlich kam in diesem Moment noch eine Biene durch das offene Oberlicht geflogen, dann noch eine und noch eine.

Grady hielt Sugar an den Händen und bekam anscheinend nichts von den Bienen mit, die einmal den Altar umkreisten und dann direkt auf ihn zuhielten.

Allerdings waren es nur vier Bienen, die einen großen, gemächlichen Heiligenschein über seinem Kopf bildeten, weshalb sich Sugar für einen kurzen Moment entspannte, bis ihr auffiel, dass die erste Biene deutlich größer war als die anderen drei.

Inzwischen hatte Grady die Bienen registriert oder wenigstens irgendwas registriert und pustete unauffällig nach oben, als wollte er sie vertreiben.

Die Bienen stiegen etwas höher, umkreisten ihn aber weiter.

Sugar konnte den Blick nicht von ihnen wenden. Die vorderste Biene war eindeutig größer. Sie sah aus wie eine Königin. Unwillkürlich zog Sugar die Hände aus Gradys Griff.

Der Priester sah sie mahnend an, aber sie nahm ihn gar nicht wahr.

»Grady, wohin hast du meine Bienen gebracht?«, fragte sie.

Die Gäste in den vordersten Bänken begannen zu flüstern, und dieses Flüstern setzte sich bis in die letzten Bänke fort, wo man nur noch sehen konnte, dass die

Braut abgelenkt war, ohne jedoch feststellen zu können, was genau passiert war.

»Herrgott noch mal, nicht jetzt, Schatzi«, zischte Grady und wedelte mit der Hand über seinem Kopf, um die Bienen zu verscheuchen.

Die aber ließen sich nicht vertreiben, und je länger Sugar die vorderste, größere Biene fixierte, desto sicherer war sie, dass es Elizabeth war. Natürlich konnte sie nicht ganz sicher sein. Man konnte nie ganz sicher sein. Nicht einmal, ob man den Richtigen heiratete.

Du bist stark, hatte ihr Großvater ihr erklärt, als sie neben seinem Stock gestanden hatten. *Lass dir von niemandem was anderes einreden.*

Dabei hatte er genau neben seiner Lieblingskönigin gestanden. War es möglich, dass diese Königin ihr irgendwie nachgeflogen war, um sie an diese Worte zu erinnern?

Sugar merkte, wie sich unter dem Spitzenbesatz ihres exquisiten Mieders eisige Angst ausbreitete.

Allerdings war es nicht die Angst davor, was passieren würde, wenn sie Grady Parkes heiratete. Sondern davor, was passierte, wenn sie es nicht tat. Sie würde Grady ins Mark treffen, ihre Familie bloßstellen, ihre Freunde vor den Kopf stoßen und außerdem einen Aufruhr auslösen, wie sie ihn zeitlebens hatte vermeiden wollen.

In diesem Moment schlug der Priester wütend mit seinem Manuskript nach den Bienen, die das sehr wohl registrierten und Grady daraufhin schneller und in weiteren Runden umkreisten, bevor sie ein letztes Mal die Kanzel umrundeten und dann durch dasselbe Fenster zur Sakristei verschwanden, durch das sie hereingekommen waren.

»Gib mir deine Hand, Cherie-Lynn«, sagte Grady, weil die Gäste schon die Köpfe verdrehten und das Gerede immer lauter wurde. »Und hör auf, so herumzuzappeln.«

Sugar war ein guter Mensch; das war sie immer gewesen. Sie glaubte wahrhaftig, dass man andere so behandeln sollte, wie man selbst behandelt werden wollte, genau wie Grampa Boone es sie gelehrt hatte. Würden alle das tun, hatte er gesagt, wäre die Welt ein schönerer Ort, und Sugar wünschte sich von ganzem Herzen, dass die Welt ein schönerer Ort wurde.

Aber irgendwas war falsch gelaufen. Sie hatte sich so bemüht, allen Erwartungen gerecht zu werden, dass sie fast vergessen hatte, was ihr im tiefsten Grunde ihres Herzens wichtig war, einem Ort, der ihr in letzter Zeit so unerreichbar erschien wie der Mond. Allerdings war sie vor ein paar Tagen wieder einmal dort gewesen; während sie im Auto mit ihren Bienen über die Ashley River Road geflogen war und das Spanische Moos ihr nachgewunken hatte. Das war sie in Wahrheit; eine leicht exzentrische Imkerin, die sich nicht für die schnellste Verbindung, sondern für die schönste entschied, die lieber in einer kurzen Hose im Garten stand als in High Heels Cocktails trank, die mindestens genauso gern unter ihren Bienen war wie unter den Menschen in dieser Kirche.

Das war die wahre Sugar, und nicht dieses makellose Spektakel vor dem Altar, das geloben sollte, einem Mann zu gehorchen, den sie vielleicht nicht gerade fürchtete, aber dem sie auf jeden Fall misstraute. Und in dessen Nähe sie sich zwar benommen vor Liebe fühlte, aber bestimmt nicht stark.

Sie spürte Ettas energische Hand an ihrem Ellbogen.

»Herrgott noch mal, reiß dich zusammen«, zischte sie ihr zu.

»Braucht sie ein Glas Wasser?«, fragte Grady.

Doch Sugar sah ihn nur an, spürte den Klumpen in ihrem armen, geschundenen Herzen, wo ihre enttäuschte Liebe unter den zugefügten Schwielen verdorrte, und erkannte glasklar, dass es die Welt und ganz besonders ihre Welt nicht zu einem schöneren Ort machte, wenn sie ihn heiratete.

Allerdings war vor dem Altar kaum der ideale Platz, um zu diesem Schluss zu gelangen. Damit blieb ihr nur ein sehr begrenzter Spielraum, um auf diese Erkenntnis zu reagieren. Eigentlich blieb ihr genau eine Möglichkeit.

Und so kam es, dass Sugar Wallace sich vor zweihundertfünfzig der angesehensten und beliebtesten Bürger Charlestons vom Altar wegdrehte und von ihrer eigenen Hochzeit flüchtete.

Ehe Etta oder Grady oder der Priester oder sonst jemand begriff, was da geschah, bevor Sugar auch nur ein aufrichtiges »Es tut mir leid« flüstern konnte, hatte sie die Schuhe von den Füßen geschleudert und war durch die Seitentür neben dem Altar auf die Straße gelaufen. Draußen rannte sie über den Friedhof und durch den daran anschließenden Hof des Pfarramtes und kletterte schließlich über den Zaun hinter dem Rathaus auf den Parkplatz nebenan.

Sugar war südlich der Broad Street aufgewachsen. Mit Miss Pickles war sie bestimmt hundertmal durch jedes noch so kleine Gässchen im Zentrum von Charleston spaziert und kannte daher die Schleichwege und versteckten Passagen der blühenden Stadt besser als die Menschen, die sie einst angelegt hatten.

Vom Parkplatz des Rathauses aus flitzte sie über die St. Michael's Alley, stürmte durch das offene Tor eines efeubedeckten Häuschens, das einer alten Grundschullehrerin gehörte, und folgte dem Pfad durch den Garten ans andere Ende des Grundstücks, wo der Garten in die Grünfläche am Ende der Ropemaker's Lane überging.

Gegenüber bot sich der nächste offene Garten an. Das zugehörige Haus, das die Bank dem hiesigen Apotheker kürzlich entzogen hatte, weil er zu viel Geld auf die Pferdchen verschwendete, wurde gerade aufwendig renoviert, und so war das Grundstück mit Müll und Schutt übersät und das Tor ausgehängt.

Sie blieb innerhalb der bröckelnden Backsteinmauer stehen, um zu Atem zu kommen, und auch diesmal waren sie eher zu hören als zu sehen: noch mehr Bienen! Das Summen kam von der entgegengesetzten Ecke des Grundstücks hinter einem Schutthaufen hervor. Sie kletterte mühsam barfuß über den Hügel aus zerbrochenen Ziegeln und herausgerissenen Pflanzen und stieß dahinter tatsächlich auf den Bienenstock ihres Großvaters, den Grady ihr gestohlen hatte. Der Brutraum und zwei Honigräume waren immer noch ordentlich aufeinandergestapelt, so wie sie wahrscheinlich von den Gartenarbeitern hertransportiert worden waren, die den Garten in der Church Street angelegt hatten, den Sugar nun nie pflegen würde.

Eine gesunde Anzahl von Drohnen lungerte am Flugloch herum, aber Sugar hatte keine Zeit zu überprüfen, ob Elizabeth in ihrem Brutraum saß. Stattdessen schob sie den Schleier zurück, raffte ihren Rock und rannte an dem halb renovierten Haus vorbei auf die Tradd Street. Vier Türen weiter wohnte auf der anderen Straßenseite ihr Bruder Troy, und wie üblich parkte sein Explorer mit den Schlüsseln im Zündschloss vor dem Haus in der Einfahrt.

Sobald Sugar hinter das Lenkrad geklettert war, wusste sie, was sie tun würde.

Sie setzte rückwärts über die Straße und in die Einfahrt neben dem Haus des Apothekers. Dann hievte sie den Bienenstock ihres Großvaters hinten in den Kofferraum des Explorers; sie sprang wieder auf den Fahrersitz, lenkte den Wagen auf die Tradd Street, weg vom Haus ihres Bruders, und drückte aufs Gaspedal.

Für den Fall, dass die ersten Hochzeitsgäste schon auf der Straße standen und nach ihr Ausschau hielten, riss sie sich den Schleier vom Kopf und warf ihn auf den Beifahrersitz. Während sie durchs French Quarter auf die Interstate 26 zusteuerte und dabei radelnden Touristen und Pferdekutschen mit Urlaubern auswich, die die Schönheit dieser Stadt bestaunten, zog sie die Nadeln aus ihren Haaren und schüttelte ihre Locken aus.

Die Sonne funkelte auf der Cooper Street, und sie öffnete das Fenster, um ein letztes Mal die scharfe, schwüle Salzluft Charlestons einzuatmen. Ihre Geburtsstadt, diese zwischen zwei mächtigen Flüssen thronende Südstaatenschönheit mit ihren eleganten Häusern, den üppigen Gärten, ihrem geschichtlichen Reichtum und ihrer stolzen Vergangenheit würde immer ein Teil von ihr bleiben. Aber im Interesse ihrer eigenen Zukunft musste Sugar fliehen.

Auf dem Freeway ging es schneller, überlegte sie, falls

jemand sie auf dem Grundstück ihres Großvaters suchen würde. Und sie musste sich beeilen.

Sobald sie dort angekommen war, öffnete sie den Stock im Kofferraum und erkannte auf den ersten Blick die Königin, die genauso aussah wie die Biene in der Kirche – aber wie sollte sie auch anders aussehen?

Sugar hatte keine Zeit, darüber nachzusinnen, sondern befreite sich, so schnell sie konnte, aus ihrem Fünftausend-Dollar-Hochzeitskleid, hängte es in den Schrank im kleinen Zimmer und stieg stattdessen in eine alte Jeans und ein paar Sneakers, die sie bei einem ihrer Besuche dagelassen hatte.

Sie lud den Bienenstock auf die Ladefläche des alten Pick-ups um, raffte die Geräte ihres Großvaters und ein paar zusätzliche Zargen mit Honigrahmen sowie eine Flasche Maker's Mark zusammen, steckte das Notgeld ein, das er immer hinter dem Brotkasten versteckt hatte, und nahm ihre Lieblingstasse, die geliebte Sammlung medizinischer Öle ihrer Großmutter und eine Wandkarte aus dem Nebenzimmer mit.

Und schon war Sugar Honey Wallace mit ihren Bienen unterwegs.

Erst als sie anderthalb Stunden auf der Interstate 95 gefahren waren, merkte sie, dass ihre Hände zitterten und ihre Zähne klapperten.

Sie hatte Grady Parkes vor dem Altar stehen lassen! Was für eine Demütigung, was für ein Skandal, was für ein Eklat – sie war ruiniert.

Und gerettet.

»Danke, Elizabeth«, sagte sie unter Tränen der Erleichterung. »Danke.«

Die Königin gab den Dank an ihre Untertanen weiter und erwiderte auf ihre eigene Weise, dass im Gegenteil sie zu danken habe.

34

»Was für eine Geschichte«, staunte George. »Und Sie sind einfach weitergefahren?«

»Ja, Sir. Ich rief wenig später in Charleston an, um Mama und Daddy Bescheid zu geben, dass mir nichts zugestoßen war, was die Sache für die beiden zwar nicht besser machte, aber alles andere wäre unhöflich gewesen. Und ich war schon unhöflich genug gewesen.«

»Aber wie haben Sie sich durchgeschlagen, Miss Sugar? Wie haben Sie sich überhaupt durchschlagen können?«

»In Virginia machte ich Halt bei Jay, meinem besten Freund aus der Highschool – Sie haben ihn bei unserer ersten Begegnung kennengelernt, auch wenn er Ihnen damals vielleicht ein bisschen patzig vorgekommen ist. Jedenfalls war er nicht bei meiner Hochzeit gewesen, weil er, so wie er es sah, selbst irgendwie aus Charleston vertrieben worden war, nachdem er sich nicht länger verstellen wollte. Ich überlegte mir, dass er mich am ehesten verstehen würde, und er verstand mich. Er fuhr sogar noch mal zurück, um ein paar Sachen für mich zu holen. Es ist nie so, dass man einfach aufspringen und wegrennen könnte. Aber ich konnte nicht bei ihm bleiben, er war selbst immer noch auf der Flucht, darum folgten die Bienen und ich einfach unserem Instinkt und folgen ihm bis heute, Jahr um Jahr um Jahr.«

So ausgedrückt klang es wie eine Lappalie – beinahe ein halbes Leben lang immer wieder neu Fuß zu fassen und Abschied zu nehmen mit nichts als ein paar Kisten Honig und einem Adressbuch voller dankbarer Freunde und Nachbarn aus jeder Zwischenstation. Und es war weiß Gott nicht immer einfach gewesen, schon gar nicht zu Anfang, als die Scham und die Geheimnisse sie fast erdrückt und sie noch nicht begriffen hatte, dass es besser war, woanders dazuzugehören, als zu Hause abseitszustehen.

Dennoch hatte sie es nie bereut, dass sie Grady vor dem Altar hatte stehen lassen. Sie bedauerte, ihn verletzt und bloßgestellt zu haben, natürlich bedauerte sie das, denn das hatte niemand verdient, und sie hatte ihn durchaus geliebt. Sie hatte ihn nur nicht so sehr geliebt, dass sie sich dazu hätte erpressen lassen, alles, was ihr an ihr selbst gefiel, für ihn aufzugeben. Da zog sie eindeutig und jederzeit ein Leben mit ihren Bienen und Momenten innerer Leere vor.

»Meiner bescheidenen Meinung nach«, sagte George, »haben Sie richtig gehandelt. Damals und für sich. Natürlich haben Sie einen hohen Preis gezahlt, aber glauben Sie mir, Sugar, inzwischen haben Sie den gewiss lang genug entrichtet. Jeder, der eine so weitreichende Entscheidung fällt, macht etwas Ähnliches durch. Ich weiß genau, wie sie sich gefühlt haben – ehrlich: Weil auch ich weggelaufen und nie zurückgekehrt bin. Nur hatte ich anders als Sie jemanden, der mir jeden Tag bewusst machte, dass ich das Richtige getan hatte. Ich hatte Eliza. Sie haben niemanden.«

»Ich hatte immer jemanden, George«, widersprach

Sugar. »Sie dürfen nicht glauben, dass ich einsam oder traurig war oder so, denn das stimmt nicht. Ich habe mein Leben genossen. Ich habe viele Freunde gefunden und viel gesehen und viel unternommen, und außerdem hatte ich immer meine Bienen.«

»Die Tierchen sind wohl was ganz Außergewöhnliches.«

»Das stimmt, und deshalb macht es mir so zu schaffen, dass Elizabeth die Sechste plötzlich verrückt spielt. Ich will sie nicht so schnell verlieren. Ich lerne sie gerade erst kennen.«

»Sugar, Sie sind eine kluge Frau. Aber in einer Hinsicht sind Sie blind.«

»Finden Sie?«

»Diese Bienen wollen Ihnen etwas sagen, genau wie diese anderen Bienen Ihnen etwas sagen wollten.«

»Sie meinen die Bienen bei meiner Hochzeit? Ich weiß nicht mal, ob das wirklich meine waren.«

»Sind Sie verrückt? Natürlich waren das Ihre! Halten Sie das etwa für einen Zufall? Ihr Großvater hat den Bienen aufgetragen, auf Sie aufzupassen, und genau das haben sie gemacht. Sie sollten keinen Mann heiraten, der Sie einengen und Ihnen alles wegnehmen würde, was Sie lieben. Wenn Sie mich fragen, machen diese Bienen jetzt das Gleiche, nur andersrum.«

»Elizabeth ist vielleicht schlau, George, aber so schlau ist sie nicht.«

»Sie haben es selbst gesagt, Sugar. Ihre Bienen haben Sie gerettet. Damals haben sie Sie gerettet, und so wie ich es sehe, tun sie es jetzt wieder. Ich meine ja nur, dass Sie sich das durch den Kopf gehen lassen sollten.«

In ihrem Rücken stieg eine dünne Schwade von Bienen aus dem Hortensienbusch auf und summte durch die verschiedenen Gärten zurück auf Sugars Dachterrasse.

Es gab viel zu beschwänzeln.

35

Am folgenden Morgen klopfte George um exakt elf Uhr an Sugars Wohnungstür und teilte ihr mit, dass er sich erlaubt habe, alle Hausbewohner zu einem ihrer berühmten Brunches einzuladen, wobei jeder etwas mitbringen sollte.

»Grundgütiger Gott, George«, sagte sie und ließ ihn herein. »Warum denn?«

»Weil ich dachte, dass Sie vielleicht nicht genug zu essen im Haus haben.«

»Nein, ich meine, warum haben Sie alle eingeladen?«

»Um etwas zu feiern«, sagte er. »Nämlich dass Sie vor vielen Jahren keinen schrecklichen Fehler begangen haben.« Er klammerte sich an der Küchentheke fest, als stünde er auf einem Schiff im Sturm. »Ein so wagemutiger Schritt sollte gefeiert werden.«

»Davon weiß doch niemand«, protestierte Sugar. »Ich habe das niemandem außer Ihnen erzählt, und ich möchte noch nicht, dass es allgemein bekannt wird. Wahrscheinlich werde ich das nie wollen.«

»Es ist auch nicht allgemein bekannt, Miss Sugar. Ich habe stattdessen durchblicken lassen, dass Sie Geburtstag hätten.«

»Ich habe im Herbst Geburtstag.«

»Dann werden Sie in diesem Jahr zweimal feiern können«, sagte George. »Miss Sugar, ich habe schon wieder das Gefühl, in Ihrem Schlafzimmer zu stehen, und das ist mir unangenehm.«

»Wenn Sie die Nachbarn in meine Wohnung einladen, ohne mir zuvor Bescheid zu sagen, müssen Sie sich wohl mit den Gegebenheiten abfinden.«

»Ich konnte sie doch nicht nach Harlem einladen. Oder zu Miss Ruby. Man könnte meinen, sie ernährt sich ausschließlich von Sellerie. Und bei Miss Lola gibt es bestimmt nichts Gutes zu essen. Mrs. Keschl ernährt sich von Dosenthunfisch, das habe ich inzwischen feststellen können, genau wie Mr. McNally, also möchten Sie Ihren Geburtstag auch nicht bei einem der beiden feiern, und der arme Mr. Nate bekäme wahrscheinlich einen Herzinfarkt, wenn wir alle bei ihm auftauchen würden.«

»Also gut«, sagte Sugar. »Und ich habe tatsächlich gern Gäste, allerdings werden wir auf der Terrasse feiern müssen, sodass Sie bei uns draußen sitzen müssen, wenn Sie nicht in meinem Boudoir bleiben möchten. Was halten Sie davon, wenn ich Ihnen was zu tun gebe, was Sie von der Höhe ablenkt? Sie könnten zum Beispiel den Tisch decken. Ich habe ein paar Bienenwachskerzen, die wir auf meine Seiden-Magnolienblüten setzen könnten. Was sagen Sie dazu?«

»Ich sage, dass New York von hier oben ganz anders aussieht«, gab George zu. »Aus diesem Blickwinkel ist es eine wirklich schöne Stadt. Und Sie haben einen so schönen Garten, Miss Sugar. Hier hat man gar nicht das Gefühl, so weit oben zu sein.«

»Sie sitzen doch nicht auf einer Fahnenstange, George.

Sie sind in einer Wohnung. Wie im Erdgeschoss, nur etwas höher. Sie waren schließlich auch bei Theo.«

»Sein Dach war viel größer. Da hatte ich weniger Angst hinunterzufallen.«

»Es ist gleich da drüben. Schauen Sie einfach rüber.«

»Rüber ist gut«, sagte George und richtete den Blick in die Ferne. »Runter ist schlecht, aber rüber gefällt mir.«

Tatsächlich erblickte er beim Hinübersehen Princess, der gerade auf Theos Dach herumtollte.

»Und wie geht es Ihren Bienen heute, Miss Sugar?«

»Sie sind noch hier.« Sie trat mit dem Geschirr auf die Dachterrasse und folgte Georges Blick. »Der arme Hund. Mit diesem Namen wird er zeitlebens Identitätsprobleme haben.«

»Ich bin kein Hundeexperte«, sagte George, »ich bin eher ein Sittich-Freund, aber mir kommt er recht glücklich vor.«

Wie um seine Einschätzung zu bestätigen, sprang Princess bellend in die Luft und rannte hin und her, als würde er mit einem imaginären Freund Fangen spielen.

Sugar wandte sich ab und hieß Nate willkommen, der als Erster eintraf und einen verschnörkelten Kuchenständer mit einem unglaublich lecker aussehenden Dessert darauf in den Händen hielt.

»Alles Gute zum Geburtstag, Sugar«, sagte er und stellte den Kuchenständer vorsichtig zwischen den Kerzen auf dem Tisch ab.

Das Dessert bestand aus einem riesigen, runden, oben abgeflachten Baiser, das mit dicken, glänzenden Sahnewölkchen verziert war und von Himbeeren, frischer Minze und dunklen Schokoladenraspeln gekrönt war.

»Oh«, sagten Sugar und George gleichzeitig, während Nate vor Stolz strahlte.

»Das ist eine Pavlova«, erklärte er.

»Es sieht aus wie eine weiße Baskenmütze«, sagte Ruby, die bleich wie ein Geist unversehens hinter Sugar stand und eine Schachtel voller Baklava und Finikia mitbrachte. »Ich glaube, die Trolle kommen auch gleich.«

»Es ist doch wirklich allein meine Sache, wann ich meine vermaledeiten Hemden bügle!«, hörten sie die keifende Stimme von Mr. McNally.

»Nicht wenn sie noch faltiger sind als der Hintern ihres Besitzers!«, fauchte Mrs. Keschl zurück.

»Ist vermaledeit eigentlich ein Schimpfwort?«, wollte Sugar wissen. Nate und Ruby zuckten mit den Achseln, doch George meinte, er hätte es früher durchaus als Schimpfwort gehört.

»Noch viele schöne Geburtstage wünsche ich Ihnen!« Mrs. Keschl überreichte Sugar ein schlampig verpacktes Geschenk. »Es ist ein Kristall-Honigtopf. Meine Schwägerin hat ihn mir vor neunundvierzig Jahren geschenkt. Er kommt aus Slowenien.«

»Vielen Dank dafür, Mrs. Keschl, das ist wirklich ganz reizend, und dass es ein weitergereichtes Geschenk ist, gefällt mir besonders gut.«

»Weitergereicht?«, grollte Mr. McNally, drängte an Mrs. Keschl vorbei und überreichte Sugar vier Dosen Thunfisch und ein Glas Mayonnaise. »Jetzt werden schon die Sachen weitergeschenkt, die Maura vor neunundvierzig Jahren aus Slowenien mitgebracht hat?«

»Maura hat mich noch nie leiden können«, fuhr ihn Mrs. Keschl an.

»Maura konnte keinen Menschen leiden«, antwortete Mr. McNally.

»Einen Moment mal«, mischte sich Sugar ein, nachdem das Paar an den entgegengesetzten Enden des Tisches Platz genommen hatte, getrennt durch George, Nate und Ruby. Sie sah Mr. McNally an. »Sie kennen Mrs. Keschls Schwägerin?«

»Maura? Und wie ich die kenne. Die hat mir die ersten achtzehn Jahre meines Lebens versaut.«

»Darf ich fragen, inwiefern?«

»Insofern, als sie als Erstgeborene eine kreischende Furie war, während ich das Unglück hatte, als viertes Kind geboren zu werden.«

George hatte als Erster erkannt, was das bedeutete. »Maura ist Ihre Schwester, Mr. McNally?«

»Leider ja.«

»Und Ihre Schwägerin?«, fragte George Mrs. Keschl.

»Leider ja.«

»Heißt das«, fuhr George nachdenklich fort, »dass Sie beide früher verheiratet waren?«

Mr. McNally und Mrs. Keschl zogen gleichzeitig die Brauen und Schultern hoch.

»Miteinander?« Sugar konnte es nicht glauben.

»Gleichzeitig?« Nate war fassungslos.

»Ach, du Scheiße!«, entfuhr es Ruby. »Entschuldige, Sugar.«

»Er war früher viel größer«, meinte Mrs. Keschl, als würde das alles erklären.

»Und sie war früher viel netter«, ergänzte Mr. McNally.

In der einsetzenden Stille betraten Lola und Ethan die Wohnung. Der Kleine reckte die pummeligen Ärmchen vor und grabschte mit zappelnden Fingern erst nach Mrs. Keschl und dann nach Mr. McNally, der sich daraufhin neben seine Exfrau setzte, sodass beide mit dem Kind spielen konnten.

»Hat gerade jemand gefurzt?«, fragte Lola. »Hier liegen echt schräge Vibes in der Luft. Ich hab ein paar Cupcakes gebacken, sie sind aber nicht so geworden, wie ich dachte.«

Das war bei lila Cupcakes nicht anders zu erwarten, dachte jeder am Tisch bei sich, aber dass Lola auch nur zu backen versucht hatte, rührte Sugar so sehr, dass sie die kleinen Kuchen schon allein deswegen köstlich finden würde. »Mr. McNally hat uns gerade erzählt, dass er früher mit Mrs. Keschl verheiratet war«, sagte sie.

»Ach so«, sagte Lola und half Sugar, die unförmigen Cupcakes aus dem Plastikbehälter auf eine getupfte Kuchenplatte umzuschichten, wo sie gleich deutlich essbarer aussahen. »Das erklärt jedenfalls, warum sie sich nicht ausstehen können.«

»Ich weiß nicht genau, was es erklärt«, sagte Sugar. »Dürfte ich Sie vielleicht fragen, warum Sie immer noch im selben Haus wohnen?«

Die beiden Alten sahen sich über Ethans fedrigen Blondschopf hinweg an.

»Ich wohne gern hier. Warum sollte ich daran was ändern wollen?«, fragte Mr. McNally.

»Was zu ändern war noch nie seine Stärke«, ergänzte Mrs. Keschl. »Und außerdem, warum sollte ich ausziehen? Mir gehört das Haus genauso wie ihm.«

In seinem fortgeschrittenen Alter war George nicht

mehr leicht zu überraschen, aber jetzt klappte ihm doch der Kiefer herunter.

»Ihnen gehört das Haus?« Lola lachte auf. »Klar, und ich bin die Königin von Saba.«

»Was glauben Sie denn, warum die Miete so niedrig ist?«, fragte Mrs. Keschl. »Schließlich sind wir hier in Manhattan.«

»Sie vermietet nur an Menschen, deren Namen ihr gefallen«, ergänzte Mr. McNally. »Weil sie sie aus einem Lied kennt.«

»Her name was Lola, she was a showgirl«, kam es nahezu tonlos von Mrs. Keschl.

»Goodbye Ruby Tuesday«, sang Mr. McNally, allerdings nicht so, wie es den Rolling Stones damals vorgeschwebt war.

»Sugar pie, honey bunch«, fuhr Mrs. Keschl fort und sah George an. »Was ist? Haben Sie geglaubt, ich würde die Four Tops nicht kennen?«

George brachte wortlos seinen Unterkiefer wieder in die angemessene Position.

»Und was ist mit Nate?«, fragte Ruby.

»Ich dachte, er hieße Nat«, erklärte Mrs. Keschl. »Wie Nat King Cole. Aber dann sah ich, dass er rote Haare hat…«

»Sie hatte es schon immer mit den Rothaarigen«, sagte Mr. McNally.

»Das stimmt«, sagte sie zu Nate. »Sie haben so schönes rotes Haar. Und wenn mich nicht alles täuscht, haben Sie auch ein paar Pfunde verloren. Also, wollen wir uns nicht über den großen weißen Hut hermachen?«

»Erst einmal möchte ich kurz um Ihre Aufmerksamkeit bitten.« George erhob sich und richtete das Wort an die verblüfften Gäste. »Ich möchte unserer Gastgeberin Miss Sugar Wallace dafür danken, dass sie uns zu dieser ganz speziellen Feier ihre großzügige Gastfreundschaft gewährt.«

»Hört, hört«, sagte Mr. McNally.

»Miss Sugar«, fuhr George fort, »dass Sie in unser Leben getreten sind, ist für alle anderen genauso schön wie für mich, nehme ich an. Sie haben mich gesünder, glücklicher und innerlich reicher gemacht, darum wünsche ich Ihnen im nächsten Jahr nur das Beste und hoffe, dass es auch Sie glücklicher machen wird.«

Ihre Freunde standen auf, um ihr zuzuprosten, und obwohl es Sugar sehr unangenehm war, dass alle letztendlich unter Vorspiegelung falscher Tatsachen hergekommen waren, erkannte sie, dass sie so glücklich wie seit Langem nicht mehr war. Aber kaum hatte sie das gedacht, da verflüchtigte sich dieses Glücksgefühl wieder – zusammen mit ihren Bienen, die ausgerechnet in diesem Augenblick erneut in einer dichten, bedrohlichen Säule aus ihrem Stock aufstiegen. Sie formierten sich über den Köpfen der Versammelten zu einer gleichmäßig runden Wolke und verharrten dort, wie um deren Aufmerksamkeit auf sich zu ziehen, bevor sie sich zu einem langen Schlauch dehnten und langsam, aber zielsicher auf Theos Dachskulptur zuflogen.

Sprachlos beobachteten Sugars Gäste, wie sich die Bienen auf der dicken linken Brust des Fernando Botero niederließen und Theo im nächsten Augenblick höchstpersönlich auf der Terrasse erschien.

Princess drehte völlig durch, rannte aufgeregt im Kreis

und bellte abwechselnd die Bienen und Theo an, der daraufhin aufsah und begriff, dass alle ihn anstarrten.

»Ist das Theo?« Ruby beugte sich über das Geländer und winkte ihm.

»Der Kerl, der bei deiner letzten Party so ausgeflippt ist?«, fragte Lola.

»Der niedliche?«, ergänzte Mrs. Keschl.

»Als niedlich sollte man höchstens Schimpansen bezeichnen«, sagte Mr. McNally. »Allerdings muss ich zugeben, dass ich mit dieser Brille nicht so weit sehen kann.«

»Reißen deine Bienen gerade aus?«, fragte Lola. »Das wäre nämlich echt schräg.«

»Sie reißen nicht aus«, verbesserte Nate. »Sie desertieren.«

Selbst George überwand seine Höhenangst lang genug, um ans Geländer zu treten und das Spektakel zu verfolgen. Aber er bemerkte als Erster, dass Sugar nicht bei ihnen stand; sie saß allein an ihrem Tisch voller windschiefer Cupcakes, Thunfischdosen, Honiggläsern und Nates Baskenmützen-Baiser.

Tränen liefen ihr übers Gesicht.

»Na, na, Miss Sugar.« Er stellte sich hinter ihren Stuhl und legte die großen, kräftigen Hände auf ihre Schultern.

»Wieso weinst du denn?«, fragte Lola. »Immerhin geht dein Geschäft nicht den Bach runter.«

»Wenn Sie glauben, das sei ein schlimmer Geburtstag«, verkündete Mrs. Keschl, »dann warten Sie mal ab, bis Sie achtundsechzig werden.«

»Darum geht es doch gar nicht«, sagte Ruby, setzte

sich leise neben Sugar und legte ihre kleine bleiche Hand neben die von George. »Das ist ihr egal.«

»Ganz ruhig, Miss Sugar«, sagte George. »Es kommt alles wieder ins Lot.«

»Sie weint, weil ihre Bienen desertiert sind?«, fragte Lola.

»Nein«, sagte Nate, der auf der anderen Seite neben George stand und gern geholfen hätte, aber nicht wusste wie.

»Sie weint, weil sie auf das Dach gegenüber desertiert sind«, ergänzte Ruby. »Zu Theo.«

Sugar ließ das Gesicht in die Hände sinken, und ihre Schultern bebten.

»Ach was«, sagte Mr. McNally. »Das ist natürlich was ganz anderes.«

»Immer mit einem tröstenden Spruch zur Stelle«, sagte Mrs. Keschl und schubste ihn mit dem Ellbogen näher an Sugar heran, wobei sie dicht an seiner Seite blieb.

»Weinen«, sagte Ethan, zog ebenfalls ein trauriges Gesicht und streckte die zappelnden Finger nach Sugar aus. »Weinen.«

Sugar ließ das Gesicht in ihren Händen und den Tränen freien Lauf.

»Bitte«, sagte sie schließlich. »Ich will nicht unhöflich sein, aber ich glaube mir geht es nicht gut. Wir sollten ein andermal feiern.«

Ruby und Nate sahen einander an, die streitenden Alten zuckten mit den Achseln, Lola verdrehte die Augen, und Ethan patschte ihr aufs Bein.

»Miss Sugar«, sagte George. »Wir halten Sie bestimmt nicht für unhöflich, aber wir werden auch nicht gehen.«

Ruby rückte ein bisschen näher an sie heran, und Nate massierte ihr verlegen den Nacken.

»Es geht schon wieder«, weinte sie. »Es geht schon wieder. Ich muss nur ein bisschen allein sein.« Sie zog ihr Taschentuch heraus und trocknete sich das Gesicht ab, aber die Tränen fielen weiter.

»Wissen Sie, es ist schön, anderen zu helfen«, erklärte George ihr behutsam, »aber irgendwann im Leben kommt der Punkt, an dem man sich auch helfen lassen muss.«

»Mir muss niemand helfen«, widersprach Sugar. »Mit mir ist alles in Ordnung. Es geht mir gut. Wirklich. Bitte, lasst Nates Pavlova nicht verkommen.«

Ihre Freunde sahen sich ratlos an, aber George ließ sich nicht beirren.

»Ich möchte Sie auf keinen Fall in Verlegenheit bringen, nachdem Sie mich immer so freundlich und respektvoll behandelt haben«, sagte er. »Aber genau aus diesem Grund muss ich Ihnen hier und jetzt vor diesen anständigen Menschen, denen Sie allen am Herzen liegen, erklären, dass es Ihnen ganz und gar nicht gut geht, Sugar. Sie leiden, und Sie leiden, weil Sie sich von einer der schönsten und grundlegendsten menschlichen Erfahrungen abgeschnitten haben. Wer das tut, dem geht es nicht gut. So funktioniert das nicht.«

»Ich habe mich von gar nichts abgeschnitten«, widersprach Sugar. »Ich weiß, worauf Sie anspielen. Aber davon habe ich mich nicht abgeschnitten. Ganz und gar nicht.«

»Er redet von der Liebe«, flüsterte Ruby.

»Oh Mann«, sagte Lola.

»Er redet von Theo«, sagte Ruby daraufhin zu Sugar. »Theo liebt dich. Er liebt dich wirklich, Sugar.«

Und mit einem Mal brach sich die Sehnsucht nach Theo, die sich so lange in Sugar aufgestaut hatte, rücksichtslos Bahn wie ein reißender Sturzbach. »Aber er ist allergisch gegen Bienen«, heulte sie. »Und das ertrage ich nicht. Meine Bienen haben mich durch dick und dünn begleitet, und ich kann doch nicht riskieren, dass sie jemandem, der mir vielleicht und vielleicht auch nicht am Herzen liegt, etwas antun könnten.«

»Sie gibt wirklich gute Partys, das muss man ihr lassen«, sagte Mrs. Keschl zu Mr. McNally. »Auf ihren Feiern ist immer was los.«

»Miss Sugar«, erklärte ihr George. »Ihre Bienen fliegen immer wieder auf Theos Dach, und keine hat ihn bis jetzt gestochen. Sagt Ihnen das nichts? Es geht nicht darum, wie er zu den Bienen steht; sondern darum, wie die Bienen zu ihm stehen. Es ist Zeit, die Vergangenheit hinter sich zu lassen, Miss Sugar. Sie haben keine Angst, dass sie sein Leben in Gefahr bringen könnten, Sie haben Angst vor Ihrem eigenen Leben.«

»Ich kann das nicht«, weinte Sugar. »Ich kann es einfach nicht.«

»Nennt man das nicht feige, wo Sie herkommen?« Für seine Verhältnisse klang Nate ungewöhnlich laut und tapfer. »So haben Sie es mir selbst erklärt, als ich mich nicht um den Job im Citroen beworben habe.«

Das bremste Sugars Tränen, und sie hickste kurz, womit sie ein paar Atemzüge Zeit gewann. »Da habe ich mich nur geärgert, weil ich dachte, dass der Job ideal für dich wäre, Schatz. Du wärst ein genialer Chefkonditor.«

»Das ist überhaupt nichts anderes«, wandte Ruby ein. »Wenn wir glauben, dass Theo ideal für dich wäre, ist das genau das Gleiche.«

»Dann mache ich es«, erklärte Nate tapfer. »Wenn du Theo noch eine Chance gibst, bewerbe ich mich im Citroen um einen Job.«

George lächelte ihn an, und Nate richtete sich etwas auf und lächelte zurück.

»Was interessiert es euch, was ich tue oder lasse?« Sugar sah sie der Reihe nach an, und ihr traten wieder Tränen in die Augen. »Ich weiß wirklich nicht, warum es darüber eine Volksabstimmung geben muss.«

»Jetzt geht das schon wieder mit dem Demokratiegerede los«, mischte sich Mrs. Keschl ein. »Schwingen Sie endlich Ihren kleinen Hintern da rüber und schnappen Sie sich den Kerl.«

»Aber Sie haben selbst gesagt, dass Männer einer Frau jede Lebensfreude austreiben. Sie haben gesagt, Sie würden sich nie wieder mit einem einlassen.«

»Was weiß ich denn schon?«, entgegnete Mrs. Keschl. »Ich lebe ein Stockwerk unter meinem Einfaltspinsel von Exmann! Wenn ich nicht mindestens einmal täglich seine hässliche Visage sehen wollte, wäre ich schon längst in eines unserer anderen Häuser gezogen!«

»Sie haben noch mehr Häuser?« Das war zu viel für Lola.

»Du siehst gern meine hässliche Visage?«, fragte Mr. McNally.

»Aber Sie sind sich spinnefeind«, sagte Sugar. »Ständig giften Sie sich an.«

»Hannah und ich haben unsere Differenzen«, sagte Mr. McNally.

»Aber das heißt nicht, dass es zwischen uns nicht funkt«, pflichtete Mrs. Keschl ihm bei.

»Hannah?«, wiederholte Lola. »Wow. Ich hätte nie gedacht, dass Sie auch einen Vornamen haben, und erst recht nicht, dass bei Ihnen noch was funken könnte.«

»Könntest du aufhören, mich immerzu anzugiften?«, fragte Mr. McNally seine Exfrau.

Sie zuckte mit den Achseln. »Wenn du mit mir tanzen gehst?«

»Sag wann und lass mir ein paar Tage Zeit, um neue Einlagen zu besorgen.«

»Dann ja, Jimmy. Dann höre ich auf, dich anzugiften.«

»Das ist der schrägste Brunch aller Zeiten«, fand Lola. »Vor allem, da keiner was trinkt.«

»Auf dem Kühlschrank steht eine Flasche Maker's Mark«, sagte Sugar. »Ich glaube, ich könnte jetzt einen Schuss auf Eis brauchen mit einem halben Teelöffel kalifornischem Honig, einem Spritzer Zitrone und etwas frischer Minze, wenn du das für mich mixen könntest.«

»Ich erledige das«, sagte Nate und verschwand in die Küche.

»Ich nehme auch einen«, rief Mrs. Keschl ihm nach.

Auch Lola bestellte mit erhobener Hand einen Whisky. »Ich finde, Romantik wird überschätzt«, sagte sie, »aber falls du wirklich irgendwann vor dem Altar landen solltest, wäre Ethan bestimmt ein toller Blumenjunge.«

»Falls ich irgendwann vor dem Altar landen sollte?« Sugar schnäuzte sich. »Hört zu, ich weiß, was ihr hier versucht, und das ist wirklich rührend, aber es ist nicht so einfach wie ...«

»Ich tue auch was«, meldete sich Ruby leise zu Wort. »Wenn du es mit Theo probierst, dann rede ich mit den Psychiatern. Für dich. Für dich würde ich das tun. Weil ich dann die in eurer Geschichte sein kann, die später sagt, sie hätte es von Anfang an gewusst, wir alle hätten es gewusst, wir wären mit euch in einem Raum gewesen und hätten sofort gewusst, dass ihr eines Tages zueinanderfinden würdet, obwohl Theo allergisch gegen Bienen ist und dir deine Bienen das Wichtigste auf der Welt sind.«

»Ach Schätzchen«, sagte Sugar. »Meine Bienen sind mir nicht mehr das Wichtigste auf der Welt. Das seid inzwischen ihr.«

»Dann sollten wir jetzt den großen weißen Hut aufessen«, sagte Mr. McNally.

»Und dann ziehen wir los und holen die Bienen«, ergänzte Nate.

Sugar stand langsam vom Tisch auf. »Ich weiß wirklich nicht, was ich dazu sagen soll.«

»Sag einfach, dass du es probierst«, schlug Lola vor.

Sugar fixierte sie lang und nachdenklich. »Ich werde dir nicht versprechen, dass Ethan unser Blumenjunge sein kann, weil es keine Hochzeit geben wird«, sagte sie. »Aber wenn ich wirklich da rübergehe, würdest du dann wenigstens erwägen, deinen Ballonladen mindestens vier- oder fünfmal in der Woche vormittags zu öffnen und ihn bis abends offen zu lassen?«

»Als würde das irgendwas bringen«, sagte Lola. »Aber okay. Wenn du meinst.«

36

»Ist dir je der Gedanke gekommen, dass dir deine Bienen vielleicht was sagen wollen?«, fragte Theo ohne jede Vorrede, nachdem er die Wohnungstür geöffnet hatte, vor der Sugar stand, flankiert von Ruby und Nate.

»Noch nicht«, sagte Sugar.

»Bis heute.« Ruby setzte die knochigen Hände unten an Sugars Rücken und schob sie vorwärts. Gleichzeitig beugte Nate sich vor und zog die Tür hinter Sugar ins Schloss, sodass sie allein und nur eine Handbreit vor Theo in seinem Apartment zu stehen kam.

»Bitte entschuldige, dass ich so unhöflich bin«, sagte Sugar. »Du musst glauben, ich …« Aber ehe sie auch nur genauer überlegen konnte, was er glauben musste, versagte ihr die Stimme unter den letzten fünfzehn Jahren, in denen sie sich so angestrengt hatte, nicht ganz so an ihrem gebrochenen Herzen zu leiden. Sie fühlte sich so verängstigt und in die Ecke gedrängt, dass ihr nichts anderes übrig blieb, als konfus mit den Händen zu wedeln und dabei nach Luft zu schnappen wie ein Fisch auf einem sonnendurchglühten Pier.

»Ich habe Tee da«, sagte Theo und führte sie behutsam zu seiner riesigen Ledercouch, dicht gefolgt von Princess. »Und Honig – ich habe ihn auf dem Markt am Union Square besorgt. Honig vom Dach, genau wie deiner. Ich hätte ja welchen bei dir auf dem Tompkins Square gekauft, aber ich hatte Angst, du könntest mir das Glas an den Kopf werfen. Inzwischen habe ich alle möglichen Sorten ausprobiert, und ich glaube, ich entwickle mich langsam zum Kenner.«

Immer noch atemlos und knallrot vor Verlegenheit ließ sie sich auf das Sofa fallen. Princess legte das Kinn auf ihr Knie und sah zu ihr auf, während Theo sich in der Küche zu schaffen machte.

»Wusstest du, dass es in Afrika einen Drink namens Dawa gibt, der nur aus Gin, Zitronensaft und Honig besteht? Dawa heißt auf Suaheli ›Zaubertrank‹, was meiner Meinung nach ein ziemlich treffender Begriff für einen Cocktail aus Gin und Honig ist. Nicht dass ich dir jetzt einen anbieten möchte. Um diese Uhrzeit trinkt man Tee. Das weiß ich. Hier, probier das.« Er setzte sich neben sie auf das Sofa und sah ihr zu, während sie ruhiger zu atmen versuchte und dann an ihrer Tasse nippte.

»Bitte verzeih mir dieses ganze Theater«, sagte sie schließlich. »Meine Mutter hat mir beigebracht, niemals vor einem Mann zu weinen, weil das angeblich den Testosteronspiegel senkt, und ich habe eben vor vier Männern geweint, sogar fünf, wenn man Ethan mitzählt.«

»Also, meine Mutter hat mir beigebracht, dass Männer zu viel Testosteron produzieren«, antwortete Theo. »Demnach gleicht sich das wahrscheinlich aus.«

»Es ist mir so peinlich, dass meine Bienen immer wieder deinen Fernando Botero belästigen.«

»Nichts, was dich hierherbringt, ist eine Belästigung«, sagte Theo.

»Du redest, als würdest du mich kennen, aber das tust

du nicht«, warnte Sugar ihn. »Es gibt vieles, was du nicht über mich weißt, und glaub mir, es würde dir nicht gefallen.«

»Hast du jemanden umgebracht?«

»Natürlich nicht.«

»Machst du eine kohlenhydratfreie Diät?«

»Niemand kann völlig ohne Kohlenhydrate auskommen. Ehrlich, Theo, ich komme aus dem Süden. Da gibt's keine kohlenhydratfreien Speisen. Mach keine Witze. Von so was rede ich nicht. Ich rede von anderen Dingen. Wirklich schlimmen Dingen.«

»Sugar Wallace, du hast doch nicht etwa hässliche Zehen?«

»Tatsächlich sind sie nicht gerade mein schönster Körperteil, allerdings haben Zehen den Vorteil, dass man sie leicht verstecken kann, wenn die Füße mal einen schlechten Tag haben.«

»Ich befinde mich praktisch den ganzen Tag im Kampf gegen meine Nasenhaare«, gab Theo zu. »Und das ist doppelt schlimm, weil die nicht nur mitten im Gesicht, sondern noch dazu ganz vorn im Gesicht wachsen.«

Es ist ein so nettes Gesicht, dachte Sugar, stellte ihre Tasse ab und betrachtete es eingehend. Auf einmal kam es ihr geradezu unglaublich vertraut vor, wenn man bedachte, wie wenig Zeit sie mit diesem Gesicht verbracht und wie sehr sie sich dabei bemüht hatte, es nicht anzusehen.

Aber nun war es direkt vor ihr und wartete nur darauf, dass ihr Blick darauf fiel.

Sie merkte, wie die Schmetterlinge in ihrem Bauch herumzuflattern begannen, und kämpfte den Drang nieder, sie augenblicklich platt zu klopfen.

Und was war, wenn sie sich tatsächlich in Theo verliebte und er ihre Liebe nicht aufrichtig erwiderte, so wie damals Grady? Damals hatte sie überlebt, aber nur weil sie alles unternommen hatte, damit ihr so etwas nie wieder passierte. Sie wusste nicht, ob sie ihr Herz dem noch einmal aussetzen durfte. Sie wusste nicht einmal, ob sie es überhaupt noch konnte.

Allerdings wusste sie sehr wohl, dass sie in diesem Augenblick erstmals seit Grady wieder neben einem Mann saß, der ihren Puls zum Rasen, ihre Wangen zum Glühen und ihre Hände zum Schwitzen brachte und ihr völlig den Kopf verdrehte.

Falls die Liebe eine Achterbahn war, war sie längst eingestiegen.

George hatte recht. Sie musste sich ihrer Zukunft stellen. Selbst wenn alles schiefging, würde Ruby Hilfe und Nate sich einen neuen Job suchen, die Trolle würden sich weniger ankeifen, und endlich würde nicht nur ein Mensch pro Woche in diesem Winkel der großen, schönen Metropole New York einen Ballon kaufen können.

»Ich war mal verlobt, aber dann bin ich von meiner eigenen Hochzeit getürmt«, erzählte sie. »Ich habe meinen Verlobten blamiert, meine Familie beschämt, meine Freunde verlassen und mein ganzes Leben aufgegeben, und seither war ich nicht mehr zu Hause.«

Damit konnte sie Theo nicht abschrecken. Er hatte mit Schlimmerem gerechnet. »Du bist also mutterseelenallein auf der Flucht?«

»Eher mutterseelenallein auf weiter Flur.«

»Also, das war bestimmt schlimm für dich und deinen damaligen Verlobten und deine Familie und deine

Freunde und mit Sicherheit auch für den Hochzeitsplaner und, na schön, wahrscheinlich auch für den Catering-Service, aber nicht für mich, Sugar. Schließlich hat dich das hierhergeführt, oder?«

»Ich war damals erst zwanzig«, erklärte Sugar und rätselte, wieso man sich eigentlich schlechter statt besser fühlte, wenn jemand Mitleid mit einem hatte. »Und ich muss gestehen, dass ich ihn wirklich liebte, Theo, allerdings stellte sich heraus, dass er andere Vorstellungen hatte, was das Lieben anging, und dann stellte sich zudem heraus, dass ich durchaus einen eigenen Kopf hatte, auch wenn ich das damals nicht geahnt hätte.«

»Ich kann eine richtige Jessie sein«, sagte Theo. »Aber ich liebe deinen Kopf so, wie er ist.«

»Dass du eine Jessie sein kannst, ist mir schon zu Ohren gekommen«, sagte Sugar. »Allerdings weiß ich nicht genau, was das ist.«

»So was wie eine große Mädchenbluse«, erklärte Theo.

»Und du glaubst, das hilft mir weiter?«, sagte Sugar. »Ich weiß nicht mehr, wo mir der Kopf steht, Theo. Es gefällt mir nicht, was ich für dich empfinde. Seit ich dir das erste Mal begegnet bin, habe ich das innere Gleichgewicht verloren. Und dann bist du getürmt, Theo, wegen deiner Allergie, wie ich inzwischen weiß, aber so etwas will ich nie wieder empfinden. Und meine Bienen bedeuten mir alles, darum macht es mich so fertig, dass ich sie nicht halten kann, obwohl sie bisher durch dick und dünn zu mir gehalten haben. Es will mir nicht in den Kopf, warum sie mich urplötzlich für jemanden verlassen, der allergisch gegen Bienen ist.«

»Ich habe inzwischen den Superstift aus Schweden,

schon vergessen? Und vielleicht verlassen sie dich ja gar nicht. Vielleicht wollen sie nur zu mir.«

»Zu Grady wollten sie auch, und das hat kein gutes Ende genommen.«

»Grady?«

»Dem letzten Mann, den ich um ein Haar geheiratet hätte, womit ich nicht sagen will, dass ich dich um ein Haar heiraten würde. Damals hat mich Elizabeth die Erste gewarnt. Wenigstens glaube ich, dass sie es war. Und ich glaube, dass sie mir das sagen wollte. Weißt du was? Es ist verflucht kompliziert.«

»Deine Bienen haben dich also vom Heiraten abgehalten?«

»Ich glaube schon.«

»Und du hast auf sie gehört? Du hast ihnen vertraut?«

»Natürlich. Ich bin Imkerin. Wir vertrauen unseren Bienen.«

»Na dann.« Theo stand auf und reichte ihr die Hand. »Dann gehen wir jetzt nach oben und stellen fest, was die Bienen von mir halten.«

»Das werde ich auf keinen Fall, Theo. Grady war nicht allergisch. Die Bienen haben ihn nur aufgestachelt – das allerdings mächtig –, dich hingegen könnten sie töten. Das ist keine gute Grundlage für eine Beziehung.«

»Jeden Tag müssen Menschen ganz andere Probleme bewältigen«, erklärte Theo und zog sie einfach von der Couch. »Es wäre viel schlimmer, wenn du Celine Dion lieben würdest oder so.«

»Natürlich liebe ich Celine Dion. Wie könnte man sie nicht lieben? Es gibt nichts an ihr, was nicht liebenswert wäre: Sie ist ein durch und durch netter Mensch. Nur ein Monster würde Celine Dion nicht lieben. Das ist was anderes, als den Typen nicht zu lieben, der kleinen Vögeln den Kopf abbeißt.«

»Den mag ich!«

»Da hast du es, Theo, wir passen überhaupt nicht zueinander. Das sind nur die Hormone oder Pheromone oder wie diese anderen Dinger heißen, die man freisetzt, wenn man einen Marathon läuft.«

»Endorphine«, sagte Theo und führte sie die Treppe hinauf auf sein Dach. »Und immerhin kommunizieren wir, oder? Kommunikation ist der Schlüssel zu einer erfüllenden Beziehung, das weiß doch jeder. Insektenverträglichkeit wird als Faktor nur selten erwähnt.«

Er packte Sugars Hand und zog sie geradewegs zu der Skulptur, auf deren ausladender Büste Elizabeth die Sechste mit ihren Untertaninnen herumkrabbelte.

»Bitte, Theo«, flehte Sugar ihn an und versuchte ihn wieder wegzuziehen. »Nicht.«

»Sugar Wallace, du musst wissen, dass ich mir noch nie in meinem Leben so sicher war wie bei dir, und dies ist mit Sicherheit der beste Weg, dir das zu beweisen.«

Er ließ sich auf ein Knie sinken, den Kopf gefährlich nah an dem beweglichen Bienen-BH über der Botero-Büste, und im selben Moment sah Sugar zu ihrem Entsetzen Elizabeth die Sechste aus dem Bienenschwarm aufsteigen und über der schwarzen Masse schweben, bis sich die übrigen Bienen nacheinander zu Dutzenden und Hunderten und Tausenden von der Skulptur erhoben und sich hinter Theo zu einem dichten schwarzen Band formierten.

»Steh auf, Theo, bitte«, flehte Sugar ihn an. »Lass uns reingehen. Wir können drinnen über alles reden.«

Aber Theo blieb auf einem Knie, während Elizabeth die Sechste das bewegliche Band ihrer Untertanen zu einem Ring formte, der wie ein schwarzbrauner Heiligenschein über seinem Kopf schwebte. »Nein«, sagte er, unter winzigen Schweißperlen, aber fest entschlossen. »Ich werde nicht reingehen. Du glaubst, dass diese Bienen zwischen dir und mir und unserem Glück stehen, aber ich werde dir beweisen, dass das nicht stimmt.«

»Hast du wenigstens deinen Zauberstift dabei?«, fragte Sugar. »Und was muss ich machen? Wenn du gestochen wirst – was muss ich dann machen?«

»Ich werde nicht gestochen«, versicherte ihr Theo; und tatsächlich schienen die Königin und ihre Kohorten den einmal gewählten Abstand zu halten. »Ihre Stacheln können mich nicht tiefer treffen als der, der mich schon getroffen hat, Sugar. Aber selbst wenn sie mich stechen – weißt du was? Irgendwann werden wir alle gestochen. Wir können uns nicht ewig verstecken, nur damit es uns nie wieder passiert.«

»Oh doch! Genau das sollten wir tun! Vor allem du! Bitte, Theo – steh auf.«

»Ich stehe erst auf, wenn du sagst, dass du mich heiratest.«

»Ich kenne dich doch gar nicht!«

»Ich könnte dich glücklich machen.«

Wie er so neben einer Nackten auf dem Dach kniete, umschwärmt von Bienen, die ihn jederzeit töten konnten, machte er beileibe nicht den Eindruck, jemand anders glücklich machen zu können. Dennoch erkannte sie auch in diesem Moment in diesen so blauen, blauen Augen die für ihn typische unerschütterliche Gewissheit, dazu seine Zärtlichkeit, die ihre Knie weich werden ließ, und seine Begierde, die sie mit leichtem Schaudern erwiderte.

»Theo, ich habe wirklich Angst.«

»Ich weiß. Aber wenn du versprichst, mich zu heiraten, dann werde ich nicht vor all deinen Freunden, die uns von deiner Dachterrasse aus beobachten, zu Tode gestochen, und du wirst diese Schuld nicht mit ins Grab nehmen müssen.«

Sugar drehte sich um und sah ihre Freunde, die ihr von ihrem Dach aus zuwinkten.

»Ist heute internationaler Erpressertag?«

»Es ist keine Erpressung, wenn du eigentlich ja sagen willst und nur zu höflich bist.«

»Ich bin überhaupt nicht *zu* höflich; ich bin einfach nur höflich. Theo, bitte. Die Bienen sind nicht sie selbst. Ich weiß nicht, was sie anstellen werden.«

»Ist das ein Ja?«

»Nein! Ganz bestimmt nicht, Theo, aber vielleicht …«

»Aber vielleicht?«

»Aber vielleicht, okay, lass es mich so sagen. Wenn du mich nie wieder bittest, dich zu heiraten, dann gehe ich vielleicht mit dir essen.«

»Versprichst du mir das?«

»Du mir auch?«

»Ja.«

»Dann verspreche ich es auch.«

Kaum waren die Worte ausgesprochen, da führte Elizabeth die Sechste ihr getreues Gefolge hoch in die Lüfte, fort von Theo, fort von seinem Dach, hinüber zu den Baumwipfeln über dem Tompkins Square Park und dann in einer Siegesrunde noch einmal über sie hinweg, um schließlich erneut über der Skulptur niederzugehen und sich zwischen den Schenkeln des Fernando Botero niederzulassen.

Und auf dem Dach gegenüber brachen Mrs. Keschl, Mr. McNally, Nate, Ruby, George, Lola und sogar Ethan in Jubel aus.

37

Dank der neuen Brille, die Mrs. Keschl auf Sugars Drängen hin gekauft hatte, machte sie Frühjahrsputz.

Ohne die neue Brille hatte sie keine Vorstellung davon gehabt, wie viel Schmutz sich an wie vielen Ecken in ihrer Wohnung angesammelt hatte. Mit der neuen Brille konnte sie keinen Schritt in ihren Pantoffeln tun, ohne dass eine Staubwolke aufstieg oder sie eine Spinnwebe entdeckte.

Sie hatte Sachen in ihrem Kühlschrank gefunden, die dort seit den neunziger Jahren überdauert hatten, und probierte gerade einen Löffel von etwas Gelbem, Würzigem aus einem Glas, das sie noch nie gesehen hatte, als jemand anklopfte. Weil sie hoffte, dass es Sugar mit frischen Keksen oder neuen Kerzen oder einem Topf Honig oder einer Salbe für ihre rauen Ellbogen war, schlurfte sie zur Tür und zog sie auf.

Vor ihr stand Mr. McNally in seinem besten Sonntagsstaat und mit einem tragbaren Kassettenrecorder in der Hand.

»Oh«, sagte Mrs. Keschl.

Sie trug ihren schmuddeligsten Putzkittel, eine löchrige Unterhose, ein altes Kopftuch über ihrem ungekämmten Haar und keinen Lippenstift. (Den Lippenstift hatte sie aufgegeben; er drang viel zu tief in die Schluchten in ihrem Gesicht vor.)

Doch als Mr. McNally sie in diesem Augenblick ansah, sah er nichts davon. Er sah nur das siebzehnjährige Mädchen, das ihm vor so vielen Jahren draußen auf der Flores Street aufgefallen war und das er mit einer einzelnen roten Rose umworben hatte. Es hätte ihn nicht gekümmert, wenn sie einen Kartoffelsack getragen hätte. Eigentlich tat sie das mehr oder weniger, und es kümmerte ihn nicht.

Selbst in ihrem formlosen Synthetikkittel brachte Hannah Keschl die Freude in sein Leben zurück.

Und das sah Mrs. Keschl ihm an, obwohl er sie so überrumpelt und sie einen gelben Punkt auf der Nase und seit zwei Jahren ein Klingeln im Ohr hatte. Etwas an seinem Blick verriet ihr, dass sie sich nicht hinter den spitzen Kommentaren zu verschanzen brauchte, hinter denen sie seit so vielen Jahren ihre wahren Gefühle verbarg. »Jimmy McNally«, sagte sie stattdessen, als trüge sie einen Nerzmantel und ein Diamantkollier, »was bringt dich zu dieser Stunde an meine Tür?«

Schließlich war es erst sieben Uhr morgens.

»Hannah Keschl«, erwiderte er mit dem Funkeln in den Augen, das sie noch von früher kannte, »ich würde mich geehrt fühlen, wenn Sie mir den nächsten Tanz gewähren würden.«

Er hantierte an seinem Kassettengerät herum, Musik schallte durch ihre Wohnung, und sie merkte, dass abgesehen vom Fernseher seit langer, langer Zeit kein derartiger Laut ihr Heim erfüllt hatte.

»›*Sixteen Candles*‹«, sagte sie mit Tränen in den Augen. Das war damals ihr erster Tanz gewesen.

»Ich habe mir auch neue Einlagen besorgt«, sagte

Mr. McNally. »Wie versprochen. Darf ich also reinkommen?«

Mrs. Keschl nickte, und er glitt an ihr vorbei, stellte das Kassettengerät oben auf den Fernseher, drehte sich zu ihr um und breitete erwartungsvoll die Arme aus. Sie trat, ohne zu zögern, hinein, und dann tanzten sie langsam durch den Raum.

»Weißt du noch, dass ich dich damals immer meine Königin genannt habe, Hannah?«

»Das schon«, sagte sie. »Ich weiß nur nicht mehr, warum ich drei Gläser Thaicurry gekauft habe.«

»Du bist immer noch eine gute Tänzerin.«

»Das Gleiche könnte ich über dich sagen. Hast du all die Jahre heimlich geübt?«

»Nicht ein einziges Mal. Und du?«

»Nie.«

Sie ließ den müden Kopf an seine Schulter sinken. »Und du hast wirklich aufgehört zu trinken, Jimmy? Ehrlich?«

»An dem Tag, an dem du mich rausgeschmissen hast. Seither habe ich keinen Tropfen mehr angerührt.«

»Ich habe dich nur rausgeschmissen …«

»Ich weiß, Hannah, ich weiß. Und ich kann es dir guten Gewissens nicht verübeln, obwohl ich es damals getan habe. Aber inzwischen nicht mehr. Du wärst verrückt gewesen, es noch länger mit mir auszuhalten. Bitte verzeih mir, dass ich ein so schrecklicher Ehemann war.«

Siebenundzwanzig Jahre hatte sie auf diese Worte gewartet. Eine Entschuldigung. Mrs. Keschl tanzte nicht nur, sie schwebte auf Wolken.

»Wir passen so gut zueinander«, sagte Mr. McNally. »Mein Gott, das hatte ich ganz vergessen.«

Sie auch, aber auf einmal war alles wieder da. »Halt die Klappe und tanz, Jimmy«, sagte sie.

Er hielt die Klappe. Und sie tanzten.

38

Theo und Sugar dateten wie ganz normale Menschen, nur langsamer.

Er kaufte ihr Pralinen in herzförmigen Schachteln und Pflanzen für ihre Dachterrasse, und er schickte ihr Postkarten; jeden Tag eine und jeweils mit einer handgeschriebenen Nachricht.

Ich freue mich schon auf heute Abend, stand auf der ersten.

Ich liebe dein Lachen, war auf der zweiten zu lesen.

Verzeih mir, dass ich dein Kleid mit Ketchup bekleckert habe, bat die dritte.

Sie machte ihm Schweinekoteletts mit Honig-Senf-Sauce, ihr geliebtes Nussbrot mit Datteln und Honig, und sie nähte eine elegante Leinenjacke für Princess, der sie begeistert zerfetzte, sobald sie ihm eine Sekunde den Rücken zudrehten.

Ihr Herz hatte gut daran getan, sich auf dieser ganz besonderen Achterbahn auf den vordersten Platz zu setzen. Je mehr Zeit sie mit Theo verbrachte, desto besser schien er zu ihr zu passen.

Es gab nur einen einzigen Stolperstein: das große Doppelbett, das die Hälfte ihres Apartments einnahm.

Sie wünschte sich so sehr, dass Theo sie daraufschleuderte und mit ihr Unaussprechliches auf den eingeschlagenen Laken anstellte, aber sie hatte immer noch Angst, sich völlig gehen zu lassen. Nicht weil sie sozusagen davor zurückscheute, wieder aufs Pferd zu steigen. Im Vergleich zu Grady war jede erotische Erfahrung eine Verbesserung gewesen, und sie war überzeugt, dass sie in dieser Beziehung inzwischen durchaus ihre Frau stehen konnte. Aber mit Theo zu schlafen wäre die intimste Bewährungsprobe, und sie wollte auf keinen Fall enttäuscht werden.

Der Mann raubte ihr mit seiner bloßen Anwesenheit den Atem, er elektrisierte sie bei jeder Berührung, und sie liebte ihn wie wahnsinnig, wie sie sich inzwischen eingestand, aber dennoch suchte ein winziger Teil in ihr – der verletzte, verletzliche Teil – immer noch nach einem Schlupfloch. Ein winziger Teil von ihr klammerte sich immer noch an die vertraute Vorstellung, eines Tages weiterzuziehen, ohne jemanden mitzunehmen.

Dann lernte sie seine Nichte kennen und kam zu dem Schluss, dass es womöglich zu spät war, um noch weiterzuziehen.

Frankie und ich laden dich herzlich in den Community Garden in der 6th Street zu einem Picknick in der Abenddämmerung ein, stand an diesem Tag auf der handgeschriebenen Karte.

Sugar brachte ihren Honigkuchen mit, Theo eine gekühlte Flasche Rosé sowie Bagels mit Räucherlachs von Russ & Daughters und Frankie eine Zwerglilie im Tontopf. »Für deine Bienen«, sagte sie beim Überreichen. Sie war ein altkluges Mädchen mit rosa Strähnen im Haar. »Ich hab nachgeschlagen, was sie mögen.«

»Wir beide«, sagte Sugar, »werden uns ganz fantastisch verstehen.«

Ein Pärchen mit zwei kleinen Kindern kam mit Frikadellen und Apfelkuchen in den Garten, ließ sich in ihrer Nähe nieder und dann ein Zwergkaninchen laufen, an dessen Geschirr ein Ballon mit der Aufschrift *Happy Birthday* befestigt war.

»Das könnte eine Geschäftsidee für Lola sein«, sagte Sugar. Der Ballonladen hatte in letzter Zeit häufiger geöffnet, aber die Kunden, die ein und aus gingen, sahen für Sugar nicht so aus, als wären sie an Ballons interessiert.

»Wenn ihr mich fragt, hat Princess den Hasen zum Fressen gern«, bemerkte Frankie.

Die Mutter nebenan sah auf und lächelte Sugar verschwörerisch zu, und ihr ging auf, dass sie, Theo und Frankie wie eine ganz normale Familie aussahen. Tränen kitzelten hinter Sugars Lidern. Sie hatte vor langer Zeit ihre Träume von einer gewöhnlichen Familie beerdigt. Aber jetzt, in der gesprenkelten Abendsonne, zwischen dem hechelnden Princess und Theo und Frankie, die sich gegenseitig beim Kartenspiel aufzogen, öffnete sich ihr Herz auf einmal allen nur erdenklichen Möglichkeiten.

Sie dachte an ihre Brüder Ben und Troy; an ihre Frauen und Kinder, die sie noch nie gesehen hatte; an ihren früher so stolzen Vater und an ihre Mutter, die sie so enttäuscht hatte. An die Straßen südlich der Broad Street, durch die sie als Mädchen mit Miss Pickles gezogen war und aus denen sie vor einem freudlosen Leben an Gradys Seite geflohen war.

Sie dachte an die vielen Jahre, die sie inzwischen von

alldem abgeschnitten war, doch dann fiel ihr Blick wieder auf Theo mit seinem allgegenwärtigen Grübchen und den breiten Schultern, die mehr als bereit waren, sich zu seinen Sorgen auch ihre aufzuladen, und sie spürte etwas Neues, Magisches, fast wie auf der Zunge prickelnde Champagnerperlen, das ihren ganzen Körper mit Hoffnung erfüllte.

Es war an der Zeit.

»Komm doch bei mir vorbei, wenn du Frankie heimgebracht hast«, flüsterte sie ihm ins Ohr, als die beiden sie in der Flores Street absetzten.

Noch nie war Frankie so schnell heimgebracht worden.

Als Theo in ihre Wohnung kam, hatte Sugar überall sanft flackernde Kerzen aufgestellt: mit Ylang Ylang, Rose, Vanille und Orangenöl. Es war eine zauberhafte Nacht, die Lichter Manhattans funkelten vor dem staubig rosafarbenen Sonnenuntergang, und die Großstadt summte im Hintergrund wie ein entferntes Orchester.

Theo war ein geduldiger Mensch, er hätte ewig auf Sugar gewartet, aber sobald sie ihm die Tür öffnete, sah er ihr an, dass das nicht mehr nötig war. Sie zog ihn in ihr Apartment und zum Bett und knöpfte ohne ein Wort sein Hemd auf, dann drehte sie sich um und hob ihr Haar an, damit er ihr Kleid öffnen konnte. Es glitt zu Boden, und im nächsten Moment stand sie vor ihm, gebadet im bebenden Licht des Mondes und der Kerzen.

»Jetzt werde ich dir mein geheimes Muttermal zeigen«, versprach sie ihm, und dann zeigte sie es ihm, neben einigen anderen Dingen.

Über den Dächern von Manhattans Alphabet City

liebten sich Theo und Sugar in andächtiger, perfekter Zärtlichkeit. Er enttäuschte sie keine Sekunde. Und sie wurde nicht müde, ihn auf die Probe zu stellen.

»Du hast recht, es sieht tatsächlich aus wie George W. Bush«, sagte Theo, als er drei Tage später zum dritten Mal neben ihr aufwachte.

Er streichelte ihren flachen Bauch und betrachtete den Fleck über ihrem Hüftknochen, während sie den Bienen vor der Terrassentür zusah, die glücklich vor ihrem Stock summten. Bis vor drei Tagen waren sie täglich desertiert.

»Ich glaube, Elizabeth die Sechste mag dich wirklich«, sagte sie. »Sie hat dich nicht nur am Leben gelassen, sie bleibt auch hier, wenn du hier bist.«

»Ich bin eben unwiderstehlich«, stimmte Theo ihr zu. »Das finden alle tollen Bienen.«

Er zog sie an seine Seite und küsste sie.

Sugar, die verständlicherweise argwöhnisch gegenüber allen Anwälten war, hatte ihr Urteil revidiert, nachdem sie herausgefunden hatte, dass Theo inzwischen für eine Stiftung arbeitete, die armen und obdachlosen New Yorkern half.

»Aber als George auf dir landete und du dachtest, er sei obdachlos, hast du nicht mal dein Telefongespräch unterbrochen«, sagte sie. »Das habe ich mit eigenen Augen gesehen.«

»Ich habe keine Sekunde gedacht, er sei obdachlos«, sagte Theo. »Er hatte saubere Fingernägel und roch nach Old Spice.«

»Genau das Gleiche habe ich auch gesagt!«

»Und bei dem Telefonat ging es um die Zwischenfinanzierung einer Notunterkunft in der Bronx, die andernfalls geschlossen worden wäre. Was wir übrigens verhindert haben, danke der Nachfrage.«

Er hatte lange für sehr reiche Menschen gearbeitet und war vorübergehend selbst einer gewesen, erzählte er ihr. Damals hatte er Carolyn kennengelernt, die Frau, die später seine Frau werden sollte und die anfangs seinem Anforderungskatalog genau entsprochen hatte.

»Aber dann begann ich mich zu fragen, ob diesen Katalog nicht jemand anders erstellt hatte«, gestand er.

Sie eilte von einer Party zur nächsten, während er sie bald überhatte. Sie schlief lange, während er gern früh aufstand. Sie aß wie ein Spatz, er futterte wie ein Pferd. Sie liebte die Hamptons, während er sich dort nie heimisch fühlte. Carolyn brachte etwas in Theo zum Vorschein, von dem er bis dahin nichts geahnt hatte und das er nicht noch einmal sehen wollte.

Er erzählte, wie er sein Leben umgekrempelt hatte, als er ein Jahr nach der Scheidung eines Morgens aufgewacht war und festgestellt hatte, dass er nicht einen einzigen Freund hatte. »Dabei bin ich ein netter Kerl. Obwohl ich damals – auch wenn das vielleicht schwer zu glauben ist – eher ein Arschloch war.«

»Weißt du, ich mag es nicht, wenn jemand flucht«, sagte Sugar. »Aber ich finde das eigentlich nicht so schwer zu glauben. Und ich muss dir zugestehen, dass es auf Schottisch nicht ganz so schlimm klingt.«

»Meine Mutter sagte immer, Fluchen würde von mangelnder Fantasie zeugen.«

»Sie war bestimmt eine wunderbare Frau, Theo. Kein Wunder, dass du sie so vermisst.«

»Ich wünschte, ihr hättet euch kennenlernen können. Nie einen Penny in der Tasche, aber ein Herz aus Gold.«

»Sie war bestimmt sehr stolz auf dich.«

»Anfangs schon, und jetzt wäre sie es wieder, aber wenn sie gesehen hätte, wie ich zwischendurch mein schwerverdientes Geld für Fünfhundert-Dollar-Krawatten und Champagner zum Fenster rauswarf, hätte sie mich grün und blau geprügelt.«

»Du hattest wirklich Glück, so eine Mom zu haben.« Sugar klang ungewollt ein bisschen neidisch.

»Ja«, sagte Theo und umschiffte sensibel das Thema von Sugars Familie. »Und noch mehr Glück, dich zu finden.«

Sugar wiederum konnte selbst nicht glauben, wie viel Glück sie hatte, obwohl sie sich immer noch schwertat, diesem Glück zu trauen.

»Bitte sei mir nicht böse«, sagte Theo eines Morgens, nachdem er ihr das Frühstück ans Bett gebracht hatte (dicke Scheiben Sauerteig-Toast mit frischer Bauernbutter und Honig aus Idaho – seinem Lieblingshonig). »Aber ich möchte dir jemanden vorstellen.«

Augenblicklich bekam sie Angst. »Warum sollte ich dir deswegen böse sein? Du bist doch nicht mehr verheiratet, oder? Oder schwul? Oder wechselst du dich jeden Tag mit deinem eineiigen Zwilling ab, der ebenfalls Theo heißt?«

»Wow«, sagte Theo und setzte sich auf die Bettkante. »Nein. Nichts davon.«

Er nahm ihr den Toast wieder weg und hielt ihre beiden Hände fest.

»Es gibt nichts mehr, was zwischen uns stehen könnte«,

versicherte er ihr. »Gar nichts. Na gut, ein paar Kleinigkeiten wie so was, dass ich Angst vor deinen Bienen habe und du Angst vor meinen Hemden, aber ich habe keine schmutzigen Geheimnisse mehr. Nirgendwo drohen Katastrophen. Nichts könnte dich verletzen. Ich liebe dich, Sugar, aus tiefstem Herzen, und nichts kann daran etwas ändern, das verspreche ich dir.«

Sie küsste ihn.

»Obwohl«, ergänzte er, »ein eineiiger Zwilling mit dem gleichen Namen ein verflixt gutes Geheimnis wäre.«

Sie verabredeten sich mit Theos Freundin im Life Café am Tompkins Square zum Mittagessen. Kurz nach ihnen schlängelte sich eine in mehrere teure schwarze Kaschmirschals gehüllte, rundliche blonde Frau zwischen den Tischen durch.

Theo stand auf, um sie zu begrüßen.

Etwas an ihr wirkte vertraut, dennoch konnte Sugar sie nicht einordnen. Sie trug eine Birkin Bag und einen riesigen Diamantring. Sie sah nicht so aus, als würde sie regelmäßig in Alphabet City verkehren.

»Rosalie Portman«, stellte Theo sie vor, während sie den Stuhl auf Flecken hin kontrollierte, bevor sie sich zaghaft darauf niederließ. »Das ist Sugar Wallace.«

Portman?

»Rubys Mutter«, sagte Rosalie.

Sugar konnte ihre Überraschung kaum verhehlen. Ruby schilderte ihre Mutter immer als kühle, beherrschte Frau, und Sugar hatte sich daraufhin immer eine New Yorker Version von Etta vorgestellt. Aber diese Frau war keineswegs kühl. Sie war verlegen. Ihr fachmännisch blondiertes Haar weigerte sich, in Fasson zu bleiben; ihre Wangen waren gerötet, und auf ihrer Oberlippe perlte Schweiß. Sie war nervös.

»Ich habe Rosalie hier kennengelernt, als ich nach dir Ausschau hielt«, erklärte Theo. »Schon Monate vor dem Eis.«

»Sie sind sich hier im Café begegnet?«, fragte Sugar Rosalie.

»Ja«, antwortete sie. »Ich komme ziemlich oft hierher.«

»Das Café ist ein Treffpunkt für alle Stalker«, ergänzte Theo.

Als Rosalie lachte, leuchtete ihr Gesicht auf wie eine Pariser Straßenlaterne und strahlte Charme und Wärme aus. »Theo war der Erste, der mir versicherte, dass es in Ordnung ist, meiner eigenen Tochter nachzuspionieren.« Sie lächelte ihn an. »Ehrlich gesagt war er auch der Erste, dem ich davon erzählt habe.«

»Sie haben ihr nachspioniert?«

»Es klingt gemein, aber – hören Sie, ich weiß, dass Sie mit ihr befreundet sind«, sagte sie. »Sie hat Ihnen bestimmt schon erzählt, dass unsere Beziehung nicht gerade einfach ist.«

»Ich sage ihr immer wieder, dass sich Mütter immer um ihre Töchter sorgen, selbst wenn man ihnen das nicht immer anmerkt.«

»Danke«, sagte Rosalie. »Das ist sehr diplomatisch ausgedrückt. Ich bin Ihnen dankbar dafür – und natürlich sorge ich mich um Ruby. Ich liebe meine Tochter über alles, aber …« Für einen Moment verlor sie die Fassung, dann hatte sie sich wieder in der Gewalt. »Ihnen ist bestimmt klar, dass Ruby an Anorexie leidet.«

Ruby hatte es nie so bezeichnet, aber Sugar nickte.

»Ich kann das immer noch nicht recht glauben. Sie war ein so niedliches kleines Mädchen. Hier, ich habe ein altes Foto von ihr.« Sie öffnete ihr Portemonnaie und zog ein Bild heraus, auf dem Ruby als pummeliges Vorschulkind mit langen blonden Haaren lächelnd einen riesigen bunten Lutscher in der Hand hielt. Sie sah aus wie ein Engel.

»Und hier ist eines, auf dem sie älter war, kurz bevor alles begann.« Auf diesem Bild trug Ruby Jeans und ein weites Hemd. Das dichte Haar fiel in großen, glänzenden Locken auf ihre Schultern, aber das Lächeln war erloschen: In ihrem Blick lag schon jene Distanz, die Sugar vertraut war. Rubys Gesicht war rund, und ihr Körper weich und feminin.

»Oh«, sagte Sugar und schluckte den Kloß in ihrer Kehle hinunter, weil das Bild kaum Ähnlichkeit mit der Ruby hatte, die sie kannte. »Sie ist so schön.«

»Nicht wahr?«, sagte Rosalie. »Aber ich konnte sagen, was ich wollte, nichts konnte sie überzeugen. Sie wurde in der Schule gehänselt. Damals habe ich wohl die falsche Entscheidung gefällt. Und in diesem Alter können Mädchen so grausam sein. Ich habe wirklich alles versucht, aber sie gibt mir trotzdem die Schuld. Ich weiß es. Ich esse gern, ich habe gern Gäste, ich koche gern, und ich gehe gern einkaufen. Meine Mutter war genauso; das war unsere gemeinsame Leidenschaft. Aber Ruby glaubt, dass ich sie gemästet habe.«

»Ich finde sie überhaupt nicht dick«, sagte Theo nach einem kritischen Blick auf das Bild.

»Ich auch nicht. Das Bild wurde kurz nach ihrem

dreizehnten Geburtstag aufgenommen. Ich hatte gerade wieder geheiratet, was tatsächlich relativ problemlos über die Bühne gegangen war, aber gleichzeitig hatte sie ständig Ärger in der Schule. Wahrscheinlich wurde sie immer noch gehänselt, und dann hörte sie einfach zu essen auf. Eine Weile schien sie die Beachtung zu genießen. Aber dann wurde es immer schlimmer.«

»Bestimmt hatten Sie schreckliche Angst um sie«, sagte Theo und reichte ihr das Bild zurück.

»Anfangs dachte ich, wir würden das allein wieder hinbekommen, aber dann begriff ich, dass man viel, viel tiefer ansetzen musste. Manchmal glaubte ich fast, dass sie mich damit treffen wollte und mich für meine Liebe zum Essen bestrafen wollte, indem sie sich halb zu Tode hungerte. Aber manchmal sah ich ihr auch an, dass sie lieber ganz anders wäre, dass sie gefangen und zornig war.«

»Das tut mir so leid, Rosalie«, sagte Sugar.

»Ich bin ihre Mutter, ich kann das aushalten«, sagte Rosalie. »Aber es ist sehr schwer für eine Familie, mit dieser Krankheit zu leben. Mein Mann hat zwei Söhne, für die das alles sehr beängstigend war, weil sie Ruby liebten. Sie war ein so nettes, liebevolles kleines Mädchen, bis die Krankheit sie uns raubte.« Sie wandte sich ab, um ihre Tränen zu verbergen.

Sugar beugte sich vor und drückte ihren Arm. »Sie ist immer noch nett und liebevoll«, sagte sie. »Das merkt man ihr an.«

»Danke«, sagte Rosalie und versuchte sich an einem kleinen Lächeln. »Und bitte verzeihen Sie mir. Wahrscheinlich halten Sie mich für ein Monster. Es ist so unnatürlich, seine Tochter mutterseelenallein hinauszuschicken …«

»In die Wildnis der Alphabet City?«, schlug Theo mit versöhnlicher Leichtigkeit vor.

»Als ich so jung war wie Ruby, hätten mir meine Eltern nie erlaubt hierherzukommen«, gab Rosalie zu. »Sie sagten immer, Avenue A stünde für akzeptabel, B für bedrohlich, C für chaotisch und D für Desaster.«

»In der Flores Street ist Ruby sicher«, versicherte Sugar.

»Ich weiß«, gab ihre Mutter zu. »Und ich sehe ihr an, dass sie dort glücklicher ist als zu Hause, aber sie leidet immer noch an Anorexie.«

»Sie hat versprochen, Hilfe zu suchen«, sagte Sugar. »Das hat sie mir jedenfalls gesagt, und ich glaube, sie bemüht sich wirklich.«

»Miss Wallace … Sugar … Ich bin Ihnen sehr dankbar dafür, dass Sie sich um meine Tochter kümmern, aber ich weiß mehr über diese Krankheit als Sie, sogar mehr als Ruby selbst, und sie wird wahrscheinlich nicht überleben, wenn sie sich selbst ›bemüht‹. Sie braucht professionelle Hilfe und würde zwar auf keinen Fall eine meiner Empfehlungen annehmen, aber vielleicht würde sie auf jemanden wie Sie hören. Darum bin ich eigentlich hier. Ich wollte Sie fragen, ob ich auf Ihre Unterstützung bauen kann.«

Sugar atmete tief durch. »Das weiß ich nicht, Rosalie. Natürlich verstehe ich, dass Sie ihr helfen wollen, aber ich möchte nicht das Gefühl haben, Ruby zu hintergehen.«

»Ich hätte gar nichts damit zu tun. Ich habe eine

Frau in einer Klinik an der Upper West Side aufgetan – eine holistische Therapeutin, aber gleichzeitig eine anerkannte Psychologin –, und ich glaube, Ruby sollte es mit ihr versuchen. Ich habe schon mit ihr gesprochen, und sie klingt für mich völlig wirr, was bedeuten könnte, dass Ruby sie lieben wird. Und sie hat Erfolge vorzuweisen. Wenn Sie also vielleicht erwägen würden …« Sie reichte Sugar eine Visitenkarte. »Um mehr bitte ich Sie gar nicht. Sie könnten sagen, Sie hätten von ihr gehört. Sie weiß, dass sie die Rechnung mir schicken kann, falls Ruby sie tatsächlich aufsucht. Ruby gegenüber wird sie behaupten, sie würde einige extreme oder spezielle Fälle auch kostenlos behandeln.«

»Möchten Sie Ruby nicht besuchen, wenn Sie schon hier sind?«

»Das würde ich nur zu gern, natürlich, aber ich glaube nicht, dass ihr das zurzeit hilft«, sagte Rosalie. »Ich möchte nur, dass sie wieder zu Kräften kommt, und im Moment kann ich dazu nichts beitragen, allerdings hoffe ich immer noch, dass ich eines Tages mehr tun kann, und bis dahin werde ich einfach abwarten und, na schön, sie im Auge behalten. Mehr kann ich vorerst nicht tun.«

Sugar sah auf die Karte in ihrer Hand und versuchte noch einmal den Kloß in ihrer Kehle hinunterzuschlucken. »Ich halte Sie ganz und gar nicht für ein Monster«, sagte sie. »Ich halte Sie für eine gute Mutter. Und wenn es Ruby eines Tages besser geht, wird Sie Ihnen das bestimmt auch selbst sagen.«

Rosalie stand auf und sah sie resigniert an. »Das hoffe ich aufrichtig«, sagte sie. »Vielen Dank, dass Sie das hier arrangiert haben, Theo. Und vielen Dank, Sugar. Heißen

Sie wirklich so? Ich muss gestehen, ich finde das ein bisschen …«

»Ja, meine Mutter kann auch wenig damit anfangen«, sagte Sugar.

»Wie nennt sie Sie?«

»Tut mir leid, aber ich bleibe trotzdem bei Sugar.«

Rosalie nahm ihre Hand und drückte sie. »Das braucht Ihnen nicht leidzutun«, sagte sie. »Ich sehe Ihnen an, dass auch Sie eine gute Tochter sind.«

»Wenn meine Mama das nur wüsste«, sagte Sugar und sah ihr nach. »Nicht dass sie mir je nachspionieren würde. Sie beantwortet nicht einmal meine Briefe.«

Theo nahm ihre Hand und küsste sie. »Du bist zauberhaft«, sagte er. »Du bist bestimmt die einzige Sechsunddreißigjährige auf der Welt, die noch Briefe schreibt.«

39

Lola und Mrs. Keschl saßen im Odessa Diner an der Avenue A und aßen French Toast aus Hefezopf, während Mr. McNally mit Ethan im Park spazieren ging. Beide Frauen liebten den essigsauren Weißwein, der in dem alteingesessenen Lokal serviert wurde, und hatten schon das erste Glas geleert, obwohl es gerade mal elf Uhr vormittags war.

»Sollten wir uns jetzt duzen?«, fragte Lola.

»Nein, das sollten wir bestimmt nicht«, antwortete Mrs. Keschl.

»Gut. Denn das wäre seltsam, oder?«

»Seltsam ist, dass so viele Kunden in Ihrem Ballonladen verschwinden und keiner mit einem Ballon wieder rauskommt.«

»Ach, das ist also ein Vermietergespräch?« Lola leerte ihr Glas in einem Zug und machte sich auf das Schlimmste gefasst. »Bekomme ich jetzt die Kündigung? Mein Gott, das hätte ich wissen müssen.«

»Erst einmal«, sagte Mrs. Keschl, »habe ich die Wohnung an Sie vermieten lassen, weil mir Ihr Name gefällt und weil das Kind eine anständige Wohnung brauchte. Nein! Lassen Sie mich ausreden. So läuft das in diesem Haus. Ich will Sie immer noch als Mieterin – haben Sie das verstanden? Ich will Sie immer noch als Mieterin, aber wenn Sie unser Souterrain in einen Sündenpfuhl verwandeln, dann muss das aufhören. So sind die Regeln.«

»Einen Sündenpfuhl? Sie meinen so was wie eine Opiumhöhle?«

»Gibt es so was überhaupt noch?«

»Das weiß ich doch nicht! Ich verkaufe keine Drogen! Und ich bin ziemlich sicher, dass ich auch sonst nichts Sündiges tue! Nicht mehr. Ich bin eine alleinerziehende Mutter, Mrs. Keschl. Ich versuche nur über die Runden zu kommen.«

»Na schön, aber Sie verkaufen auch keine Ballons, und trotzdem kommen ständig Kunden in ihren Laden, also möchten Sie mir vielleicht erklären, was Sie da unten treiben.«

»Versprechen Sie mir, nicht auszuflippen?«

»Ich bin noch nie in meinem Leben ›ausgeflippt‹, also ja, das kann ich Ihnen versprechen.«

»Tattoos«, seufzte Lola. »Ich steche Tattoos. Und ich bin echt ziemlich gut, allerdings habe ich es damals von meinem Freund in San Francisco gelernt und deshalb kein Diplom und keine Lizenz oder so. Zuerst habe ich eins für diesen Rollo gestochen, und das hat seinem Freund Rex so gut gefallen, dass er auch eins wollte, und plötzlich kamen immer mehr Leute zu mir, und ich fing an, Geld dafür zu verlangen. Ich weiß nicht, ob das verboten ist, ich wusste auch nicht, dass das Haus Ihnen gehört, ich wusste nicht …«

»Flippen Sie jetzt aus?«, fragte Mrs. Keschl.

»Entschuldigung«, sagte Lola. »Aber die Ballons bringen einfach nicht genug ein.«

»Sie verdienen immer noch mehr als die Hellseherin.«

»Das war auch eine miserable Hellseherin«, sagte Lola. »Ich war ein einziges Mal bei ihr, und da hat sie mir erst zehn Dollar abgeknöpft und dann prophezeit, dass ich noch viele Herausforderungen bewältigen müsste.«

»Und mussten Sie?«

»Ja, aber das hätte *ich ihr* erklären können. Sie hätte mir lieber prophezeien sollen, dass es mir eines Tages einfallen würde, direkt in ihrem Laden ein Ballongeschäft zu eröffnen, und dass das die dümmste Idee meines Lebens wäre.«

»Also, wenn Sie jedem, der sich von Ihnen tätowieren lässt, nebenbei ein Dutzend Ballons aufschwatzen würden, könnten wir davon allesamt in Florida überwintern.«

»Das sind keine typischen Ballonkäufer.«

»Warum machen Sie denn kein Tätowierstudio aus Ihrem Laden?«

Lola blinzelte.

»Wollt ihr Mädels noch'n Nachschlag?«, fragte der zwergenhafte Kellner. »Ich hab hinten noch ein ganzes Fass von dem Zeug, das wir an den Mann bringen müssen, und außer euch verträgt das keiner.«

»Aber ich weiß nicht mal, ob es überhaupt erlaubt ist, ohne Lizenz oder was weiß ich Tattoos zu stechen«, sagte Lola, ohne ihm Beachtung zu schenken.

»Wir trinken noch ein Glas, und dann ist Schluss«, erklärte Mrs. Keschl dem Kellner. »Übrigens, wissen Sie vielleicht, ob man eine Lizenz braucht, um ein Tätowierstudio zu führen?«

»Mein Cousin Walter hat früher in einer Fleischfabrik

drüben in Jersey City gearbeitet«, antwortete der Kellner, »bis er aus heiterem Himmel zwei Straßen weiter sein eigenes Tattoostudio eröffnete. Er musste dafür nur hundert Mäuse zahlen und sich einmal vom Gesundheitsamt kontrollieren lassen.«

»Das war alles? Sind Sie sicher?«

»Wenn Sie mich fragen, hätte er lieber bei seinen Würsten bleiben sollen, aber er verstößt nicht gegen das Gesetz. Nicht mehr jedenfalls.«

»Ich bin nie auf den Gedanken gekommen, mich zu erkundigen«, sagte Lola, als er davongetrippelt war. »Und Sie meinen, ich könnte das machen? In meinem Laden?«

»Sie machen es doch schon«, sagte Mrs. Keschl.

»Und wie soll ich das Studio nennen?«

»Was stört Sie an ›Lolas Ballons‹? Das gibt dem Ganzen etwas Geheimnisvolles. ›Lolas Ballons? Wieso lasse ich mir dann eine Tätowierung stechen?‹ Fast wie bei einer Flüsterkneipe oder etwas in der Art.«

»Sie sind genial, Mrs. Keschl!«

»Das bin ich nicht«, sagte sie. »Aber ich bin ganz in Ordnung.« Sie sahen aus dem Fenster, wo auf der anderen Straßenseite Mr. McNally Ethan an der Hand hielt und ihm erklärte, wie man eine Straße überquert. »Ich bin sogar mehr als in Ordnung.«

40

Am Sonntag spannte Sugar Theo als Aushilfe auf dem Markt ein. Ihr Stand war inzwischen so beliebt, dass sie in Spitzenzeiten eine zweite Kraft brauchte, und außerdem hatte sie ihn gern um sich.

Irgendwann am Vormittag drängelte sich eine Frau im Jogginganzug vor, baute sich vor Sugar auf, die Hände in die Hüften gestemmt, und nahm sie genau in Augenschein. »Na, sieh mal einer an!«, sagte sie.

»Kann ich Ihnen helfen, Madam?«

»Ich bin's«, sagte die Frau. »Maria. Schokosplitter, zwei Becher, wissen Sie noch? Hey, Minty«, rief sie über die Schulter, und Sugar sah ein Stück weiter hinten einen alten Mann stehen, der an einem grünen Eis leckte.

Es war das Paar von dem Tag, an dem sie an Marcus Morrettis Eisstand gearbeitet hatte.

»Ihr habt euch also endlich gefunden, wie? Und wisst ihr was? Seit wir uns damals kennengelernt haben, gehen Minty und ich zusammen spazieren. Hey, Minty! Die hübsche Kleine hat sich endlich mit Gerard Butler hier eingelassen. Siehst du?«

Minty tauchte die Zunge in sein Eis. »Am Ende landen sie jedes Mal bei den Spinnern. Das hab ich schon hundertmal erlebt«, rief er zurück.

»Es hat sich herausgestellt, dass er nicht so stark spinnt,

wie ich dachte«, sagte Sugar zu Maria. »Und er raucht auch kein Gras und schreibt keine Gedichte«, rief sie Minty zu.

»Verzeihung, könnte ich bitte ein Glas Rhode-Island-Honig haben?« Eine schlanke junge Frau deutete auf Sugars Vorräte. »Die Mom meines Freundes kommt aus Rhode Island. Vielleicht mag sie den. Sonst mag sie nämlich nichts.«

»Schwiegermütter«, sagte Maria. »Du kannst sie nicht erschießen, und aufessen kannst du sie auch nicht.«

»Du kannst sie nicht mal für dreißig Sekunden zum Schweigen bringen«, ergänzte der Mann neben ihr.

»Also, raus mit der Sprache. Werdet ihr zwei Hübschen heiraten?«, fragte Maria Sugar. »Hat er dir diesmal einen richtigen Antrag gemacht?«

»Ich darf ihr keinen Antrag mehr machen«, sagte Theo und reichte einem anderen Kunden ein Testgläschen mit Ellbogensalbe.

»Aber du liebst ihn doch, oder?« Maria sah Sugar an. »Natürlich. Man braucht euch zwei nur anzusehen. Warum darf er dir dann keinen Antrag machen?«

»Wissen Sie, eigentlich würde ich viel lieber über meinen Honig sprechen«, sagte Sugar.

»Dann bitte ich vorab um Verzeihung«, sagte Maria zu ihr, »aber ich war schon immer ein Fan der Basisdemokratie und kann das unmöglich auf sich beruhen lassen.« Sie drehte sich zu den anderen Kunden um. »Wer will hier was über Honig hören?«, rief sie, worauf sich keine einzige Hand hob. »Und wer will hören, warum sie den süßen Spinner in dem bescheuerten Hemd nicht heiraten will?« Sofort gingen alle Hände nach oben.

»Also raus mit der Sprache, Schätzchen. Das Volk hat gesprochen.«

Sugar konnte nicht abstreiten, dass sie mit Theo glücklich war; glücklicher als je zuvor, freier als je zuvor, und eigentlich hätte es sie nicht gestört, Theos Frau zu sein. Es war nur so, dass …

»Ich bin noch nicht bereit«, sagte sie kraftlos, aber Theo legte den Arm um sie und gab ihr einen federleichten Kuss auf die Schläfe, weil er genau wusste, was sie war und was sie nicht war.

»Okay«, sagte Maria, als sie das sah. »Schon kapiert. Du hast selbst so ein Schwiegermutter-Ding am Laufen, richtig?«

Sugar wandte den Blick ab, Theo biss sich auf die Unterlippe, und Maria schüttelte den Kopf.

»Diese Hexen«, sagte sie. »Meine kommt aus Hoboken, darum werde ich einen Honig nehmen, der nicht mal aus der Nähe von Hoboken kommt, und das sage ich dir gratis dazu: Sie wird nicht einen Tropfen davon abbekommen.«

Den restlichen Tag war Sugar ungewöhnlich still, sie interessierte sich nicht einmal für die Pfannkuchen mit Entenfleisch, die Theo am Abend zubereitete. Stattdessen erklärte sie, sie hätte Kopfschmerzen und wollte früh ins Bett.

»Einen Penny für deine Gedanken?«, fragte Theo, als er sie zudeckte. Er ertrug es nicht, sie traurig zu sehen.

Aber Sugar konnte ihre Gedanken – und erst recht ihre Gefühle – nicht in Worte fassen. Sie liebte Theo inniger, als sie jemals jemanden oder etwas geliebt hatte, und dieses Gefühl wurde von Tag zu Tag stärker. Aber indem er ihre süßeste Seite zu neuem Leben erweckt hatte, hatte er auch reichlich alten Schlamm aufgerührt.

Theo hatte zu Recht das Gefühl, dass Marias Auftritt am Markt diesen Schlamm noch weiter aufgewirbelt hatte. »Also, wenn du wissen möchtest, woran ich gerade gedacht habe«, sagte er und fuhr dabei ihr Kinn mit dem Finger nach, »ich habe daran gedacht, dass ich deine Familie kennenlernen möchte.«

Sugar schoss im Bett hoch.

»Glaub mir, Theo. Das möchtest du ganz bestimmt nicht.«

»Das würde auf gar keinen Fall bedeuten, dass ich mich meiner zukünftigen Schwiegermutter vorstellen will, weil ich genau weiß, wie du dazu stehst, Sugar. Aber deine Familie ist das letzte fehlende Teil.«

Mehr sagte er nicht – nur, dass Sugars Familie das letzte fehlende Teil war –, und trotzdem wusste sie sofort, dass er recht hatte.

»Aber es ist schon so lange her, und ich habe so viel …«

»Angst?«

Sugar merkte bestürzt, dass ihr die Tränen über die Wangen liefen.

»Du darfst nicht zulassen, dass dich deine Leute ewig heimsuchen, Süße.« Theo zog sie an seine Brust, hielt sie fest und wiegte sie sanft.

»Genau gesagt suchen sie mich nie heim«, weinte Sugar. Aber genau das taten sie doch.

»Lass uns am Wochenende nach Charleston fliegen«, sagte Theo. »Bringen wir die Sache hinter uns, damit wir unser Leben weiterleben können. Keine Angst, Sugar. Alles wird gut. Versprochen.«

Eines von Rubys Brautpaaren aus der *Times* hatte nur aufgrund so eines Versprechens geheiratet, erinnerte sich Sugar. Theo konnte unmöglich wissen, ob alles gut würde, aber er glaubte fest daran. »Glaubst du das wirklich und wahrhaftig?«, fragte sie und zog ein sauberes Taschentuch unter ihrem Kissen hervor.

»Das tue ich wirklich und wahrhaftig«, antwortete er. »Ich habe keine Angst vor deinen Verwandten, und weil sie mir nichts anhaben können, kann ich dir helfen. Gemeinsam können wir das schaffen. Glaub mir, Sugar.«

Es war so schön, in seinen Armen zu liegen, fast als wäre wahrhaftig alles möglich, und es gefiel ihr wirklich, jemanden zu haben, dem sie vertrauen konnte. »Na schön«, sagte sie. »Ach, du grundgütige Güte. Na schön.«

»Du weißt gar nicht, wie glücklich du mich machst«, sagte Theo, beugte sich vor und gab ihr einen Kuss.

»Dann merk dir dieses Gefühl gut«, sagte Sugar. »Du wirst es brauchen, wenn du erst meine Mama kennenlernst.«

41

Sobald das Taxi die Broad Street überquert hatte und langsam genug fuhr, um das Fenster zu öffnen, schöpfte Sugar ihren ersten tiefen Atemzug Charleston-Luft seit fünfzehn Jahren.

Was für ein Geschmack!

Ihre Geburtsstadt hatte während ihrer Abwesenheit nichts von ihrem Glanz verloren. Sie funkelte wie tausend Diamanten auf einem Samtkissen in Gottes teuerstem Juweliergeschäft.

Zu ihrer Linken schimmerte unter einem unglaublichen Himmel in venezianischem Blau der breite Cooper River, hinter dem sich leicht verschwommen die Silhouetten der Festungsmauern auf Fort Sumter Island abzeichneten. Rechts zwinkerten die Kolonialvillen der Rainbow Row in verschiedenen Pastelltönen hinter den Palmettopalmen hervor, bis sich die East Bay Street öffnete und sich vor ihnen Charlestons reichste Herrenhäuser erhoben, vier Stockwerke hoch und in ehrwürdigem Stolz, umgeben von üppigen Gärten und verspielten Springbrunnen, die sich hinter filigranen Zäunen und spinnwebenfeinen schmiedeeisernen Toren verbargen.

»So was gibt es wirklich kein zweites Mal«, seufzte sie und wandte sich an Theo. »Ich schwöre dir, ich hatte das ganz vergessen.«

»Fast wie ein kleines Paris«, stimmte Theo ihr zu. »Nur mit schönerem Wetter und mehr Pferden.«

»Und Jasmin«, ergänzte Sugar. »Dem Konföderierten-Jasmin. Riechst du ihn?«

Theo sog dramatisch die Luft ein. »Klar rieche ich ihn. Dagegen kann jeder Yankee-Jasmin abstinken.«

Er drückte ihre Hand. Auf dem Flug hatte sie kaum ein Wort gesprochen, und obwohl sie hier in Charleston nicht mehr ganz so elend aussah, war sie immer noch weiß wie der blühende Jasmin, der tatsächlich kokett über beinahe jedem Tor, jedem Geländer, jeder Tür und jeder Straßenlaterne in Sichtweite lagerte.

Der Fahrer bremste ab und bog vom Fluss weg in eine gepflasterte Straße.

»Verzeihung, Sir«, sagte Sugar, »aber würden Sie uns bitte zuerst zum Battery Park fahren? Mein Freund hier durfte noch nie sehen, wie an der Spitze unserer Halbinsel der Cooper mit dem Ashley zusammenfließt, und ich würde ihm das gern zeigen.«

»Gleich da drüben hat der Amerikanische Bürgerkrieg begonnen.« Der Fahrer bremste noch weiter ab und deutete auf Fort Sumter. »Seither ist nichts mehr wie früher.«

»Die Stadt ist aber immer noch wunderschön«, erklärte ihm Sugar. »Sie alle haben sich gut darum gekümmert.«

»Sie waren länger weg, Ma'am?«, fragte er und sah sie im Rückspiegel an.

»Lange.« Sie lächelte.

»Das macht nichts«, sagte er. »Einmal Charlestoner, immer Charlestoner.«

Theo stieß ihr grinsend den Ellbogen in die Rippen.

»Charleston lässt keinen kalt«, sagte Sugar, die immer unruhiger wurde, je näher sie dem Haus ihrer Eltern kamen.

»Legare Street Nummer fünfzehn haben Sie gesagt?«, fragte der Taxifahrer. »Das Haus hier? Das weiße?«

»Ja, Sir, vielen Dank«, sagte Sugar. »Das ist es.«

»Das Wallace-Haus?«

»Ja, Sir.«

»Sind das Ihre Leute?«

»Ja, Sir.«

»Dann müssen Sie die entschwirrte Braut sein!«

»Wie bitte?«

»Scha-heiße, mich laust der Affe, Miss Wallace. Man redet immer noch über Sie, wissen Sie das?«

»Verzeihung, wie haben Sie mich gerade genannt?«

»Lass mich die Koffer tragen«, sagte Theo, während er zahlte und dem Fahrer ein üppiges Trinkgeld zusteckte, um ihn zum Schweigen zu bringen.

»Willkommen daheim«, sagte der und stieg, die Scheine zählend, wieder in seinen Wagen.

»Hat er mich gerade die entschwirrte Braut genannt?«, fragte Sugar, als sie beide auf dem Bürgersteig standen.

»Was für ein bezauberndes Haus. Und hier bist du aufgewachsen?«

»Theo, ich kann nicht glauben, dass man mich nach all den Jahren, die ich weg war, immer noch die entschwirrte Braut nennt. Das ist mehr als peinlich.«

»Ach, komm schon. Das beweist Sinn für Humor, findest du nicht? Immer noch besser als die honigsüße Herzensbrecherin oder die allzu flotte Biene.«

»Wirklich?«

»Hm. Sieh dir die bezaubernden Balkons an!« Sie standen vor einem dreistöckigen weißen Herrenhaus, das längs zur Straße stand und auf jedem Stockwerk mit einem langen Balkon geschmückt war.

»Man nennt sie hier ›Piazza‹«, erklärte ihm Sugar und spähte dabei in den manikürten Garten, der durch den verschnörkelten Eisenzaun nur zu erahnen war.

»Sieht aus wie eine riesige weiße Torte«, meinte Theo.

»Eine Hochzeitstorte«, ergänzte Sugar knapp. Sie sah nervös auf die Uhr. »Weißt du was, vielleicht sollten wir doch lieber erst in einem Hotel einchecken, bevor wir hier reinplatzen. Ich hatte schon immer eine Schwäche fürs Vendue Inn. Es ist süß. Nicht allzu aufgeputzt. Und es gab dort früher eine Bar auf dem Dach.«

»Was meinst du mit ›reinplatzen‹?«, fragte Theo und trat in den Schatten, um der sengenden Hitze zu entkommen. »Sie erwarten uns doch, oder?«

»Also, ehrlich gesagt«, gestand Sugar, »bin ich gar nicht dazu gekommen, uns anzukündigen.«

Theo zog sie unter den wuchernden Jasmin. »Sie wissen gar nicht, dass wir hier sind?«

»Ich habe es versucht, Theo! Ehrlich! Aber jedes Mal, wenn ich zum Telefon gegriffen habe und anrufen wollte, hatte ich die Nummer vergessen, oder mir wurde speiübel, oder ich sah mich meine Koffer packen und nach Peru fliehen, darum hielt ich es schließlich für besser, einfach herzukommen und die Dinge so zu nehmen, wie sie sich ergeben, auch wenn es natürlich der Gipfel des schlechten Benehmens ist, irgendwo unangekündigt aufzutauchen, und du weißt genau, was ich von schlechtem Benehmen halte.«

Theo sah sie todernst an. »Ich wollte schon immer nach Peru«, sagte er dann, und in diesem Augenblick liebte Sugar ihn so sehr, dass sie ihre Angst vergaß und ihn einfach küssen musste. Ihr Großvater wäre mit diesem Mann mehr als einverstanden gewesen.

Ausgerechnet in diesem Augenblick kehrte ihre Mutter vom Friseur zurück. Sie hupte laut, um das Gesindel auf dem Bürgersteig vor ihrem Haus zu verscheuchen, fuhr dann mit einem abfälligen Blick durch das automatische Tor neben dem Haus und war im nächsten Moment entschwunden.

Theo und Sugar blieben wie versteinert stehen.

»War sie das?«

»Oh ja.«

»Hat sie dich gesehen?«, fragte Theo.

»Ich weiß nicht.«

»Würde sie dich noch erkennen?«

»Erkennen Mütter ihre Töchter nicht immer?«

»Kommt sie von der Garage direkt ins Haus?«

»Das weiß ich nicht, die Garage ist neu«, sagte Sugar. »Aber sie konnte es noch nie leiden, wenn der Wind ihre Frisur zerzaust, darum gehe ich davon aus. Theo, ich habe kein gutes Gefühl. Ich finde, wir sollten nach New York zurückfahren. Vergessen wir die ganze Geschichte. Wenn sie mich nicht erkannt hat, dann ahnt sie auch nichts. Und falls sie mich erkannt hat, dann möchte sie mich wohl nicht wiedersehen.«

»Sugar, du hast mir das versprochen, und vor allem hast du mir Maisgrütze zum Frühstück versprochen! Ich kann mir beim besten Willen nicht vorstellen, dass das schmeckt, aber ich fahre nicht heim, ehe ich sie probiert habe. Hör zu, sie ist nicht meine Mutter, ich fürchte mich nicht vor ihr. Wenn du was wirklich Furchterregendes erleben willst, dann fahr mit mir nach Barlanark zu meinen Tanten. Vor denen wirst du dich so fürchten, dass dir das Höschen auf die Knöchel rutscht, und zwar nicht auf angenehme Weise. Und auch wenn wir uns nicht zuvor angekündigt haben, gebietet es die Höflichkeit, guten Tag zu sagen.«

Im selben Moment trottete auf der gepflasterten Legare Street ein großes braunes Pferd vorbei, das mit scharf klackenden Hufschlägen eine weiße Kutsche mit einem selig aussehenden jungen Pärchen darin zog.

»Einen angenehmen Nachmittag«, rief der Kutscher ihnen zu. »Schön ist er jedenfalls. Ich hoffe, Sie genießen ihn.« Er zog kurz die Kappe, und das Pärchen winkte ihnen zu.

Sugar winkte zurück. »Danke, und auch Ihnen einen schönen Nachmittag«, rief sie. Höflich hatte sie noch immer geschafft.

»Also los«, sagte Theo. »Wir gehen rein.« Damit schritt er zur Haustür und klopfte energisch an. »Vergiss nicht, wir sind erwachsen«, machte er ihr Mut. »Wir haben nichts Falsches getan. Vor allem ich nicht. Jedenfalls nichts, von dem deine Mutter wissen kann.«

Sugar hörte hinter der Tür Absätze über das Parkett klicken und merkte, wie es ihr die Luft aus der Lunge presste, als die Tür aufgezogen wurde und ihre Mutter vor ihnen stand, genau wie an jenem schrecklichen Tag vor fünfzehn Jahren, nur dass ihre Mutter diesmal ein zartes Gelb trug, ihre Lieblingsfarbe, weil es ihre Haut und Augen zum Leuchten brachte.

»Cherie-Lynn«, sagte sie ohne jedes Lächeln und musterte dann Theo von Kopf bis Fuß. »Mit Begleitung.«

Theo war für seine Verhältnisse äußerst konservativ in ein kariertes Hemd und Shorts gekleidet, aber Sugar war klar, dass ihrer Mutter sein Aufzug trotzdem suspekt war.

»Wie komme ich zu diesem Vergnügen?«, fragte Etta.

»Entschuldige, Mama. Es tut mir leid, dass ich nicht vorher angerufen habe.«

»Das tut dir leid?«

Die Schönheit hatte Sugar zwar von ihrer Mutter geerbt, war Theos erster Eindruck, doch die Frau vor ihm hatte ziemlich sicher kein goldenes Herz. Sie erschien ihm reich und geizig, das genaue Gegenteil seiner Mutter, und es erfüllte ihn mit Stolz, dass Sugar trotzdem so geworden war, wie sie war.

»Das ist Theo Fitzgerald«, sagte Sugar.

»Sehr erfreut, Mr. Fitzgerald«, sagte Etta, ohne es zu sein. »Aber ihr braucht wirklich nicht vor der Tür zu stehen wie zwei Enzyklopädien-Vertreter. Obwohl ich natürlich nicht weiß, ob ihr nicht vielleicht Enzyklopädien verkaufen wollt. Kommt doch herein.«

Sie traten ein und folgten ihr in den eleganten Salon.

Etta war in Schönheit gealtert: Daran war nicht zu rütteln. Sie trug die langen blonden Haare in zeitloser Eleganz aus der Stirn gekämmt, ihr Make-up war perfekt, das hellgelbe Kostüm hatte die gleiche Größe wie früher, und die Absätze waren, soweit das überhaupt möglich war, noch ein, zwei Zentimeter höher.

Sie sah umwerfend aus. Und falls sie Falten hatte,

konnte man sie im gedämpften Licht des Salons nicht sehen, oder Etta hatte sie chirurgisch glätten lassen. Sie hätte als Sugars ältere, kältere Schwester durchgehen können.

»Bitte, Mr. Fitzgerald, Cherie-Lynn, setzt euch doch. Möchtet ihr Eistee? Ich werde gleich welchen holen. Bitte entschuldigt.«

»Autsch«, flüsterte Theo, nachdem sie aus dem Raum geklackert war. »Sie macht es uns nicht einfach.«

»Das habe ich keine Sekunde angenommen.« Sugar stand von dem Sofa auf, auf dem sie verlegen Platz genommen hatte, und trat an den Flügel, offenbar eine Neuerwerbung, auf dem Fotos im Silberrahmen aufgestellt waren.

Sie war auf keinem einzigen davon zu sehen. Dafür gab es mehrere Fotos, die ihre Eltern im Abstand mehrerer Jahre zeigten, und welche von ihren beiden Brüdern, die sich darauf von adretten Knaben zu adretten jungen Männern und zu adretten Ehemännern und Vätern entwickelt hatten.

»Ach, das ist Troys erste Frau Marianna«, sagte sie und griff nach einem Hochzeitsfoto, auf dem ihr Bruder neben einer wunderschönen blonden Braut in einem schulterfreien Kleid stand. »Wir gingen zusammen auf die Highschool, aber sie war schon damals ziemlich kompliziert«, sagte sie. »Und das muss seine neue Frau Lucy sein – sehr hübsch, findest du nicht? Oh, und das sind dann bestimmt ihre Töchter Emma und Sophia. Was für hübsche Mädchen. Und das hier ist mein anderer Bruder Ben.« Sie hielt das Foto eines gutaussehenden Mannes mit einer weiteren blonden Frau und zwei weiteren kleinen Mädchen hoch. »Das sind seine Frau Jeanne und ihre gemeinsamen Mädchen Charlotte und Rebecca. Sind sie nicht wahre Goldschätze? Grampas Anwalt schreibt mir einmal jährlich, um mich auf dem Laufenden zu halten, aber sie alle hier zu sehen …«

Theo nahm ihr das Foto aus der Hand und stellte es vorsichtig auf den Flügel zurück, dann wischte er mit dem Daumen die Träne weg, die Sugar kaum auf ihrer Wange gespürt hatte, und küsste die Stelle, von der er sie gewischt hatte. »Wenn sie in deine Wohnung kämen, Sugar, fänden sie auch keine Fotos von sich.«

»Weil es so wehtut«, erklärte sie ihm.

»Ganz genau«, bestätigte er. Beide drehten sich um, weil im selben Moment das *Klick-klack* der Absätze Ettas Rückkehr ankündigte.

»Tee.« Sie stellte ein Tablett auf dem Tisch ab und schenkte aus einer Kristallkaraffe jedem von ihnen ein Glas ein. »Bitte entschuldigt, dass ich euch keine Gesellschaft leisten kann«, sagte sie. »Aber ich bin bereits verabredet. Hätte ich gewusst, dass ihr kommt … Jedenfalls habe ich mit deinem Vater gesprochen, und er meint, dass wir doch gemeinsam zu Abend essen könnten – im Yacht Club, Cherie-Lynn, wenn dir das nicht zu peinlich ist? Er wird deine Brüder fragen, ob sie so sich so kurzfristig freimachen können … Nachdem ihr unangekündigt hier auftaucht, nehme ich an, dass ihr woanders untergebracht seid? Lasst euch Zeit mit dem Eistee; Neesie, die Haushälterin, bringt euch danach an die Tür, sie macht nur noch schnell die Wäsche fertig. Dann bis heute Abend um acht, Cherie-Lynn. Schön, Sie kennengelernt zu haben, Mr. Fitzgerald. Bitte entschuldigen Sie mich, aber ich bin sehr beschäftigt, und außerdem, ja … wir sehen uns später. Bis dahin adieu.«

Sie schwebte aus dem Raum, der um zwei Grad abgekühlt schien.

»Na, das lief doch ausgezeichnet«, sagte Theo, während Sugar in die Sofapolster sank, die Augen schloss und sich nach ihrem Dach in Manhattan sehnte.

42

Weil Sugar im geschmackvollen Bett des Vendue Inn keine Ruhe fand, trafen sie zu früh im Yacht Club ein.

Selbst als sie Hand in Hand mit Theo über die Rainbow Row geschlendert war und ihr die abendliche Brise des Flusses, an dessen Ufer sie aufgewachsen war, über die Wangen strich, hatte sie kaum einen Blick für die bunten Blumenkästen voller spitzblättriger Keulenlilien, herabhängender Fettblattkissen und Verbenen, Begonien, Rührmichnichtan und Petunien in allen Farbschattierungen übriggehabt, die der hübschen Straße im Dämmerlicht etwas von einem Süßwarengeschäft verliehen.

Während sie an der Bar saßen und nervös mit ihren Strohhalmen spielten, erzählte sie Theo, dass sie das letzte Mal im Yacht Club gewesen war, als sie den Tischschmuck für ihre Hochzeitsfeier festgelegt hatte.

»Deine Mutter hat dich ausgerechnet in das Restaurant bestellt, in dem deine Hochzeitsfeier stattgefunden hätte?«

»Ich möchte nicht ungerecht sein, damals war es das beste Restaurant in der Stadt, Hochzeit hin oder her«, sagte Sugar. »Und mein Daddy ist sehr heikel mit seinen Steaks, deshalb nehme ich an, dass sie es nicht nur getan hat, um mich aus der Fassung zu bringen.«

Etta und Blake erschienen gemeinsam um Punkt acht Uhr.

»Mein kleines Mädchen«, sagte Blake, während er auf sie zukam, und sie spürte ein elendes *Plumps* im Bauch, als sie ihn sah. In ihrer Erinnerung war sein Gesicht immer gleich geblieben, doch in Wahrheit hatten ihm die Jahre stärker zugesetzt als ihrer Mutter. Er sah alt aus, sein Haar war praktisch weiß, sein Gesicht faltig, und ein kleiner Bauch drückte gegen die Knöpfe seines Blazers.

Sie kämpfte gegen die Tränen an, als er sie in die Arme schloss, aber im nächsten Moment hatte er sie wieder losgelassen, trat einen Schritt zurück und sah unauffällig zu ihrer Mutter hinüber, die mit eisiger Miene durch die Panoramafenster auf die weißen Wellen des aufgewühlten Cooper River starrte.

»Daddy, das ist Theo Fitzgerald.«

»Sehr erfreut, Sir«, sagte Theo und reichte ihm die Hand. Er trug einen dunklen, teuren Anzug aus seiner alten Anwaltskollektion und sah umwerfend aus.

»Ebenso. Fitzgerald? Sind Sie Ire?«

»Eigentlich Schotte, aber ich nehme, was ich kriegen kann«, antwortete Theo, und ihr Dad lachte. Wenigstens sein Lachen war das alte geblieben.

»Sollen wir?« Etta winkte mit ihrem Handschuh dem Oberkellner und schritt graziös wie eine Giraffe durch eine Herde von Kleinvieh auf ihren Tisch zu.

»Ben und Troy kommen nicht?«, fragte Sugar, als sie sah, dass der Tisch nur für vier gedeckt war.

»Ich dachte, du wolltest nicht so viel Aufhebens von deinem Besuch machen«, sagte Etta und ließ sich vom Kellner die Serviette über den Schoß breiten. Sie war wunderschön und verstand ihre Gemeinheiten so geschickt auszuteilen, dass man sie nicht darauf festnageln konnte, aber Theo hätte sie trotzdem am liebsten geohrfeigt.

»Troy hatte noch eine Konferenz«, erklärte Blake, ohne Sugar in die Augen zu sehen, »und Ben hat alle Hände voll damit zu tun, seine Mädchen zum Ballett und zum Geigenunterricht und zum Ponyreiten und was weiß ich zu fahren. Jeanne hält ihn weiß Gott beschäftigt.«

»Sie sind eine so wunderbare Familie«, sagte Etta und nippte an ihrem Wein. »Jeanne ist inzwischen Vorsitzende des Gartenclubs. Und sie spielt Golf. Eine bezaubernde Frau.«

»Ja, aber eine schreckliche Köchin.« Blakes Bemerkung ließ Theo in sein Wasserglas husten. »Etta hier musste ihr unsere alte Haushälterin überlassen, damit Ben und die Mädchen nicht verhungern. Jedes Mal, wenn wir sie sahen, waren sie dünner geworden. Sie gab ihnen nur fettarme Milch – sogar der kleinen Becca, als sie noch ein Baby war. Das arme Ding war nur noch ein Schatten.«

Sugar musste an Ruby denken, ihren eigenen geliebten Schatten, und spürte einen schmerzlichen Stich. Wie gern hätte sie jetzt mit ihr auf ihrem riesigen Bett gelegen und die Hochzeitsseiten in der *New York Times* studiert, statt hier in stickiger Enge mit einer Familie zusammenzusitzen, mit der sie nichts mehr zu tun hatte.

»Wir denken daran, nächstes Frühjahr zur Cordon-Bleu-Kochschule in Paris zu fahren, Jeanne und ich«, erzählte Etta. »Sie ist ja so reizend.«

»Sugar ist eine fantastische Köchin«, bemerkte Theo.

»Sie macht alles selbst: Kuchen, Kekse, Brot – sogar ihr Müsli.«

»Du isst da oben in New York keine Grütze zum Frühstück, Baby?«, fragte Blake liebevoll.

»Nein, Daddy, aber das heißt nicht, dass sie mir nicht mehr schmeckt.«

»Du wirst dich bestimmt wieder daran gewöhnen, während du hier bist. Wie lang bleibt ihr?«

Das gesamte Essen wurde von höflichem, steifem Geplauder begleitet, wobei nichts von Bedeutung gesagt und Sugars Exil betont ignoriert wurde wie ein weißer Elefant in der Ecke. Doch Sugar erkannte an Ettas ausgeprägtem Interesse an ihrem Chablis und ihrem ausgeprägten Desinteresse an den Speisen, die sie auf ihrem Teller hin und her schob, dass dies nur die Ruhe vor dem Sturm war.

»Also«, sagte Etta schließlich, nachdem die Teller abgeräumt waren, und inspizierte dabei die hellrosa Nägel ihrer glatten, gecremten Hand, »vielleicht wäre es jetzt an der Zeit, uns zu verraten, welchem Anlass wir das Vergnügen eures Besuches verdanken.«

»Ich wollte unbedingt sehen, woher Sugar kommt und was sie zu der wunderbaren Frau gemacht hat, die sie heute ist«, antwortete Theo, bevor Sugar etwas sagen konnte.

»Ach wirklich?«, erwiderte Etta eisig. »Wir nennen sie Cherie-Lynn.«

»Bitte, Mama«, mischte sich Sugar ein.

»Für Sie ist sie vielleicht Cherie-Lynn, für mich ist sie Sugar«, korrigierte Theo freundlich. »Ihre Tochter erfüllt mein Leben mit Glück, und ich würde gern auch ihr Leben mit Glück erfüllen, aber sie vermisst ihre Familie. Trotz allem, was vorgefallen ist, bedeutet sie ihr viel.«

»Vorgefallen ist, dass sie ihren zukünftigen Ehemann und uns und jeden aus unserem Bekanntenkreis derart blamiert hat, dass dieser Tag seither als einer der schlimmsten in der Gemeinde von St. Michael's gilt.«

»In Charleston, wo der Bürgerkrieg begann, in dem die Stadt praktisch dem Erdboden gleichgemacht wurde? Mein Gott, das ist wirklich grauenvoll«, bemerkte Theo immer noch freundlich.

»Wo bleibt nur der Weinkellner, wenn man ihn braucht?«, fragte Blake.

»Ich wollte euch damals nicht blamieren, Mama«, rechtfertigte sich Sugar. »Das weißt du doch. Ich wollte niemandem wehtun. Aber ich konnte Grady einfach nicht heiraten.«

»Und du hast für diesen Entschluss keinen besseren Zeitpunkt als deine Hochzeit gefunden?«

Sugar dachte daran, wie die Bienenkönigin vor dem Altar um Gradys Kopf gesummt war. Es stimmte, die Bienen hatten ihr vor Augen geführt, dass sie einen Fehler machte, aber entschwirrt war Sugar selbst.

Du bist stark, hörte sie ihren Großvater sagen. *Du bist stark.*

»Fünf Minuten später, und es wäre zu spät gewesen«, sagte sie. »Grady Parkes war nicht der Richtige für mich, und wenn ich ihn noch einmal heiraten sollte, würde ich es genauso machen.«

»Blake, ich habe dir doch gesagt, dass das ein Fehler ist.« Ihre Mutter war außer sich. »Du bist vollkommen närrisch, Cherie-Lynn. Das warst du schon immer.

Schon als kleines Mädchen warst du so. Du bist genau wie deine Großmutter und mein verrückter Vater, immer mit dem Kopf in den Wolken, selbst wenn das für deine Mitmenschen noch so peinlich ist. Also, ich werde mir diesen Unfug nicht länger anhören.«

Sie schob ihren Stuhl zurück und griff nach der hellgelben Handtasche.

»Beruhige dich doch, Etta«, redete Sugars Vater ihr zu.

»Ich bin ganz und gar nicht närrisch«, sagte Sugar. »Ich bin hundertprozentig normal. Ich versuche nur, andere so zu behandeln, wie ich selbst behandelt werden möchte, genau wie es Grampa mich immer gelehrt hat.«

»Er hat dich nichts gelehrt, was auch nur im Entferntesten nützlich gewesen wäre«, sagte Etta. »Das hast du bewiesen, als du Grady vor dem Altar hast stehen lassen.«

»Wie geht es Grady eigentlich?«, mischte sich Theo zu Sugars Überraschung ein.

»Komm, Blake, wir müssen los«, sagte Etta. »Und nicht, dass es Sie etwas anginge, aber Grady Parkes würde es heute blendend gehen, wenn Cherie-Lynn ihn nicht vor dem Altar stehen lassen und damit bis auf die Knochen blamiert hätte.«

»Er arbeitet also immer noch in der Firma seiner Familie?«, bohrte Theo nach.

Blake hustete und half Etta in ihren Mantel.

»Die Rechnung übernimmt dein Vater«, sagte sie und verknotete ihren Gürtel. »Ich hoffe, es hat euch geschmeckt.«

»Ich habe kürzlich etwas gelesen«, fuhr Theo fort, »das mich auf den Gedanken gebracht hat, dass Grady vielleicht doch kein so idealer Ehemann gewesen wäre. Drei Frauen, drei Scheidungen, vier Verurteilungen für Alkohol am Steuer.«

»Der arme Mann konnte sich ja nirgendwo blicken lassen, nachdem *sie* ihn so bloßgestellt hat«, sagte Etta. »Davon hat er sich nicht mehr erholt. Nie mehr.«

»Es tut mir leid, dass ich ihm Kummer bereitet habe, Mama. Glaub nicht, dass ich nicht mit ihm gelitten hätte, denn das habe ich. Ich habe mit euch allen gelitten. Aber er trank schon damals. Und er konnte schon damals ein gemeiner Tyrann sein. Ich habe Grady nicht dazu gemacht.«

»Guten Abend, Cherie-Lynn, Mr. Fitzgerald. Genießen Sie Ihren weiteren Aufenthalt. Ich warte im Wagen auf dich, Blake.«

»Es war wirklich schön, dich wiederzusehen«, sagte ihr Vater, nachdem Etta aus dem Raum gestürmt war. »Und Sie kennenzulernen, Mr. Fitzgerald. Bitte verzeih deiner Mutter, Schätzchen, du weißt ja, wie sie ist.«

»Ich glaube schon, Daddy. Wie kommt es nur, dass Grady einen festen Platz in ihrem Herzen hat und ich keinen?«

»Das weiß ich nicht, Schätzchen. Und ich wünschte, ich könnte dir helfen, aber deine Mutter lässt sich nicht umstimmen, und ich muss schließlich mit ihr leben, darum …«

»Ich weiß, es ist schon okay. Wirklich. Solange du nur weißt, dass ich immer ein schlechtes Gewissen haben werde. Aber trotzdem habe ich nie bereut, was ich getan habe.«

»Natürlich, Baby, und dafür bin ich dir wahrscheinlich

sogar dankbar. Mit deinem Geld kommst du aus? Ich weiß, dass der Anwalt deines Großvaters dir immer noch monatlich einen Scheck schickt, aber ich weiß nicht, ob du damit über die Runden kommst, und hier wartet ein Haufen Geld auf dich.«

»Mach dir keine Sorgen, Daddy. Ich komme schon zurecht. Es ist mir immer peinlich, die Schecks einzulösen.«

Ihr Vater sah sie traurig an. »Das sollte es nicht sein«, sagte er. »Wir waren dir weiß Gott nicht immer gute Eltern, Sugar, also solltest du wenigstens ohne falsche Scham das annehmen, was dir rechtmäßig zusteht.«

Er schloss sie in die Arme und drückte sie. »Danke, dass du vorbeigekommen bist«, sagte er. »Ich weiß, das hier ist nicht so gelaufen, wie du es dir gewünscht hast, aber ich danke dir trotzdem.« Er küsste sie auf die Wange und flüsterte, als er sich wieder aufrichtete: »Und auch wenn es vielleicht nicht viel bedeutet, ich mag deinen neuen Freund.« Dann drückte er ihren Arm und ging.

Ehe Theo auch nur ein Wort des Trostes äußern konnte, kam eine junge Kellnerin an ihren Tisch, mit knallrotem Gesicht, aber sichtbar begeistert. »Sind Sie tatsächlich die entschwirrte Braut?«, fragte sie. »Ich habe Sie in unserem Highschool-Musical gespielt.«

43

»Ein bisschen wie weiche Polenta«, meinte Theo am nächsten Morgen, nachdem der Zimmerservice die Grütze gebracht hatte. »Was wirklich schade ist, weil ich Polenta auch nicht kapiere. Warum essen die Leute nicht einfach Porridge zum Frühstück und fertig?«

»Weil Haferschleim ja so exquisit und lecker ist«, kommentierte Sugar ironisch. Es war das erste Mal seit dem Yacht Club, dass er sie lächeln sah.

»Oh ja, Schottland ist auf der ganzen Welt für seine exquisite Küche bekannt. Bestimmt sind dir die vielen schottischen Restaurants in New York aufgefallen.«

»Du meinst McDonald's?«, fragte Sugar. »Ich dachte, die seien amerikanisch. Weißt du, es ist wirklich schade, dass meine Mama uns abserviert hat, bevor du ihre Bananentorte probieren konntest, denn trotz all ihrer Fehler hat sie immer exzellente Torten gemacht.«

»Wie geht es dir heute damit?«

»Fünf Minuten in ihrer Gesellschaft, und ich bin wieder die stümpernde Flötistin, die ich als Achtjährige war«, sagte sie.

»Du hast auf der Flöte gestümpert?«

»Oh ja, ich habe gestümpert, wie nie zuvor gestümpert wurde. Als ich endlich aufgab, vergoss meine Flötenlehrerin Freudentränen und schenkte mir zum Abschied eine kostbare Münze, die sie von ihrem Onkel geerbt hatte. Ich bin hoffnungslos unmusikalisch.«

»Man kann nicht in allem glänzen, Sugar. Das macht einen nur unbeliebt.«

»Ich glaube, unbeliebt bin ich schon genug«, sagte sie. »Vor allem hier unten.«

Theo strich eine Haarsträhne hinter ihr Ohr. »Ich weiß nicht genau, was du empfindest«, sagte er, »weil ich schon lange keine Familie mehr habe. Aber in den letzten Jahren haben Nina und Sam und Frankie diesen Platz eingenommen, und das hat wirklich geholfen. Außerdem habe ich jetzt dich. Vielleicht geht es dir besser, wenn ich dir sage, dass Familien auch klein sein können und dass man nicht mal mit ihnen verwandt sein muss.«

»Mir geht es wirklich schon besser«, sagte Sugar. »An deiner Seite geht es mir immer besser«, und zog ihn wieder unter die Decke.

»Könntest du dir vorstellen, je wieder hier zu leben?«, fragte Theo ein paar Stunden später, als sie Hand in Hand auf der Battery spazieren gingen, wo die Flut die Wellen gegen die steinernen Ufermauern klatschte, während der Wind die Schwüle aus der Luft nahm und sie mit dem Geruch von Salz und Schlick würzte.

»Ich liebe diese Stadt«, sagte sie, während die Klänge eines Streichquartetts im White Point Garden an ihnen vorbeiwehten. »Und es ist wirklich schön, wieder hier zu sein und alles zu sehen und zu riechen und zu fühlen, weil sonst etwas in mir immer noch danach hungern würde, aber jetzt ...«

»Aber jetzt ...?«

»Aber jetzt, wo ich hier bin, kommt es mir so vor, als

ginge es nicht darum, dass ich in Charleston bin, sondern darum, dass Charleston in mir ist, und das ist es, und niemand wird mir das je wegnehmen können.«

»Hau rein, Mädel!«

»Theo, wenn du so was sagst, klingt das nur albern.«

»Meiner Treu, nicht wahr?«, fragte er mit schottisch gerolltem »R«.

»Das ist schon besser. Und weißt du was? Es geht mir *tatsächlich* besser. Ich habe ihr die Stirn geboten, Theo. Meiner eigenen Mama, und dafür ertrage ich es auch, unbeliebt zu sein. Ich schätze, hiermit ist meine Flucht endlich zu Ende. Du ›kapierst‹ unsere Grütze vielleicht nicht, aber ich werde sie mir in Zukunft zum Frühstück machen, und ich werde mich nicht mehr verstecken, sobald ich jemand mit Südstaaten-Akzent sprechen höre, und wir können hier Urlaub machen und auf Sullivan's Island fahren oder – warte mal! Wir haben noch den ganzen Tag Zeit, oder? Lass uns nach Summerville zum Haus meines Großvaters fahren und nachsehen, was daraus geworden ist.«

»Mit dir, Sugar, fahre ich überallhin.«

Sie fuhren über die romantische Ashley River Road nach Summerville, und Sugar lächelte, als sie das Spanische Moos im Sommerwind wehen sah und dabei an ihre letzte Fahrt auf dieser Straße dachte, in einem Volvo voller Bienen und mit dem Geschmack von Freiheit im Mund.

»Hier unten machen sie jedenfalls keine halben Sachen«, sagte Theo, als sie an der Magnolia Plantation mit ihren weiß lackierten Torpfosten und den malerisch verstreuten Ställen und Nebengebäuden im Hintergrund vorbeikamen. »So was gibt's in Barlanark nicht.«

»Oder irgendwo sonst«, ergänzte Sugar. »Früher wohnten hier die reichsten Menschen von ganz Amerika. Grampa fuhr zu jedem Geburtstag mit mir nach Drayton Hall – es ist so ziemlich das größte freistehende Haus, das irgendwer irgendwo gebaut hat oder etwas in der Art. Es liegt da hinter dieser Zufahrt, hinter den großen Eichen, sodass es von der Straße aus nicht zu sehen ist, aber es ist die älteste noch erhaltene Plantage im ganzen Land. Wir spielten immer, dass wir im Jahr 1742 leben würden, und picknickten ganz altmodisch am Fluss. Ich trug sogar eine kleine Krinoline – kannst du dir das vorstellen?«

»Ich stelle mir lieber vor, dass du jetzt eine tragen würdest«, sagte Theo. »Eine Krinoline ist so ein Dings, an dem man Netzstrümpfe befestigt, richtig?«

»Wir reden hier von mir und meinem Großvater, Theo. Also bleib anständig! Er sagte immer, man könnte bei einem einzigen Besuch auf Drayton Hall mehr über die amerikanische Geschichte erfahren als in einem lebenslangen Universitätsstudium. Weißt du, dass diese Plantage die amerikanische Revolution, die andere Revolution, ein Erdbeben und den Hurrikan Hugo überlebt hat? Das nenne ich Südstaaten-Rückgrat.«

»Je mehr du mir über deinen Großvater erzählst, desto sympathischer wird er mir.«

»Er hatte ein Herz aus Gold, genau wie deine Mutter. Und er hätte dich geliebt. Das weiß ich, und ich weiß es nicht nur, weil die Bienen es mir verraten haben. Jetzt musst du rechts abbiegen, auf die Bacons Bridge Road, und dann geht es eine gute Meile weiter links auf die Tom Pike Lane. Mein Gott, Theo, in meinem Bauch schlägt ein ganzer Akrobatentrupp Saltos. Was in aller Welt soll das?«

»Willst du umkehren? Wir müssen nicht hinfahren. Oder willst du kurz anhalten und Mut sammeln? Wir könnten unsere Krinolinen anlegen und wieder zu dieser Plantage fahren, oder wir fahren erst ins Ortszentrum und trinken was, oder wir – Was siehst du mich so an?«

»Ich liebe dich, Theo Fitzgerald. Das ist alles.«

»Da fällt mir ein Stein vom Herzen«, sagte er. »Vor allem nachdem ich bei der Begegnung mit deiner Mutter um ein Haar erfroren wäre.«

Beide lächelten, aber Sugars Lächeln erlosch, sobald sie in die Tom Pike Lane bogen, eine schmale Landstraße durch einen dichten Wald, der die ebenfalls hindurchführende Eisenbahnstrecke verbarg. Am Straßenrand reihten sich bescheidene Häuschen auf zugewachsenen Grundstücken aneinander, meist unter dem Laubdach alter Eichen, Hartriegelsträucher und riesiger blühender Hortensienhecken.

»Sein Haus steht ein Stück weiter hinten, gegenüber der großen Magnolie«, sagte Sugar. »Hätten sie mich fragen müssen, wenn sie es verkauft hätten?«

»Nicht wenn es zu einer Familienstiftung gehört, aber sehr wohl, wenn du die alleinige Eigentümerin bist. Bist du?«

»Ich glaube schon, aber sicher bin ich mir nicht«, sagte Sugar. »Oh Mann, da sind wir schon. Das Grundstück ist ja völlig zugewuchert! Das hätte Grampa gar nicht gefallen. Daran bin nur ich schuld. Ach Theo …«

Das Haus war von der Straße aus kaum zu sehen, denn die Hecke, die ihr Großvater voller Stolz grundsätzlich militärisch knapp gestutzt hatte, ragte inzwischen über zwei Meter hoch und trieb Sprossen aus, die wie elektrisierte Dreadlocks abstanden.

Sugar drückte das nicht abgeschlossene Tor an der überwucherten Einfahrt auf und winkte Theo, ihr nachzukommen. Obwohl auf den ersten Schritten Brombeerranken und Kletterrosen links und rechts an ihren Kleidern zerrten, wurde schon nach wenigen Schritten offensichtlich, dass das Grundstück längst nicht so vernachlässigt und verwildert war, wie Sugar geglaubt hatte. Im Gegenteil, jemand hatte es mit großem Aufwand tipptopp gehalten. Nur sollte das von außen niemand sehen. Tatsächlich war das Haus frisch gestrichen, und auf der Veranda stand neben zwei anderen Stühlen ein Schaukelstuhl, der wie der ihres Großvaters aussah.

Als Sugar sich der Veranda näherte, hörte sie hinter dem Haus Countrymusik aus einem Radio und stellte perplex fest, dass alles voller Bienen war: Sie summten um die Kletterrosen, die ihre Großmutter vor vierzig Jahren am Carport gepflanzt hatte, sie flogen zwischen den Eichen und Hartriegelsträuchern herum und umschwirrten die Hortensien. Sie sah keine Menschenseele, aber hinter dem Carport standen unter den Pfirsichbäumen nicht nur zwei, sondern gleich drei der alten Bienenkästen ihres Großvaters. Es fehlte nur noch der alte Pick-up, der sein Leben vor Jahren in Kalifornien ausgehaucht hatte. Ansonsten schien die Zeit stehen geblieben zu sein.

In diesem Moment kam ein kleines Mädchen hinter dem Haus hervorgelaufen und entdeckte sie. Es hatte das dunkle Haar zu einem Pferdeschwanz gebündelt und trug ein langes, gräuliches Ballkleid, das über den Boden schleifte.

Das kleine Mädchen blieb erschrocken stehen und starrte sie mit großen Augen an, die ebenso tiefbraun waren wie Sugars.

Sugar streckte die Hand aus, um sich an der Hauswand festzuhalten, und drehte sich nach Theo um, doch der war schon um die Ecke verschwunden.

Ihr wurde schwindlig.

Wo war sie hier gelandet?

Aber dann kam ein zweites kleines Mädchen, diesmal in einem Feengewand, um die Hausecke gerannt und rief sofort aus vollem Hals: »Daddy! Guck mal, wer da ist!«

Hinter den Mädchen erschien ein Mann in einem Imkeranzug. Er war so groß wie ihr Großvater und hatte auch dessen breite Schultern und federnden Gang. Dann nahm er den Hut mit dem Schleier ab. »Sugar?«

»Ben!«

Es war ihr Bruder.

Sein Haar war an den Schläfen grau geworden und sein Körper nicht mehr ganz so straff wie in ihrer Erinnerung, aber sein Gesicht war noch genauso ebenmäßig wie früher. Die Mädchen – natürlich, wieso war ihr das nicht sofort aufgefallen? – waren seine Töchter.

Die beiden Geschwister starrten sich sekundenlang an wie Cowboys bei einem Duell, dann ließ Ben den Hut fallen, und Sugar warf sich in seine Arme.

Er drückte sie so fest, dass mit jedem Schlag seines Herzens an ihrer Schulter ein Jahr von ihnen abfiel, bis sie zuletzt nur noch Bruder und Schwester waren, die von der Macht der Umstände getrennt worden waren und sich freuten, sich wiedergefunden zu haben.

»Daddy, weinst du?«, fragte das ältere der Mädchen.

Sugar löste sich von ihm, und Ben wischte sich mit dem Handrücken übers Gesicht. »Ach ja, verflixt, Mäuschen, aber das sind Freudentränen. Ich freue mich bloß, eure Tante Sugar wiederzusehen.«

»Hallo, Tante Sugar«, riefen die Mädchen im Chor.

»Ich habe ihnen viel von dir erzählt, Schwester. Das ist Charlotte, und das ist Rebecca«, sagte er, und die Mädchen knicksten aufs Niedlichste.

In diesem Moment tauchte Theo hinter dem Haus auf, und Sugar stellte ihn ebenfalls vor.

»Freut mich«, sagte Ben, und er schien es ehrlich zu meinen, und das erwärmte Sugars Herz mehr als alles andere, seit sie in Charleston gelandet waren.

»Und ihr haltet hier Bienen?«, fragte sie die Mädchen. »Als ich so alt war wie ihr, war ich oft hier und hab meinem Großvater mit seinen Bienen geholfen.«

»Das wissen wir«, sagte Rebecca. »Daddy hat uns alles von dir erzählt und dass du jetzt in lauter verschiedenen Städten lebst so wie Mary Poppins und dass du deine Bienen überall mitnimmst.«

»Bienen bestäuben ein Drittel der Nahrungspflanzen der Welt«, sagte Charlotte. »Das hat er uns auch erzählt.«

»Und wir essen gern Honig«, ergänzte Rebecca.

»Wo sind deine Bienen jetzt, Tante Sugar?«

»Sie sind in New York City auf dem Dach des Hauses, in dem ich wohne.«

»Davon habe ich gehört«, sagte Ben und hob den Imkerhut auf.

»Von Mama? Ich schreibe ihr regelmäßig zu ihrem Geburtstag und zu Weihnachten, um sie auf dem Laufenden zu halten, aber ich weiß nie, wie viel sie euch erzählt. Hat sie dir gesagt, dass ich hier bin?«

»Sie ist eher einsilbig, was das angeht«, antwortete Ben verlegen. »Ich erfahre das meiste von Phillips, dem Anwalt.«

»Hey, Mädels«, sagte Theo, »wenn es eurem Vater recht ist, könnten wir drei in den Ort fahren und ein Eis essen gehen.«

»Au ja!«, rief Rebecca.

»Mama sagt, wir dürfen kein Eis essen«, rief Charlotte ihr ins Gedächtnis.

»Das braucht Mama nicht zu wissen«, sagte Ben. »Klar, Theo, das wäre toll.«

»Danke, Liebster.« Sugar küsste ihn und war unendlich dankbar, dass sie ihn hatte.

Die Mädchen nahmen ihn an den Händen, und gemeinsam verschwanden sie in dem schützenden Gebüsch am Tor, während Ben und Sugar sich ungläubig ansahen.

»Du hast dich gar nicht verändert«, sagte Ben. »Du siehst immer noch aus wie die …«

»Entschwirrte Braut?«, ergänzte Sugar. »Ja, ich habe davon gehört.«

»Also, du hast jedenfalls ganz schön Staub aufgewirbelt. Aber das ist so lange her, und ich nehme an, es gibt bessere Themen. Setzen wir uns auf die Veranda? Ich habe drinnen eine Flasche Bourbon, und ich könnte jetzt einen oder auch zwei Schluck vertragen.«

Drinnen war das Haus noch so eingerichtet, wie Sugar es in Erinnerung hatte, aber es war frisch gestrichen, und es gab ein paar Ergänzungen wie einen Geschirrspüler und ein neues Ledersofa statt der alten Korbmöbel, die ihr Großvater bevorzugt hatte.

»Wer wohnt jetzt hier?«

»Niemand«, sagte Ben.

»Und wer hat es instand gehalten?«

»Ich.«

»Warum?«

»Für den Fall, dass du zurückkommst, Sugar.«

Sugar sah ihn ungläubig an. »Du hast es für mich instand gehalten?«

»Scheiße, ja«, sagte er und besann sich gleich darauf. »Entschuldige. Ich meine, verflixt, ja. Ich hatte wohl immer gehofft, du würdest eines Tages aus heiterem Himmel hier auftauchen, und dann ging immer mehr Zeit ins Land, und aus Wochen wurden Monate und aus Monaten Jahre und … Ich weiß, wir hätten uns bemühen sollen, dich ausfindig zu machen und nach Hause zu holen, aber das heißt nicht, dass wir dich nicht vermisst hätten. Oder dass wir nicht an dich gedacht hätten. Wir haben dich unendlich vermisst. Vor allem ich. Ohne dich war die Familie nicht mehr dieselbe.«

»Ich wollte gar nicht, dass ihr mich findet und nach Hause holt, Ben. Glaub mir. Ich weiß, ich habe euch alle in Verlegenheit gebracht. Wahrscheinlich habe ich mich irgendwann an den Gedanken gewöhnt, dass alle ohne mich besser dran waren, aber ich konnte Grady damals einfach nicht heiraten. Ich wäre mit ihm nicht glücklich geworden, und ich habe in der Kirche etwas gesehen, das mir gezeigt hat, dass ich sofort handeln muss.«

»Die Bienen?«

»Genau. Die Bienen.«

»Also, die haben der Veranstaltung eine Dramatik verliehen, die man in St. Michael's nicht gewohnt ist.«

»Komischerweise wurde ich immer unsicherer, je näher die Hochzeit mit Grady rückte, aber bei meiner Flucht war ich mir keine Sekunde unsicher.«

»Na ja, Grady hat schließlich sein wahres Wesen offenbart«, sagte Ben trocken. »Troy lässt immer noch nichts auf ihn kommen, aber ich bin froh, dass du nicht hiergeblieben bist, Sugar. Ich beglückwünsche dich dazu, dass du abgehauen bist.«

»Wirklich?«

»Ich liebe Charleston, ehrlich, und ich habe inzwischen die Mädchen und möchte, dass sie aufwachsen wie wir: in einer wunderschönen Stadt, auf die man stolz sein kann. Am Wochenende gehen wir oft segeln oder mit Jeannes Leuten auf Edisto Island Krabben fischen, oder ich bringe die Mädchen hierher, auch wenn Jeanne nicht mitkommen will. Wir sind Charlestoner, Sugar, durch und durch, in praktisch jeder Hinsicht, und ich habe damit meinen Frieden geschlossen, aber ich bin trotzdem nicht wie Troy und Daddy. Manches an meinem Leben hier missfällt mir, aber ich habe keine Probleme damit, hier zu leben.«

»Was ist dann das Problem?«

»Zum einen ist es mein Job. Ich bin ein guter Anwalt, aber je länger ich als Anwalt tätig bin, desto weniger gefällt mir der Job, doch jetzt sitze ich fest.«

»Du sitzt überhaupt nicht fest, Ben. Du musst nicht als Anwalt arbeiten – du könntest alles Mögliche machen.«

Ben legte die Füße auf das Verandageländer und nahm einen tiefen Schluck Bourbon. »Ich wünschte, du hättest recht, Sugar, aber Jeanne und ich, wir haben uns an das gute Leben gewöhnt. Und dann gibt es noch Daddy, unseren großen Bruder und eine Million Verpflichtungen. Glaub mir, ich sitze fest. Die meiste Zeit macht mir das auch nichts aus, aber du kannst dir nicht vorstellen, wie oft ich dich im Lauf der Jahre darum beneidet habe, dass du dir ein eigenes Leben aufgebaut hast und durchs ganze Land gezogen bist. Dazu braucht es Mut.«

In einem winzigen Zeitsplitter begann die Welt zu schimmern, und Sugar sah ihr Leben als beneidenswertes Juwel: als funkelnden Edelstein, der Energie und unzählige Möglichkeiten ausstrahlte, die, allen Beschwernissen zum Trotz, niemand außer ihr je würde nützen können. »Eigentlich ist es keine Frage des Mutes«, sagte sie. »Ich mache bloß, was Grampas Bienen mir auftragen. Jedes Jahr setze ich meine Königin auf seine Landkarte – die Karte, die früher im kleinen Zimmer an der Wand hing, weißt du noch? Meine Königin zeigt mir, wohin ich ziehen soll, und ich folge ihr. Das ist einfacher, als selbst eine Entscheidung zu fällen, Ben, und darum bestimmt nicht besonders tapfer. Im Gegenteil, die meisten Menschen würden das für ausgesprochen dämlich halten.«

»Und die Bienen haben dich wieder hergeführt?«

»Nein, die Bienen haben mich nach New York geführt, und dort … Also gut, wahrscheinlich haben sie mich irgendwie tatsächlich hierhergeführt. Es ist eine lange Geschichte, und es war nicht einfach, du weißt schon, nach Grady, aber dank meiner Bienen habe ich Theo gefunden.«

»Hey, Schwesterchen«, sagte ihr Bruder. »Ich freue mich so für dich. Du hast es verdient, weißt du?«

»Er ist Anwalt, muss ich dir gestehen, und er war früher dick im Geschäft, aber inzwischen arbeitet er für eine Wohltätigkeitsorganisation. Und er hat vor nichts und niemandem Angst. Du hättest ihn gestern Abend beim Essen mit Mama erleben sollen!«

Ben hustete in seinen Bourbon. »Und wie lief das?«

»Nicht allzu gut. Sie ist immer noch wütend auf mich. Ich glaube nicht, dass sie mir je verzeihen wird, und Daddy würde sich niemals mit ihr anlegen, aber inzwischen kann ich damit leben.«

»Was Mamas Wut angeht, solltest du eines wissen«, sagte Ben. »Du darfst nicht glauben, dass sie nur auf dich wütend ist. Das ist sie nicht. Vor allem ist sie auf Daddy wütend. Er betrügt sie, Sugar; und zwar schon ewig. Sie weiß es, und er weiß, dass sie es weiß, doch sie bleiben trotzdem zusammen, weil er sie braucht und sie Angst hat, in Armut zu enden, aber das macht sie wütend. Wahrscheinlich wollte sie schon tausendmal weglaufen und in New York leben.«

»Daddy? Betrügt sie? Bist du sicher?«

»So sicher, wie man nur sein kann.«

»Aber das ist schrecklich! Weiß Troy das?«

»Jeder weiß das.«

»Ach, die arme Mama. Kannst du ihm nicht ins Gewissen reden?«

»Ich halte mich da raus, Sugar. Er hört sowieso nicht auf mich. Er verlässt sich lieber auf Troy. Irgendwie gehöre ich einfach nicht zu diesem Männerclan, denke ich manchmal, aber ich komme trotzdem zurecht. Sieh dir nur meine Mädels an. Sie sind das Beste, was ich je zustande gebracht habe. Und ich weiß gar nicht, warum ich dir das alles erzähle, außer dass du wohl schon immer der Mensch warst, mit dem man am besten reden konnte. Ach verflixt, genug von mir. Erzähl mir von Theo. Wo kommt er her? Wie ist er so?«

»Er kommt aus Schottland, und anfangs hielt ich ihn für vollkommen verrückt, um die Wahrheit zu sagen«, sagte Sugar. »Aber je besser ich ihn kennenlerne, desto normaler erscheint er mir. Inzwischen glaube ich, dass er eigentlich nur nach mir verrückt ist, und das ist ein wunderschönes Gefühl.«

»Wirst du's noch mal mit Heiraten probieren?«

»Ich glaube, Heiraten ist nichts für mich.«

»Wenn er dich wirklich liebt und du ihn wirklich liebst und du nicht in der Nähe unserer Mutter lebst, brauchst du ihn wahrscheinlich auch nicht zu heiraten.«

Sie saßen friedlich im Schatten des Hartriegelstrauchs, und Ben erzählte ihr, dass er schon einen Tag nach ihrer Flucht zum Häuschen ihres Großvaters gefahren war, wo er auf Troys Pick-up und einen weiteren Schwarm konfuser Bienen gestoßen war. Er hatte nicht gewusst, woher sie kamen, doch für alle Fälle hatte er ein paar Bienenstöcke von dem alten Imkerfreund zurückgeholt, der sie geerbt hatte.

»Anfangs half er mir mit den Bienen, und dann kam ich immer öfter her, um selbst nach ihnen zu sehen«, erzählte er. »Ich habe wohl ein Gespür für die verflixten Dinger. Also fing ich an, das Haus in Schuss zu bringen und den Garten zu bestellen, und ehe ich mich versah, hatte ich ein Hobby gefunden, bei dem ich von Golfbällen und sämtlichen anderen Anwälten in Charleston verschont blieb.«

Anfangs hatte er niemandem von dem Häuschen erzählt, sagte er, weil er Angst hatte, dass Etta Wind von der Sache bekommen und ihr ein Ende bereiten könnte, aber dann waren die Mädchen gekommen, die er immer öfter mitgenommen hatte und die, wie sich herausstellte, geborene Imkerinnen waren.

»Ich schätze, es liegt uns einfach im Blut«, sagte Ben, und Sugar merkte, wie sich tief in ihren Knochen etwas auf unerklärliche Weise zurechtrückte und sie plötzlich ruhiger und glücklicher war als je zuvor.

Nachdem Theo mit den Mädchen zurückgekommen war, blieb er mit Ben auf der Veranda, während Sugar sich von Charlotte und Rebecca die Bienen zeigen ließ.

Alle drei zogen ein Stück Honigwabe aus einem Stock, setzten sich unter einen Pfirsichbaum und begannen zu schlecken, ohne sich darum zu scheren, dass der Honig durch ihre Finger und in Rebeccas Fall über ihre Brust rann.

»Ich hoffe, das macht dir nichts aus«, sagte sie zu Sugar. »Sonst passen wir immer ganz toll auf.«

»Warum sollte mir das etwas ausmachen?«, fragte Sugar.

Die Mädchen sahen sich an.

»Weil das dein Kleid ist«, sagte Charlotte – Charlie. »Eigentlich solltest du darin Mr. Parkes heiraten, aber dann hast du es uns zum Spielen dagelassen.«

Es war nicht mehr weiß, und es schmiegte sich nicht ganz so anmutig um das kleine Mädchen wie einst um sie, aber es war wahrhaftig ihr Brautkleid.

»Heute darf ich es tragen, weil Charlie es letztes Mal angehabt hat«, erklärte Rebecca.

»Du siehst wunderschön darin aus, Herzchen«, sagte Sugar. »Niemand kann so schön darin aussehen wie zwei so tolle Mädchen.«

»Einmal hat Daddy es in die Waschmaschine gesteckt, und da ist es eingelaufen«, gestand Charlotte, »aber wir finden das nicht so schlimm, oder, Becca?«

Als es Zeit zu fahren wurde, war Sugar nicht mehr die Frau, die sich wenige Stunden zuvor durch die Hortensienbüsche geschlagen hatte. Sie war wieder Teil einer Familie, selbst wenn es nur zum Teil ihre Familie und nicht einmal eine ganze Familie war. »Danke, dass du dich so gut um Grampas Grundstück gekümmert hast«, sagte sie zu Ben. »Ich dachte, mir würde das Herz brechen, wenn ich herkomme, aber weißt du was? Das Gegenteil ist passiert.«

»Es ist dein Grundstück, Sugar«, sagte er. »Es gehört dir, wann immer du es haben willst.«

»Du musst zu unserem Geburtstag kommen!«, verlangte Rebecca. »Meiner ist am vierten September und Charlies am sechsten, und wir gehen immer auf Drayton Hall picknicken.«

»Manchmal kommen auch Poppa und Ettie mit«, erzählte Charlie, »und wir machen uns fein.«

»Aber nicht mit dem hier«, sagte Becky und hob den am Boden schleifenden Saum des Brautkleides an. »Das ist geheim.«

»Ein Picknick auf Drayton Hall wäre zu schön«, sagte Sugar. »Und wenn wir uns da nicht treffen, dann bestimmt bald woanders.«

Vielleicht waren sie und Theo im Haus an der Legare Street nicht gern gesehen, aber wenn sie wollten, konnten sie jederzeit in diesen kleinen, versteckten Winkel aus Sugars Vergangenheit flüchten. Sie konnten am Leben dieser kleinen Mädchen teilhaben und vielleicht auch am Leben ihres anderen Bruders und seiner Familie, falls er das zuließ.

Als sie durch den Laubtunnel der Ashley River Road rollten, an den smaragdgrünen, weitläufigen Anlagen der bedeutendsten historischen Anlagen in South Carolina und an den glücklichen Picknickplätzen ihrer Kindheit vorbei, hatte Sugar dennoch das Gefühl, hier gern gesehen zu sein. Manchmal bekamen Beziehungen Risse, die nicht mehr gekittet werden konnten und sich zu unüberwindbaren Klüften ausweiteten, an dieser brutalen Tatsache kam niemand vorbei.

Aber selbst dann bestand immer noch die Möglichkeit, neue Wege zu suchen, die in unerforschtes Gebiet vordrangen und sich um alle feindseligen Hindernisse herumschlängelten wie Priele durch die Salzmarschen am Meer.

Und diese Vorstellung war einfach aufregend.

»Weißt du, eigentlich hast du nie richtig darum gebeten«, sagte sie zu Theo.

»Worum denn?«

»Um meine Hand.«

Theo wäre um ein Haar von der Straße abgekommen. »Machst du Witze? Was ist mit meinem heroischen, hochriskanten Auftritt mit deinen Bienen auf meinem Dach?«

»Für mich ist Erpressung kein anständiger Heiratsantrag.«

»Und hast du mir nicht selbst verboten, jemals wieder um deine Hand anzuhalten?«

»Ach, was das angeht, habe ich meine Meinung geändert.«

»Wirklich?«

»Wirklich. Nicht weil ich glaube, dass wir unbedingt heiraten sollten, sondern weil ich nicht mehr glaube, dass wir es auf keinen Fall tun sollten. Plötzlich erscheint mir das alles längst nicht mehr so kompliziert.«

»Längst nicht mehr so kompliziert? Ich traue meinen Ohren nicht.« Theo bremste den Wagen ab. »Ich habe das starke Gefühl, dass ich das Eisen schmieden sollte, solange es heiß ist.«

»Dann schmiede drauflos«, sagte Sugar.

Er bog in eine Parkbucht vor dem glänzend weiß lackierten Zaun einer weiteren weitläufigen Plantage, stieg aus, kam um den Wagen herum und zog Sugars Tür auf.

Eine braune Stute mit einer gezackten Blesse kam an den Zaun getrottet, um sich das Geschehen zu besehen, und schüttelte glücklich schnaubend ihre Mähne aus.

Theo drehte ihr den Rücken zu – obwohl er in Wahrheit auch vor Pferden Angst hatte –, nahm Sugar an der Hand und führte sie auf das tiefgrüne Gras.

Dann ließ er sich auf ein Knie nieder, ohne der Stute, die mit den Nüstern an seine Schultern stupste, Beachtung zu schenken, und wandte sich an die Frau seines Herzens.

»Sugar Honey Wallace, Königin der Imker, Liebe meines Lebens, Frau meiner Träume und meine allerbeste Freundin – würdest du mir die große Ehre erweisen, meine Ehefrau zu werden?«

Sugar ließ den Blick über die weitläufigen Weiden wandern, auf denen sie als Kind so glücklich gewesen war, und richtete ihn dann auf die Girlanden aus Spanischem Moos, die ihr sanft winkend den Weg in die Zukunft wiesen. »Aber gern, Theo Fitzgerald«, sagte sie. »Nachdem du dir so viel Mühe gegeben hast, wäre alles andere unhöflich.«

44

Während im Süden die Blüten der Liebe endlich Früchte trugen, erblühten im Norden auf Sugars Dach gerade die ersten Knospen.

Ruby und Nate hatten den Auftrag bekommen, für Elizabeth die Sechste zu sorgen, während die Imkerin auf Reisen war, und sich gemeinsam tapfer der Aufgabe gestellt, den Deckel des Bienenstocks abzunehmen, die Honigrahmen herauszunehmen und nach der Königin Ausschau zu halten. Nachdem die beiden festgestellt hatten, dass Elizabeth in bester Verfassung war, strich Nates Arm beim Zusammensetzen des Stocks über Rubys Schulter, worauf sie einen so starken Schlag spürte, dass es sich anfühlte, als hätte man sie in den Weltraum katapultiert, wie sie Sugar später erzählte.

Nate hingegen hatte sich schon länger darüber Gedanken gemacht, wohin ihre Freundschaft führen könnte, und wusste daher genau, was der elektrisierende Schlag zu bedeuten und wie er damit umzugehen hatte. Außerdem trug er den Imkerhut, der ihm besondere Mächte auf dem Feld der Kommunikation verlieh.

»Darf ich dir Lunch machen?«, fragte er Ruby. »Du brauchst es auch nicht zu essen. Ich würde es dir nur gern machen.«

Es war niemals einfach, einem Mädchen seine Gefühle zu offenbaren, aber inzwischen war er zu dem Schluss gekommen, dass es sich manchmal lohnte, ein Risiko einzugehen.

Ruby hatte nicht die Absicht, auch nur einen Bissen zu essen, aber trotzdem war es so, als würde sie sich mit jeder Mahlzeit, die Nate für sie zubereitete, ein Stück weiter von dem einsamen Mädchen entfernen, das immer nur vom Glück anderer Menschen las, und stattdessen langsam auf ihr eigenes Glück zutreiben.

Als im Citroen eine weitere Konditorenstelle ausgeschrieben wurde und Nate dort einen Tag zur Probe arbeitete, wartete sie vor dem Restaurant, bis er nach vier Stunden erkannt hatte, dass Roland Morant dem Chefkoch im Diner viel zu ähnlich war und dass er nie wieder für einen von beiden oder jemanden wie sie arbeiten wollte. »Vom Regen in die Traufe«, sagte er nur, als er mit flammendroten Wangen aus der Tür trat.

Als Ruby sein beschämtes Gesicht sah, schob sie eine kleine kalte Hand in seine warme große und hatte seither praktisch nicht mehr losgelassen.

Sie hatte auch die Idee, die nicht nur sein Leben und ihres, sondern noch dazu Lolas erleichtern sollte.

Das Ballongeschäft/Tätowierstudio hatte inzwischen öfter geöffnet, und auch wenn die Ballonverkäufe weiterhin zu wünschen übrig ließen, so waren Lolas Nadeln doch ständig in Bewegung. Den ganzen Tag gingen im Souterrain potenzielle Kunden ein und aus, die nichts Besseres zu tun hatten, als auf den Stufen herumzulungern und George in den Wahnsinn zu treiben.

»Du solltest da drin dein Gebäck verkaufen, Nate«,

schlug Ruby eines Nachmittags vor. »Da unten fehlt etwas Gutes zu essen. Und Kaffee.«

Als sie Lola davon erzählten, gefiel ihr der Vorschlag, doch die Kombination erschien ihr allzu schräg.

»Aber wir sind hier in Alphabet City«, protestierte George, als er das hörte. »Hierher kommen alle schrägen Vögel, damit sie sich nicht mehr so schräg fühlen müssen. Für mich klingt das nach einer perfekten Paarung.«

Nachdem Nate das Backen und Ruby das Kaffeekochen übernommen hatten und beide nebenbei mit Begeisterung Luftballons aufbliesen, während Lola nach Herzenslust tätowierte, begann der Laden endlich zu florieren.

»Da unten geht es zu wie in einer Kommune«, erklärte Mrs. Keschl Mr. McNally eines Abends auf dem Heimweg von ihrem Tango-Tanzkurs. »Und offenbar teilen sie sich die Essensreste, denn ich habe den Eindruck, der Dicke wird allmählich dünner und die Dünne, na schön, zumindest nicht noch dünner.«

Tatsächlich hatte Ruby Wort gehalten und besuchte inzwischen die holistische Therapeutin auf der Upper West Side. Eine Wunderheilung würde es nicht geben: Für alle zwei Schritte, die sie vorwärts machte, machte sie anderthalb zurück – und manchmal drei. Ihre Krankheit war unlogisch, eine Heilung nicht garantiert und erst recht nicht leicht, aber immerhin wussten ihre Freunde nun, dass Ruby bei ihnen bleiben wollte. Und mit Nate an ihrer Seite brauchte wenigstens Rubys Herz nicht länger zu hungern.

45

Der Morgen vor Sugar Wallaces zweiter Hochzeit dämmerte nicht minder schön als der vor ihrer ersten, aber diesmal spürte sie keine Zweifel oder Ängste, sondern nur den seligen Schauder absoluter Gewissheit. Aus Gründen, die ihre Freunde streng geheim gehalten hatten, hatte sie die vorangegangenen achtundvierzig Stunden nicht in ihrem eigenen Apartment verbringen können.

Auf Theos Dach wurden die letzten Hochzeitsvorbereitungen getroffen, die teilweise erst am entscheidenden Tag enthüllt werden durften, wie man Sugar erklärt hatte, und so war sie in Rubys Erdgeschossapartment gezogen, während Ruby bei Nate übernachtete.

Das Arrangement kam Sugar gelegen, weil sie die zwei Tage vor ihrer Hochzeit nicht damit zubringen wollte, zur Kosmetikerin oder zum Friseur oder zur Massage zu gehen, sondern ihren ersten New Yorker Dachhonig zu ernten.

Sie tat das nur ungern unter den Augen der Bienen, denn trotz ihres unausgesprochenen Abkommens – sie kümmerte sich um die Bienen, und die Bienen kümmerten sich um sie – war sie, streng genommen, eine Diebin. Natürlich hätte Elizabeth die Sechste das herzlich wenig interessiert. Sie und ihre Bienen waren in den Wochen nach Sugars und Theos Verlobung so glücklich und fleißig gewesen, dass sie genug Honig produziert hatten, um halb Manhattan zu versorgen.

Dennoch wollte Sugar sich ihnen gegenüber möglichst anständig verhalten, und ließ sich deshalb von Nate helfen, die Zargen mit den schweren honiggefüllten Rahmen in Rubys Apartment zu tragen, wo sie die Kräfte des jungen Paares (wobei das eher Nates Kräfte waren) einspannte, um das Bienenwachs von den verkapselten Zellen zu kratzen und die goldene Flüssigkeit freizusetzen.

Erst wurde der Honig in große Trommeln gegossen und dann durch einen Seiher in ein Dutzend Tontöpfe gegeben, über denen Sugar in den kommenden Monaten ihren Zauber wirken lassen würde.

Am Morgen von Sugar Wallaces zweiter Hochzeit kostete sie ihren ersten Mundvoll Alphabet-City-Honig und stellte fest, dass es ihre bis dahin süßeste und köstlichste Tracht war. Sie ließ ihre Freunde tropfende Löffel voll kosten, während alle in Hochstimmung halfen, sie für die Hochzeit vorzubereiten.

»Gestern waren Nates Finikias schon um elf Uhr vormittags ausverkauft«, erklärte Ruby ihr, während sie zusah, wie Sugar ihr Haar in einer losen Hochsteckfrisur zusammenfasste und Lola das Kleid richtete.

»Und ich tätowier mir den Arsch ab«, ergänzte Lola. »Verzeihung. Den Allerwertesten.«

Lola zog zwar für ihr Leben gern falsche Pelzstolen und Lederminis an, aber sie hatte Sugar ein Kleid genäht, das der Braut auf den Leib geschneidert war (wenngleich die Braut das dazu angebotene Rückentattoo mit der Aufschrift SCOTLAND 4EVER dankend abgelehnt hatte).

Das Kleid selbst war in hellgoldener Seide gefasst und schien wie Honig von Sugars Schultern zu fließen, um sich dann wie in einem Teich zu ihren Füßen zu sammeln.

»Du bist so schön«, sagte Jay und trocknete seine Augen. Seit seiner Ankunft weinte er praktisch ununterbrochen.

»Sie sehen aus, als bräuchten Sie was zu trinken«, erklärte ihm Mrs. Keschl. »Obwohl man meinen könnte, dass Sie lieber was mit einem kleinen Schirmchen hätten.«

»Im Schrank neben dem Kühlschrank steht eine Flasche Maker's Mark«, sagte Sugar und drehte sich vom Spiegel zu ihren Freunden um.

»Sie sehen richtig fesch aus«, gab Mrs. Keschl zu. »Obwohl ich mir die Brüste machen lassen würde, wenn ich in Ihrem Alter heiraten würde.«

»Sie können noch mal Mr. McNally heiraten und sich selbst die Brüste machen lassen«, schlug Lola vor.

»Mit meinen Brüsten ist alles in Ordnung«, beschied Mrs. Keschl ihr hoheitsvoll. »Und ihn zu heiraten war schon beim ersten Mal Kappes. Außerdem bin ich gern eine Keschl. Wir werden vorerst in Sünde leben und sehen, ob das mit uns klappt.«

»Sie sind eine schneidige alte Dame«, sagte Jay. »Vielleicht wären Sie ebenfalls an einem Gläschen interessiert?«

»Wenn Eis und ein ordentlicher Schuss drin ist.«

»Wir beide werden uns ausgezeichnet verstehen.«

»Na, dann Hals- und Beinbruch!«, prostete Mrs. Keschl ihm zu und kippte ihren Drink weg.

»Sind alle bereit?«, fragte Sugar und schlüpfte in ihre goldenen Sandalen. »Ich bin es nämlich.«

George wartete draußen vor der Tür, und seine Portiersknöpfe blinkten so blitzblank, dass sie die Sonne reflektierten und noch einen halben Block entfernt auffielen.

»Miss Sugar Honey Wallace«, sagte er, reichte ihr seinen Arm, und gemeinsam zog die Hochzeitsgesellschaft die Straße entlang, um die Ecke und in Theos Gebäude, wo Mr. McNally, Ethan, Nate und Princess auf sie warteten, um den Brautzug aufs Dach zu eskortieren.

Als sie in Theos Apartment waren und durch die Tür oben an der Treppe auf die Terrasse treten wollten, befahl George ihr, die Augen zu schließen.

Sugar machte sie zu und spürte dabei eine leichte Schärfe in der Luft, die den nahenden Herbst ankündigte. Wenn es je einen Tag gegeben hatte, der Schönes verhieß, dann war es dieser, und sie musste unwillkürlich lächeln, als sie daran dachte, welches unglaubliche Potenzial in den verschiedenen Leben lag, mit denen sie inzwischen verbunden war.

Sie und Elizabeth die Sechste würden jetzt mit Theo in der 5th Street wohnen, aber im Bienenstock wurde bereits eine neue Königin herangezogen, die ziemlich sicher bei Nate und Ruby auf dem Dach in der Flores Street bleiben würde. Wenn das nicht vielversprechend war, was dann?

George trat mit ihr ins Freie.

»Du kannst jetzt die Augen aufmachen«, sagte Ruby von hinten.

Sugar stand am Anfang eines Korridors aus dunklen

dünnen Bäumen, die in riesigen Terrakottatöpfen mit weißer Satinschleife standen und an denen eine Million winzige weiße Blüten strahlten wie Juwelen.

»Ist das was?«, sagte George. »Manukabäume aus Neuseeland.«

Theo hatte zwei Tage und ein Vermögen investiert, aber er hatte ein kleines Bienenparadies erschaffen, in das er Sugar entführen konnte, um dort fortan in Freud und Leid, in guten wie in schlechten Tagen an ihrer Seite zu sein. Am Ende der Manuka-Allee stand er in einem Kilt mit dem Tartanmuster der Fitzgeralds und mit dem Lächeln, das kaum je von seinem Gesicht wich. Sugar musste ihre gesamte Selbstbeherrschung aufbieten, um nicht loszustürmen und in seine Arme zu fallen.

Stattdessen durchmaß sie den Gang mit ruhigem Schritt, begleitet von Jay, dem es zufiel, diese Imkerin dem Mann ihrer Träume zu übergeben. Und diesmal waren es ihre Träume und die von niemandem sonst.

Erst als sie bei Theo ankam, seine Hand nahm und ihr Blick an ihm vorbeiging, erkannte sie, dass ihr Bienenstock schon an seinem neuen Platz stand, die Bienen sich hier bereits häuslich einrichteten und ihre Gardenien vor dem Fernando Botero strammstanden, während dahinter die überwältigende Skyline von Manhattan aufstieg. »Oh Theo! Bist du sicher? Jetzt gleich? Ich meine, bei unserer Hochzeit?«

»Ich bin sicher«, sagte er. »Ich war mir nie sicherer.« Dann drehte er sie langsam herum, bis sie in die entgegengesetzte Richtung schaute und ihren Bruder Ben sah.

Neben ihm standen seine Frau und ihre Mädchen, und daneben stand Troy mit seiner Frau und ihren Mädchen. Und dann trat Sugars Vater in ihr Blickfeld, mit einem breiten Grinsen, und hinter ihm ihre Mutter – mit versteinerter Miene und ohne sie auch nur anzusehen, aber auch sie war da.

Am größten Tag in Sugars Leben war sie da.

Sugar hatte sich so fest vorgenommen, keine Tränen zu vergießen, aber es gab so viele Anlässe, glücklich zu sein, und zum ersten Mal in ihrem Leben hatte sie kein Taschentuch zur Hand. Lolas Näharbeiten hatten keine Taschen. Aber Nate bemerkte ihre Zwangslage, sprang in die Bresche und reichte ihr das Taschentuch, das sie ihm vor so langer Zeit überlassen hatte.

Und vor den Augen ihrer Familie und ihrer engsten Freunde nahm Sugar Wallace Theo Fitzgerald zum Mann, und ihre Bienen blieben höflich die ganze Zeit im Stock.

Sugar Wallace und Theo Fitzgerald

Am Samstag gaben sich Sugar »Honey« Wallace, 36, und Theo Fitzgerald, 40, auf der Dachterrasse des Bräutigams in Alphabet City, New York, das Jawort.

Erstmals waren sich die beiden am Ankunftstag von Miss Wallace begegnet, als sie mit nichts als einem Bienenstock, einer Vogeltränke und ihrem Honig, den sie inzwischen jeden Sonntag auf dem Markt am Tompkins Square feilbietet, in Manhattan eingetroffen war.

Mr. Fitzgerald, ein Anwalt für eine Obdachlosen-Wohltätigkeitsorganisation, sagte, er habe schon bei der ersten Begegnung etwas für Miss Wallace empfunden, doch habe es einen großen Stolperstein in ihrer Beziehung gegeben. »Sie liebt ihre Bienen über alles«, sagte er, »und ich bin dagegen allergisch.«

Miss Wallaces enge Freundin Ruby Portman erklärte dazu, jeder, der das Paar kannte, hätte von Anfang an gewusst, dass sie füreinander bestimmt seien, doch das Schicksal allein hätte sie wohl kaum zusammengeführt. »Wir mussten sie mehr oder weniger erpressen, ihm noch eine Chance zu geben, nachdem er beim Anblick ihres Bienenstocks Reißaus genommen hatte«, sagte Miss Portman. »Schließlich hätte ihn ein Bienenstich töten können.«

»Ich wusste, wenn ich nur meine Allergien überwinden konnte, würde mir ihr Herz bis über den Tod hinaus gehören«, sagte Mr. Fitzgerald. »Und das habe ich, und das tut es, und ihr gehört meines. Sie ist fantastisch, nett, klug und witzig, und ich hoffe, ich werde hundertvierzig, damit ich hundert Jahre lang das Vergnügen habe, jeden Tag in ihr bezauberndes Gesicht zu blicken.«

Auf die Frage, ob ihr angesichts ihres Berufs und ihrer ständigen Nähe zu Bienen die möglicherweise tödliche Allergie ihres Mannes Sorgen bereite, antwortete die frühere Miss Wallace:

»Meine Bienen hätten Theo so oft angreifen können und haben es nie getan. Tatsächlich schienen sie lange vor mir zu wissen, dass er der Richtige für mich ist. Ich weiß, das klingt vielleicht verrückt, aber genauso ist es.«

Danksagung

Bei den Recherchen zu diesem Buch haben mir so viele Menschen geholfen, dass ich mich vorab bei allen entschuldigen muss, die ich zu erwähnen vergessen habe. Das liegt am Alter. Manchmal brauche ich einen halben Tag, um meine Brille wiederzufinden, und dieses Buch ist schon so lange überfällig, dass ich es so bald wie möglich in die Buchhandlungen bringen möchte und darum einfach loslege.

Jim (wenigstens glaube ich, dass er so hieß) in Seatoun zeigte mir den ersten Bienenstock hoch über dem Hafen von Wellington und stellte mich seinen Bienen vor. Schon da wurde mir klar, dass Imker nette Menschen sind, und tatsächlich waren sie fast ausnahmslos äußerst freundlich, hilfsbereit und freigiebig mit ihrem Honig. Damit möchte ich auch Sylvain in Ngaio, Sarah in Wadestown und der bezaubernden Denise mit ihrem Mann in Muriwai Beach danken.

Julie Chadwick von Comvita in der Bay of Plenty war in ihrer unglaublichen Gastfreundschaft ein wahrer Schatz. Sie hat mir den Kontakt mit den Honigexperten Dr. Ralf Schlothauer und Jonathan Stephens vermittelt und geduldig meine vielen telefonischen Nachfragen beantwortet. Zufällig bin ich verrückt nach dem 15+ Manuka-Honig von Comvita. Er schmeckt nicht nur köstlich, sondern beugt auch Erkältungen und grippalen Infekten vor und sollte in jedem Schrank stehen. Ich habe ihn sogar meiner kranken Cousine in Italien geschickt. Ja, es geht ihr inzwischen besser. Obwohl sie, um ehrlich zu sein, den Honig erst nach zwei Monaten erhielt.

Weltweit machen die Bienen gegenwärtig schwere Zeiten durch, aber zum Glück können wir ihnen helfen – indem wir ebenfalls Imker werden. Für weitere Informationen über die missliche Lage der Bienen empfehle ich Hannah Nordhaus' wunderbares Sachbuch *The Beekeeper's Lament*.

Ich danke den Imkern der New York City Beekeepers Association und dabei ganz besonders Jimmy Johnson für unseren Nachmittag in den Narrows Botanical Gardens in Brooklyn. Und meiner genialen Freundin Naomi Sarna; wie wunderbar, dass wir uns kennengelernt haben! Danke für die vielen Stunden auf deiner Dachterrasse an der 18th Street und natürlich für die vielen anderen Stunden. In deiner Gesellschaft fühlt man sich immer wohl.

Der Landschaftsgestalterin Karen Fausch danke ich für ihre Einführung in die Pflanzzyklen in den Städten der Nordhalbkugel. Ohne sie wäre Sugars Dachterrasse eine Ansammlung halbtoter Gummibäume geblieben. Im Green Oasis Garden im East Village empfing mich Jan Werner mit offenen Armen (und im Imkeranzug), genau wie Adam im Bridge Café. Eure Bienen haben wirklich einen spektakulären Ausblick …

Meinen lieben Freunden in New York: Richard Ruben bekommt einen dicken Kuss für das Apartment in

Chelsea und noch einen dafür, dass er mich vor so vielen Jahren auf den Markt am Union Square mitnahm; meinem liebsten Rentier Rick Guidotti danke ich für das Dachfoto (viele seiner Fotos findet man auch auf www.positiveexposure.org); Roger dafür, dass er mir in zahllosen Dingen weitergeholfen hat, und Toby, weil ich Toby einfach liebe. Außerdem danke ich Nicki und Luisa bei Domus für ihre sagenhafte Gastfreundschaft und ihre fortdauernde Freundschaft und Jen und Donald für den Schutz, den sie mir im Sturm boten (und zwar im wahrsten Sinn des Wortes).

Stephanie Cabot von der Gernert Company danke ich dafür, dass sie mir jederzeit den Rücken freihält. Jeder Mensch braucht jemanden wie dich, und du gibst niemals auf. Ich finde dich fantastisch. Ich danke auch Anna, Rebecca und Will für ihre Arbeit.

Daheim mag mein lieber Freund Michael Moynahan von uns gegangen sein, aber wir werden ihn nie vergessen. Ach ja, und er ist nicht »endgültig« von uns gegangen, sondern nur von HarperCollins weggegangen, aber unserer Freundschaft wird das keinen Abbruch tun. Michael, du bist ein Born der Weisheit und ein Brunnen des Wissens, und ich habe dir inzwischen beinahe den Lappigen-Räucherlachs-Bagel-den-ich-selbst-zahlen-musste-Vorfall von 2001 vergeben. Aber noch nicht ganz.

Anna, Amanda, Kate, Pam und alle anderen, die ich bei HarperCollins in Australien wegen des Covers drangsaliert habe – danke, dass meine E-Mails nicht im Spam-Ordner gelandet sind! Und für HarperCollins in Neuseeland gilt: Mittagessen, und zwar bald! Rachel Kahan bei William Morrow: Danke für dein Vertrauen.

Und allen meinen Lesern, die meinen traurigen kleinen Hilferuf am Ende von *Cantucci-Herzen brechen nicht* erhört und mir E-Mails geschrieben haben – ICH LIEBE EUCH. Ihr macht mich glücklich. Schreibt bitte weiter.

Aber vor allem möchte ich der großen, schönen Stadt New York danken. Man hat diese Stadt schon mit vielem bombardiert, und trotzdem bleibt sie der strahlendste Diamant auf dem Brillantring um unseren Planeten. Ich habe der Versuchung widerstanden, das T-Shirt zu kaufen, aber eins steht felsenfest: Ich Herz diese Stadt. Die Parks, das Essen, die Theater, die Nagelstudios, die Schlussverkäufe, die Menschen und ihr Humor lassen mich immer wieder herkommen.

Für die Recherchen – oder »Recherchen«, wie meine sogenannten Freunde es gern nennen – zu diesem Buch durfte ich drei glückliche Monate in dem Stadtteil verbringen, in dem die Geschichte spielt. Dabei half mir Nick Capodice, den ich in dem erstaunlichen Tenement Museum (www.tenement.org) kennengelernt habe und der uns auf eine private kulinarische Tour durch die Lower East Side mitnahm (im Ernst, die Bagels bei Russ & Daughters sind genauso sensationell wie die Pfannkuchen bei Vanessa's in der Eldridge Street); und auch Rob Hollander, der mit mir einen Stadtrundgang durch die Alphabet City machte (leshp.org/walking-tours/alphabet-city).

Übrigens wurde, so wie ich es verstanden habe, früher alles unterhalb des Tompkins Square Parks als Lower East Side bezeichnet und erst allmählich als East Village bekannt. Es ist ein graues Viertel, und doch ist die Gegend grün. In diesem Teil Manhattans gibt es mehr

Gemeinschaftsgärten als irgendwo sonst, was, wie ich glaube, darauf zurückzuführen ist, dass in den schlechten alten Zeiten viele Gebäude niederbrannten und niemand neue errichten wollte, weshalb auf den brachliegenden Grundstücken Gärten angelegt werden konnten. Nach meinem Besuch 2011 hat eine Schule in Sugars Nachbarschaft an der Ecke East 5th Street und Avenue B sogar einen Bauernhof auf dem Dach angelegt. Man fühlt sich ein bisschen wie Alice im Wunderland, wenn man an einem sonnigen Tag durch diesen Teil Manhattans spaziert; und wenn Sie dabei auf den Creative Little Garden an der East 6th Street stoßen, dann gehen Sie bitte mit einem kleinen Imbiss hinein, setzen sich hin und danken Sie Gott, dass es solche Flecken gibt.

Meine Leser fragen oft, woher ich die Ideen für meine Bücher nehme, was ich nicht immer so genau weiß (siehe meine vorige Bemerkung zu meiner Lesebrille) oder was recht verwickelt sein kann. Aber bei *Das süße Leben der Sugar Wallace* steht es mir noch klar und schlicht vor Augen. 2009 unternahmen mein geliebter Mann Mark Robins und ich eine wunderbare Reise durch die USA. Wir starteten in Sandpoint, Idaho (Ein *Yoohoo* an Dan und Allison und meine schottische Schwester Lesley) und machten uns von dort aus auf in meine Lieblingsstadt New York. Danach flogen wir nach Durham, North Carolina, und fuhren an der Ostküste südwärts nach Charleston, South Carolina, eine geradezu lächerlich schöne Stadt, die jeder, der noch nicht dort war, augenblicklich besuchen sollte. Ich hätte ewig bleiben und mit Martha auf der Veranda vor ihrer Pension in der 15 Church Street südlich der Broad Street plaudern können. Uns ging nie der Stoff aus. Wie ich jetzt weiß, stimmt alles, was über die Gastfreundschaft der Südstaaten erzählt wird, und wir haben sie auf unserer weiteren Reise nach Savannah, Georgia, und dann nach Kentucky (danke für meine neu erworbene Bourbon-Leidenschaft, Kentucky) sowie Nashville und Memphis, Tennessee, bis nach New Orleans in Louisiana überreichlich genossen. Diese zauberhaften Wochen waren erfüllt mit gutem Essen, mit Musik, Gelächter und neuen Freundschaften.

Am Ende dieser unglaublichen Reise machte ich mir Gedanken, was für mich im Leben wirklich zählt, und kam auf insgesamt sechs Dinge: Liebe, Freundschaft, Anstand, New York City, der Süden und Honig.

Dieses Buch ist das Ergebnis. Weil es einen Schnappschuss aus einer besonders glücklichen Episode meines Lebens darstellt (meine »Recherche«-Reisen sind grundsätzlich besonders glückliche Episoden), hat es einen ganz besonderen Platz in meinem Herzen, und ich hoffe, dass es meine Leser auch in diesem Geiste lesen.

Meine Vergesslichkeit scheint sich inzwischen auch darauf zu erstrecken, dass ich gern vergesse, was ich alles habe, darum soll dies eine Mahnung sein. Von mir an mich. Ich fange nämlich auch an, mit mir selbst zu reden. Das geht mit dem Vergessen Hand in Hand.

Die einzige negative Folge von *Das süße Leben der Sugar Wallace* ist, dass ich beim Verfassen eine enorme Honigsucht entwickelt habe. Mark Robins, der vorhin erwähnt wurde und der seine Frau, diese sensible Künstlerin, weiterhin bekocht und darin bestärkt, dass sie weiß, was sie tut, hat mich in den letzten Jahren unzählige Male mit meiner Pfote im Honigtopf erwischt. Inzwischen nennt er mich gern »Bärin von geringem Verstand« nach meinem allerliebsten literarischen Held, dem genauso honigsüchtigen Pu der Bär.

Übrigens durfte ich einst bei einer Schulaufführung Pu den Bären spielen. Damals war ich fünfzehn. Was wenig sexy war. Aber süß und knuddlig zählt auch, oder?